CARMEN RICCI – LE MYSTÈRE RÉVÉLÉ

Johanna **Dijkstra**
Pierrick **Guillaume**

Carmen Ricci

LE MYSTÈRE RÉVÉLÉ

D'après une idée originale de Johanna Dijkstra

MAZARINE

Conception graphique : © Ségolène Girard.

ISBN : 978-2-863-74887-9

Dépôt légal : septembre 2023.

1.

Vue imprenable

Debout et immobile sur un toit de Paris, il porte son regard sombre au loin et semble fasciné par la vision vertigineuse qui lui est offerte. La nuit est douce en ce tout début de printemps. La neige qui semblait résister en milieu de semaine a finalement fondu et le soleil de saison a repris son travail de réchauffement. Les arbres qui jonchent les escaliers de Montmartre ne demandent qu'à bourgeonner et leur feuillage laisse s'y faufiler le vent, entraînant ce bruissement caractéristique si agréable qu'on croirait entendre les cordes d'un violon. Son regard scrute, il écoute avec émerveillement le sifflement de la brise qui fait danser ses cheveux en caressant ses joues. Pendant de longues minutes, il balaie de son champ de vision le haut des lointains immeubles, les rues mythiques du quartier Montmartre qui s'entrecroisent, le court tracé du célèbre funiculaire de la Butte, la halle du marché Saint-Pierre et le sommet de la basilique. Cette dernière s'entoure d'escaliers dont les marches ont su accompagner depuis 1875 touristes et fidèles à la recherche de beauté, d'histoire ou encore d'un nouvel ordre moral. L'escalier qui longe la rue Paul-Albert est soudain emprunté par un groupe de jeunes dont les chants joyeux rompent le silence. Leur démarche en dit long sur la quantité d'alcool absorbée durant la soirée. Nonchalants, ils entament en titubant le deuxième palier, évitant de justesse une femme assise sur une des marches. Elle est adossée à un candélabre. Sa tête, penchée sur son épaule gauche, fait glisser ses longs cheveux blonds et soyeux sur son visage pâle. Les jeunes n'y prêtent guère attention et l'enjambent pour continuer leur lente, sinueuse et bruyante progression. Du haut de son perchoir, le perfide regard les suit jusqu'à leur disparition en haut de l'escalier, puis revient sur cette femme, endormie dans la nuit sur la pierre encore froide à cette période de l'année. Les yeux contemplateurs laissent entrevoir une étincelle de satisfaction et, des minutes durant, ils admirent les contours féminins de la belle endormie. Elle est vêtue d'une robe fourreau noire recouvrant les trois quarts de ses jambes. Les semelles de ses escarpins laissent à penser que leur créateur préfère voir la gent féminine assise pour en valoriser le cramoisi. Depuis le toit de cet immeuble de six étages, il est impossible de donner un âge à cette dormeuse. Pourtant ces yeux, similaires à des jumelles, continuent de l'observer, comme s'ils veillaient sur elle pour l'éternité.

Les yeux savent qu'elle vient d'avoir vingt-neuf ans.

*

Il est 1 h 35, Carmen Ricci est rappelée par la permanence de nuit de la section criminelle de la PJ Paris. Une patrouille du commissariat du 18e arrondissement a découvert le corps inanimé d'une femme à Montmartre. Carmen quitte précipitamment son lit, puis son studio de la rue Saint-Claude. Elle n'attend que dix minutes devant le porche de son immeuble avant que Michaël, son binôme d'astreinte, ne vienne la chercher en voiture. Ils en mettent dix autres pour arriver sur la scène de crime. Et c'est en grognant, pour ne pas changer ses habitudes, que Michaël se penche sur le corps de cette jeune femme blonde allongée sur un palier des escaliers de la rue Paul-Albert. Il soulève la bâche blanche posée par les secours pour permettre au photographe de la police, appelé en renfort, de mitrailler la belle, telle une célébrité. Ils sont tous deux surpris par l'éclat de son visage malgré le manque de couleur de ses joues. Son rouge à lèvres ne déborde pas, son eye-liner et son mascara noirs sont restés intacts. La Blanche-Neige blonde aux cheveux longs et soyeux est décoiffée à la suite de la manipulation du corps par les secours.

« Encore une qui n'a pas maîtrisé sa consommation de gin tonic, marmonne Michaël. Les collègues du 18 l'ont trouvée par hasard pendant leur ronde. Qu'a dit le médecin des pompiers ?

— Le corps ne présente aucune trace de lutte, pas d'impact de balle et pas de plaies par arme blanche non plus », répond Carmen.

Michaël se penche sur le corps de la victime et grimace.

« À voir les marques sur sa poitrine, les pompiers ont tenté un massage cardiaque.

— On garde les fringues qu'ils ont découpées et enlevées, on effectuera les recherches de traces d'ADN de contact. »

Carmen secoue la tête à l'idée d'avoir perdu de possibles indices puis reprend d'une voix ferme :

« Ces enquêtes font partie des plus compliquées à résoudre. Si la scène n'est pas filmée, si aucun témoin ne peut nous renseigner, alors on prie pour que l'ADN parle…

— Si tu veux faire un détour par la basilique avant de rentrer, ne te gêne pas, mais ce sera sans moi. Ras la casquette de passer mes nuits dehors, surtout quand il ne s'agit pas d'un meurtre… »

Peu matinal, Michaël arbore une allure nonchalante. À travers ses cheveux en bataille qui tombent sur son front métissé, il attend avec impatience la décision de sa supérieure.

« Homicide ou pas, tranche Carmen, on fait notre job. Derrière cette jeune femme, il y a une famille qui voudra savoir et comprendre. Et à en juger par la qualité de ses vêtements, crois-moi, on n'a pas affaire à une paumée. »

Carmen se détourne de la victime pour passer à l'inspection des environs.

Trois ans de section criminelle lui ont appris à maîtriser l'effet tunnel. Elle ne fait pas encore partie de ces flics charismatiques qui repèrent instinctivement et en un clin d'œil l'élément qui sera déterminant pour la résolution d'une enquête, cependant Carmen Ricci, solitaire mais expressive, ne demande qu'à apprendre. Elle applique ses acquis et notamment l'idée qu'une scène de crime n'est pas uniquement constituée d'un cadavre, mais également d'un environnement. Elle garde en tête la remarque de la commission sur la justice criminelle mise en place aux États-Unis en 1967 par le président Johnson, à savoir « exercer ses missions là où tous les yeux sont fixés sur elle et où les choses sont les plus rudes : dans la rue ». C'est encore vrai aujourd'hui, même si, dans le cas présent, la capitaine ne détecte aucune paire d'yeux pouvant avoir été témoin de la scène ni aucun apprenti vidéaste habituellement si friand des interventions policières. Elle sort alors de la zone délimitée par la rubalise et se dirige dans un premier temps vers la halle du marché Saint-Pierre. Elle explore ainsi les moindres recoins, s'aidant parfois de sa lampe torche pour éclairer les endroits sombres. Elle ne sait pas ce qu'elle cherche, mais se dit que n'importe quel élément suspect pourrait mener à une piste. Cependant, les endroits moins exposés sont jonchés de détritus, de mégots de cigarettes et des restes de soirées bien arrosées. Elle n'en ramasse aucun, le profil de la victime est très éloigné de la festive consommatrice d'alcool sur la voie publique. Tout en poursuivant son investigation, elle attrape son téléphone et engage une conversation avec la procureure de permanence. Celle-ci lui confirme la saisine de cette enquête et précise qu'elle ne pourra exceptionnellement pas se déplacer, car elle se trouve avec une autre équipe d'enquêteurs de la PJ, au cœur d'un bâtiment commercial du 8e arrondissement qui a entièrement brûlé. Pendant cet appel, Carmen continue ses allées et venues autour de la scène de crime.

De nouveau à proximité du cadavre, Carmen entend son collègue ronchonner dans sa barbe alors qu'il se charge de fouiller le sac à main monogrammé de la victime :

« J'aurais préféré qu'elle ait un look de toxicomane, ça t'aurait convaincue de laisser le commissariat local s'en charger et je serai déjà de retour au pieu à l'heure qu'il est. »

Carmen lui répond en enjambant le corps sans vie de la jeune femme :

« Ce n'est pas son apparent standing qui lui donne davantage le droit de bénéficier d'une enquête. En France, que je sache, toute personne morte est logée à la même enseigne. »

La capitaine met fin à cette conversation stérile et se rend directement en haut des escaliers, examinant chaque marche avec minutie.

Elle passe le secteur au crible et le résultat ne la rassure pas. Toujours aucun indice à se mettre sous la dent. La seule caméra du secteur se trouve perchée tout en haut des escaliers, bien trop loin de la découverte du corps. Carmen en note toutefois l'emplacement exact, afin de visionner les images depuis la salle vidéo de son unité. Elle est tellement concentrée qu'elle n'entend pas Michaël la rejoindre :

« Carmen, j'ai son identité. La fille se balade avec son passeport français dans son sac à main. Pas courant, non ? »

Sans réponse de son interlocutrice, l'équipier poursuit :

« Plusieurs informations en ressortent. Elle se nomme Natalia Bolcov, habite le quartier, au 22, rue Lamarck, c'est après le haut des marches au bout de la rue Paul-Albert. La nana est globe-trotteuse : New York, Dubai, Moscou, Miami, et j'en passe. Elle est née en août 1991 à Moscou.

— Autre chose ?

— Les trucs habituels qu'on peut trouver dans un sac de femme, y compris son téléphone. J'ai jeté un coup d'œil rapide aux dernières communications. Ils datent de la fin de l'après-midi, il faudra affiner au boulot sur les listings des communications mais en tout cas, pour le moment, rien de suspect. Qu'en pense la procureure ?

— On est chargé de l'enquête.

— Si tu veux mon avis, elle nous enfume, la magistrate. »

Michaël fulmine.

« À en croire ce que l'on voit, ce n'est pas un meurtre, poursuit-il. Il faudrait lui rappeler que nous appartenons à une section criminelle et que les sections criminelles jusqu'à preuve du contraire bossent sur les meurtres. »

Son intonation fait clairement comprendre à Carmen qu'il la rend responsable de la décision de la magistrate.

« Tu n'aurais pas pu insister un peu pour nous débarrasser de cette affaire ?

— Qu'est-ce qui te fait dire qu'il s'agit d'une mort naturelle ?

— Tant qu'on n'a pas trouvé d'éléments qui nous mettent sur la piste criminelle, je reste vraiment sceptique.

— On sera vite fixé. L'autopsie est prévue demain à 8 heures tapantes. Et comme c'est toi qui vas te la cogner, tu auras l'information en exclusivité. Je reste convaincue que cette jeune femme, aussi richement vêtue et abandonnée de la sorte, a un secret à nous dévoiler. Mon instinct me pousse à en savoir plus.

— Merci pour l'IML, c'est sympa. »

Michaël tourne les talons alors que les employés des pompes funèbres, tout juste arrivés, emballent le corps de la jeune femme.

« Je me couche tard et en plus je me farcis un lever aux aurores pour me taper une autopsie qui va encore conclure à un coma éthylique. Tu ne pourrais pas avoir un sens policier plutôt qu'un instinct ?

— Ne te plains pas, c'est ta copine qui va être contente ! répond Carmen, sarcastique. Cette expérience t'aidera à faire la différence entre un sac minable et un Gucci.

— Alors ça, c'est petit, madame la ritale ! »

Les employés mortuaires allongent la victime sur un brancard et, dans un double claquement de porte, démarrent pour disparaître dans la nuit.

Ignorant la remarque de son équipier, Carmen conclut :

« Je verrai demain pour l'enquête de voisinage, pas la peine de réveiller la population au milieu de la nuit. »

Silencieux, les deux enquêteurs saisissent les vêtements de la victime enveloppés dans des sacs en papier kraft et regardent le camion s'éloigner peu à peu dans les rues sinueuses de Montmartre. Pour la première fois depuis le début de sa carrière, Carmen a l'intuition que quelque chose ne va pas dans cette scénographie dramatique qui semble sortir d'un film romanesque. Tous deux prennent congé des derniers policiers en uniforme encore présents, puis Carmen est raccompagnée devant son domicile au 10, rue Saint-Claude. Elle compose machinalement son code d'entrée et pénètre dans le hall à ciel ouvert. Son esprit est si occupé qu'elle ouvre sa boîte aux lettres au milieu de la nuit avant de monter les escaliers jusqu'au sommet.

Carmen est un félin, toujours perchée. Jamais elle n'accepterait de vivre ailleurs qu'au dernier étage. Les toits de Paris la fascinent si bien que, petite fille, elle regardait en boucle *Les Aristochats* de Walt Disney. Elle est attirée par les félidés, mais aussi, et surtout, par les toitures du vieux Paris. Une fois rentrée, elle se décapsule un soda, quitte ses vêtements et passe sous la douche. La main appuyée sur le carrelage, elle laisse ruisseler l'eau chaude sur son visage. Malgré cela, elle ne parvient pas à libérer son esprit préoccupé par ses enquêtes. Elle s'enveloppe d'un drap de bain, éponge sa peau légèrement halée, enfile un legging noir assorti à un sweat oversize et fixe son reflet dans le miroir. Italienne par son père et française par sa mère, Carmen a vécu à Milan jusqu'à ses quatorze ans pour être ensuite ballottée entre la France et l'Italie après leur divorce. C'est à cette période que la criminelle l'a attirée. Originaire de quartiers difficiles, elle s'est toujours dit qu'elle voulait stopper net les malfrats qu'elle avait tant vus dans son pays natal. Carmen est une femme séduisante au visage doux et harmonieux, contrasté par de beaux et longs cheveux brun chaud qu'elle noue fréquemment pour éviter les regards insistants. Ses yeux marron en amande, expressifs et généreux, peuvent se noircir en certaines circonstances.

Carmen termine sa toilette et s'allonge sur son lit pour s'y détendre. Elle sait, malgré l'heure tardive, que ses yeux seront, comme toutes les nuits, rivés au plafond. Insomniaque, elle n'a qu'une idée en tête : faire une balade nocturne sur les toits. La fenêtre principale de son studio débouche immédiatement sur le zinc de son immeuble. C'est cette raison qui l'a poussée à habiter ici. Son athlétique mètre soixante-treize – probablement dû aux restes de son passé de championne régionale de gymnastique – lui permet de grimper facilement sur la toiture de son logement. La propriétaire du studio s'était étonnée de la réaction qu'elle avait eue lors de la visite de l'appartement. Carmen avait montré davantage d'intérêt à la vue des toits de Paris qu'à l'ensemble du logement. Baskets noires aux pieds, elle ouvre la fenêtre, rabat sa capuche et d'un bond de chat se retrouve à l'extérieur.

De la même manière que les recoins méticuleusement explorés de ses scènes de crime, ce patrimoine architectural emblématique de Paris n'a aucun secret pour elle. Toiturophile expérimentée, elle en pratique l'activité de nuit, même si l'accès à l'immense majorité des sites est illégal. Pas de reportage photographique ni de campagne d'entretien en perspective, seul compte le plaisir d'être face à elle-même ainsi qu'à l'immensité d'un décor qui évolue perpétuellement au fur et à mesure de ses progressions. Carmen n'éprouve aucune peur à franchir des obstacles pas plus larges que les poutres de gymnastes. Elle se joue du mobilier urbain de toiture pour passer d'un bâtiment à l'autre, pour chuter en roulade une dizaine de mètres plus bas sur un balcon, pour monter à la force de ses doigts et de ses bras sur une corniche ou encore pour s'immobiliser pendant de longues minutes au bord des gouttières afin d'y contempler l'exceptionnel panorama. Elle a une préférence pour les hautes cheminées, lui permettant d'éprouver cette sensation d'être encore plus haut que le sommet. Fidèle à sa vision atypique sur une scène de crime, Carmen peut de la même manière, depuis les hauteurs, observer son environnement par un point de vue différent et peu commun. Sa philosophie lui impose, comme sur une scène de meurtre, de ne laisser aucune trace de son passage. Dans son boulot comme lorsqu'elle s'adonne à ce hobby, elle explore les endroits cachés, persiste face à la difficulté et trouve l'issue là où les autres passent à côté.

La nuit étant bien avancée, Carmen ne s'est pas aventurée très loin de sa fenêtre. Elle se trouve sur le lycée Simone-Weil, un endroit qu'elle affectionne particulièrement et dont la vue qu'il procure l'a toujours apaisée. Les couleurs évoluent avec la position de la lune dans le ciel, les détails apparaissent et disparaissent avec l'avancement des saisons. Elle compare parfois cette diversité offerte à celle de la contemplation du bord de mer, dont le décor se transforme en fonction des marées ou de la météo. Perchée sur l'immense cheminée du bâtiment de quatre étages, Carmen ne prête aucune attention à l'éveil de la rue de Poitou. Plongée dans ses réflexions, le regard fixé sur les arbres de la cour intérieure du lycée, elle explore en pensée sa scène de crime. Puis, elle décide de prendre un autre chemin pour retourner chez elle ; toujours en quête d'adrénaline, elle a repéré un immeuble en fond de cour qui débouche sur une passerelle en métal type Eiffel qui la conduirait dans sa rue… Elle calcule sa trajectoire mais pour réussir à rejoindre ce point, elle est contrainte de s'élancer et de sauter de plus de trois mètres dans le vide. Rien ne l'arrête, elle recule à pas de loup, ferme les yeux un instant, réduit le moindre doute en respirant profondément et démarre à toute vitesse. Un pas, deux pas, puis trois, voilà que ses jambes se déploient, accélèrent et dans un élan presque intuitif, Carmen atterrit sur l'autre immeuble. Défi relevé.

Dans un geste presque habituel, elle replace sa capuche en coton.

2.

Suspicion

Après un coup de fil à son chef d'équipe, Carmen prend l'initiative de retourner rue Paul-Albert. Il est 6 h 30. C'est très tôt pour une enquête de voisinage, mais la capitaine se donne toutes les chances de se faire ouvrir un maximum de portes, à une heure où la plupart des résidents ne sont pas encore partis au boulot. Elle franchit une petite grille en poussant un portillon intégré, ce qui lui donne accès au jardinet situé à l'entrée de l'immeuble qui fait l'angle avec l'allée André-Del-Sarte. Les volets de l'appartement du rez-de-chaussée sont fermés. Carmen manifeste sa présence en frappant énergiquement. La tête de la gardienne apparaît entre deux persiennes.

« Police judiciaire, se présente Carmen avant que son interlocutrice n'ait pu ouvrir la bouche. Pouvez-vous me recevoir ? »

Habituée à cette manière un peu brutale d'être sollicitée, la femme d'une cinquantaine d'années, d'origine portugaise, réagit sans broncher et ouvre sa loge.

« Je vous écoute.

— Cette nuit, le corps d'une jeune femme a été découvert sur les marches des escaliers, à quelques mètres de vos fenêtres. Je viens aux infos. Avez-vous vu quelque chose ou entendu du bruit ?

— Vous n'avez pas de chance, ma chère demoiselle, j'ai le sommeil tellement lourd que je suis contrainte de faire sonner deux réveils pour me lever. Oh ! La pauvre femme, c'est affreux... À quelle heure a-t-elle été retrouvée ?

— Vers 2 heures du matin, mais ce qui m'intéresse, c'est ce qui s'est produit avant... »

La gardienne se penche vers Carmen pour lui glisser une confidence :

« Vous savez, mon métier de concierge me fait lever aux aurores, en général je suis sur le pont dès 5 h 30. Pour tenir le coup, je suis obligée de me coucher à 22 heures maximum. Je ne vais pas vous être d'une grande aide.

— Bien au contraire ! J'ai avec moi une bonne vingtaine de convocations pour témoignages. Pourriez-vous les mettre dans les boîtes aux lettres des résidents ? Je compte sur le civisme de l'un d'eux pour commencer mon enquête. »

La gardienne hausse un sourcil puis désigne la pile de feuilles dans les mains de Carmen.

« Si vous comptez sur ça, vous n'allez pas beaucoup avancer. De nos jours, les gens sont tellement individualistes qu'ils se foutent pas mal d'une brave dame morte sous leurs fenêtres. Elle est du quartier ?

— Il y a bien un observateur insomniaque dans votre bâtisse ? lance Carmen, ignorant volontairement la question de son interlocutrice.

Les concierges, pense-t-elle, *toujours avides des potins du coin.*

— Il y a bien M. Demuse au troisième, mais je me demande s'il n'est pas en déplacement depuis quelques jours. Il n'est pas venu chercher son colis. Laissez-moi vos papiers, je vais faire la distribution. »

La policière renouvelle son opération dans tous les immeubles dont les fenêtres donnent sur le lieu de la découverte du corps. Une chance, dans ce quartier huppé de Paris prisé par les artistes, les copropriétés privilégient l'emploi d'un concierge. Carmen évite ainsi le pénible contact avec le Parisien au saut du lit. La police n'est en général jamais la bienvenue, encore moins avant 7 heures du matin. Toutefois, elle sait que pour toucher le maximum de monde, elle devra sans doute compléter cette démarche par d'autres déplacements. Une fois les avis déposés, elle se lance dans un nouvel examen de l'environnement où Natalia Bolcov a poussé son dernier soupir. Elle espère que la lumière du jour lui apportera une vision différente. En vain. C'est sans pouvoir émettre la moindre hypothèse sur les événements que Carmen regagne sa brigade et son bureau. Pas d'inquiétude toutefois dans ses réflexions. *C'est à la fin du bal qu'on paye les musiciens*, se dit-elle.

Soucieuse de vérifier en priorité les images de la caméra du haut des escaliers, elle ne prend pas la peine de saluer ses collègues et se rend directement au dernier étage où se trouve la salle de commandement vidéo. Un mur d'écrans télé l'attend. Elle insère sa carte de police dans le lecteur d'identification, tape machinalement son matricule et son mot de passe, et attrape le joystick pour diriger sa recherche dans le quartier de Montmartre. Elle y repère la caméra ciblée et lance la projection des images sur l'écran central face à elle. Elle consulte sa montre, 9 h 03 très exactement. Elle remonte de plusieurs heures. Les images sont conservées sur les serveurs de la préfecture de Police entre huit et trente jours. Carmen a donc largement le temps pour les visionner, mais l'excitation de cette nouvelle enquête prend le dessus.

Ne connaissant pas l'heure du décès, elle débute sa recherche dès la fin de l'après-midi, soit vers 18 heures la veille, estimant que la jeune femme n'a pas dû sortir de chez elle en tenue de soirée avant cet horaire. Elle cale le logiciel et lance la lecture des images enregistrées en mode accéléré, lui évitant ainsi de passer plusieurs heures devant les écrans. Une cinquantaine de minutes lui sont toutefois nécessaires pour examiner le film de la nuit. La caméra lui complique la tâche par son système pivotant, changeant d'orientation toutes les trente secondes, oscillant entre la rue Paul-Albert, le passage Cottin et la rue du Chevalier-de-la-Barre. Carmen est déçue du résultat. Elle ne trouve aucune trace de la jeune femme sur les images, laissant penser que la victime n'est pas arrivée par le haut des escaliers, mais elle ne peut être formelle, car les différentes orientations de la caméra n'excluent pas un passage hors champ. Elle se met alors à rechercher les positions des caméras plus éloignées mais se rend compte que le maillage du quartier en vidéoprotection ne permet pas d'avoir l'espoir de récupérer des images intéressantes. Elle est interrompue dans ses réflexions par un appel de Michaël.

« Tu es à l'autopsie ? lui demande-t-elle.

— J'en sors à peine.

— Alors ?

— J'avais raison ! Décès par arrêt cardiaque. Aucune trace de coups ou de défense. Si une jeune femme se fait agresser en rentrant chez elle, elle aurait dans l'idée de résister, non ? Eh bien là, rien, ni hématome, ni égratignure. La fille est toujours parfaitement manucurée.

— Arrêt cardiaque à vingt-neuf ans ? »

Carmen fronce les sourcils.

« Des antécédents cardiaques visibles ?

— A priori, aucun signe du côté des organes vitaux. La seule interrogation du légiste se trouve dans un léger œdème des poumons, mais qui peut s'expliquer, selon ses conclusions, par la perte de connaissance de la victime. En tout cas, il ne s'agit pas d'un décès suspect. Classement sans suite pour le toubib.

— Tu as quand même demandé les prélèvements pour les recherches toxicologiques ?

— Carmen, même si je ne crois absolument pas à la thèse du meurtre, je connais mon métier et je fais le job jusqu'au bout. Bien sûr que j'ai sollicité les prélèvements. Mais je n'ai pas demandé au parquet les réquisitions pour les envoyer en analyse au labo. Ils sont conservés à l'IML. Si jamais l'enquête devait prendre une autre tournure, ce dont je doute, ils seront à notre disposition.

— OK, je t'attends à la brigade, il faut chercher et contacter la famille maintenant.

— Dès que j'arrive, je m'en charge », conclut Michaël.

Carmen raccroche et jette nerveusement son téléphone sur le bureau de la salle vidéo. *C'est bien trop simple*, pense-t-elle. Elle attrape son sac à bandoulière, renoue ses cheveux et s'empresse de sortir. Dans le couloir, elle croise son chef qui la regarde en fronçant les sourcils.

« Où vas-tu, Carmen ?

— Je vais prendre un café, laisse-moi vingt minutes et je te briefe sur l'affaire.

— Tu n'as pas l'air dans ton assiette, tout va bien ?

— Juste un peu de fatigue, mais ne te fais pas de soucis », répond-elle en s'éloignant.

Elle descend deux à deux les marches qui la conduisent à l'étage de la salle de repos. Dépitée devant la machine, sur laquelle, une fois de plus, se trouve scotché un morceau de papier blanc avec la mention « hors service », Carmen lance un grognement et s'empresse de redescendre pour aller chercher sa dose de caféine au coin de la rue. Elle échoue finalement dans un troquet typique. Le petit noir lui est servi sans même qu'elle en ait fait la demande. Carmen est une habituée et sa dose quotidienne est primordiale pour avoir les idées claires. Impossible pour Carmen d'avaler du jus de chaussettes, on ne renie pas ses origines, un ristretto s'impose !

Sans un mot au serveur, le regard dans le vide, ses pensées fusent. Les idées affluent à la vitesse de la lumière, offrant un délicieux contraste avec la douceur avec laquelle elle boit son remontant.

L'esprit plus clair, Carmen retourne à la brigade. Retrouver rapidement la famille de Natalia Bolcov est sa priorité. Elle s'empresse de rejoindre le bureau de Michaël et le trouve en pleine étude des listings du téléphone de la Russe.

« Les logiciels d'aujourd'hui n'ont pas que des désavantages, commence son collègue en la voyant franchir le seuil de sa porte. Ils permettent d'obtenir les identifications des correspondants et la liste des appels presque en temps réel.

— Incroyable, tu sais faire autre chose que râler, le tacle gentiment Carmen.

— Continue et je reste silencieux sur mes avancées.

— Pour un mec qui passe son temps à reculer, je serais surprise de ce changement de comportement. »

Un sourire fleurit sur les lèvres des deux policiers.

« Allez, reprend Carmen, annonce la couleur…

— J'ai identifié tous ses derniers correspondants, enfin en ce qui concerne la journée d'hier. Si nécessaire, on pousse les recherches plus loin. Pour l'heure, pas grand-chose à nous mettre sous la dent en termes de données suspectes. Le téléphone était actif toute la journée. Elle a passé l'essentiel de son dimanche à son domicile.

— Et le soir ?

— J'y viens. Le soir, c'est une autre musique. Pas d'appels, mais des localisations dans le 2e vers Palais-Royal. Madame est sortie. Elle a fait son malaise sur le chemin du retour à quelques mètres de chez elle. Abus d'alcool, je suppose.

— Michaël, je te rappelle que les enquêtes ne sont pas basées sur des suppositions, mais sur des éléments concrets étayés par des analyses par exemple, objecte-t-elle en levant les yeux au ciel. Et comment peux-tu avoir la certitude d'une consommation excessive d'alcool si les prélèvements sanguins de l'autopsie n'ont pas été envoyés au labo ? »

Michaël, qui a compris où sa supérieure voulait en venir, accuse le coup en évitant le regard de Carmen.

« Te casse pas la tête, je vais le faire à ta place. J'appelle la procureure et je lui demande de faire les réquisitions en ce sens. Sinon, ça donne quoi, tes identifications ? s'enquiert la capitaine de police, pour ne pas rester sur un sujet de discorde.

— J'ai les coordonnées de ses parents, répond le policier content de basculer sur un volet de l'enquête qu'il maîtrise assurément mieux. Je te disais que le téléphone de Natalia Bolcov a borné dans le quartier du Palais-Royal. Elle s'y trouvait entre 19 h 40 et 00 h 15. Juste avant de quitter son appartement, elle était en contact avec sa mère, Veronika Bolcov. Je l'ai retrouvée dans ses correspondants puis dans nos fichiers. Une femme d'une cinquantaine d'années qui a déposé une plainte pour dégradations de voiture il y a trois ans. Elle habite dans le 16e, place Victor-Hugo. Depuis ce matin, la mère a tenté de joindre sa fille à deux reprises.

— À cette heure-ci, elle ne doit pas encore être inquiète. Alors on ne traîne pas, il faut vite la prévenir. Essaye de la joindre et de lui dire de passer nous voir rapidement. »

Michaël se gratte la nuque, embêté.

« Tu ne veux pas le faire Carmen ? Tu sais bien que ce n'est pas mon fort les annonces de ce type.

— Écoutez-moi ça ! Le gros dur râleur qui s'efface pour laisser place à la jeune femme sensible pour faire le sale boulot…

— Tu es une femme, Carmen, et les femmes ont davantage de sensibilité que les hommes…

— Tu veux parler de ma sensibilité féminine ? l'interrompt-elle, irritée. Balance-moi le numéro, je vais le faire sans rechigner. Et puis non, après tout, on va le faire ensemble. Attrape ta veste, prends les clés de la bagnole et conduis-moi place Victor-Hugo. »

3.

Intuition

Quartiers chics de Paris au cœur du 16e. Les deux équipiers se tiennent devant la porte des parents Bolcov, au dernier étage de l'immeuble, au numéro 12. Sur le chemin, Carmen a appelé la procureure et a sollicité l'envoi des prélèvements effectués lors de l'autopsie au labo. La magistrate lui a répondu que les analyses risquaient de prendre plusieurs semaines, voire plusieurs mois compte tenu des délais liés à l'engorgement des laboratoires. Depuis les attentats de 2015, ceux-ci travaillent non-stop et sont sollicités plus que de raison. Ils tentent de pallier en recrutant mais la formation des nouveaux ingénieurs et experts prend du temps. Carmen est habituée aux tentatives de justifications des lenteurs administratives et sait, au fond, que rien ne vaut la persévérance d'un enquêteur pour accélérer le temps. Elle se promet de harceler le correspondant police du laboratoire pour réduire le délai des analyses. Mais pour cela, une condition est nécessaire, celle de prouver qu'elle bosse sur une affaire de meurtre, et non une simple enquête décès.

Ses pensées sont interrompues à la vue de Veronika Bolcov qui leur ouvre la porte de sa demeure, Michaël ayant manifesté leur présence à coups de sonnette. Une femme absolument resplendissante, vêtue d'un tailleur Chanel à la mode. Les traits de son visage, non marqués par l'utilisation de techniques de rajeunissement dont abusent habituellement certaines personnes aisées de cette génération, laissent encore entrevoir l'éclat de sa beauté. La mère de famille est surprise par cette visite impromptue.

« Bonjour, madame, c'est la police judiciaire, commence Carmen en lui présentant sa carte professionnelle.

— La police ? Mais que se passe-t-il ?

— Pouvons-nous entrer, s'il vous plaît ? Nous allons vous expliquer. »

L'annonce du décès d'un proche est pour un policier une épreuve extrêmement difficile. Mme Bolcov, assurément femme d'expérience, a bien compris que les enquêteurs n'étaient pas venus pour lui annoncer qu'ils avaient retrouvé les types qui avaient dégradé sa Porsche Cayman trois ans plus tôt. Elle les accompagne dans son spacieux salon et sur un ton plus qu'inquiet leur désigne les fauteuils. Poliment, elle les interroge sur la raison de leur présence. Carmen a pris l'habitude de ne pas laisser traîner la situation. Elle ne peut pas non plus se permettre d'être hésitante voire trop compatissante, si bien que, encore debout et à ses côtés, elle lui annonce la terrible nouvelle. Totalement sous le choc, la femme hurle puis s'effondre dans les bras de Carmen. Michaël, déjà assis dans le canapé, fait un bond pour venir en aide à sa coéquipière et soutenir Veronika Bolcov. Ils l'allongent, inconsciente, sur le tapis du salon, prêts à procéder à un éventuel massage cardiaque. Michaël vérifie son pouls et constate qu'elle ventile. Carmen sort son téléphone de sa poche et appelle les pompiers. La nature policière est rodée à l'urgence. Formés aux gestes de premiers secours, les policiers sont confrontés à des mises en pratique face à des situations graves. Cette situation renvoie des flash-back à Carmen, lui remémorant des interventions durant lesquelles elle a dû faire face à des urgences vitales.

Les pensées de Carmen reviennent sur Veronika Bolcov qui reprend doucement ses esprits. Une fois arrivés sur les lieux, les pompiers décident de ne pas la placer en observation à l'hôpital et repartent aussi vite qu'ils sont arrivés, laissant Carmen et Michaël de nouveau seuls face à la mère de Natalia. Cette dernière refuse de croire que sa deuxième fille, son bébé, ait quitté ce monde. Son visage se décompose quand elle prend conscience de la fatalité de la situation, elle se relève à grand-peine pour affronter la vérité. Elle ignore totalement la présence de Michaël et s'adresse à Carmen.

« Comment est-elle morte, ma pauvre petite ? prononce-t-elle faiblement.

— Je ne peux pas avancer de thèse pour le moment mais tout porte à croire qu'elle aurait fait un malaise grave. Pouvez-vous me dire si elle avait des antécédents médicaux ?

— Non, absolument rien. Au contraire, Natalia est une fille saine et en parfaite santé. »

Carmen fronce les sourcils en notant scrupuleusement dans un coin de sa tête les informations fournies par la mère de la victime.

« Était-elle allergique à quelque chose, asthmatique peut-être ?

— Je vous dis que non ! Rien, rien du tout ! Elle n'a pas pu mourir ainsi !

— Très bien, madame Bolcov, si vous pensez à quoi que ce soit qui pourrait nous aider, je vous laisse mon numéro », dit Carmen en en lui tendant une carte de visite.

Les policiers sont raccompagnés jusqu'à la porte et Carmen se retourne :

« Permettez-moi une dernière question, madame. Natalia avait-elle un petit ami ?

— Ah! Ma fille est très courtisée, mais je crois qu'elle n'arrive pas vraiment à se poser. Sa vie intime est une énigme pour moi, entre ses voyages et son travail, j'ai perdu le fil», conclut Mme Bolcov en s'excusant, avant de refermer la porte.

Carmen regarde Michaël perplexe et en descendant les larges et longues marches moquettées lui glisse:

«Tu as remarqué? Malgré l'annonce, elle parle toujours d'elle au présent.

— Oui, oui, j'ai entendu, elle risque de mettre un moment à s'en remettre.

— A priori, Natalia a une sœur aînée, je compte sur toi pour me la retrouver rapidement.

— C'est comme si c'était fait, répond Michael qui lui emboîte le pas. J'ai remis une convocation à la mère pour qu'elle se présente à la brigade avec son mari. Je leur poserai la question.

— Il faut qu'on fasse le point sur l'ensemble des correspondants de Natalia Bolcov avant son décès. Elle doit bien avoir une meilleure amie, une confidente, un copain. Il faut qu'on creuse et même qu'on étende les recherches à son entourage. La téléphonie devrait beaucoup nous aider. Tu veux que je m'en charge en poursuivant l'étude des listes d'appels?

— T'inquiète, je maîtrise bien ce volet des enquêtes, tu le sais, insiste Michaël pour ne pas perdre la face. Je m'en occupe après l'audition des parents. D'ici ce soir, on aura l'identité de tous ses correspondants.

— Tu remettras les coordonnées de l'institut médico-légal aux parents pour qu'ils puissent récupérer le corps et programmer les obsèques?

— Dis-moi, Carmen, j'ai le sentiment que parfois tu me prends pour un idiot.

— Mais non, s'amuse la capitaine de police, c'est simplement que je ne veux pas qu'on oublie quoi que ce soit dans cette enquête qui semble être complexe.

— Complexe ? Pour moi, c'est une mort naturelle, donc rien de compliqué. Ça se corserait s'il devait s'agir d'un meurtre.

— OK, tu restes sur tes positions mais meurtre ou pas, une fois que tu as fini l'audition je fonce avec les parents au domicile de leur fille. Je sens que la perquisition va répondre à certaines de nos interrogations.

— De tes interrogations, relève Michael, pour ma part je n'en ai aucune. »

Le retour à la brigade se fait sans un mot, tous deux pensifs et chacun retranché derrière ses convictions. Carmen comprend le point de vue de son collègue, mais son instinct la pousse à engager des investigations complémentaires. Elle reste fidèle aux analyses de David Simon, ce journaliste du *Baltimore Sun* qui a passé un an avec la brigade des homicides de cette même ville, et dont le sentiment sur les enquêtes criminelles est sans appel : « *L'inspecteur des homicides ne prend pas en compte le mobile, qui ne sert quasiment à rien dans la plupart des enquêtes. On s'en tape du pourquoi, trouvez le comment et, neuf fois sur dix, vous obtiendrez le qui.* » Carmen est persuadée que Michaël se trompe. Pour elle, son coéquipier, qui met en avant la théorie du coma éthylique, passe complètement à côté de la question essentielle : comment a-t-elle pu se retrouver dans cette situation ?

Les yeux rivés à son écran d'ordinateur, Carmen est toujours dans ses pensées. Elle s'imagine que la meilleure façon de s'approcher de la vérité est de poursuivre les recherches en lâchant la bride à son imagination. Elle a pour habitude de ne jamais entraver sa créativité d'enquêtrice. Après avoir rédigé les procès-verbaux de constatations de la veille et de transport du matin, elle note sur une feuille blanche la liste des investigations qu'elle souhaite mener. En tête figure la perquisition de l'appartement de Natalia Bolcov. Elle se surprend même à parler à haute voix :

« Bon sang, Natalia, qui es-tu ? Quel genre de femme es-tu ? Timide, fidèle, romantique ? Ou bien, cachée derrière ton visage d'ange, tu es extravertie, dévergondée ? Voire davantage ? »

Soudain, une idée lui vient à l'esprit. Elle saisit son téléphone portable et entre l'identité de la victime sur Instagram. Elle n'est pas surprise de sa découverte. Le compte de Natalia Bolcov se distingue par un fort nombre d'abonnés, atteignant presque le million, et par ses publications quotidiennes qui font état de centaines de milliers de likes. Natalia Bolcov, jolie blonde pulpeuse, est visiblement une influenceuse renommée. Sur l'ensemble des photos, Carmen constate que Natalia maîtrise parfaitement sa communication. Elle apparaît active, pleine de vie et entourée de nombreuses personnalités. Soucieuse de son image, elle se met en scène aux quatre coins du monde, assiste à des événements mondains. Et la liste est longue : Festival de Cannes, Fashion Week de New York, Milan, Londres et Paris, soirées privées et prisées du carnaval de Venise, Grand Prix de Monaco, aller-retour à Ibiza, bal des débutantes, soirées politiques dans plusieurs ambassades de Russie et du monde entier... Carmen en reste bouche bée mais, en fine connaisseuse de la mode, s'amuse à reconnaître les tenues et les parures portées par Natalia Bolcov. Les plus grands noms y sont affichés : Chanel, Dior, Prada, Gucci, Elie Saab, Cartier, Van Cleef & Arpels, visiblement cette jeune femme avait ses entrées partout. Le téléphone de Carmen vibre et affiche un appel d'un de ses meilleurs amis : Ted. Celui-ci fait sortir Carmen des paillettes du compte de Natalia.

« Salut, mon chat ! Partante pour un apéro dînatoire samedi ?

— Tu choisis toujours ma semaine de perm, c'est à se demander si tu ne le fais pas exprès ? le taquine Carmen.

— Mais non, ma belle, je fais ça pour te sortir de ton quotidien sombre et tellement masculin.

— Oh mais justement… Toi qui bosses dans la mode, tu me seras peut-être utile pour ma nouvelle enquête.

— Ah oui ? Raconte ! »

Carmen se ravise. Elle n'aime pas parler de ses enquêtes au téléphone.

« Non, Ted, ce n'est pas le bon moment, j'espère te voir samedi, ça me changera les idées finalement.

— OK, tu me tiens au jus, mon chat », répond-il avant de raccrocher.

Carmen s'enfonce dans son fauteuil et s'évade un instant. Elle se remémore les bons vieux souvenirs qu'elle a partagés avec Ted. Tout les sépare et pourtant leur entente est parfaite. Issu d'un milieu bourgeois, Ted, dont le prénom est un hommage à son grand-père grec, est italien et a fait de longues études d'arts et de mode avant d'entrer comme designer accessoiriste chez Gucci. C'est à l'adolescence, en Italie, que les deux compères se sont connus, car tous deux fréquentaient le même club de gymnastique. Depuis, ils sont restés très proches. Il connaît la passion de Carmen pour les sorties nocturnes sur les toits, raison pour laquelle il la surnomme « mon chat ». Ted s'est récemment pacsé à Paris avec un sympathique garçon que Carmen apprécie également. Paolo, lui, est français, avec de lointaines origines espagnoles. Carmen adore leurs petites soirées entre amis, toujours les premiers à rire tout en étant raisonnables sur l'alcool. L'entrée de Michaël dans son bureau l'arrache à ses pensées.

« Veronika Bolcov est à l'accueil.

— Très bien. Je vais la chercher et je l'embarque pour la perquisition.

— Et mon audition alors ? demande Michaël.

— Les femmes d'abord ! Je te signale qu'une audition après la perquisition te permettra de lui poser des questions sur ce que je vais découvrir. Si tu l'avais entendue avant, tu aurais été contraint de refaire un interrogatoire. Tu vois, tout compte fait, je pense à toi en optimisant ton boulot !

— Je viens avec toi », intervient François, un autre garçon du groupe.

Carmen acquiesce et se lève. Elle enfile sa veste en cuir rouge, celle qui fait toujours rire ses collègues fidèles à leurs idées conservatrices en matière de mode – et Dieu sait que la mode n'est pas le point fort des policiers. Ils ne perdent jamais une occasion de charrier leur capitaine sur ses tenues, les trouvant au mieux inadaptées au métier qu'ils exercent. Ses coéquipiers ont toujours un avis sur tout et surtout un sens développé et récurrent de la critique. Pour eux, la couleur rouge, quel que soit le vêtement, est incompatible avec la discrétion d'une filature. De même, porter un chapeau ou une paire de talons reste en contradiction avec l'idée que la composition de la tenue doit relever uniquement du domaine du pratique en cas de constatations à mener sur une scène de crime ou un incendie. Le policier français est reconnaissable entre mille. Blouson en cuir, jean, baskets. Pour certains, le mauvais goût est poussé jusqu'au port de chaussettes de sport blanches. Chaque flic, homme ou femme, qui déroge à cette règle est montré du doigt, moqué et même, dans certains cas, mis de côté. L'institution policière n'a jamais fait preuve d'originalité ni de créativité en matière de mode, tant et si bien que les codes sont restés les mêmes depuis les années 1970. L'arrivée des femmes dans la police, au début des années 2000, a très peu modifié la donne, celles-ci étant contraintes de se plier et de privilégier les tenues plutôt masculines. C'est donc avec cette pointe d'originalité que Carmen se présente aux parents Bolcov, accompagnée de François, ce jeune collègue qui l'assiste pour la perquisition. La mère de Natalia est aux bras de son époux. Ce dernier avance vers Carmen.

« Dimitri Bolcov », se présente-t-il en tendant la main aux policiers.

Son visage en dit long sur le choc dû au décès de sa fille.

« Je sais que le moment est mal choisi, mais, pour le bon déroulement de l'enquête, il est impératif que nous nous rendions ensemble au domicile de votre fille. C'est une simple formalité, mais tout à fait nécessaire.

— Bien sûr, mais pouvez-vous me donner les conclusions de vos premières recherches et ainsi m'éclairer sur les circonstances de la mort de ma fille ? questionne le père.

— En règle générale, nous recevons les familles des victimes à l'étage mais cette fois, monsieur Bolcov, je vous demande de me faire confiance et de prioriser la perquisition. Je m'engage à vous faire un point complet pendant le trajet. »

Les époux Bolcov se consultent du regard et s'en remettent à leur instinct : suivre l'expérience de l'enquêtrice. Carmen les accompagne au parking de la brigade. Elle choisit la voiture la plus spacieuse, se met au volant, démarre tout en entamant son récit. Pour François, assis près d'elle, c'est une aubaine de profiter de ce compte rendu pour s'imprégner d'une enquête dès sa première semaine.

Le logement de Natalia Bolcov se situe au premier et dernier étage d'une belle bâtisse de la rue Lamarck. Un petit hôtel particulier qui a été transformé et divisé en deux appartements d'une centaine de mètres carrés chacun, un par niveau. Devant l'entrée principale se dresse une immense grille en fer forgé noir qui laisse apparaître une belle cour intérieure en pavés Louis XIV. La double porte d'entrée s'ouvre sur un immense hall en carrelage noir et blanc faisant office de parties communes. Le logement de Natalia Bolcov est accessible depuis l'escalier central dont la beauté n'est pas sans rappeler la marque de fabrique des demeures de luxe. À l'étage, Carmen sent monter l'angoisse sur les traits tendus des deux visages Bolcov.

« Chaque perquisition doit se faire en présence de témoins, explique Carmen aux époux. Vous allez ainsi remplacer votre fille. Je suis tout à fait consciente de l'effort que je vous demande, ces recherches pouvant faire ressortir de nombreuses douleurs et émotions…

— Faites ce que vous avez à faire, capitaine Ricci, répond péniblement Dimitri Bolcov, ne vous préoccupez pas de nos émotions, elles sont indescriptibles.

— Merci, monsieur Bolcov. Pour débuter je vais vous remettre une combinaison, des masques, des gants et des surchaussures. Il ne faut pas polluer la scène. Comme je vous le disais dans la voiture, rien ne nous permet de dire qu'il s'agit d'un homicide, mais je ne veux manquer aucune éventualité et je vous garantis une enquête sérieuse de manière à m'approcher au maximum de la vérité.

— Remettez-nous votre matériel, nous collaborons pleinement. »

À l'aide des clés trouvées dans le sac à main de Natalia Bolcov, les quatre personnes vêtues de tenues blanches pénètrent dans son univers. Ellles sont d'abord surprises par la pénombre de l'appartement, elles évoluent doucement dans le hall, mais toutes les persiennes sont fermées. Carmen trouve tout de suite une raison à cela. Natalia avait dû prévoir de rentrer tard cette nuit-là et pour éviter les grincements stridents des volets, elle avait pris soin de les fermer avant son départ. François, à la lumière de sa lampe torche, ouvre une lourde mallette et en sort l'ordinateur portable du groupe. Il prend soin de s'installer là où il ne gênera pas les recherches : sur le sol. François s'occupe de la partie rédaction. Nouvelle recrue, il doit encore faire ses preuves et rédigera sur les instructions de Carmen. L'enquêtrice aide les parents à ouvrir tous les volets. Le soleil de l'après-midi illumine les murs blancs du double living. La magnificence de la pièce à vivre est sans pareil. Des moulures extrêmement travaillées ornent tout le salon, le plafond d'au moins trois mètres de hauteur arbore une fresque d'anges dansant sur des nuages, le tout entouré d'une fine boiserie ovale. La décoration est sobre et pure, seuls les murs affichent de la fantaisie. Un spacieux canapé en daim bleu coupe le salon en deux parties, l'une pour la détente et l'autre où s'impose un piano demi-queue blanc occupant quasiment tout l'espace. Sous l'immense cheminée supportant un miroir d'époque s'encastre un joli secrétaire en bois qui attire l'intérêt de Carmen. Elle en scrute les moindres détails. Les quatre pieds ondulent dans un écrin d'or fin, le plateau ouvert arbore une plaque en vieux cuir aux contours embossés d'arabesques dorés. La mère de Natalia intervient :

« Vous êtes amatrice de meubles anciens ?

— Non, non ! Excusez mon insistance, j'avoue que cet objet est de toute beauté, répond Carmen, gênée.

— Ce secrétaire est en acajou de Cuba et date du XVIIIe siècle, c'est un cadeau que nous avons fait à Natalia pour ses vingt-cinq ans. Devons-nous le fouiller ?

— Nous allons nous en occuper, mais, pour l'instant, voici l'équipe que j'attendais. »

Carmen pointe du doigt les techniciens de l'identité judiciaire qui viennent d'arriver.

Après leur avoir demandé d'enfiler leur tenue, elle leur présente M. et Mme Bolcov, les briefe sur le contexte, la découverte du corps et les laisse procéder à leurs investigations : prise de photos, relevés d'empreintes et autres recherches de traces ADN. On peut dire que l'appartement est examiné sous toutes ses coutures. À l'issue de ces constatations débute la perquisition. Carmen entreprend, devant témoins, la fouille minutieuse des lieux. Sur le secrétaire, plusieurs factures et papiers divers jonchent le cuir usé par le temps, ainsi qu'un écrin à stylos, un coupe-papier, des enveloppes vierges retenues par des séparateurs et des cartes de visite. Dans le tiroir supérieur, Carmen remarque la présence d'un petit carton blanc, vierge à l'intérieur, mais dont le recto affiche l'illustration d'un masque vénitien de couleur noire. Carmen n'attache pas vraiment d'importance à tous ces objets.

« Madame Bolcov, voyez-vous quelque chose d'inhabituel dans le salon de votre fille ?

— Non, rien du tout, Natalia est ordonnée et je ne vois rien qui ne soit pas à sa place.

— Monsieur Bolcov ? » demande Carmen en haussant le ton pour se faire entendre de plus loin.

L'homme balaye une énième fois du regard l'appartement de sa fille, l'air sombre.

« Je ne vois rien de suspect non plus, son appartement est rangé comme d'habitude.

— Très bien, j'attends les résultats des prélèvements de l'IJ, ils finalisent le décompte d'un instant à l'autre. Pouvez-vous me suivre dans les autres pièces, je vous prie ? »

François reste derrière le groupe avec son ordinateur portable et note scrupuleusement tout ce qu'ils voient et découvrent. Carmen se décale sur la gauche et, accompagnée des parents Bolcov, ouvre une porte donnant sur une chambre transformée en un immense dressing. La pièce est dépourvue de meubles en dehors d'un canapé-lit recouvert d'un plaid, et les murs sont masqués par d'énormes placards encastrés. Le paradis pour une Italienne, la garde-robe privée de Natalia se dresse devant elle et fait pâlir l'enquêtrice. Une vraie boutique de luxe. Tous les plus grands noms de la mode pendent sur les cintres. À cet instant, Carmen comprend la complexité de l'affaire : fouiller chaque poche et arriver au bout de chaque pièce prendrait déjà deux jours. Elle se retourne vers le photographe de l'identité judiciaire :

« Peux-tu me prendre en photo l'ensemble des tenues de Natalia Bolcov ? »

Puis vers une Veronika Bolcov larmoyante :

« Que faisait votre fille dans la vie ?

— Pour ne rien vous cacher, madame Ricci, nous avons, mon époux et moi, une situation financière confortable. Nos deux filles n'ont besoin de rien et nous avons toujours été présents pour leur donner le meilleur. Notre aînée se trouve actuellement en Russie, mariée à un ancien collaborateur de mon époux qui a monté sa propre entreprise de spiritueux près de Moscou. Nous ne la voyons qu'occasionnellement. Concernant Natalia, nous avons la chance de l'avoir à nos côtés à Paris. Cet appartement est un bien familial et nous l'avons transformé dès qu'elle a décidé d'être indépendante. Natalia ne travaille pas mais ne manque de rien. L'essentiel de son activité consiste à la représentation de notre famille au sein des manifestations mondiales dans le domaine du luxe. Nous avons un rang à tenir et c'est notre fille qui s'en charge. Nous avons toujours travaillé dans le domaine de l'alcool de luxe et y avons fait fortune en créant en partenariat avec les cristalleries autrichiennes, des bouteilles millésimées numérotées. En toute logique, Natalia s'est prise de passion pour le luxe et les soirées mondaines. Forte de notre réseau, elle est un peu notre ambassadrice, assiste à des dîners et événements mondains. Elle parcourt le monde et elle en était ravie, dit-elle en fondant en larmes devant une photo de sa fille encadrée sur le mur.

— J'ai compris son statut en consultant ses communications sur les réseaux sociaux. Je suis impressionnée par le nombre de personnes qui la suivent sur Instagram. Votre fille devait être sollicitée de toutes parts…

— Toutes les marques lui couraient après, je vous laisse imaginer que les grandes maisons n'ont pas tardé à comprendre leur intérêt à voir ma fille porter leurs vêtements, leurs accessoires et autres produits de beauté. On lui a vite proposé des contrats, ce qui couvrait largement son train de vie.

— Et du côté des relations amoureuses ?

— J'ai toujours été très proche d'elle et nous avons toujours su communiquer sainement. En revanche, en ce qui concerne ses amours, c'est le flou le plus total. Elle ne nous a jamais présenté de petit ami. Le sujet n'était pas tabou, nous en parlions, mais, chaque fois, Natalia répondait qu'elle ne se sentait pas encore prête, affirmant que la vie de voyageuse apparaissait incompatible avec une relation amoureuse stable. Je pense qu'elle se donnait encore quelques années de liberté, consciente qu'un engagement changerait radicalement sa vie. Madame Ricci, vous pouvez penser que ma fille devait être une femme superficielle, attachée surtout à son image et à son bien-être, se mettant en scène sur les réseaux sociaux telle une femme-objet, paradant dans des soirées inaccessibles. Mais je peux vous garantir que c'est une personne extrêmement intelligente et cultivée, pleinement consciente de l'effet pervers de ce qu'elle représente et, de ce fait, soucieuse de défendre les intérêts de la femme à travers sa communication. Ma fille, poursuit-elle en séchant ses larmes, est une femme généreuse et bienveillante.

— Je n'en doute pas, réplique Carmen en observant M. Bolcov, pensif et isolé près du piano. Je cherche simplement à comprendre le contexte et son passé, de manière à expliquer le présent de mon enquête. Je vous remercie, madame, pour ces précisions, la rassure-t-elle avant de se tourner vers ses collègues de l'identité judiciaire. Avez-vous relevé des empreintes et des traces d'ADN ?

— Une bonne quinzaine, répond un technicien. Il faut que j'en fasse une analyse précise, mais à la vue des décalques, il est difficile de dire s'il s'agit d'une seule et même personne. Les comparaisons complémentaires au laboratoire sont nécessaires. Et pour les ADN, nous aurons les résultats d'ici à quelques jours après l'exploitation des prélèvements que nous avons effectués.

— Très bien », acquiesce Carmen qui, à la tête du technicien, devine que rien de bon ne se profile pour les résultats.

Carmen regarde furtivement les deux époux Bolcov et se rend bien compte que la poursuite des recherches dans l'appartement de leur fille devient contre-productive. La compassion prend le dessus et Carmen ressent les difficultés qu'a cette mère à masquer son immense chagrin. Elle décide donc d'y mettre poliment un terme. L'opération n'est pas concluante. La fouille minutieuse n'a permis la découverte d'aucun indice. *C'est Michaël qui va être content*, pense-t-elle.

4.

Permanence

Recroquevillée sur le toit de son immeuble, Carmen relit en boucle sur son iPad les auditions des époux Bolcov que Michaël a retranscrites. Elle tente de s'imprégner de leurs propos comme pour mieux attirer l'élément manquant qui confirmerait son intuition. Au bout de cinq jours d'enquête, elle n'a aucun élément suspect. Les résultats des empreintes et des comparaisons ADN sont tombés et toutes appartiennent à Natalia Bolcov. Cette jeune femme n'avait pas l'habitude de recevoir, ou alors l'employée, qui venait deux fois par semaine parvenait, à force d'astiquer, à en effacer toute trace. Cette employée a également été convoquée et son audition reste sans appel : pas d'autre présence que celle de Natalia Bolcov dans le logement. D'ailleurs l'appartement était souvent inoccupé, Natalia Bolcov, toujours par monts et par vaux, passait les trois quarts de son temps dans des hôtels de luxe. Même ses voisins ne la croisaient jamais, alors au bras d'un homme, encore moins !

Carmen pose sa tablette sur le zinc de la toiture, s'étire et s'allonge doucement pour fixer les étoiles. Une raison supplémentaire à sa fréquentation des toits : se retrouver au-dessus de la pollution lumineuse des éclairages publics, ce qui lui permet de contempler le ciel. Les constellations apparaissent et disparaissent de son champ de vision au fur et à mesure de l'avancée de la nuit. Emmitouflée dans un plaid doux et chaud, les yeux fixés sur Vénus, elle repasse en revue ses enquêtes. Elle sait que celles-ci se jouent souvent dans les premiers instants. Ces derniers jours, l'ensemble des correspondants téléphoniques de Natalia Bolcov ont été identifiés et contactés. Leurs téléphones ont été localisés. Aucun n'a été repéré sur les lieux des faits. Aucun ne fait état d'un élément pouvant lancer Carmen sur une piste intéressante. Elle n'est pas partagée entre l'abdication et le défi. Clôturer le dossier en concluant à une mort naturelle ou bien suivre son instinct et continuer les investigations, le choix est déjà fait. Même convaincre ses collègues, la hiérarchie et la procureure lui semble facile. En revanche, ce qui la contrarie dans l'immédiat, c'est la manière dont elle va pouvoir confirmer son intuition. Comment est-il possible que cette jeune femme si belle et intelligente ait pu se retrouver à deux pas de chez elle, dans cette posture, en pleine nuit, sur les marches d'un escalier de Montmartre ? Le week-end approche et Carmen se promet d'en discuter avec Ted, ce magnat de la mode pourra peut-être l'éclairer sur la personnalité des influenceuses telles que Natalia Bolcov lorsqu'elle lui dressera la liste des vêtements de marque retrouvés chez elle. Cette nouvelle énigme attise une certaine excitation en Carmen. Tout en réfléchissant à la direction qu'elle va donner à son enquête, elle se relève, enjambe sa fenêtre ouverte, saisit un petit arrosoir en plastique et le remplit d'eau. Le printemps pointant son nez de manière plus prononcée ces derniers jours, elle s'aperçoit que les plantes qui ornent son toit de part et d'autre de sa deuxième fenêtre montrent des signes d'assèchement. Quatre oliviers, de bonne taille, sont positionnés dans le prolongement de l'ouverture du salon, sur cette avancée parfaitement plate de son toit. Entre chaque arbuste, Carmen a ajouté des géraniums dont la résistance à l'humidité et à la froideur parisiennes a fait ses preuves. Elle arrose ses plantes dont les premiers signes de renaissance annuelle apparaissent.

« Vous, au moins, vous m'êtes toujours fidèles, murmure-t-elle. Chaque printemps, après votre longue période d'hibernation, vous revenez fleurir mon petit bout de toit et par extension mon esprit. »

Après son arrosage, elle remplit son petit vaporisateur d'eau et humidifie les feuilles, des gouttelettes qui glissent en parfaite harmonie le long des feuilles et des branches. Carmen, perdue dans la contemplation, hume l'odeur caractéristique de l'humidité sur la végétation. Soudain une vision traverse son esprit, un flash plutôt sur la vue des escaliers où le corps de Natalia Bolcov a été découvert. Carmen se souvient furtivement d'avoir remarqué, sur le toit de l'immeuble qui longe les marches, celui qui fait l'angle avec la rue André-Del-Sarte, la présence de végétation. Peut-être des lauriers roses et du buis. Plutôt bien entretenus, d'ailleurs.

« Si ces arbres sont sur ce toit, c'est qu'on peut y monter pour s'en occuper. De là-haut, je devrais avoir une vue imprenable sur les marches ou Natalia a été découverte. Et voilà, ça recommence… Je me mets à marmonner toute seule. »

Carmen n'a eu aucune nouvelle des habitants du quartier et ce malgré son publipostage auprès des gardiens d'immeubles. Elle se promet de profiter d'un nouveau contact avec les concierges pour aller jeter un coup d'œil sur les hauteurs de Montmartre et cette fois-ci, façon Carmen Ricci !

L'heure est bien avancée et, comme d'habitude, Carmen tarde à aller se coucher. Le petit oiseau de nuit jette l'éponge sur cette interminable journée, rentre tout son matériel de jardinage et sombre dans les bras de Morphée.

La nuit est humide et de fines perles de sueur courent sur son front. Carmen s'agite de droite à gauche dans son lit, froissant le drap blanc qui la recouvre. Elle semble courir le marathon tant sa respiration s'accélère, quelques gémissements puis des cris étouffés se font entendre, Carmen est en plein cauchemar. Toujours le même genre d'horreur. Son esprit est trop préoccupé par ses enquêtes et cela engendre une confusion qui la perturbe au point d'y mélanger ses affaires.

Le réveil sonne en musique à 7 heures et, comme chaque matin, ce dernier chute de la table de nuit à cause du mouvement brutal de Carmen qui tente de l'éteindre.

« Encore une journée qui commence bien », grommelle-t-elle, les cheveux ébouriffés.

De permanence toute la semaine, elle est aussi d'astreinte ce week-end et se rend donc à la brigade après un double café. Les bureaux sont moins occupés que la semaine, Carmen en profite pour réorganiser ses placards. Un ménage de printemps en quelque sorte. Elle vide ses tiroirs et son esprit par la même occasion. Pas un seul coup de téléphone de la journée, pas l'ombre d'une affaire supplémentaire. Une situation inhabituelle pour cette brigade d'ordinaire très active. Une aubaine pour Carmen, qui pense déjà s'aérer la tête chez Ted et Paolo ce soir.

À la fin de son service, elle se hâte vers les toilettes afin d'enfiler une robe qu'elle juge trop sophistiquée pour un simple dîner. Elle plonge la main dans son sac et en sort un combishort à la mode, ajuste sa taille d'une large ceinture en cuir, enfile des escarpins avec des lanières en strass et se rend rue du Faubourg-Saint-Antoine, pour y retrouver ses amis. En montant l'escalier, un fond sonore et musical se fait entendre. Carmen est en retard et la soirée bat déjà son plein. Les décibels augmentent à chaque marche gravie. Elle qui s'attendait à passer une soirée cosy en compagnie du couple.

« Eh bien ! J'espère que les gars ont prévenu leurs voisins, voire ceux des immeubles mitoyens, ricane-t-elle. Sinon je vais encore devoir me coltiner les négociations avec les collègues qui vont se pointer pour faire cesser ce tapage... »

Nul besoin de sonner, la porte est grande ouverte et quatre personnes, cocktail en main, obstruent le passage. Le seuil à peine franchi, Ted se précipite sur elle, manifestant, comme à son habitude, une joie immense et sincère de la revoir.

« Bonsoir, mon chat, tu es très en beauté. On ne dirait pas que tu quittes le boulot, dis-moi, et quelle combinaison ! Tu es resplendissante. Allez, entre, que je te présente à ceux que tu ne connais pas. »

Carmen n'a pas le temps de sermonner son ami d'enfance sur le déroulement imprévu de cette soirée qu'elle est propulsée dans l'immense salon, embrassant chacune des personnes rencontrées. Paolo se joint à eux pour ajouter de la gaieté à la bonne humeur et pour apporter quelques touches croustillantes aux présentations, qui d'ailleurs tournent à la véritable exhibition. Carmen aurait pu se sentir un peu embarrassée, mais dotée d'une capacité à se ressaisir, elle maîtrise parfaitement cette situation impromptue, saluant un à un les invités. Certaines têtes lui sont familières, mais, en réalité, elle ne connaît pas grand monde dans ce milieu exubérant de la mode française voire internationale. Au fil des embrassades, elle constate que l'on parle aussi bien le français et l'anglais que l'italien. Elle note également que sa profession n'est un secret pour personne, Ted et Paolo ayant dû enchaîner les indiscrétions avant son arrivée. Carmen, ainsi, se surprend à relever l'absurdité de la situation : une fois de plus, le flic, qui, aux yeux de la population, est censé connaître tout sur tout le monde, est au final celui qui ne connaît rien sur personne. La belle Carmen et ses talons hauts attirent bien des regards. Elle reste imperturbable mais après une trentaine de bises multipliées par deux joues, elle s'agace et attrape nerveusement Ted par la main pour le pousser dans la cuisine.

« Dis-moi, on ne devait pas se voir en petit comité ?

— Mais, ma chérie, c'est un petit comité ça !

— Déconne pas ! Tu aurais pu me prévenir, tout de même, je me serais vêtue autrement !

— Tu es ravissante, mon chat, et cette combi est sublime.

— Tu connais mon angoisse des mauvais regards, j'aurais été moins gênée en jean ! s'énerve-t-elle.

— Mauvaise réponse, madame ! Tes futals moulants attirent encore plus les regards sur ton postérieur... Mais trêve de bavardages inutiles, maintenant que tu connais l'assemblée au complet, viens boire un verre. Nous avons également ouvert la terrasse, pour les fumeurs... et les romantiques. On ne sait jamais, peut-être que tu trouveras chaussure à ton pied ce soir...

— Mes pieds vont très bien, ils sont chaussés de Jimmy Choo à 500 euros alors lâche-moi un peu, tu veux ?

— Oh là là, mais quelle tigresse, il faut bien qu'on te case, sinon tu vas finir vieille fille », la taquine-t-il en ouvrant la porte de la cuisine pour clore la discussion.

Le volume de la musique mêlé à la cacophonie ambiante empêche Carmen de répondre quoi que ce soit et elle se sent projetée dans l'arène des jet-setters de la mode. Perdue pour perdue, elle se compose une mine avenante, traverse le salon en direction du buffet et se fait servir une coupe de champagne. Elle trempe ses lèvres dans les fines bulles, laissant la marque de son rouge à lèvres, se retourne et observe l'assemblée de loin. Elle croise furtivement le regard d'un homme qui, tout en discutant avec un groupe d'amis, ne se gêne pas pour la dévorer des yeux. Entre-temps, une connaissance proche de Ted la fait sursauter en lui chatouillant la taille.

« Carmen ! Tu as pu venir, c'est génial, comment vas-tu ? Chaque fois que Ted et Paolo organisent une soirée, on se rate.

— Malaurie, ça fait un bail ? Super, et toi ?

— Très bien aussi ! Je n'en reviens pas, ça remonte à combien… deux ans nos vacances à Florence ?

— Deux ans déjà ! Comme le temps passe vite !

— J'en garde un souvenir incroyable et les parents de Ted sont tellement adorables de nous avoir tous accueillis dans leur maison florentine.

— Ah oui, je confirme, d'ailleurs j'y retourne cet été ! Et à part ça, que deviens-tu ?

— Figure-toi que j'ai été mutée, je quitte Paris pour Milan, l'informe Malaurie, enjouée.

— C'est génial, tu en rêvais ! Toujours dans la formation chez Gucci alors ?

— Oui, justement, je vais diriger le département formation luxe de la boîte, je suis aux anges… Au fait, Carmen, tu le connais le type là-bas ? demande Malaurie en désignant son observateur.

— Non, pas du tout.

— Eh bien, moi je le connais de réputation, c'est le directeur d'une grosse boîte de pub, il te mate, tu ne peux pas imaginer.

Carmen joue la carte de l'indifférence, consciente que cet homme la regarde depuis son arrivée et son sans-gêne la dérange. Elle se réjouit toutefois de partager une coupe de champagne avec Malaurie, une amie et collègue de Ted qu'elle connaît depuis plusieurs années. Malaurie est une femme extrêmement bienveillante, toujours prête à aider les autres. Son carré brun plongeant fait contraster son visage pâle et ses courbes sont aussi généreuses que son caractère. Carmen et Ted l'apprécient beaucoup, mais ses nombreux déplacements réduisent considérablement les occasions de se voir.

— Salut, les filles, les interrompt Paolo, j'espère que vous passez une bonne soirée ? Désolé, Malaurie, je kidnappe Carmen dix minutes », dit-il en lui attrapant la main.

Carmen se laisse guider jusqu'à la terrasse qui offre une vue imprenable sur la place de la Bastille. Ted l'attend près du garde-corps, fumant une cigarette.

« Tiens, tiens, tiens. Je te connais trop bien pour savoir que si je me retrouve en tête à tête avec toi, c'est que tu as quelque chose à me demander, observe-t-elle en regardant Paolo repartir presque aussitôt.

— Tu veux bien t'occuper de remettre nos clefs à un client Airbnb lundi ? On part une semaine à Ibiza pour fêter notre pacs.

— Aïe ! Je ne peux vraiment pas, mon Ted, je suis trop débordée avec ma dernière affaire.

— Ah mince !

— Je suis sincèrement désolée, ça tombe mal.

— T'inquiète, je vais me débrouiller autrement. Mais j'y pense, à propos de ton affaire, tu ne devais pas me parler de quelque chose ?

— Absolument ! Connais-tu l'influenceuse Natalia Bolcov par hasard ?

— Si je connais Natalia ? Mais je la connaissais personnellement, c'est une tragédie son décès. Nous étions avec Paolo à la cérémonie française de son enterrement au Père-Lachaise.

— Je vois que les nouvelles vont vite, si tu as des infos, même futiles, balance !

— Je n'y crois pas, c'est toi qui gères l'affaire Bolcov ? Bon sang ! C'était une star, cette nana. Que veux-tu savoir au juste ?

— Malheureusement, cette fille ne tenait pas en place, elle avait toujours un avion à prendre et vu son emploi du temps et son entourage, je t'avoue que je patauge un peu.

— Écoute, Natalia était sur tous les plans, la mode, la politique, l'alcool, bref, c'était une image de marque en quelque sorte. Je l'ai encore vue il y a une quinzaine de jours à Milan.

— Attends une seconde, quels étaient ses derniers événements ?

— Depuis le début de l'année, j'en compte pas mal, après je ne suis pas tous ses déplacements, mais je me souviens de la Fashion Week haute couture en janvier, un grand gala de charité en Russie, le carnaval de Venise fin février et la fameuse Fashion Week prêt-à-porter de Milan où je l'ai vue pour la dernière fois.

— C'est bien ce que je pensais, c'est chercher une aiguille dans une botte de foin », déplore la capitaine de police.

Carmen secoue la tête de dépit et se frotte le front.

« L'as-tu vue au bras d'un homme au moins une fois, je ne retrouve aucun contact masculin qui nous relie à elle.

— Détrompe-toi, mon chat, c'était une croqueuse d'hommes, mais cela devait durer le temps d'une nuit, voire quelques jours, jamais plus. Elle était si courtisée qu'elle devait en être franchement perturbée.

— Eh bien... Plus j'avance dans cette enquête, plus les indices s'éloignent. Ted, je reste persuadée que quelque chose de bizarre se trame. Trop d'incohérences.

— Suis ton instinct, mon chat, souviens-toi quand nous étions ados, ton instinct nous a sauvé la vie », conclut Ted en s'éloignant pour rejoindre ses convives.

Carmen appuie ses deux mains sur le garde-corps, étire son buste en penchant la tête pour admirer cette vue qu'elle affectionne tant. Une idée lui vient à l'esprit, celle de s'évaporer dans la nuit au-dessus des toits. Elle se surprend même à chercher, puis, se penchant un peu plus dans le vide, à imaginer un chemin praticable depuis la terrasse de Ted et Paolo. Un inconnu la sort de ses pensées :

« Vous ne devriez pas vous pencher ainsi une coupe de champagne à la main, je serais obligé de voler à votre secours en cas de chute.

— Vous pouvez m'expliquer comment vous pourriez voler à mon secours, après avoir fait un saut de douze mètres, sauf si c'est pour orienter mon âme dans son élévation ? répond-elle avec humeur.

— Spirituelle ?

— Ça vous dérange ?

— Non, bien au contraire, ça m'intrigue. Je vous observais…

— J'ai vu… et vous m'observiez de dos, répond Carmen, embarrassée.

— C'est vrai, mais il est assez difficile de juger la spiritualité d'une femme renversée sur une balustrade », la taquine-t-il.

Dans la pénombre, Carmen peine à distinguer ses traits. Toutefois, en s'approchant, elle découvre que c'est l'homme qu'elle a surpris à maintes reprises en train de l'observer. Ce mystérieux inconnu plonge son regard bleu intense et expressif dans le sien pour tenter de la charmer. Carmen situe son âge aux alentours de la quarantaine ; des cheveux mi-longs, poivre et sel, une barbe naissante. Sa carrure est sublimée par une chemise en lin blanc dont le col ouvert fait apparaître sa virilité. *Hum… un peu trop séduisant pour être vrai. Il doit cacher des casseroles*, pense-t-elle. Toujours vigilante, elle poursuit son registre de la méfiance et de la défiance.

« Ravi de vous rencontrer ! Guillaume, s'exclame-t-il en lui tendant la main.

— Carmen, répond-elle avec une poigne maîtrisée.

— Je dois dire que la soirée s'est embellie à l'instant où je vous ai vue arriver, je n'ai pas pu résister au plaisir de vous admirer du coin de l'œil. Pour être honnête, j'ai attendu que vous terminiez votre conversation avec Ted pour sauter sur l'occasion de faire votre connaissance.

— Eh bien, la discrétion n'est pas votre fort... Je vous ai vu m'épier dès mon arrivée.

— Croyez-moi, j'ai d'autres qualités... J'aimerais beaucoup vous revoir.

— Il est vraiment tard et je n'ai plus les idées claires avec ce champagne, avance-t-elle en tentant de s'éloigner.

— Ah non ! Je ne vous quitte pas avant d'avoir eu votre numéro de téléphone, répond-il en lui retenant le bras.

— Vous allez donc voir comment s'éclipse une femme sans qu'elle échange ses coordonnées, réagit-elle en repoussant sa main fermement.

— Vous me prenez pour un séducteur, un homme à femmes, c'est cela ?

— Sans en connaître le nombre, je perçois que vous n'avez pas l'habitude d'essuyer de refus. Méditez donc sur celui-ci.

— Mais pourquoi êtes-vous si dure ? » s'étonne-t-il.

Sans lui laisser la moindre opportunité, tel un chat qui ondule, Carmen se glisse avec dextérité entre son interlocuteur et la façade de la terrasse pour disparaître après s'être faufilée par la baie vitrée. Elle traverse le salon et slalome entre les convives, capte le regard de Ted et Paolo et d'un clin d'œil complice leur signale son départ.

Carmen rentre à pied à son domicile qui n'est qu'à quelques minutes de la place de la Bastille.

Après une autre nuit agitée, elle se lève puis se concentre à nouveau sur son enquête. Elle passe un coup de fil au chef de la permanence du week-end, afin de s'assurer qu'aucune autre affaire ne viendra déranger ses plans pour la matinée.

« Tout est calme, lui répond son interlocuteur, un commandant de police proche de la retraite dont la carrière ne fait rêver personne. C'est bien la première fois depuis des lustres, je n'en reviens pas. Pas la moindre affaire à l'horizon. J'ai même pu prendre le temps d'aller acheter des croissants. On t'attend pour le café », ajoute-t-il.

Carmen perçoit un brin de soulagement de la part d'un policier quelque peu angoissé à l'idée de travailler et visiblement heureux de n'avoir, cette fois-ci, rien à gérer.

« Donne ma part à quelqu'un d'autre, je serai un poil en retard, j'ai dans l'idée de retourner à Montmartre », annonce Carmen, avouant ainsi le véritable motif de son appel.

En effet, d'astreinte criminelle durant les nuits de ce week-end de permanence, elle aurait obligatoirement été informée de toute nouvelle saisine par le parquet.

— Toujours sur ton enquête décès ? rétorque-t-il.

— Pas de conclusions hâtives, je te prie. Je ne dois passer à côté d'aucun élément.

— Comme tu veux, Carmen. Si jamais une autre affaire tombe, je te rapatrie au service.

— Téléphone en poche. En cas de besoin, je ne suis qu'à deux arrondissements de la brigade, je déboule illico presto », répond-elle avant de raccrocher, agacée de devoir rendre des comptes à une hiérarchie soucieuse d'assurer les statistiques de présence plutôt que de s'intéresser aux enquêtes.

La minute suivante, Carmen grimpe sur son scooter banalisé, celui qu'elle prend pour les astreintes. Il est habituellement stationné en bas de chez elle, mais la veille, elle a été contrainte de le garer dans une rue parallèle. C'est la localisation de son logement du Marais qui l'avait poussée à choisir ce deux-roues. En effet, ce quartier parisien est célèbre autant pour son histoire que pour son manque de places et de parkings souterrains. Aucune chance pour un automobiliste d'arriver à se garer. De plus, les différentes politiques de chasse à la voiture, menées sans relâche par la mairie, ajoutent même de la difficulté à la difficulté. Les policiers d'astreintes criminelles sont contraints d'avoir un véhicule pour se déplacer la nuit en cas de rappel. Impossible pour Carmen de déménager pour un logement muni d'un parking : ce ne sont pas les sous-sols qui l'intéressent, mais les toits. Elle avait donc suivi les stages de conduite des deux-roues de la police avec succès et s'était vu attribuer, pour ses week-ends de permanence, un Vespa dernier cri. Fashion addict même sur la route, elle avait troqué le casque trop simple à son goût contre un modèle vintage assorti à la couleur de son engin. Ses collègues avaient une nouvelle fois crié au scandale, mettant toujours en avant l'argument de la discrétion. Totalement hermétique aux critiques, Carmen roule les cheveux au vent. Elle fonce dans le 18ᵉ jusqu'à l'angle des rues Paul-Albert et André-Del-Sarte. Après avoir déplié la béquille, elle s'extirpe de son scooter, glisse son casque dans le top-case et se dirige vers la loge de la gardienne dont la présence au quotidien est un véritable atout pour les enquêteurs.

« Bonjour, madame ! lance la gardienne en astiquant la poignée de porte en laiton avant même que Carmen n'ait eu le temps de manifester sa présence. Vous êtes toujours aussi matinale !

— Vous pouvez parler, s'amuse la policière, vous êtes sur le pont un dimanche ?

— Vous savez, lorsque vous habitez sur votre lieu de travail, vous avez le sentiment de dormir au boulot. Et puis je ne supporte pas toutes ces empreintes de doigts. Que puis-je faire pour vous cette fois ?

— L'autre jour, j'ai remarqué que le toit de votre immeuble était embelli par plusieurs grands lauriers roses…

— C'était une idée de mon défunt mari, l'interrompt la concierge la voix empreinte de tendresse et de nostalgie. Au Portugal, notre maison en était entourée, ça lui rappelait un peu notre pays. Depuis, ils ont tellement poussé qu'ils sont effectivement visibles depuis la rue. Lorsque je rentre des courses, je les regarde, ils me font penser à lui et je fais une prière en sa mémoire.

— Peut-on accéder à ce toit ?

— Non, cela fait des années que je n'y suis pas montée, je ne me souviens même plus si j'en ai conservé la clé.

— Mais comment faites-vous pour entretenir les lieux, alors ?

— Oh ! Pour ça, une entreprise se déplace deux fois l'an, payée par la copropriété. Mais je pense qu'ils ont leurs propres clés, car j'ai le souvenir que la porte est cadenassée en plus d'être verrouillée. Malheureusement, je ne peux pas vous aider, car je n'ai pas la clé du cadenas.

— Je peux aller jeter un œil ?

— Faites-vous plaisir, mais je maintiens que vous ne pourrez pas y accéder. »

Carmen se précipite dans l'escalier. Grimpant les marches deux à deux, elle arrive à l'étage des anciennes chambres de bonnes. Rapidement elle y découvre le petit couloir de service, qu'elle emprunte, mais au bout duquel la déception est au rendez-vous. Impossible d'aller plus loin. La porte cadenassée bloque son avancée.

« Je vous l'avais bien dit, lui lance la gardienne essoufflée par une montée plus rapide qu'à son habitude.

— Y a-t-il un autre accès ?

— De notre immeuble, non, j'ai bien peur de ne pas pouvoir vous aider davantage, ma petite demoiselle. »

Carmen la remercie poliment et redescend à vive allure. Au rez-de-chaussée, elle s'esquive par une porte extérieure du bâtiment. Son expérience des toits de Paris, doublée d'une ténacité hors norme, ne peut que lui suggérer de trouver un autre accès. Elle se positionne sur les escaliers de la rue Paul-Albert, à proximité de l'emplacement où a été retrouvé le corps de Natalia Bolcov. Elle progresse en montant les marches, tout en examinant les toitures qui jalonnent la rue. Sa vue perçante analyse chaque détail afin de découvrir une faille dans l'accès aux toits. Rapidement, son œil expert remarque que les quatre immeubles qui suivent son objectif sont reliés par des pierres de fondation, permettant de passer d'une bâtisse à l'autre. À l'époque, plusieurs immeubles étaient construits ainsi pour éviter qu'ils ne s'affaissent. Une aubaine pour Carmen, qui décide de grimper sur le quatrième immeuble rue Paul-Albert pour se retrouver quelques instants plus tard au milieu de la terrasse aux lauriers roses. Elle regarde furtivement sa montre. Il lui reste un peu de temps avant de rejoindre ses collègues mais elle est consciente que commencer son ascension depuis la butte Montmartre bondée de monde est irréalisable en plein jour. Elle décide donc de trouver l'accès qui lui permettra de revenir la nuit suivante. Sur une petite place perchée en haut des marches, entre l'angle des rues Paul-Albert et Muller, il y a un restaurant nommé Un été en pente douce. Dans sa cour, un immense et solide sophora affirme sa grandeur, cet arbre introduit au Jardin des Plantes en 1747 arbore les squares en entourant la basilique. Celui-ci intéresse fortement Carmen avec ses vingt-cinq mètres de hauteur et un feuillage qui côtoie le dessus de l'immeuble de cinq étages du restaurant. L'idée fait mouche, elle remarque le potentiel de portée de ces branches et s'imagine déjà tout en haut. *Un jeu d'enfant*, se dit-elle. Satisfaite de sa découverte, elle redescend les escaliers de la rue Paul-Albert, enfourche son scooter et, après avoir machinalement attaché la lanière de son casque, reprend la route le sourire aux lèvres. Paris défile devant ses yeux émerveillés par les façades haussmanniennes et les couleurs flottantes des feux tricolores. Queue-de-cheval au vent, elle file et slalome vers le siège de son service.

Appuyée sur son bureau, un mug d'infusion parfumée à la main, une idée lui traverse l'esprit. Elle allume son ordinateur et ouvre ses fiches personnelles qu'elle alimente au fil de sa carrière pour optimiser la rapidité d'exécution de ses enquêtes. Elle clique sur l'intitulé « réseaux sociaux » et consulte la page relative aux demandes auprès d'Instagram, réseau social au milliard d'utilisateurs prisé des globe-trotteuses. En deux clics, elle se connecte sur son compte « Facebook Police » et rédige, dans un anglais parfait, une demande d'accès aux derniers messages ainsi que les adresses IP de connexion. Les réquisitions sont envoyées via les canaux officiels en Californie, siège de Meta. Carmen sait qu'elle se trouve confrontée à un délai de réponse qui peut prendre des semaines voire plus. Cette enquête n'étant pas liée à une affaire criminelle, elle se demande même si ses interlocuteurs américains daigneront se manifester.

Check ! se dit-elle après avoir validé son dossier. *Qui ne tente rien n'a rien !*

— Carmen ? lance un collègue de la permanence en déboulant dans son bureau, on a une affaire !

— Oh merde ! C'était trop beau pour être vrai », grommelle-t-elle en attrapant son blouson à la hâte.

Habituée aux départs précipités pour se rendre sur les scènes de crime, Carmen saisit au vol sa sacoche contenant tout le matériel de la parfaite enquêtrice et grimpe à l'état-major pour prendre les consignes. Elle tombe sur le chef de permanence, dont elle remarque le stress engendré par cette nouvelle affaire.

« Bon ! On n'est pas officiellement saisi, lui explique-t-il, mais il faut se rendre en observateur à la demande du parquet. Une femme a été retrouvée morte à l'intérieur d'un appartement du 12, rue Picpus dans le 12e et d'après ce que je comprends du compte rendu des collègues sur place, il y a des traces de sang sur la porte d'entrée côté extérieur. Et bien sûr, la porte est verrouillée. Va jeter un coup d'œil et tiens-moi au courant !

— Tu as les coordonnées de l'enquêteur local ?

— C'est envoyé sur le WhatsApp de ton équipe. Emmène un gars de la permanence avec toi.

— Pas besoin de coéquipier tant que nous ne sommes pas officiellement saisis, je vais d'abord prendre la température et j'aviserai. »

Sans prendre le temps de collecter d'autres éléments auprès du chef de permanence dont la réputation est ternie par son incompétence, Carmen redescend à la hâte les quatre étages de la brigade. Elle récupère son scooter et rejoint les Grands Boulevards en prenant garde au flux des deux-roues en tout genre, qui, depuis quelques mois, font monter en flèche les statistiques de mortalité sur les chaussées de la capitale. Prudente et sereine, Carmen se faufile jusqu'à

Bastille, passe devant l'institut médico-légal et traverse le 12ᵉ arrondissement d'ouest en est. Une fois à Picpus, elle gare son scooter près des véhicules de police à proximité de l'immeuble concerné. Un premier policier en uniforme, qui bloque l'entrée, lui indique l'étage. Carmen se rend au troisième par l'escalier et avance d'un pas affirmé dans le couloir devant les yeux ébahis des deux jeunes enquêteurs locaux qui attendent son expertise. Le jeu est subtil et Carmen en a pleinement conscience. Ces deux flics ont fait appel au procureur dès la découverte du corps, estimant que l'examen de la scène laissait apparaître un ou plusieurs détails suspects. Mais Carmen sait également, et c'est quelque chose que l'on apprend rapidement dans ce métier, que certains policiers locaux laissent croire à une suspicion de meurtre pour se débarrasser des affaires. Ainsi, ils sont dessaisis au profit de la police judiciaire. Tout repose sur son expertise qui doit faire la différence entre ce qui est vraiment suspect et ce qui est amplifié par ces deux jeunes policiers. C'est donc sur ses épaules que repose la décision de mener cette enquête criminelle ou bien de laisser les investigations au commissariat local. En bref, déterminer s'il s'agit bien d'un meurtre ou pas. En écoutant le compte rendu des premiers intervenants, elle jette un œil avisé sur l'ensemble du couloir. Elle remarque une trace de sang à moins d'un mètre du sol, sur la porte de l'appartement de la victime. En s'approchant, elle y découvre la forme d'une main.

« À ton arrivée, la porte était-elle verrouillée ou seulement claquée ? demande-t-elle au plus haut gradé.

— Ce sont les pompiers qui ont été prévenus par le fils de la défunte car elle ne répondait plus à ses appels depuis hier soir. Les sapeurs ont dû enfoncer la porte. Ils ont découvert la femme dans la pièce principale de son studio allongée par terre sur le ventre.

— Et où sont-ils ?
— Repartis après nous avoir remis le certificat de décès.
— Et donc, cette porte était verrouillée ou claquée ?
— Seulement claquée. D'ailleurs, on peut remarquer les dégâts commis par la serrure avec l'enfoncement de la porte. Ils ne sont pas visibles au niveau des verrous, seulement du pêne demi-tour, c'est la petite pièce métallique actionnée par la poignée. Du coup, n'importe qui aurait pu sortir du logement une fois les faits commis, ajoute fièrement le gradé pour appuyer sa théorie du meurtre.
— C'est exact, confirme Carmen, mais cet indice n'est clairement pas une preuve suffisante. Voyons à l'intérieur. »
La capitaine de police ouvre sa sacoche et en sort une combinaison blanche, un masque, des surchaussures et une charlotte de technicien de scène de crime. Revêtue de tous ces artifices obligatoires, elle enfile une paire de gants de chirurgien.
« Je n'ai pas pris autant de précautions pour pénétrer dans les lieux, précise le gradé.
— Tu as bien dit que ce décès te paraissait suspect, non ? rétorque-t-elle en levant les yeux au ciel. Tu prendras donc toutes les mesures nécessaires la prochaine fois ! »

L'appartement débute par un étroit couloir d'environ cinq mètres de long en désordre. Elle remarque trois différents accès, le premier, tout de suite à droite, donne sur un coin cuisine, le second totalement à sa gauche mène vers la salle de bains et enfin la pièce à vivre se situe en face.
« Tu as appelé l'identité judiciaire ? demande Carmen au même policier.
— Oui, oui, ils sont en chemin.
— OK, je ne touche pas le corps avant leur arrivée et j'espère que tu en as fait autant ?

— Je ne l'ai pas touché, mais j'ai remarqué une blessure apparente sur son visage qui, pour moi, a été causée par un objet tranchant.

— Oui, j'ai vu, tu as bien fait de nous appeler, car cela entretient le doute effectivement.

— Merci, lui répond le policier, fier et satisfait du devoir accompli, mais également et surtout de se voir décharger de l'enquête.

— Ne t'emballe pas non plus, ajoute-t-elle, cela ne veut pas forcément dire que c'est un meurtre. »

Elle examine avec soin le petit couloir dans lequel elle se trouve tout en échangeant de loin avec son collègue. Le désordre apparent de la pièce principale pourrait faire penser à un petit cambriolage amateur. Elle avance vers le salon et découvre que plusieurs traces de sang vont et viennent jusqu'à la porte d'entrée. D'autres taches suintent sur l'intérieur de cette même porte. Carmen s'agenouille et l'analyse à l'aide de sa lampe torche. Elle constate qu'une plus grande quantité de sang s'est déversée à cet endroit précis. *Il est probable que la victime se soit blessée ici, d'où la quantité de sang*, se dit-elle. Elle continue de progresser dans le minuscule logement à la recherche d'indices quand elle constate que la porte qui sépare le petit couloir de la pièce principale est manquante, laissant uniquement apparaître ses gonds. Carmen fronce les sourcils devant la présence d'aluminium autour de ces derniers. En poursuivant son examen, elle s'aperçoit que chaque coin, chaque partie angulaire ou saillante, est calfeutré par un morceau d'aluminium. Son regard investigateur parvient jusqu'au corps sans vie de l'occupante des lieux. Une femme, âgée d'une soixantaine d'années, est allongée face contre le plancher dans une importante flaque rouge foncé. Ses longs cheveux poivre et sel dessinent des sillons de sang autour d'elle. Carmen se garde bien de toucher le corps. Elle inventorie les vêtements de la victime. *Hum, un tantinet vieux jeu, ma brave dame*, mais Carmen s'abstient d'en faire la remarque à haute voix. Autour du corps de nombreux médicaments sont éparpillés par-ci par-là. Son expérience en matière de constatations criminelles lui permet de se faire une idée plus nette de la pathologie que traitent ces comprimés. À première vue, on les prescrit dans le cas d'alcoolodépendance. Une rapide recherche sur son smartphone le lui confirme. Elle constate également que chaque objet, bibelot, chaussures, ustensile de cuisine, jonche le sol au lieu de se trouver rangé dans un emplacement prévu à cet effet. Les étagères, les placards et les tiroirs sont bizarrement vides. Tout est étalé par terre dans un désordre permanent. D'autres médicaments habituellement prescrits en cas de dépression chronique sont éparpillés plus loin. *Ça tombe bien, l'alcoolisme va généralement de pair avec la dépression.* L'unique porte-fenêtre du logement est grande ouverte. *Sans doute par les pompiers*, pense-t-elle, afin d'évacuer l'odeur pestilentielle qui régnait dans le logement. Là encore, toutes les poignées et tous les coins des montants sont recouverts d'aluminium.

« Tu as remarqué l'aluminium un peu partout sur les angles ? demande Carmen au collègue resté sur le palier.

— Euh, non…

— Tu as questionné les voisins ou la gardienne de l'immeuble ?

— Non plus.

— Peux-tu t'activer et te renseigner, s'il te plaît ? lui ordonne Carmen en sortant de l'appartement. Il faut approfondir les habitudes de cette pauvre femme. Je n'ai pas vu de pièce d'identité dans ce merdier.

— J'ai trouvé son passeport sur la table devant la porte-fenêtre. Je te donne son identité ?

— Pas dans l'immédiat, je récupère tout ça seulement si je suis chargée de l'affaire.

— Mais il me semble qu'il y a plusieurs éléments suspects, rétorque le jeune garçon. Par ailleurs, l'attitude du fils est un peu bizarre. Lorsque je l'ai appelé pour lui annoncer le décès de sa mère il n'a pas voulu se déplacer, indiquant qu'il était choqué parce qu'il s'était embrouillé avec elle il y a deux jours.

— Tu insinues qu'il aurait quelque chose à voir avec la mort de sa mère ?

— Je pense qu'il faudra sacrément vérifier, oui.

— Tu commets une erreur de débutant. Tu interprètes les éléments de cette scène de crime comme étant principalement suspects et tu cherches immédiatement à découvrir un mobile. Mais sache que le mobile importe peu. Ce qu'il faut découvrir pour le moment, ce n'est pas le pourquoi, mais le comment. Il faut déterminer comment cette brave dame est arrivée à mourir face contre terre dans son appartement », conclut l'enquêtrice.

Le regard de Carmen, porté vers le bout du couloir, est attirée à cet instant par une femme qui, colis en main, se dirige vers eux d'un pas assuré.

« Ah ! Ce ne serait pas la gardienne justement qui arrive ? »

Carmen se présente alors et questionne la nouvelle venue. Elle apprend ainsi que la femme décédée était depuis des années dans une phase de dégradation mentale et physique liée à sa surconsommation d'alcool. Ancienne factrice travaillant dans le 4e arrondissement, elle avait très mal vécu la mort de son mari et depuis quinze ans, la malheureuse avait trouvé dans la boisson un refuge où noyer sa peine. Elle apprend que la victime vivait seule, qu'elle voyait souvent son fils et avait peu de contacts avec ses voisins. Carmen s'informe sur les habitudes quotidiennes – trajets, horaires, visites – de la défunte. Elle se renseigne également sur l'insalubrité de l'appartement et l'insonorisation des murs, puis sur l'accès à l'immeuble. Bref, un interrogatoire en règle. Le jeune policier local reste stupéfait devant la précision des questions de l'enquêtrice. Il s'exécute quand Carmen lui donne pour instruction de frapper aux portes des appartements mitoyens. Par chance, les occupants sont présents. Personne n'a entendu de bruit de bagarre. Il y a bien le fils qui venait rendre visite à sa mère de temps en temps, mais il n'a pas été vu depuis plusieurs jours. Les voisins n'avaient aucun contact avec la victime. Tous se contentaient d'un « bonjour et bonsoir » en se croisant. Carmen souhaite en savoir plus et sonne aux portes des autres logements du palier. Elle est ainsi reçue par la voisine d'en face qui n'entretient pas plus de relation avec la victime que les autres, mais qui lui explique que ces derniers mois, à deux reprises, celle-ci est venue frapper à sa porte pour demander de l'aide. Chaque fois, elle avait rampé depuis son appartement et était blessée à la tête. Les pompiers, alors prévenus, l'avaient soignée pour des blessures consécutives à des chutes, sans l'hospitaliser. Carmen se tourne vers son collègue du commissariat :

« Tiens, tiens… On ne s'approcherait pas un peu plus du comment, là ? le taquine-t-elle. Cette victime a visiblement des problèmes d'équilibre eu égard à la quantité d'alcool qu'elle ingurgite. Tu n'as pas pu passer à côté des cadavres de bouteilles de rhum qui décorent le sol de son salon. De plus, les périodes de restrictions, voire d'abstention, peuvent provoquer de violentes crises d'épilepsie. Je sous-entends que cette vieille dame avait pour habitude de se trouver dans cet état, compte tenu des précautions qu'elle tentait de prendre en renforçant avec de l'aluminium toutes les parties dangereuses de son logement. Une fois de plus, elle a pu avoir chuté dans son appartement et… »

Comprenant que l'analyse de Carmen va le faire bosser plus tard qu'il ne l'avait prévu, le policier lui coupe la parole :

« Et comment expliques-tu la trace de main ensanglantée sur la partie extérieure de la porte d'entrée alors ?

— Si tu me laissais parler, tu aurais ta réponse, lance Carmen sur un ton autoritaire. Cette dame aurait rampé jusqu'à sa porte, qu'elle a tant bien que mal réussi à ouvrir en se trouvant allongée derrière. Tu peux remarquer des traces de sang sur la poignée intérieure. Elle a dû ensuite entrouvrir le battant et tenter de le maintenir ouvert, mais pour cela, elle a dû passer sa main droite par l'entrebâillement, laissant ainsi cette fameuse trace de sang côté palier. Cette pauvre dame devait tellement être dans un état second que son propre poids aura refermé la porte. J'ajouterai qu'elle a dû perdre connaissance à ce moment précis et chuter violemment au sol ce qui pourrait confirmer la présence importante de sang au pied de la porte. Elle se sera réveillée un peu plus tard, aura rampé jusqu'à sa pièce principale et aura succombé à ses blessures. »

Le policier, quelque peu irrité par une telle démonstration, tente son dernier argument :

« Et tu peux expliquer de quelle manière elle s'est blessée ?

— Ah ça, je peux me tromper, mais on va en avoir le cœur net. L'identité judiciaire vient d'arriver. On va figer la scène par la prise de clichés photographiques pour pouvoir bouger le corps. »

Carmen accueille ses homologues de la PJ chargés de l'assister techniquement sur les scènes de crimes. Elle leur fait un topo complet, puis expose sa théorie sans oublier d'ajouter qu'en cas contraire elle se promet de récupérer l'enquête. Les techniciens se mettent en tenue et, photo après photo, figent la scène. Rien n'est laissé au hasard et Carmen leur accorde tout le temps nécessaire. Quand ils en ont terminé, ils reviennent vers elle et lui demandent d'assister à la levée du corps. Carmen remet une combinaison au collègue du commissariat pour qu'ils constatent en même temps tout ce qui peut être découvert. L'examen est rapide. En retournant la défunte, les policiers découvrent la blessure qui a occasionné la mort, une longue entaille au niveau du front, ainsi que l'arme qui l'a occasionnée : un coquetier en porcelaine brisé et ensanglanté. Autour de celui-ci, une autre flaque s'étale. Le scénario se dessine. La pauvre dame, en pleine crise, a chuté seule, comme elle en avait l'habitude. Son crâne a cette fois-ci violemment rencontré un coquetier en porcelaine qui s'est brisé sous le choc et lui a provoqué la blessure. Elle a rampé jusqu'à sa porte pour tenter de prévenir sa voisine, s'évanouissant peu après. Puis, reprenant connaissance, s'est déplacée dans la pièce principale où elle a chuté de nouveau, recouvrant le coquetier.

Cette fois-ci convaincue, Carmen prend l'initiative d'appeler le procureur criminel de permanence qui charge le commissariat de poursuivre l'enquête qu'ils ont commencée.

« J'attends l'autopsie, mais pour moi c'est un décès accidentel. Je m'engage à prendre l'affaire si l'examen du corps indique l'inverse », termine-t-elle.

Carmen met en avant son expertise. Contrairement à Natalia Bolcov qui n'avait aucuns antécédents médicaux, cette nouvelle victime alcoolique et dépressive prend assurément des médicaments, ce qui augmente la probabilité d'une mort accidentelle.

Elle ôte sa combinaison et rassemble ses effets personnels devant le policier frustré. Son casque vintage sur la tête, elle salue poliment tous ses interlocuteurs et s'éloigne dans le couloir.

5.

Palais-Royal

Il bruine sur Paris, les lampadaires et les candélabres s'allument simultanément, faisant briller la chaussée humide. Carmen s'approche de la place de la République, enquille rue de Turenne, agacée de devoir repousser son projet nocturne face aux intempéries qui se profilent. Elle se gare et s'empresse de monter les six étages à pied. Sur son palier, elle croise Réglisse, le chat noir de la voisine qu'elle connaît bien et qui n'est pas insensible à ses papouilles.

« Salut, jolie panthère », chuchote-t-elle en câlinant le félin.

Une fois rentrée, elle envoie un message au chef de permanence pour l'informer qu'ils ne sont pas saisis jusqu'à preuve du contraire de cette affaire. Désormais disponible, Carmen se met en tête de se rendre coûte que coûte sur cette curieuse terrasse parisienne. Quelque chose de palpitant voire excitant titille ses plus profondes pensées. Son adrénaline s'éveille au point de laisser sa raison de côté et elle se demande même si cette obsession est normale. Elle se garde bien de la révéler. *Et si les meurtriers agissaient ainsi*? pense-t-elle. Cette simple idée lui glace le sang et des frissons parcourent son corps. Elle saute sous la douche, se débarrasse de ses pensées négatives, avale un morceau façon pique-nique moquette et ouvre en grand la fenêtre de son salon. Une aubaine pour la jeune Italienne, la pluie a cessé et le ciel semble s'éclaircir. De retour dans sa chambre, elle grimpe sur son lit, extirpe une valisette cachée en haut d'un placard, l'ouvre et en sort tous les outils nécessaires pour l'escalade. Volontaire, motivée mais pas inconsciente, Carmen prend toutes les mesures de protection : pantalon et gants antidérapants, blouson renforcé, masque noir, chaussures légères à crampons, harnais à accrocher à la taille. La panoplie fourrée dans un sac contenant également torche, grappin et cordes sur le dos, elle repart en direction de Montmartre. Cette fois, elle laisse son scooter dans une ruelle plus calme et éloignée, ainsi elle écarte tout danger d'être surprise par quelqu'un voire suivie. Habituée aux toitures, elle sèmerait aisément un éventuel pisteur, ou mieux, un policier, en passant d'un immeuble à l'autre. Fuir en ayant son deux-roues en bas de l'immeuble ne serait pas judicieux.

Les employés du restaurant Un été en pente douce empilent les chaises et rangent les tables sur leurs deux terrasses. Carmen vérifie l'heure, agacée par leur retard. Impossible de monter sur ce sophora tant que la brasserie est ouverte. Elle s'éloigne de la placette afin de n'éveiller aucun soupçon et part faire un tour en direction du Sacré-Cœur. La foule est encore au rendez-vous, des centaines de personnes s'amassent devant la magnificence de la basilique fermée à cette heure tardive. Quelques touristes flânent, d'autres se font faire leurs portraits et caricatures quand soudain un cri strident de femme se fait entendre au loin. Carmen perçoit immédiatement un danger. Au milieu de la foule, un homme surgit de nulle part en bousculant tout le monde avec une grande violence. Carmen est tiraillée entre deux options. Laisser ce petit délinquant courir tant qu'il peut, après tout, elle est ici pour s'occuper de son affaire… et le restaurant doit être fermé désormais. Seconde option, être flic jusqu'au bout, même si cela doit lui coûter sa soirée. Carmen analyse la situation en quelques fractions de seconde et, même si tout va vite, ses yeux enregistrent toutes les possibilités. De quel côté va-t-il s'échapper ? Y a-t-il des collègues aux alentours ? Possède-t-il une arme, blanche ou à feu ? Toutes ces questions parcourent l'esprit vif de la policière et en un instant son choix est fait. *Et merde… Il ne manquait plus que ça !* Dans un soubresaut animal, Carmen s'élance à toute vitesse en direction de l'agresseur et dans un élan propulsé par ses longues enjambées, elle saute en plaquant son flanc à terre tout en frappant les genoux de l'assaillant avec ses pieds. Ce dernier est projeté au moins un mètre en arrière et percute le sol violemment, lâchant ainsi l'objet du délit : un magnifique sac Chanel. Elle se redresse en un bond, le maîtrise en le retournant face contre terre et lui met les menottes.

« Ce n'est pas ton jour de chance, je suis fan des sacs de luxe », dit-elle tout en le maintenant au sol.

Heureusement pour elle, deux collègues de l'antenne du commissariat du 18e ne sont qu'à quelques pas. Ils accourent et l'escortent. Dans les locaux de la police, elle fait sa déposition et rencontre l'officier de permanence qui la remercie chaudement pour cet acte de bravoure. Enfin libérée, elle file dans le sens contraire de son objectif, s'imaginant qu'un des policiers pourrait la suivre du regard. Bingo, elle se retourne et croise les yeux gênés d'un des deux garçons qui l'avaient escortée. Il lui fait un signe compatissant de la main et Carmen disparaît dans la nuit.

Retour devant la brasserie qui, cette fois, est bien close. Carmen avise un banc, s'y assoit et se change rapidement : pantalon, chaussures, gants, harnais, elle est parée. Elle analyse le voisinage, fait le tour de tous les immeubles du quartier, examine toutes les fenêtres, se glisse contre un mur à l'arrière du restaurant, s'en sert pour atteindre les stores de celui-ci et monte après s'être assurée que personne ne pouvait la voir. Première étape franchie, elle progresse avec discrétion et s'approche du sophora. Celui-ci lui offre ses bras grands ouverts, pareils à des marches vers le paradis. Elle s'amuse de s'imaginer écouter Led Zeppelin avec son célébrissime tube interplanétaire « Stairway to Heaven ». Elle grimpe à mains nues, tant l'arbre lui facilite la tâche. Elle parvient en haut du premier immeuble sans aucune difficulté, se hisse sur les gouttières et parvient à atteindre le toit. Celui-ci est en pente, elle prend garde à ne pas glisser, la récente pluie ruisselle encore par endroits. Plusieurs immeubles sont mitoyens et permettent ainsi de passer aisément de l'un à l'autre. D'autres possèdent des renforcements en pierre semblables à une poutre de gymnaste. *Un goût de déjà-vu*, se dit-elle. À quelques minutes de toucher au but, un immeuble est dépourvu de ce renfort et Carmen est contrainte de trouver une alternative. L'espace entre les deux bâtiments est bien trop large pour sauter et le muret est brisé en son centre, donc trop fragile pour y poser un pied. Elle pourrait s'aider de sa corde et de son grappin, mais le bruit réveillerait le voisinage. Il ne lui reste qu'une solution : elle redescend et passe par un immeuble voisin moins haut, qui touche le bâtiment qu'elle veut atteindre. Elle poursuit son évolution et escalade l'arrière par les gouttières. Un bruit et son écho résonnent, Carmen reste les pieds posés sur les écrous des tuyaux de descente, sans bouger, malgré une position très inconfortable. En levant la tête, elle s'aperçoit que ses mains sont à quelques centimètres d'une petite lucarne. Cette dernière s'allume. Carmen est pétrifiée, car sa posture ne lui permet pas de s'enfuir facilement.

Les premières secondes sont pour elle une éternité et l'idée de devoir fuir est inconcevable, elle pourrait se tuer. Les secondes se transformant en minutes, elle lève les yeux, agacée, et comprend que la lucarne donne sur les W.-C. Après l'écoulement de la chasse d'eau, elle continue à grimper en s'accrochant à la corniche. Sur le toit du dernier immeuble, elle s'assoit paisiblement et hoche la tête en repensant à cette situation. *Cette fois-ci, on peut dire que j'ai failli être dans la merde*, s'amuse-t-elle. Elle atteint son objectif en sautant sur la toiture plate de l'immeuble voisin. Le toit lui semble être une immense forêt de lauriers roses et elle s'émerveille d'en être entourée. Parfaitement à l'abri, elle allume sa lampe et se dirige vers le côté qui donne directement sur les marches où Natalia a été retrouvée. Elle s'étonne que deux pots de fleurs aient été déplacés laissant un espace assez large pour admirer la vue, mais aussi et surtout, elle distingue des traces sur le béton. Carmen monte sur le dénivelé et admire le spectacle parisien. Elle baisse les yeux et analyse l'angle de vue des marches. Elle se sent pousser des ailes, les cheveux dansant au gré du vent, fouettant ses joues illuminées par la couleur rousse de la lune, son bonheur est total. Elle ne sait pas ce qui l'a conduite sur cette terrasse, à admirer ce panorama. Peut-être l'envie de dominer le monde. Elle redescend du rebord et se place devant ces lourds pots de fleurs. Munie de sa torche, elle analyse de plus près les traces de rayures sur le sol en s'agenouillant. Aucun doute, ces lauriers ont tous deux été écartés. Un voisin serait-il, comme elle, amoureux des toitures ? En envoyant plus loin le faisceau de la torche, un éclat lumineux reflète sa lumière. Étonnée, elle s'en approche, pensant trouver un bris de verre mais il n'en est rien : à sa plus grande surprise, elle découvre un cabochon en métal serti d'une grosse pierre rouge. Elle s'en saisit et reste épatée devant la splendeur de l'objet. Le métal est travaillé, la pierre semble précieuse. Seul un défaut en altère la beauté, lorsque la pièce est retournée. Carmen comprend tout de suite que cet objet s'est désolidarisé d'une bague. Elle le glisse dans la poche de son sac à dos et jette un dernier coup d'œil sur la terrasse. Elle repart en sens inverse, son retour est facilité par la connaissance des difficultés déjà rencontrées pour y parvenir.

C'est seulement chez elle, qu'elle repense à ce petit joyau rouge trouvé sur la terrasse et se demande où elle peut le faire expertiser. *Peut-être ai-je trouvé une pépite qui me rapportera de l'argent ?* Puis sa raison l'emporte : comment une pièce pareille a-t-elle pu se trouver sur cette terrasse fermée à tout public et, comme par hasard, juste à côté de pots de fleurs déplacés ? Incontestablement, quelqu'un l'a perdu en bougeant les plantes ; et n'est pas venu le récupérer, malgré sa valeur. Pourquoi ?

Le mystère de cette pierre la préoccupe, et son sommeil, déjà fragile, se transforme en insomnie. Après s'être tournée et retournée dans son lit, elle a fini par s'endormir. C'est Réglisse, quelques heures plus tard, qui parvient à la tirer du sommeil en grattant contre la fenêtre extérieure. Elle ouvre un œil, puis deux et panique en voyant son réveil.

« 8 heures ? Oh non, ce n'est pas possible ! » hurle-t-elle en bondissant hors de son lit.

À la brigade, elle est charriée pour ses cheveux en bataille mais Carmen ne se démonte pas, prétextant que son casque de scooter la décoiffe. Elle croise son chef, qui la félicite pour son intervention de la veille et entre dans son bureau. Michaël est déjà au travail, ce qui la surprend.

« Tu es tombé du lit ou quoi ? lance-t-elle.

— Et ce n'est pas ton cas, on dirait ? ricane-t-il.

— Oh ça va, fais pas chier…

— On a du nouveau dans l'affaire de la blogueuse. Une société de transporteur avait un colis encombrant pour Mme Bolcov et ils se sont retrouvés devant sa porte sans pouvoir le lui livrer. Un voisin les a réorientés vers nous.

— Tiens, intéressant… Je ne sais pas si ça va nous mener quelque part mais j'aimerais voir son contenu au cas où. Appelle les parents pour qu'ils soient présents quand on ouvrira ce paquet et organise un rendez-vous avec la société de transporteur.

— Je m'en occupe, sinon tu penses à quelque chose, Carmen ?

— Très honnêtement non, mais cette femme n'avait pas l'intention de mourir.

— Carmen, tu bloques encore avec cette affaire, avoue tout de même qu'on n'a rien à se mettre sous la dent avec cette nana. Elle a fait un coma éthylique.

— Michaël, fais juste ce que je t'ai demandé, s'il te plaît, souffle-t-elle, lasse de devoir batailler avec son équipier.

— OK… C'est bon, je vais appeler les Bolcov, dit-il en s'éloignant. Et, Carmen ?

— Oui ?

— Tu as vraiment besoin d'un café, lance-t-il en la taquinant.

— Fiche moi la paix ! » répond-elle, irritée.

Elle s'affale en grognant dans son fauteuil, pose sa nuque sur l'appuie-tête et s'octroie quelques minutes de réflexion. *C'est vrai que j'aurais bien besoin de ce café*, s'avoue-t-elle intérieurement. Direction le troisième étage et, comme d'habitude, la machine à café est hors service. *C'est bien ma veine !* Elle court au bistrot du coin et en profite pour téléphoner à Ted.

« Hello, mon chat, je peux te rappeler plus tard, on est en plein shooting, là.

— Ah, désolée, as-tu un moment ce soir ?

— Bien sûr, passe à la maison si tu veux, Paolo est chez ses parents en plus.

— 20 heures, ça te va ? propose-t-elle.

— Ça roule, ma beauté, à ce soir. »

Entre-temps, Michaël a organisé un rendez-vous avec la mère de Natalia Bolcov à 14 heures afin de percer le mystère du colis post mortem. Carmen s'amuse de savoir que sa nuit si mouvementée s'est déjà déroulée à quelques pas du domicile de la blogueuse. Les compères décident d'en profiter pour aller déjeuner aux alentours de Montmartre et choisissent une brasserie typiquement parisienne du quartier des Abbesses. C'est la musique diffusée qui rend leur repas agréable. En effet, Carmen et Michaël ont un seul point en commun, ils sont tous deux amoureux du rock et essentiellement les classiques du genre. Ils passent un bon moment à échanger sur le sujet.

L'heure du rendez-vous approche, ils se rendent donc à l'adresse de la défunte. Mme Bolcov attend à l'arrière d'une Mercedes noire aux vitres teintées. Le camion de livraison est aussi présent, il ne reste qu'à monter chez Natalia pour l'ouvrir. Le carton surprend tout le monde par sa taille. Chacun s'imaginait l'envergure d'une boîte à chaussures de luxe, mais il n'en est rien, le volume de ce dernier atteint plus d'un mètre cube. Le livreur le dépose dans l'entrée et repart. Mme Bolcov ouvre les volets, attrape une paire de ciseaux et les tend à Michaël. Les deux enquêteurs munis de leurs gants en latex commencent à éventrer l'emballage. Michaël éclate de rire nerveusement en oubliant qu'il se trouve devant la mère de la victime.

« Mais, qu'est-ce que c'est que ce truc ? ricane-t-il.

— Enfin, Michaël ! Reprends-toi !

— Je crois qu'il doit s'agir d'un plaid, répond Mme Bolcov en toisant Michaël du regard.

— Oui, on avance bien dans notre enquête, là, continue Michaël, sarcastique.

— Tu peux t'éloigner deux minutes, s'il te plaît ? » demande Carmen poliment mais fermement.

Michaël marmonne des excuses et recule de quelques mètres.

« Ce plaid est un brocart de soie d'une extrême beauté. Avez-vous remarqué cette magnifique broderie de perles aux quatre angles ? Je suis amatrice de belles choses mais je n'ai pas idée de combien peut coûter une pièce pareille, poursuit Carmen. Ah, regardez, il y a une enveloppe au fond du carton, sans doute la facture. »

Elle s'en saisit et confirme que le document est une facture honorée d'un montant net de trois mille six cent cinquante euros. À ces mots, Michaël écarquille les yeux et reste un instant bouche bée, frustré que cette étoffe vaille bien plus que son salaire. Carmen l'analyse en détail et découvre que cette merveille vient d'une manufacture de filature vénitienne fondée au XVIIIe siècle.

« J'ai déjà vu ça quelque part, dit-elle en désignant le petit logo de la société. Ce masque, là… Il me dit vraiment quelque chose. Michaël, ça te parle ?

— Non, je regrette. »

Carmen s'éloigne du hall et pénètre dans le grand living de Natalia. Elle embrasse la pièce du regard, mais aucun souvenir ne lui revient en mémoire jusqu'au moment où elle s'approche du petit secrétaire.

« Bingo ! s'exclame-t-elle, faisant sursauter tout le monde. Regardez cette petite carte, elle possède le même motif de masque vénétien.

— Où veux-tu en venir, Carmen ? Cette carte est vierge, questionne Michaël, perplexe.

— Va me chercher des enveloppes de scellé, je voudrais la faire analyser. »

Michaël obéit sans piper mot mais se demande si Carmen ne donne pas de faux espoirs à Mme Bolcov. Sur le chemin du retour, les deux policiers se dispensent de parler, Carmen est furieuse du comportement de son collègue vis-à-vis de la mère de la victime. Quant à Michaël, il reste persuadé que tout cela n'est qu'une perte de temps, cette affaire devrait être classée, point barre. À l'antenne de police, l'ambiance est toujours tendue et chacun se sépare pour vaquer à ses occupations. Énervée, Carmen retourne son bureau dans tous les sens et prétexte un nouveau ménage de printemps face aux collègues surpris d'une telle énergie.

20 heures, Paris s'illumine d'un ciel rosé, Carmen se rend chez Ted à pied pour profiter de ces instants de plaisir visuel. Les avions font apparaître de grandes et fines lignes blanches qui déchirent l'azur en formant des effets graphiques. Quelques hirondelles annoncent en chantant le beau temps du lendemain. Ce spectacle calme les nerfs irrités de Carmen qui marche les yeux rivés au ciel.

Ted l'accueille un large sourire aux lèvres et tous deux s'installent sur la terrasse pour profiter de la douceur printanière. Comme à chaque rencontre, les deux compères refont le monde, tout y passe, les injustices comme leurs vieux souvenirs. Très gourmand, Ted a préparé un tiramisu pour son amie.

« Voyons si tu t'es amélioré depuis que je t'ai appris à le faire, le taquine Carmen.

— Je frôle l'excellence, s'amuse-t-il en lui servant une part.

— Hum, j'avoue que ce petit arrière-goût de liqueur de café change la recette. C'est original !

— Mais dis-moi, tu ne devais pas me parler d'un truc ? s'interroge-t-il.

— Absolument, j'ai besoin de tes lumières à propos de cet objet », répond-elle.

Elle plonge la main dans le fond de son sac et en ressort le cabochon rouge.

« Waouh, où as-tu trouvé ça ? »

Ted s'en saisit, stupéfait, et l'approche de son visage pour mieux l'examiner.

« C'est une longue histoire, on va passer cet épisode, tu veux bien ? Tu saurais me dire si c'est du toc ou pas ?

— Je pense qu'il s'agit d'un rubis. Ce qui est certain, c'est que ce n'est pas une pierre de synthèse. »

Les yeux plissés, Ted place le bijou dans la lumière et l'observe sous tous les angles avant d'expliquer à Carmen :

« Regarde bien les facettes, elles sont trop parfaites pour être du toc, l'éclat est digne d'une pierre précieuse, mais vu sa taille, c'est un joyau d'une certaine valeur. Tu as gagné une belle prime de fin d'année !

— Arrête de me charrier avec mon salaire de flic ! Que penses-tu du socle en métal ?

— Je ne suis pas un spécialiste, ma belle, mais cette pièce semble d'époque, c'est de l'or jaune, c'est certain, mais je ne distingue pas les poinçons à l'œil nu. Il faut un spécialiste.

— Tu as vu le travail du métal, on dirait de la dentelle », continue-t-elle tout en retournant la pièce de gauche à droite.

Soudain une irrégularité saute aux yeux de Carmen. Sur un des côtés, une bille microscopique est logée entre les arabesques métalliques.

« C'est bizarre, cette petite boule, juste là, non ? dit-elle en la lui montrant.

— En effet, ce n'est pas là par hasard. Essaie de tirer dessus pour voir ?

— Ce n'est pas une montre à remonter, bécasse, s'amuse-t-elle.

— Oh, ça va, je tente des choses, moi au moins.

— Je te taquine, on essaie, mais c'est tellement petit qu'il faut des outils.

— Attends, je devrais trouver une pince, je te rapporte ça. »

Ils tirent avec précaution la tête d'épingle, mais rien ne bouge. Carmen tente de pousser la boule avec la pince. À cet instant, un mécanisme débloque la pierre et s'ouvre comme un couvercle tenu par deux minuscules charnières.

« Oh, la vache, sursaute Ted, c'est la bague de la Voisin, dit-il en hurlant de rire. Tu sais que…

— Je sais, Ted, dit-elle en lui coupant la parole, c'est une découverte incroyable. C'est une bague à poison ou à pilule, dépourvue de son anneau. Il faut que j'en sache plus sur cet objet.

— Je connais un antiquaire anciennement joaillier, il saura te renseigner, c'est sûr, l'informe Ted.

— Il est fiable ?

— Tu peux en être certaine, plusieurs marques de luxe lui font réparer des bijoux qui semblent irréparables, répond-il en notant les coordonnées sur le dos d'une carte.

— Génial, je le contacte dès demain. *Grazie, Ted, sei un fratello per me !*

— *Prego, baci !* »

La porte de son appartement franchie, Carmen lance son blouson en cuir et jette ses bottines cloutées sous la table basse. Plus elle y réfléchit, plus elle est déterminée à prouver que Natalia Bolcov n'est pas morte accidentellement. N'ayant pas l'intention de dormir, elle allume sa machine à café et se fait couler un ristretto. Elle attrape la tasse et ouvre sa fenêtre pour sauter sur le toit. Aussitôt Réglisse, habitué au bruit caractéristique de la fenêtre, surgit de derrière la gouttière du toit de l'immeuble voisin. Il s'approche d'elle et se frotte les oreilles contre ses mollets. Carmen le soulève par le ventre et le pose avec délicatesse sur ses genoux. Réglisse est aux anges, et ses yeux se dilatent sous ses douces caresses. D'un geste vif, elle avale la gorgée de café légèrement refroidi et songe aux détails qu'elle aurait pu oublier dans cette affaire. Le plus pénible pour un enquêteur est de se retrouver comme un écrivain devant sa page blanche. Elle décide de prendre ce dossier par un angle différent. Qu'est-ce qui semble incohérent dans ce dossier ? Et si Michaël avait raison ? S'il s'agissait d'un décès naturel ou accidentel ? Et si ? Et si ? Soudain, elle se souvient d'un détail tiré de l'exploitation du téléphone de Natalia Bolcov. Oui, c'est ça, le soir des faits, entre 19 h 40 et 00 h 15, ce téléphone est localisé dans le quartier du Palais-Royal. Comme un diable sortant de sa boîte, Carmen se dresse subitement, faisant sursauter le félin qui bondit à quelques mètres d'elle, le dos hérissé.

« Oh, je t'ai fait peur, Réglisse, désolée, tu devrais être habitué à mes sautes d'humeur pourtant », lui lance-t-elle avant d'enjamber le montant de sa fenêtre qu'elle referme aussitôt.

Il ne lui faut que quelques minutes pour réunir ses affaires, s'habiller, saisir son blouson et son portable, sur lequel elle commande un taxi et filer à toute vitesse.

Quatorze minutes et huit euros cinquante plus tard, elle arrive devant l'ancienne demeure de Richelieu et de Louis XIV. Quartier qui aujourd'hui encore est le rendez-vous à la mode d'une société parisienne élégante et parfois libertine. Depuis un demi-siècle, la résidence historique est bordée de cafés et de restaurants dont certains accueillent toujours le gratin de la capitale. Carmen a une idée derrière la tête. Elle imagine ceux qu'aurait pu fréquenter Natalia Bolcov, dont la tenue vestimentaire pouvait être en parfaite harmonie avec les établissements les plus chics. Elle se présente dans le premier d'entre eux, une brasserie située dans la galerie Montpensier à deux pas des jardins et de la Comédie-Française, le café Kitsuné. Elle est immédiatement reçue par le chef de salle.

« Bonsoir, madame. C'est pour dîner ?

— Non, c'est pour discuter, réplique-t-elle en ouvrant discrètement son portefeuille contenant sa carte tricolore.

— Que voulez-vous savoir ?

— Auriez-vous un endroit discret où nous pouvons parler sans être dérangés ?

— Bien sûr, suivez-moi, je vous prie », répond-il en faisant signe à un des serveurs de le remplacer à l'accueil de l'établissement.

Il l'accompagne, jusqu'au bout du magnifique comptoir où il lui propose un verre.

« Non, merci. Je souhaite savoir si vous pouvez me mettre en relation avec les serveurs présents lors du service du soir dimanche dernier ?

— Attendez, dimanche, il y a huit jours… c'était moi le chef de salle ce soir-là, et donc c'était mon équipe. Tout le monde est présent aujourd'hui.

— Puis-je les interroger ?

— Certainement. Rien de grave j'espère ?

— Connaissez-vous cette femme ? » poursuit-elle en ignorant sa réponse et en montrant, sur son téléphone, la page Instagram de Natalia Bolcov.

Le chef de salle se penche et examine la photo avec attention. Il appelle le personnel qu'il a sous ses ordres. Tous sont unanimes, personne n'a vu Natalia Bolcov ce fameux dimanche.

« Merci », conclut simplement Carmen avant de reprendre son portable et de quitter les lieux.

Elle recommence son opération dans tous les établissements du quartier qui, selon elle, correspondent au profil de Natalia. Le café Palais-Royal, le bistrot Richelieu, le Nemours, le café Plume, Chez Angelina, voire l'hôtel Meurice… Elle les découvre au fur et à mesure de sa progression tout autour de la résidence des cardinaux. Aux alentours des 23 h 15, Carmen est attirée par À la Civette, un magasin de tabac fondé en 1716. Elle est fascinée par la deventure qui raconte l'histoire de ce commerce. Ce lieu historique est encore chargé de tradition et demeure, depuis des siècles, un lieu d'excellence, de raffinement et de convivialité. Elle y apprend que la boutique a été créée car elle se situait en face du café de la Régence, lieu renommé où s'affrontaient les meilleurs joueurs d'échecs, toujours amateurs du meilleur tabac à priser. Depuis 1854, la réputation du commerce n'a cessé de croître, offrant la gamme la plus étendue de cigares et de rhums de toutes origines. Les clients les plus exigeants, les plus réputés, venaient du monde entier : Voltaire, Bonaparte, Churchill, Casanova, Benjamin Franklin et des milliers d'autres… Carmen pousse la porte mais un vigile lui barre le chemin.

« C'est une soirée privée, avez-vous un carton d'invitation ?

— J'ai un carton officiel, répond-elle sèchement en lui mettant sa carte de police sous le nez. »

L'homme baraqué s'excuse et emploie un ton plus cordial :

« Puis-je vous demander la raison de votre venue ?

— Vous travaillez tous les soirs ?
— Six fois par semaine.
— Étiez-vous présent le dimanche en huit ?
— Je bosse tous les dimanches, c'est la plus grosse journée car on fait nocturne. Les gens qui reviennent de week-end font un détour pour acheter leur tabac et en profitent pour boire un rhum entre amis. »

Carmen lui présente la photo de Natalia Bolcov.

« Est-ce que cette femme vous dit quelque chose ?
— Non, c'est un profil qu'on n'est pas près d'oublier, lui répond son interlocuteur. Et vous pouvez me faire confiance, je suis physionomiste. »

Carmen met fin à la conversation, contrariée de n'avoir rien à se mettre sous la dent.

Elle traverse la place du Palais-Royal et franchit la porte d'un autre établissement réputé. Le café de la Régence. Le centre du jeu d'échecs en France et en Europe pendant cent vingt ans. Situé à l'ouest de la place, il est l'un des premiers cafés de Paris. Les habitués étaient de grandes célébrités, une nouvelle fois des noms comme Napoléon ou Benjamin Franklin, mais aussi Rousseau, Diderot, Robespierre et nombre de maîtres d'échecs.

« Bonsoir, madame, salue le portier en s'inclinant légèrement.
— Bonsoir, répond Carmen. Puis-je m'entretenir quelques minutes avec le chef de salle, je vous prie ?
— Droit devant vous », lui répond le portier en désignant un homme derrière un pupitre en pleine discussion avec une serveuse.

Carmen s'avance vers lui, sa carte bleu, blanc rouge en main. Elle pose la même première question et attend la réponse, impassible. L'homme examine avec soin la photo de Natalia Bolcov pendant que Carmen tente de déterminer, à l'étude de ses mimiques, si une lueur d'espoir se profile. Sans lui laisser le temps de décrypter ses expressions, l'homme lui tend le téléphone :

« Cette femme est bien venue dîner chez nous, il y a quelques jours. Dimanche, vous me dites ? Ça peut coller, oui. Attendez voir… Damien ! hurle-t-il en direction de la salle du restaurant où s'agitent les serveurs, Damien, venez me voir. »

L'un d'eux, tiré à quatre épingles dans son habit typique de pingouin noir et blanc, se retourne et s'avance vers son responsable.

« Damien, pouvez-vous me dire où était assise cette femme ?

— Oui, je m'en souviens. À la douze, répond le serveur.

— Rafraîchissez-moi la mémoire, elle était accompagnée ou je me trompe ?

— Parfaitement. Un homme l'attendait. Ils ont dîné ensemble.

Carmen n'en croit pas ses oreilles, elle se félicite d'avoir eu l'idée de venir se promener dans ces alentours. Elle rebondit immédiatement :

« Savez-vous à quelle heure ils sont arrivés et repartis ?

— Je regarde, dit Damien en ouvrant le registre. J'ai une réservation au nom de Bolcov à 20 h 30. J'ai le souvenir que l'homme était déjà là quelques minutes avant. Ils ont quitté le restaurant aux alentours de minuit après une coupe de champagne.

— Du champagne ?

— Oui, de mémoire c'était du Ruinart. Pourquoi ? Un problème ?

— Non, non, et que pouvez-vous me dire sur cet homme ? poursuit-elle, pressée d'en savoir davantage.

— Vous savez, j'ai surtout remarqué la jeune femme… répond le serveur, visiblement embarrassé de lui avouer qu'il la trouvait charmante.

— Vous pourriez me le décrire tout de même ?

— Il était grand, je dirais même très grand, les cheveux bruns, flous et mi-longs, le teint légèrement hâlé. Ce qui m'a le plus marqué, c'est son allure, une élégance de dandy. Extrêmement poli, il portait un manteau redingote que j'ai déposé moi-même au vestiaire. Cette pièce était magnifique et de grande qualité, je m'y connais, vous savez, mon père est tailleur.

— Avez-vous un système vidéo ? demande Carmen en se tournant vers le chef de salle.

— Oui, mais actuellement en pleine restructuration. Il n'enregistre plus les données depuis une vingtaine de jours. Le stockage prenant de plus en plus de place sur nos disques durs, le gérant a mandaté une société pour en augmenter les capacités et remettre tout à jour.

— Bon… Qui a servi ce couple en dehors de vous, Damien ?

— Moi seul, le sommelier était malade ce jour-là.

— Avez-vous remarqué quelque chose de spécial ou d'inhabituel ?

— Non, désolé, madame, le dimanche, c'est l'usine pour nous et j'avais beaucoup de tables à gérer. Les clients sont principalement des habitués du marchand de tabac À la Civette. Ils y achètent des cigares puis viennent dîner chez nous. Mais attendez, un détail me revient à l'esprit, l'homme avait une petite queue-de-cheval en catogan.

— Ils sont partis ensemble ?

— Oui, répond le chef de salle, je les ai raccompagnés moi-même jusqu'à la porte.

— Je suppose que l'homme aux allures de dandy a réglé la note ?

— Oui, absolument. Un tel pourboire ne s'oublie pas si facilement, s'écrie Damien.

— Je vois. Et quel était le mode de paiement ?

— Attendez, je regarde, dit le chef de salle en ouvrant un fichier à l'aide de sa clé professionnelle sur l'ordinateur de son pupitre. Alors... dimanche... table douze... en espèces, oui c'est cela, paiement en espèces. Pour un montant de deux cent trente-trois euros et quelques centimes. »

Carmen se dit que les convoquer à la brigade pour leur présenter des photos tirées des fichiers de la police ne servirait à rien, au vu du profil atypique de l'inconnu au catogan. Pourtant bien suspect à ses yeux, ce profil ne figurera pas dans leurs archives. Elle se contente alors de prendre les identités et les coordonnées de Damien et de son supérieur, avant de quitter les lieux, les pensées saturées d'adrénaline.

6.

Découverte insolite

Figée devant son ordinateur, Carmen consulte ses mails et fait la moue en apprenant que l'espoir de trouver un ADN autre que celui de Natalia Bolcov sur ses vêtements s'envole. En effet, le rapport de l'expert, qu'elle lit dans le détail, ne fait mention d'aucun profil différent, pas même en mélange avec celui de la victime, ni même partiel. En étudiant avec minutie ce rapport, elle constate qu'il est impossible de solliciter de complément à l'expert en biologie. Celui-ci a exécuté les demandes de l'enquêtrice à la lettre et a effectué ses recherches sur l'ensemble des surfaces des principaux vêtements de la victime. Pour gagner du temps, certains spécialistes n'examinent que des parties ciblées des habits, comme les manches ou le col, endroits susceptibles d'avoir été agrippés par un éventuel agresseur. Mais, elle doit l'admettre, cette fois-ci c'est du bon boulot. Le manteau Louis Vuitton, les vêtements et même les sous-vêtements de la victime ont été passés au crible. Elle imprime le rapport, rédige le procès-verbal d'annexe, sur lequel elle résume le contenu et glisse le tout dans son dossier dédié à l'affaire, avant de poursuivre la lecture de ses mails. Une autre mauvaise nouvelle s'affiche alors sur son écran. La réponse provenant de la société Meta relative au compte Instagram de Natalia Bolcov. Là aussi, Carmen avait placé quelques espoirs. Elle consulte les documents reçus. Ceux-ci recensent les échanges en messages privés à partir des comptes Facebook et Instagram de Natalia Bolcov. Sa famille, sa sœur essentiellement, et des communications d'ordre professionnel avec des marques de luxe, aucun message suspect. Carmen passe une partie de sa journée à tout éplucher, à tout analyser et se lasse de consulter des messages d'admirateurs, plus au moins inspirés. Les conclusions sont identiques à celles communiquées par Michaël lorsqu'il avait remis son procès-verbal d'analyse du contenu du téléphone de Natalia Bolcov.

« Encore une impasse », se dit-elle, dépitée, en s'enfonçant dans son fauteuil. Elle jette furtivement un œil à sa montre et comprend, vu l'heure avancée, pourquoi son estomac crie famine.

C'est donc au beau milieu de l'après-midi qu'elle court s'acheter un bagel juste en face de la brigade. Le commerce est tenu par un homme d'environ son âge, au look de rocker affirmé auquel des avant-bras musclés et tatoués ajoutent une touche « sexy ». Elle ne connaît pas son prénom mais se garde bien de le lui demander depuis qu'elle a été déçue par son comportement. En effet, voilà quelques semaines, elle l'a vu passer à toute vitesse sur son bruyant T-Max alors qu'elle se trouvait sur son scooter arrêtée à un feu rouge. Tout en slalomant, il a grillé la signalisation et manqué de renverser une femme qui traversait tranquillement. Celle-ci, heurtée par le chauffard, a poussé de grands cris, accompagnés de gestes de mécontentement. Le patron du restaurant, qui n'avait pas remarqué Carmen, a craché nerveusement par terre en direction de la pauvre dame. Depuis lors, Carmen est devenue hermétique à son charme.

De retour au travail, Carmen avale son sandwich, sans vraiment prendre le temps de le déguster. Simultanément, elle compose le numéro de téléphone d'un expert qui doit effectuer les analyses de pathologie.

« Carmen Ricci, capitaine de police en section criminelle à la police judiciaire, passez-moi monsieur Braumir, s'il vous plaît. »

Elle profite du temps d'attente pour terminer son repas. Au bout de quelques minutes, elle est enfin mise en relation avec l'expert.

« Que puis-je faire pour vous, madame Ricci ? demande celui-ci.

— Je vous appelle au sujet du dossier Bolcov.

— Ça ne me dit rien…

— La procureure a certainement dû vous transmettre les réquisitions pour que vous puissiez lancer vos recherches en toxicologie ?

— C'est possible, mais j'ai tellement de dossiers que j'ai du mal à m'y retrouver. Un instant, je consulte mes fichiers… Ah oui ! Je le vois, mais ce n'est pas une affaire prioritaire, il me semble, je vois que le parquet a défini le cadre juridique comme étant celui des recherches des causes de la mort. Il n'y a pas d'infraction…

— Monsieur Braumir, c'est justement l'objet de mon appel, confesse Carmen. Je voulais savoir si vous pouviez mettre le dossier au-dessus de la pile. Je pense, en effet, que cette affaire est plus compliquée qu'elle n'y paraît. Mon sentiment est que la victime n'est pas morte de façon accidentelle. Ainsi, vos analyses pourraient être primordiales…

— Madame Ricci, j'ai des dizaines de dossiers importants à traiter dans des affaires de meurtre. L'augmentation des violences fait aussi monter en flèche la quantité de travail que je dois abattre. Malheureusement pour vous, je ne peux rien faire, vous travaillez dans le cadre de l'article 74 du Code de procédure pénale, j'ai besoin d'une assurance que le décès de Natalia Bolcov est suspect, et pour cela le parquet doit me donner les instructions de changer de cadre juridique pour que votre dossier soit transféré de la pile non urgente à celle des urgences. J'imagine que vous me comprenez ?

— Parfaitement et je suis pleinement consciente de cette difficulté administrative. Pour l'instant, le cadre juridique reste inchangé. Je vous demande simplement de faire confiance à mon instinct et, exceptionnellement, de lancer les analyses sur mon affaire dès que possible.

— Madame Ricci, c'est très compliqué mais je vais essayer de raccourcir les délais d'analyses. Je vous tiens au courant.

— Mille mercis », conclut Carmen en raccrochant.

Elle sait que ce genre de coup de fil a peu de chances d'aboutir. Mais son objectif est atteint, celui de sensibiliser l'expert sur l'intérêt qu'elle porte à son enquête. Elle s'octroie un petit moment de réflexion. Son regard parcourt la rangée d'immeubles dressés de l'autre côté de la fenêtre, quand soudain, ses yeux se figent sur un couple en plein ébat sexuel contre leur fenêtre, offrant ainsi un spectacle gratuit aux jeunes policiers. Carmen détourne les yeux, non pas par gêne, mais parce qu'elle n'est pas de celles qui apprécient les couples s'adonnant à ce genre d'exercice en sachant pertinemment que tout le monde les regarde depuis le bâtiment d'en face. Elle passe deux ou trois derniers coups de fil, éteint son ordinateur et quitte son bureau un peu plus tôt pour aller faire expertiser la bague sur les conseils avisés de son ami Ted. En dévalant l'escalier, elle croise Michaël qui la regarde passer avec circonspection. Carmen, sans ralentir, lui fait signe de la tête. Elle franchit le grand hall de l'hôtel de police le sourire aux lèvres et sort attraper un taxi au vol. Direction les puces de Saint-Ouen, premier marché d'antiquité au monde.

Aujourd'hui connu pour ses trouvailles en tout genre, ce quartier était autrefois appelé le coin des chiffonniers de Saint-Ouen. C'est ici que l'on trouve tout ou presque, lorsque l'on aime chiner des pièces rares et anciennes. Carmen va d'une ruelle à l'autre, ses yeux se posent de temps à autres sur de jolies petites merveilles. Elle se perd un moment puis ressort la carte où Ted avait griffonné les coordonnées de la boutique. Celle-ci se trouve sous le marché couvert et sa vitrine attire l'attention de Carmen. Bibelots, petits objets, vaisselles, argenterie, éventails, cannes et, bien sûr, bijoux anciens. La porte est munie d'une sonnette qu'elle actionne pour se retrouver dans un petit sas. À l'intérieur, elle est accueillie par un monsieur âgé. Carmen réfléchit à son angle d'attaque et décide dans un premier temps de ne pas dire qu'elle est de la criminelle.

« Bonjour, la salue le vendeur, je peux vous aider ?

— Absolument, un ami m'a dit que vous expertisiez les bijoux ?

— Oui, tout à fait, mais pas les pacotilles, répond-il, l'air enjoué.

— C'est vous qui me le direz », affirme-t-elle en sortant le petit joyau rouge.

L'homme attrape le cabochon sans montrer d'intérêt, saisit ses lunettes posées sur le comptoir et étudie l'objet. Ses petites rides de sévérité se froissent et son regard interrogateur passe au-dessus de ses lunettes pour regarder Carmen. Il ouvre un tiroir, extirpe sa loupe, puis s'éloigne pour analyser la gemme à la lumière électrique. Face au silence de l'antiquaire, Carmen s'interroge sur la durée de l'expertise.

« Où avez-vous trouvé cet objet ? s'exclame-t-il, soudainement intéressé.

— C'est à ma grand-mère.

— Êtes-vous consciente que la pierre est précieuse ?

— Oui, c'est un rubis, dit-elle avec certitude. Monsieur, que pouvez-vous me dire sur cette pièce ?

— C'est bien un rubis et je suis prêt à vous l'acheter.

— OK, mon petit monsieur, voilà le topo, ceci est une carte de police. J'en conviens, elle n'a pas de valeur marchande, toutefois, vous allez me dire exactement ce que je veux savoir sur cette pierre. C'est assez clair ?

— Oh ! Mais je suis confus, je ne cherchais pas à vous contrarier, juste à faire mon métier d'acheteur. Cette pièce devait être une bague mais a été désolidarisée de son anneau, ne laissant que le socle estampé et la pierre, ça divise son prix par deux, mais ce rubis, bon sang, ce rubis…

— Eh bien quoi, ce rubis ?

— Si je dois me fier aux 4C, je pencherais pour un rubis étoilé, d'une extrême rareté. »

L'expert comprend à l'expression de Carmen qu'il doit être plus clair.

« Je m'explique : pour déterminer la valeur d'une gemme, il faut utiliser les "4C", un jargon de joaillier, c'est-à-dire : couleur, coupe, clarté, carat. Ce rubis possède toutes les caractéristiques d'un rubis ancien étoilé, toutefois, et ça, je ne l'explique pas, lorsque j'ai ouvert le mécanisme qui soutient le cabochon, j'ai découvert des particules acides qui ne sont pas naturelles, même si cette pierre a été chauffée pour en améliorer la couleur, la chauffe aurait fait fondre les inclusions de rutile et aurait fait disparaître l'étoile.

— Pardonnez-moi, mais c'est un peu trop technique pour moi. Que voulez-vous dire exactement ?

— Mon expérience en la matière me pousserait à dire que l'acide a quelque peu rongé l'étoile. Peut-être était-ce une bague qui a contenu du poison.

— Du poison ? répète-t-elle, l'esprit totalement perturbé par son cerveau qui fourmille d'idées. Merci beaucoup, vous m'avez été d'une grande aide ! »

7.

Analyses biologiques

Le printemps s'évanouit, laissant l'été s'éloigner de la découverte du corps de Natalia Bolcov. L'équipe à laquelle appartient Carmen a été chargée de nombreuses autres affaires criminelles. Les périodes de permanence pointant leur nez toutes les trois semaines, elles ont de fait été particulièrement lourdes à gérer. Vol avec violences contre un papi qui, tombant sur la tête pendant son agression, n'avait pas survécu à ses blessures ; meurtre d'un homosexuel après une passe avec un prostitué dans un cinéma pornographique du boulevard de Clichy ; course-poursuite entre dealers qui s'est terminée par des échanges de coups de feu ; découverte d'un SDF poignardé pour une paire de chaussures ; violences conjugales dont la victime, une fois encore une femme, restait dans le coma… La vie d'une équipe de policiers calquée sur le calendrier du malheur des gens et, par extension, sur celui de la société. Autant de dossiers qui ont fait oublier à l'équipe celui de Natalia Bolcov, une enquête en chassant une autre. Autant de travail à accomplir, toujours en urgence, laissant de côté celui à effectuer sur les dossiers devenus non prioritaires.

La chaleur estivale ayant fait sa spectaculaire entrée, Carmen troque ses manteaux d'hiver contre des tenues plus légères. C'est à son bureau, devant son ordinateur, qu'elle sent par la fenêtre ouverte les premières brises onduler autour de ses jambes nues, faisant flotter les volants de sa robe. C'est aussi cette tenue qui, comme par magie, engendre des concerts de sifflets lorsqu'elle traverse les couloirs. Une taquinerie enfantine qui ne la perturbe pas pour autant. Tel un rituel de l'enquêteur 3.0, elle consulte ses mails après avoir bu son café noir. L'immense majorité d'entre eux n'a que très peu d'intérêt. Carmen n'en lit que le titre et les redirige instantanément ou les met dans la corbeille. Comme tous les matins, elle peste contre cette accumulation d'informations inutile : proposition de stages dont il apparaît nettement que ceux-ci ne sont organisés que pour justifier l'emploi de formateurs trop nombreux, bulletins quotidiens des différents services de police et de gendarmerie délivrant une information futile comme l'ouverture d'un jardin potager sur le toit d'une brigade, synthèse des enquêtes des autres directions dont l'intérêt relève de l'exceptionnel, bref, toute une série de courriels qui polluent les capacités – très médiocres – de stockage de la messagerie de Carmen. L'enquêtrice continue à râler contre cette surconsommation d'écrits, les policiers nouvelle génération en usent à outrance, freinant même la communication verbale pourtant souvent nécessaire à la compréhension et à l'avancée des enquêtes. Mais Carmen, comme à son habitude, fait défiler les messages reçus un à un, avec cette même impatience quotidienne liée au désir de n'en recevoir qu'un, celui de l'expert qu'elle a mandaté pour analyser les traces d'acide relevées sur ce rubis voilà déjà plus de trois mois. En effet, à la suite de son entretien avec l'antiquaire, elle a intégré la pierre précieuse dans son enquête en la plaçant sous scellé judiciaire. Son intuition la pousse à conclure que tout est lié.

Elle a bien tenté d'insister de nouveau auprès de l'ingénieur, qui déjà lui doit les résultats d'une précédente analyse, celle sollicitée par la procureure des prélèvements effectués sur le corps de Natalia Bolcov. Mais le spécialiste lui a ressorti son argument de la priorité juridique dont ne dispose pas Carmen.

Alors que l'enquêtrice se trouve en pleine réflexion sur les arguments qu'elle pourrait faire valoir afin de convaincre la magistrate de l'importante de ces recherches en toxicologie, elle est interrompue par la sonnerie de son téléphone.

« Capitaine Ricci ? Braumir à l'appareil.

— Monsieur Braumir, j'étais justement en train de penser à vous, enfin surtout aux résultats d'analyses que j'attends depuis si longtemps.

— Je vous présente mes excuses, il s'avère que vous aviez raison ! Natalia Bolcov a bien été assassinée. Vous l'aviez pressenti et j'aurais dû vous écouter et effectuer ces analyses en priorité. Je mesure à mon tour l'importance du retard que vous avez pris de mon fait dans votre enquête. Je sais que les crimes sont principalement résolus dans les premiers jours. J'espère que celui-ci pourra être élucidé malgré tout. Cela dit, connaissant votre ténacité, je sais que vous irez jusqu'au bout.

— Monsieur Braumir, susurre Carmen après quelques secondes d'un silence consacré à amortir l'onde de choc causée par la nouvelle, je vous remercie pour votre compréhension, même si, je le répète, vous n'avez pas commis d'erreur. Dites-moi plutôt ce qui vous fait penser qu'il s'agit bien d'un meurtre ?

— Un meurtre ? Non, un assassinat. Compte tenu du mode opératoire par utilisation d'un poison, la préméditation pourra être retenue sans difficulté lors du procès.

— C'est donc bien du poison que contenait ce rubis ?

— Exactement, du cyanure pour être précis. J'en ai aussi retrouvé des traces dans le foie de Mme Bolcov.

— Incroyable ! J'attends ça depuis des mois. Pouvez-vous déduire que celui retrouvé sur le rubis qui ornait la bague est aussi celui employé pour tuer Natalia Bolcov ?

— Sur ce point précis, je ne saurais être formel. Je me suis permis d'appeler le médecin légiste qui a fait l'autopsie de la victime. Nous venons de raccrocher à l'instant. Le praticien me confirme que le décès est lié à un arrêt cardiaque, nous le savions. Mais le légiste avait noté sur son compte rendu la présence d'un léger œdème des poumons.

— Je m'en souviens parfaitement.

— Ce qui est compatible avec l'absorption de cyanure. Lorsque la trace de ce poison n'est pas découverte sur la scène de crime, celle-ci peut être détectée par les analyses chimiques à l'aide de la chromatographie en phase gazeuse et par spectrométrie de masse. J'ai donc analysé le contenu de l'estomac ainsi que son sang. Mais je n'ai pas pu y mesurer la présence d'hydrogène de cyanure. En effet, et malheureusement, ce poison commence à disparaître dans le sang au bout de six heures et la disparition complète intervient à la soixante-sixième heure.

— Il aurait fallu faire ces analyses toute de suite, soupire Carmen.

— Croyez-moi, la prochaine fois, je ferai confiance à votre instinct.

— Comment en êtes-vous arrivé à conclure à la présence de poison ?

— C'est un peu technique mais pour faire simple, les seuls marqueurs résistants dans le temps sont ceux présents dans le foie. Ceux-ci étendent la fenêtre à plusieurs mois. Et là, nous étions encore dans les temps. Le cyanure est mortel, pour une personne de soixante kilogrammes environ, avec une dose comprise entre 0,03 et 0,2 milligramme par kilo.

— Combien de temps mettent les gens à mourir ? Le décès n'est-il pas instantané ?

— Tout dépend de la dose ingérée. Plus elle est forte, plus le décès est rapide. Plus elle est faible, plus le décès intervient tard.

— Plusieurs minutes après ?

— Voire quelques heures, oui.

— Et dans le cas de Natalia Bolcov ?

— C'est difficile à dire car nous ne savons pas à quel moment elle a avalé ce poison. Tout porte à croire qu'elle l'a fait sans en être contrainte, sinon l'autopsie aurait révélé des traces de lutte sur ses mains, des traces de prise sur ses poignets, ce qui n'est pas le cas. Elle a dû le consommer sans en avoir conscience.

— Le rendez-vous au restaurant ! s'exclame Carmen.

— Vous dites ?

— Non, désolée, je réfléchis à voix haute. Et pouvez-vous me dire quels sont les symptômes avant le décès ?

— Vertiges, céphalées, perte de conscience, léger œdème des poumons puis arrêt cardiaque.

— Tout s'explique, murmure l'enquêtrice.

— Vous avez une piste ?

— Pas encore, mais j'y vois beaucoup plus clair…

— Attendez, je me suis documenté sur ce poison. Cela vous sera peut-être utile. L'usage du cyanure est devenu une sorte d'art au XVIe siècle dans plusieurs villes d'Italie comme Rome ou Venise. Il existait même des écoles enseignant les méthodes de cet empoisonnement afin de déterminer la dose indétectable de substance létale. À la fin du XVIe siècle, cet art entraîne une véritable vague d'utilisation du poison, puis se déplace de l'Italie vers la France, où l'intoxication criminelle devient fréquente au point d'être un fléau.

— Venise, vous dites ? insiste Carmen en pleine réflexion.

— Venise est une des villes où cette méthode pour tuer son ennemi juré a vu le jour.

— Existe-t-il un antidote ?

— Plusieurs, oui. Il faut injecter rapidement une substance préparée à l'aide de nitrite de sodium, de thiosulfate de sodium et de nitrite d'amyle. L'hydroxocobalamine est un autre antidote efficace. Il se lie au cyanure pour former une molécule inoffensive : la cyanocobalamine, qui est alors évacuée dans les urines.

— Vous pouvez me coucher tout cela dans votre rapport ?

— Il est déjà prêt, vous pensez bien.

Carmen raccroche après l'avoir remercié puis s'enfonce dans son fauteuil, un large sourire aux lèvres. Une sensation de soulagement l'envahit tout en restant consciente de la charge de travail qui l'attend.

Dès qu'elle reçoit le rapport de l'expert par mail, elle l'imprime et se rend directement dans le bureau de Michaël. En silence, elle place le document sous ses yeux et le toise, les bras croisés. Sans attendre sa réponse, elle regagne son bureau et empoigne son téléphone. Le temps est venu de solliciter un changement de cadre juridique. Carmen résiste à l'énervement que peut susciter la musique invitant à patienter. Elle ne compte plus, dans sa carrière, les heures gâchées à attendre au téléphone qu'un magistrat décroche. Les parquetiers, débordés, font ce qu'ils peuvent à l'autre bout du fil. Ils répondent à tous les policiers de la capitale qui effectuent leurs comptes rendus quotidiens obligatoires sur l'ensemble des enquêtes qu'ils mènent et sur les gardes à vue en cours ; et l'activité criminelle de ces temps-ci n'arrange pas les délais, bien au contraire. Carmen en profite pour renvoyer le rapport de l'expert à Christophe, son chef de groupe, puis, en prévision de la demande de la magistrate, à faire de même sur la messagerie de la permanence criminelle du parquet. Cinquante minutes s'écoulent lorsque enfin son interlocutrice prend l'appel.

« Mme Bilva, substitut de permanence criminelle.

— Capitaine Ricci, section criminelle de la police judiciaire. »

À l'issue de ces présentations, Carmen fait un point complet sur l'avancée de son enquête, sur les nouveaux éléments découverts sur les toits au-dessus de la scène de crime ; et enfin sur les résultats des analyses toxicologiques et la découverte du cyanure sur la bague et dans le foie de Natalia Bolcov. La procureure, convaincue, autorise Carmen à changer dès aujourd'hui de cadre juridique. *Ottima !* se motive-t-elle intérieurement.

« Capitaine Ricci, votre dossier doit être clôturé dans les meilleurs délais. Quand pensez-vous pouvoir me l'apporter ?

— Demain matin, sans faute.

— Bien, entre-temps je prépare mes réquisitions pour solliciter une ouverture d'information. Il s'agit d'une affaire criminelle désormais. Le juge de permanence est M. Fabro. Je vais le prévenir, il vous attendra dans son bureau après notre rendez-vous. »

C'est ainsi que l'enquête des recherches des causes de la mort diligentée sur les instructions de la procureure passe entre les mains d'un juge d'instruction, la qualification retenue étant l'assassinat. Le magistrat du siège confirme que la poursuite de l'enquête reste de la compétence de l'équipe de Carmen Ricci. Et il ne le regrettera pas.

Les enquêteurs criminels partent, dès le début de leurs recherches, à la poursuite du temps. Ils interviennent sur les scènes de crimes alors que le meurtre est consommé et que l'assassin est déjà loin, même si, parfois, il reste tout près. L'analyse de l'environnement doit permettre de réunir les preuves nécessaires à la contraction du temps. Une enquête résolue est celle qui a pris de vitesse ce temps pour arriver à l'identification et à l'arrestation de l'auteur. Celle de Carmen ne fait pas exception à la règle. Mais la difficulté apparaît ici encore plus grande. Carmen part avec un temps de retard et celui-ci ne cesse de s'étirer. Elle se soucie du nombre de jours qu'elle doit rattraper et se sachant déjà en plein mois de juillet, elle est consciente que la tâche n'est pas simple.

Si, jusqu'à présent, cette affaire n'intéressait personne, Carmen sait que certains parasites vont désormais tourner autour d'elle pour tenter de tirer la couverture à eux. C'est donc à la fois pour engager une vitesse supplémentaire dans sa course contre la montre et pour éviter de croiser tous les nuisibles de son service que, une fois sa commission rogatoire en main, Carmen s'enferme dans son bureau pour réfléchir à la stratégie qu'elle souhaite désormais adopter. Les idées en place, elle saisit à la volée les clés de son scooter, attrape son casque et démarre à toute vitesse. Ses pensées défilent aussi vite que son allure. Elle a deux priorités. Tout d'abord, se rendre immédiatement aux escaliers de la butte Montmartre où a été découverte Natalia Bolcov. Elle y retrouve les techniciens de l'identité judiciaire et un serrurier qu'elle a préalablement mandaté. Après un rapide briefing au pied de l'immeuble, la petite équipe grimpe sur le toit où Carmen a trouvé le rubis, après que le serrurier a procédé à l'ouverture de la porte. Les lieux sont passés au peigne fin, mais les constatations n'amènent la découverte d'aucun nouvel élément, pas d'empreinte ni d'ADN. Il est difficile, voire quasi impossible en extérieur, de révéler de longs mois plus tard de telles traces. Elle demande toutefois à ce qu'un plan des lieux soit dressé et à ce que des photos soient prises car il est nécessaire de matérialiser la scène.

« N'oublie pas de prendre des clichés avec une vue plongeante sur les marches jusqu'en bas, indique-t-elle au photographe de l'IJ en désignant l'endroit exact où Natalia Bolcov a été retrouvée. Fais-moi également des vues panoramiques des environs. Aux assises, je veux que les jurés se rendent compte de l'importance de cet endroit qui surplombe la scène de crime. Quelqu'un est monté, non pour s'émerveiller devant une des plus belles vues de Paris, mais pour contempler son œuvre à l'aplomb, tel un artiste.

— Tu parles des assises, tu as donc une piste pour résoudre cette affaire ? questionne le photographe.

— Je compte bien témoigner aux assises avec les preuves nécessaires. »

Elle est interrompue par les vibrations de son téléphone, c'est Michaël qui a déjà tenté de la joindre à plusieurs reprises. Elle ne répond toujours pas. Elle attend patiemment que l'équipe termine son boulot et range son matériel.

« Je vous transfère les clichés par email ?

— Tout à fait, répond-elle.

— C'est la première fois que je prends des photos de Paris depuis les toits. Si j'avais les clés des portes qui y mènent, je crois bien que je pourrais y passer des journées entières, s'amuse-t-il.

— Pour moi, pas besoin de clés… » murmure-t-elle tout bas en accompagnant toute l'équipe vers la sortie.

Elle remercie tout le monde et file dans le 16e arrondissement. Une bonne vingtaine de minutes plus tard, elle sonne à l'interphone de la famille Bolcov.

« Capitaine Ricci ? Montez, je vous en prie. »

Après qu'elle lui a tout raconté, Mme Bolcov reste digne, quoique véritablement choquée. Malgré la douleur qui marque ses traits, aucune larme ne parvient à sortir. Après une longue minute de silence, elle repose la question à Carmen, comme pour s'assurer qu'elle a bien compris :

« Du cyanure, vous dites ?

— C'est bien cela... Faites-moi confiance, madame, on retrouvera son meurtrier. »

8.

Sans rancune

Michaël avance timidement dans le bureau de Carmen. Voilà plusieurs jours qu'elle ne lui a pas adressé la parole, en dehors des formules de politesse quotidiennes. Une certaine forme d'ignorance régit leur relation depuis la confirmation de l'assassinat de Natalia Bolcov. Désireux d'améliorer la situation un tantinet tendue, il passe la tête dans l'entrebâillement de la porte. Il n'est pas venu sans argument. Il a en main une clé USB contenant tous les procès-verbaux d'exploitation téléphonique du dossier, ainsi que les dernières auditions qu'il a menées. En effet, Michaël a poursuivi les recherches qu'il avait lancées initialement. Après l'exploitation des données du téléphone de la victime, il s'est fait transmettre celles du standard du café de la Régence pour tenter de retrouver la réservation au nom de Bolcov. Mais ce n'est pas tout. Il a étendu les investigations aux études des bornages. Un travail long et fastidieux. L'idée étant d'exploiter l'ensemble des appels qui ont transité par une ou plusieurs cellules qui couvrent un secteur déterminé. Ainsi Michaël a recensé à deux endroits différents tous les téléphones utilisés le soir des faits : le premier étant le lieu où on a découvert le corps de Natalia Bolcov au milieu de la nuit et le second localisé au niveau du café de la Régence quelques heures plus tôt. Évidemment, Michaël part du principe que la victime a dîné avec son bourreau. Il émet donc l'hypothèse que le téléphone de ce dernier a pu se trouver à ces deux endroits de la capitale. Si jamais ce portable a été utilisé, alors il y aura une trace de sa localisation dans les bornages transmis par les quatre opérateurs de téléphonie mobile. Il a passé toutes les données au crible. Il a comparé les téléphones recensés sur les deux lieux et a sorti un tableau de numéros communs. Une douzaine se trouvait aux deux endroits. Il a procédé à l'identification de l'ensemble de leurs utilisateurs et a sélectionné les hommes. Il s'est procuré leurs documents d'identité, passeport ou permis de conduire. Il a constitué une planche photographique et a convoqué le serveur et le chef de salle du café de la Régence pour la leur soumettre. C'est donc la tête dans l'entrebâillement de la porte du bureau de Carmen qu'il vient rendre compte du résultat de ses recherches.

« Et donc ? interroge la capitaine de police après avoir attentivement écouté l'exposé de son coéquipier.

— Écoute, j'aurais bien aimé te dire que je suis arrivé à l'identification d'un suspect, mais je t'avoue que toutes mes recherches n'ont mené nulle part. Non seulement aucun des utilisateurs des portables localisés à la fois au resto et sur la scène de crime ne possède un signalement pouvant correspondre à la description de l'homme du café de la Régence, mais en plus, le serveur et le chef de salle ne reconnaissent personne sur les clichés que je leur ai soumis. Enfin, côté réservations, je n'ai pas réussi à isoler un téléphone suspect. Je pense que cet appel a été passé depuis un taxiphone, impossible de remonter à sa source.

— Merci pour tes recherches. Même si elles n'aboutissent pas, elles ont le mérite de fermer la porte. Il fallait le faire de toute façon.

— Carmen, j'aurais dû te soutenir dès le début. J'en suis encore navré.

— Tu sais quoi ? Si tu veux totalement te racheter, j'ai ma petite idée… Dans ma liste des investigations pénibles à réaliser il y avait, certes, les exploitations téléphoniques, mais également d'autres choses… et en échange, j'accepte tes excuses ! Tu n'es pas en position de refuser !

— OK, vas-y, répond Michaël en s'avançant dans son bureau en signe d'acceptation.

— Il me faut toutes les enquêtes engagées à la suite de la découverte d'un cadavre de femme dans la capitale.

— Toutes ?

— Toutes celles liées à une mort suspecte et…

— … et ?

— Et toutes celles non suspectes également.

— Mais, Carmen, c'est un travail de titan !

— Je sais, mais ce n'est pas tout.

— Ah ? s'étrangle-t-il.

— Je veux que tu remontes sur les cinq dernières années.

— Rien que ça !

— C'est le prix à payer pour l'acceptation de tes excuses. Ah oui ! J'ai failli oublier…

— Je m'attends au pire, soupire Michaël, résigné.

— Il est évident que j'attends des résultats concrets. »

Sans piper mot, Michaël lui fait signe de la tête, se retourne et s'éloigne. De son côté, elle éteint son ordinateur, ferme les armoires contenant les procédures en cours et quitte son bureau. L'étage de la brigade est vide, en regardant sa montre, elle s'aperçoit de l'heure tardive et éteint derrière elle les lumières des couloirs qu'elle traverse. Seul Michaël est encore présent, assurément en pleine consultation des fichiers de la police. Carmen l'entrevoit à travers la porte de son bureau. Il est assis devant son écran pianotant sur son clavier. Elle repense à la façon dont elle lui a annoncé le nouvel angle d'attaque de son enquête. *Peut-être un peu trop direct*, se dit-elle avec remord. Elle est soudainement tentée d'engager une discussion pour remettre un peu d'huile dans les rouages de leur relation, mais remarquant la grande concentration dont fait preuve son coéquipier, elle le laisse travailler et, sans un bruit, s'éclipse des locaux de la police judiciaire. Au rez-de-chaussée de l'hôtel de police elle a pour habitude de passer devant le comptoir d'accueil du commissariat et devient hermétique aux plaignants ou mécontents qui s'y trouvent. Toutefois, une voix qui lui semble familière la freine dans son élan. En se retournant, elle aperçoit un homme de dos qu'elle ne remet pas tout de suite. Curieuse, elle s'en approche et découvre avec stupeur que ce dernier n'est autre que l'homme qui l'avait courtisé à la soirée de Ted et Paolo.

« Guillaume ? Que faites-vous là ?

— Carmen, mais… Je vous retourne la question !

— Je travaille.

— Vous ? Dans la police ? Je n'y crois pas !

— Que vous est-il arrivé ? interroge-t-elle.

— Je viens de me faire agresser par deux hommes qui m'ont attaqué sur mon scooter et m'ont arraché mon sac contenant mon ordinateur et quelques affaires personnelles.

— Vous êtes blessé, vous ne pouvez pas rester ainsi, dit-elle en constatant qu'il a l'arcade sourcilière entaillée et les lèvres enflées.

— Ce n'est rien, je m'en remettrai, mon ordinateur est plus important.

— Ce n'est que du matériel. Je vais demander à vous faire passer en priorité pour prendre votre déposition.

— Vous pouvez faire ça ? s'étonne-t-il.

— Je ne vais pas vous laisser dans cet état, il vous faut des soins, mais comme vous avez l'air têtu, j'abrège votre souffrance de quarante-cinq minutes de file d'attente. »

Elle disparaît un moment et revient escortée d'un jeune policier et d'une trousse de secours.

« Ce monsieur va prendre votre dépôt de plainte et voici de quoi désinfecter vos blessures.

— Carmen, s'il vous plaît, laissez-moi vous inviter à prendre un verre juste après, je voudrais vraiment vous remercier.

— J'ai deux ou trois bricoles à régler, je serai ensuite à la brasserie de l'angle de la rue Louis-Blanc d'ici une petite heure.

— C'est entendu, j'y serai », conclut-il avant de suivre le policier dans un bureau.

Il se passe très exactement cinquante-trois minutes avant que Guillaume sorte de l'hôtel de police pour franchir la porte de l'établissement. Carmen est assise au bar et discute avec le serveur qu'elle connaît très bien.

« Merci de m'avoir attendu, dit-il.

— Je vous ai laissé soixante minutes, vous êtes dans les temps et même en avance ! lance-t-elle, le sourire aux lèvres.

— Je n'allais pas laisser attendre une femme telle que vous...

Dans le même temps, Guillaume gratte le pansement qui lui occulte l'arcade sous les yeux de Carmen qui analyse sa gestuelle.

— Rassurez-vous, je ne vous aurais pas attendu, ajoute-t-elle.

— Vous êtes sérieuse ? Passé l'heure, vous seriez partie ?

— Absolument, réplique-t-elle avec aplomb.

— Je vois... euh... S'il vous plaît ? Donnez-moi la même chose, je vous prie », dit-il au serveur en désignant le verre de Carmen.

Le garçon revient avec un deuxième verre de prosecco.

— Alors, dites-moi, que faites-vous au sein de la police?

— J'enquête sur les meurtres ou les tentatives de meurtres, répond-elle tout en le toisant du coin de l'œil.

— Très intéressant, dit-il en avalant sa salive de travers. Je n'aurais pas deviné.

— Oh oui, je suis habituée, vous êtes comme beaucoup s'imaginant me voir dans les bureaux, en secrétaire ou, mieux, à la comptabilité, lance-t-elle en stoppant net son regard sur sa main gauche.

— Carmen, pourquoi je vous sens si hostile avec moi, quelque chose m'aurait échappé?

— Je n'aime pas les menteurs!

— Pardon! Mais, je n'ai menti en rien…

— Je vous ai dit que j'étais flic, et un flic analyse tout. Pouvez-vous me dire pourquoi vous avez retiré la bague de votre annulaire entre le commissariat et ce bar? Si vous êtes marié, c'est votre problème, mais vouloir le masquer pour mieux me courtiser, ça devient mon problème.»

Après avoir prononcé ces mots, Carmen avale cul sec son verre, le repose et sans même regarder Guillaume, enfile sa veste, salue le barman et disparaît.

Au petit matin, plusieurs pensées s'entrechoquent dans son cerveau. Il est tôt et, comme d'habitude, elle n'a pas beaucoup dormi. Mais ces heures de sommeil en moins, initialement liées à ses questionnements sur ses enquêtes, prennent de l'ampleur depuis la soirée ratée de la veille passée avec ce publiciste ringard. L'enquêtrice prend son premier café de la journée devant sa fenêtre, accroupie sur son bout de toit. Réglisse ronronne sur ses genoux.

«Ta maîtresse doit être jalouse, j'espère qu'elle ne se doute pas que tu as une double vie», lui susurre Carmen au milieu de deux caresses sous la mâchoire. Tu es bien un mâle…»

Le poil noir du félin brille de mille feux sous les rayons matinaux du soleil. Un signe d'excellente santé. Le temps passé avec ce chat est précieux pour Carmen qui se rend compte de l'aspect apaisant de cette tendre occupation. Elle profite donc de ces doux moments, au cœur de la capitale française, sur les toits d'un des quartiers les plus emblématiques pour s'y détendre. Tout en observant la vie parisienne qui s'active déjà au pied de son immeuble, elle mesure la chance qu'elle a de vivre de tels instants. Vivre sans survivre. La vie. Ses enquêtes. Les pensées de Carmen vont et viennent sur le nombre de vie volées par des assassins ; sur les difficultés qu'elle a rencontrées afin de résoudre ces crimes ; et enfin, sur les victimes en général. Combien de vies brisées a-t-elle côtoyées au travers de son travail ? Combien de victimes comme Natalia Bolcov étaient promises à une existence longue et riche et ont été coupées net dans leur élan ? Mais surtout, combien de personnes encore actuellement en vie entreront, sans le savoir, dans l'univers de Carmen ? Cette réflexion fait partie de celles qui lui sont récurrentes. Elle se souvient de certains propos de jeunes magistrates, ou de vieux policiers, qui désiraient prendre une « bonne affaire ». Comme si chacun souhaitait la mort d'un prochain pour pouvoir travailler sur une enquête de meurtre intéressante. Une affaire d'homicide peut-elle être belle au point de souhaiter que des meurtres se produisent ? Ou bien est-ce l'idée que, de toute manière, la société engendre tant de violences meurtrières que, résigné, mieux vaut se souhaiter enquêter sur les plus intéressantes ? Être un flic de la crim', si on n'y prend pas garde, peut entraîner des pensées sordides, en contradiction avec la passion de l'enquête criminelle. Pourquoi s'acharner à élucider, ou à tenter d'élucider des homicides et en même temps souhaiter enquêter sur des affaires dont on voudrait qu'elles deviennent emblématiques ? Plus ces flics élucident, plus ils ont soif d'élucidation. Quel antagonisme ! Résoudre des meurtres pour aider les familles des victimes à faire leur deuil et en même temps souhaiter qu'il y ait de plus en plus de victimes.

« Drôle de métier », chuchote-t-elle à Réglisse. Bien que le terme ne soit, lui non plus, pas très approprié…

Arrivée à la brigade un peu plus tard qu'à l'accoutumée et après un bref passage dans le bureau de son chef d'équipe pour prendre des nouvelles des saisines de la nuit et du matin, elle se débarrasse de son sac et de sa petite veste de saison estivale pour rejoindre Michaël dans la salle de repos du troisième.

« Enfin réparée, cette machine ? lance-t-elle en entrant.

— Pas trop tôt tu veux dire, je t'en sers un serré ?

— Vu tes cernes, Michaël, c'est plutôt toi qui aurais besoin d'un café. Je me trompe ou tu as passé ta nuit à bosser ?

— Non, en effet, j'ai fini super tard, ou tôt, ça dépend du point de vue. Bref, j'ai bossé dur.

— Le pauvre chou, ça fatigue de bosser, hein ? Allez, annonce la couleur…

— Je rêve ou tu te fiches de moi ?

— Moi ? Non, je n'oserais pas !

— Figure-toi que j'ai fait le tour des fichiers qui sont à notre disposition.

— Bien, on avance, dit-elle en sirotant son café.

— J'ai mon analyse sur le résultat de mes recherches, continue Michaël. Mais j'ai aussi besoin de tes lumières.

— Je suis honorée de ton changement à mon égard, il n'y a pas encore si longtemps, mon avis comptait pour des prunes !

— C'est ça le travail d'équipe, non ?

— Je suis tout ouïe. »

Michaël passe en revue les résultats de ses investigations nocturnes. Il a consulté tous les fichiers en s'arrêtant sur les dossiers des femmes retrouvées décédées sur la voie publique à Paris et en région parisienne. Il explique comment il a fouillé, de la façon la plus exhaustive possible, en passant d'un fichier à l'autre pour affiner ses recherches sur telle ou telle personne. Fichier des victimes, fichier des auteurs d'infractions, fichier des personnes recherchées, fichiers des permis de conduire, des cartes grises, des assurances, puis fichier des infractions routières, fichier national des étrangers, mails à tous les commissariats locaux, demandes aux services chargés des disparitions inquiétantes... Chaque nouvel élément issu de l'un de ces fichiers était relancé dans les autres, de manière à croiser toutes les informations reçues et à ne passer à côté d'aucune possibilité. Michaël a même consulté sur Internet les articles de presse relatant des affaires de morts suspectes de femmes, ceux faisant état de décès sans suspicion d'homicide ou ceux parlant de disparitions non résolues. Toutes les demandes effectuées auprès de ses interlocuteurs ont été lancées avec une mention d'urgence largement soulignée, lui permettant d'obtenir des réponses avant l'arrivée de Carmen. Il lui devait bien ça! S'organiser de manière à tenter de rattraper quelque peu le temps perdu.

« Tu as quelque chose à me mettre sous la dent? interroge-t-elle avec impatience.

— J'ai une liste d'une quinzaine de victimes potentielles.

— Tes recherches remontent sur les cinq dernières années comme je t'ai demandé?

— Oui, même si certains résultats ne peuvent être concluants que sur les trois dernières, car certaines données ont été effacées. Mais au final j'ai fait le maximum. La liste que je te fournis doit être affinée par nos... pardon, par ton intuition. »

Michaël remet sa sélection à Carmen, rédigée sur une feuille volante, sous la forme d'un tableau répertoriant tous les faits, les dates, les lieux, les identités des victimes et un résumé des investigations menées. Bref, du travail de pro !

« Évidemment, j'ai pris soin de me faire transmettre dès ce matin l'ensemble des quinze procédures policières en question...

— Tu anticipes maintenant, tu es en plein progrès, j'en reste sans voix.

— Je n'ai pas le choix si je veux redorer mon blason... Tu pourras consulter tous les dossiers, je les ai copiés sur le serveur du groupe. »

La liste est étudiée avec attention par les deux enquêteurs pendant cette pause triple café. Mais rapidement Carmen décide de continuer l'exercice en ayant toutes les données sur chaque dossier en main. Elle avale d'un trait sa dernière gorgée d'expresso et demande à Michaël de la suivre dans son bureau pour consulter les dossiers complets. Elle s'arrête sur chaque détail important. Quinze découvertes de cadavres de femmes ; suspectes ou non. Carmen a son idée. Elle élimine les femmes retrouvées dans des squats, où les circonstances peuvent faire penser à une overdose. Elle écarte les victimes trop âgées, dont le décès peut être attribué, même s'il n'est pas élucidé, à un malaise lié à leur âge avancé ou bien à une mort naturelle. Elle passe sur celles qui peuvent faire penser à un suicide, dont les enquêtes sont souvent peu poussées mais dont le flair policier accrédite, à la lecture des constatations, cette thèse. Elle balaye celles dont le dossier médical est lourd, elle supprime aussi les décès des mineures. L'ensemble de ses déductions faites, elle en arrive à la conclusion que deux dossiers peuvent être étudiés.

Le premier est celui d'Aurélie Lancelle, une jeune femme de vingt et un ans. Fille unique, elle est originaire de Versailles où elle résidait avec ses parents. Sa vie s'est arrêtée un matin de mars 2019, le 11, pour être précis. À la lecture de la procédure d'enquête décès, Carmen constate qu'il s'agissait d'une étudiante en design, en troisième année de l'ECV – Creative Schools and Community, la très sélecte école de communication visuelle de Paris. Elle y étudiait avec brio et partageait sa vie entre ses stages à l'étranger et la France. Sur les clichés fournis par Michaël, elle semblait être une très jolie jeune femme. Les cheveux bruns, coupés au carré, des yeux clairs en amande, un nez légèrement effilé au milieu d'un visage harmonieusement rond. Compte tenu de ses proportions féminines et équilibrées, Aurélie Lancelle aurait très bien pu concourir dans un concours de beauté. Les circonstances de la découverte de son corps font penser à celles de Natalia Bolcov, à la différence près qu'Aurélie Lancelle a été retrouvée allongée dans l'herbe à l'extrémité est de l'île de la Cité, derrière la cathédrale Notre-Dame, au bout du square d'Île-de-France. La jeune femme a été découverte inanimée par deux amoureux qui s'attardaient au cœur de la nuit dans cet endroit réputé romantique. Se bécotant sur un banc à proximité, ils ont tout d'abord cru que la jeune femme s'était allongée pour contempler les étoiles, mais au bout d'une dizaine de minutes sans un mouvement de sa part, le couple a conclu à un malaise et prévenu les secours. Ceux-ci, arrivés en quelques minutes, n'ont pu réanimer Aurélie Lancelle et le certificat de décès joint au dossier met en avant un arrêt cardiaque. L'autopsie pratiquée quelques jours plus tard a confirmé cette hypothèse, et ce, malgré l'aspect jeune et la très bonne santé de la victime. Aucune recherche en toxicologie n'a été demandée, mais les prélèvements ont été effectués.

« Il faudra vérifier s'ils sont encore conservés à l'institut médico-légal », demande Carmen.

Le second dossier concerne une femme de trente-huit ans, Mathilde Orsioni. Corse d'origine, elle a été retrouvée sans vie dans les parties communes de son immeuble du quartier Alésia le 18 février 2018, plus précisément dans la cour intérieure arborée qui sépare le premier bâtiment du second où elle loge. Cette femme était, elle aussi, très belle et vivait en couple depuis peu avec un homme de dix ans son aîné. Elle était promise à un brillant avenir dans le monde des galeristes de la capitale. Un an auparavant, elle avait inauguré sa propre galerie d'art place des Vosges. Le succès, qui avait été quasi immédiat, était assurément le résultat d'un travail sérieux et acharné couplé à sa connaissance parfaite du monde de l'art et à une tendance naturelle à découvrir des talents. Là aussi, le décès a été attribué à un arrêt cardiaque. Compte tenu des antécédents de sa mère, morte elle aussi à la suite de soucis au cœur, aucune autopsie n'a été demandée et seul un examen externe a été pratiqué. Tout comme Aurélie Lancelle, aucune trace de coups ni de défense sur le corps. Mathilde Orsioni est enterrée à L'Île-Rousse, son village natal. Des images de cet événement sont même annexées au dossier, son père étant, en qualité de maire de ce village, une personnalité locale importante.

« Excellent travail de synthèse, félicite Carmen.

— Merci, répond timidement Michaël.

— Quelle est ton analyse finale ?

— Pour moi, ces deux autres victimes ont l'air d'avoir rencontré le même assassin que Natalia. »

Carmen saisit son téléphone et consulte son agenda, tout en vérifiant certaines données sur son écran d'ordinateur, notamment celles relatives aux dates de découvertes des corps des jeunes femmes. Natalia Bolcov retrouvée au pied de l'escalier de Montmartre le lundi 2 mars 2020 vers

2 heures. Celui d'Aurélie Lancelle, le lundi 11 mars 2019 à 1 h 35 et enfin Mathilde Orsioni retrouvée inanimée le lundi 19 février 2018 par le gardien de son immeuble à sa prise de service peu après 5 h 30.

« Tu as remarqué que les victimes sont toutes découvertes un lundi entre février et mars ? »

Michaël plisse les yeux, concentré sur les documents étalés devant lui.

« Et c'est à chaque fois tôt le matin. Tu penses que ce n'est pas une coïncidence ? »

Le sourcil haussé de Carmen et son regard appuyé en disent long sur ce qu'elle en pense. Michaël reprend :

« Coïncidence ou pas, de toute façon, il va falloir creuser, n'est-ce pas ? »

La capitaine ne peut s'empêcher de laisser échapper un léger sourire en coin. Son collègue lui tend les clichés des trois victimes et poursuit sa réflexion :

« Au vu de leur tenue, chacune d'entre elles devait revenir d'une soirée, exactement comme Natalia Bolcov…

— Je te le confirme. Elles avaient toutes un style bien distinct, mais mon expérience de *fashionista* me confirme qu'elles étaient apprêtées pour sortir. »

Satisfaite de l'avancement de l'enquête, Carmen se sent prête à plonger les mains dans le cambouis.

« Allez hop, au boulot ! Je te propose que chacun s'occupe d'un dossier !

— Chacun son *cold case*, s'amuse Michaël.

— Je prends celui de la Versaillaise, tu t'occupes de l'autre. Évidemment, on ne lâche rien non plus sur le meurtre de Natalia Bolcov.

— Natalia Bolcov, Aurélie Lancelle, Mathilde Orsioni, nous voilà ! »

9.

Go fast

Le bureau de Carmen est jonché de paperasse. L'enquêtrice préfère lire sur papier plutôt que sur l'écran de son ordinateur, à la fois pour s'imprégner de son sujet et pour ne pas passer à côté d'éléments importants. Les photos du dossier Lancelle, récupérées en couleur, sont affichées par ordre chronologique au milieu du mur principal de la pièce, fixées au moyen d'aimants sur le tableau ad hoc. Carmen, assise à son bureau, peut ainsi passer de la lecture de la procédure aux clichés de la scène de découverte du corps de la jeune femme en levant simplement les yeux. Une technique qu'elle adopte chaque fois qu'elle récupère un dossier initié par un autre policier ou un autre service. Elle s'immerge totalement, fermant la porte et faisant le vide de toutes pensées pouvant être polluantes. Elle relit ainsi page après page le déroulement des investigations menées par les fonctionnaires du commissariat central de Paris. Carmen note sur une feuille chaque identité apparaissant dans le dossier, autant de témoins qu'elle décidera – ou pas – de convoquer de nouveau. Les premiers policiers sur place sont ceux d'une brigade en uniforme de voie publique. Et, comme pour chaque découverte de cadavre, ils ont appelé en renfort un officier de la PJ locale. Elle inscrit son nom sur sa liste, au cas où, puis commence l'analyse de la scène de découverte du corps d'Aurélie Lancelle, s'aidant des photographies.

La victime est allongée sur l'herbe, tout au bout du square de l'Île-de-France à quelques mètres du mémorial des martyrs de la déportation. Il s'agit du célèbre monument inauguré en 1962 par le général de Gaulle, dédié à l'ensemble des déportés de France entre 1941 et 1944 qui renferme, entre autres, le corps d'un déporté inconnu victime du nazisme au camp de Neustadt. Aurélie Lancelle est retrouvée juste derrière les petites barrières, hautes de quelques dizaines de centimètres, qui matérialisent la frontière entre le chemin qui mène au mémorial et l'étendue d'herbe autour. Sur le dos, elle semble effectivement regarder le ciel, qui visiblement ce soir-là était rempli d'étoiles, dont certaines pouvaient être visibles à cet endroit de la capitale situé un peu à l'écart d'une pollution lumineuse fuie par les astronomes amateurs. Les témoins qui ont découvert le corps précisent lors de leur audition que le parc était vide de tout autre passant à leur arrivée et que la position d'Aurélie Lancelle n'avait, au premier regard, rien de suspect. Rapidement prévenus, les pompiers ont tenté de réanimer la jeune femme après avoir en toute hâte découpé ses vêtements. Ceux-ci n'ont pas été conservés et seules les photographies permettent de se faire une idée de la tenue qu'elle portait. En les étudiant, Carmen ne distingue pas d'élément suspect. Elle remarque toutefois la présence d'un sac à main et se fait la réflexion qu'elle aurait bien voulu jeter un œil à l'intérieur. Les secours décrivent sur leur certificat médical le corps de la jeune femme : pas de lésion visible, pas de traces de défense, pas d'hématomes, pas de violence apparente.

Tout comme sur le corps de Natalia Bolcov, songe Carmen.

Elle consulte le rapport d'autopsie, le corps de la jeune femme ayant été, sur ordre de la procureure de permanence, transporté à l'institut médico-légal. Le décès par arrêt cardiaque est confirmé. L'OPJ local a ensuite convoqué les proches et leur a expliqué que l'enquête a conclu à un décès non suspect, aucun élément pouvant laisser penser à un accident ou à un homicide n'ayant été découvert. Carmen relit attentivement les auditions des parents, et imagine leur détresse. Les propos qu'ils tiennent sont sans appel, ils ne comprennent pas. Leur fille n'avait pas de soucis de santé, était au contraire en pleine forme physique et mentale. Ils la décrivent comme brillante, passionnée de design dont elle voulait faire sa profession et, surtout, sportive. Elle était entourée d'une myriade d'amis tous bouleversés par cette tragédie. Les parents ne lui connaissaient pas de petit ami. Ils reviennent sur les derniers jours avant sa mort, dont le récit ne révèle rien d'anormal ni de suspect. Le téléphone d'Aurélie Lancelle a également été étudié par les enquêteurs locaux et l'ensemble de ses correspondants ont été entendu dans le dossier. Carmen relit avec une grande attention toutes leurs auditions. Elle n'y décèle, là non plus, rien qui pouvait orienter l'enquête vers un meurtre. La victime faisait visiblement l'unanimité dans ses relations. L'étude de la localisation du portable n'apporte aucun complément d'élément. Le téléphone était coupé depuis la veille au soir, vers 18 heures, avec une dernière position à Versailles, accrochant la cellule de son domicile. Dans leurs auditions, les parents avaient appris à l'OPJ que leur fille devait se rendre à une soirée de son école de design, même si cela leur avait semblé étrange qu'un tel événement se tienne un dimanche soir. Les vérifications de l'enquête montrent qu'aucun événement n'avait été organisé.

Pas plus qu'une soirée non officielle, de celles qui étaient généralement organisées au domicile de l'un d'eux. Le point noir de ce dossier devenait ainsi celui du motif de sortie de la jeune femme, qui, selon sa mère, n'avait pas pour habitude de cacher la vérité et encore moins de mentir. Tous en avaient conclu qu'elle avait eu un rendez-vous galant, mais personne ne s'était jamais manifesté comme étant son ou sa partenaire d'un soir.

« Cet élément aurait dû suffire pour continuer à enquêter et pour, au moins, faire analyser les prélèvements effectués lors de l'autopsie », marmonne Carmen.

Enthousiasmée par cette nouvelle piste, Carmen saisit le combiné de son téléphone et se met en relation avec le standard du laboratoire d'analyse en anatomie pathologie. Après quelques minutes d'une musique d'attente répétitive, la communication entre l'enquêtrice et l'expert s'engage.

« Que puis-je faire pour vous, madame Ricci ?

— Je voulais vous sensibiliser sur le fait que je vais sans doute vous faire parvenir dans les meilleurs délais d'autres prélèvements issus d'autopsie.

— Vous n'avez pas confiance dans les résultats des analyses des scellés Bolcov ? Vous souhaitez une contre-expertise ? Sachez que, dans ce cas, il serait opportun de charger un autre laboratoire de ces nouvelles recherches…

— Non, non, professeur, vous n'y êtes pas du tout. Il s'agit d'analyses sur le corps d'une autre femme. Dont une autopsie a été pratiquée en mars 2019…

— Il y a un an et demi ?

— C'est bien ça.

— Les prélèvements ont-ils été conservés dans des conditions satisfaisantes ? Vous savez, la congélation est nécessaire…

— Ils sont à l'institut médico-légal.

— Bien. Pouvez-vous me dire de quel type d'affaire il s'agit ?

— Un *cold case*.

— Vous reprenez un meurtre non élucidé ? Dans quel cadre juridique travaillez-vous ?

— Aucun pour l'instant, mais il me suffit d'un coup de fil au parquet pour demander la réouverture de ce dossier. C'est vous qui allez me dire s'il s'agit d'un homicide ou pas.

— Je ne vous suis pas bien.

— À partir des prélèvements effectués, il faudrait analyser le foie de cette jeune femme : Aurélie Lancelle.

— Vous cherchez quelque chose de particulier ?

— Et pourquoi pas du cyanure ? »

Aussitôt le téléphone raccroché, Carmen prend contact avec la magistrate de permanence criminelle. Par chance, il s'agit de Mme Bilva. L'enquêtrice n'est donc pas contrainte de revenir en détail sur l'affaire Bolcov et le lien possible avec l'affaire Lancelle. La procureure accepte la réouverture du dossier et demande à Carmen de lui envoyer par mail un rapport circonstancié. Elle ajoute qu'il est préférable qu'un seul juge soit chargé des deux affaires. Elle saisira ainsi le juge Fabro. Toutefois le meurtre d'Aurélie Lancelle n'étant pas caractérisé, la procureure souhaite qu'avant toute ouverture d'une information judiciaire les analyses toxicologiques soient lancées dans les meilleurs délais. Elle informe Carmen qu'elle en rédigera les réquisitions afin que le laboratoire du Pr Braumir s'en charge. Carmen ne peut qu'acquiescer et la remercier.

Dans la précipitation, elle envisage de se charger elle-même du transport des échantillons conservés à l'IML afin de les remettre rapidement au laboratoire. Mais son ardeur est freinée par le souvenir des propos de l'expert, qui conditionne de bons résultats d'analyse à une conservation optimisée. La chaîne du froid ne doit donc pas être rompue et le reste de sa journée sera consacré à organiser ce transfert de scellé de manière la plus professionnelle possible, en mandatant un transporteur spécialisé dans ce domaine. Plusieurs sont contactés et certains ne souhaitent plus travailler avec l'État français, estimant que le retour financier est bien trop tardif. Ces refus ne démoralisent pas Carmen qui ne quitte pas son bureau sans être convenue d'un rendez-vous avec l'un d'eux dans les prochains jours. Elle avise le secrétariat du Pr Braumir pour s'assurer que la mission puisse être menée à bien. Avant de quitter l'étage de sa brigade, elle passe la tête par la porte du bureau de Michaël et lui propose un verre dans le quartier, afin que chacun puisse faire état de ses avancées.

C'est donc devant une bonne bière italienne que les deux policiers reviennent sur leurs dernières recherches.

« Tu as bien avancé, souligne Michaël. Et organisé le transport des scellés en un temps record, tu es en veine aujourd'hui.

— Je suis plutôt ravie, en effet, lance fièrement sa coéquipière. Mais je suis impatiente de t'entendre !

— De mon côté, j'ai étudié avec précision le dossier Orsioni. J'ai eu un entretien téléphonique avec le gardien de son immeuble de seulement deux étages, situé derrière un hôtel particulier au 35, villa d'Alésia, dans le 14e. Une cour intérieure sépare les bâtiments et Mathilde Orsioni y a été découverte vers 5 h 35. Le gardien est le même qu'en 2018. Il m'a raconté une nouvelle fois la scène au téléphone. Il a précisé que les pompiers avaient tenté de la réanimer mais qu'il savait en les appelant que cela serait vain. La résidence, très chic, n'abrite que très peu d'appartements et le gardien est toujours le premier levé. Mathilde Orsioni était bien en couple mais son compagnon ne vivait pas sur place, leur relation venait visiblement de débuter et Mathilde était du genre à multiplier les conquêtes. Elle menait une vie axée sur ses activités professionnelles et l'ouverture d'une seconde galerie à Hong Kong. Son business était apparemment florissant et le gardien, en découvrant son corps, avait d'abord imaginé qu'elle venait d'être agressée par un cambrioleur. En effet, l'appartement regorgeait de sculptures et de tableaux d'une grande valeur. Il avait eu l'occasion d'y entrer pour rendre quelques services comme le changement d'un robinet ou d'une prise électrique. Tout le quartier connaissait Mathilde Orsioni. Toutefois, la théorie du cambriolage avait rapidement été écartée. Pour commencer, Mme Orsioni portait sur elle tous ses effets personnels, y compris ses clés, puis la porte d'entrée et les fenêtres ne présentaient aucune trace d'effraction. Les parents de la victime et son compagnon, une fois sur place, avaient fait l'inventaire des meubles et objets et rien ne manquait à l'appel. Nos collègues ont alors conclu à une mort naturelle. Le gardien a confirmé que Mme Orsioni avait perdu sa mère assez jeune, celle-ci ayant des problèmes cardiaques.

— Mathilde avait-elle les mêmes problèmes que sa mère ?

— Oui, figure-toi. Son médecin a été entendu par les policiers en 2018. Il lui avait conseillé un traitement mais celle-ci refusait de le prendre. Assurément, elle voulait vivre sa vie sans se soucier de ce problème de santé.

— C'est la raison pour laquelle il n'y a pas eu d'autopsie ?

— C'est possible. Ce n'est pas précisé dans le dossier, j'affinerai en convoquant les policiers locaux qui ont travaillé sur les recherches des causes de sa mort. Il y a tout de même un transfert à l'IML pour examen externe du corps mais aucune trace de coups ni de violence. Tout comme Natalia Bolcov, c'était une très belle femme. Les photos parlent d'elles-mêmes. Ses vêtements étaient d'une élégance irréprochable et il est évident qu'elle revenait d'une soirée ou d'un dîner prestigieux.

— Ce ne sont pas les manifestations de luxe qui manquent dans son métier. Elle pouvait revenir de n'importe quel vernissage ou de n'importe quelle réunion privée, souligne Carmen.

— Si c'était le cas, ce n'est pas mentionné dans le dossier. Les collègues ont bien bossé. Toute la famille a été entendue, à commencer par son compagnon.

— Ah oui, parlons-en de son compagnon.

— Ils étaient en couple depuis quelques semaines et la relation devenait de plus en plus sérieuse. Le gars est un dentiste réputé de Neuilly-sur-Seine.

— Un alibi ?

— En béton, il était en voyage en Israël et s'est pointé le lendemain. Une copie de son passeport tamponné se trouve dans le dossier. Mais, de toute façon, il n'a pas besoin d'un alibi, je te rappelle qu'en 2018 les policiers ne travaillaient pas sur un meurtre. On m'a rapporté qu'il était effondré, tout comme le père de Mathilde Orsioni d'ailleurs, qui perdait sa fille unique de la même façon que son épouse.

— Quelle tragédie familiale. J'espère qu'il s'en sort le mieux possible aujourd'hui.

— Je ne te cache pas que mon appel l'a remué.

— Tu l'as déjà contacté ? demande-t-elle, surprise.

— Bien sûr, j'ai adopté la méthode "Super Carmen". J'ai dressé la liste de toutes les personnes nommées dans ce dossier et j'ai l'intention de procéder une nouvelle fois à leurs auditions.

— Félicitations.

— De toute façon, nous n'avons pas vraiment le choix. Nous partons de loin. Les *cold cases* sont toujours très durs à résoudre. Les données téléphoniques ne sont plus exploitables passé un an, les vidéos, comme tu le sais, sont conservées un mois maximum. Dans le cas de Mathilde Orsioni, il ne faut pas non plus compter sur une autopsie, son père m'a appris que le corps a été incinéré.

— Effectivement, ça complique la tâche. De mon côté, j'aurais bien aimé pouvoir récupérer le sac à main d'Aurélie Lancelle. Les sacs referment parfois des secrets. Le point intéressant de mon dossier tourne autour d'un éventuel rendez-vous galant. Je dois trouver avec qui Aurélie Lancelle a passé la soirée.

— Tiens, tiens, on a un point commun alors.

— Comment ça ?

— J'ai lu et relu toutes les auditions de mon dossier et il en ressort que personne n'a su nous dire où Mathilde Orsioni avait passé sa soirée du dimanche et encore moins avec qui.

— Intéressant, comme Bolvov d'ailleurs. Et son téléphone, il a été placé sous scellés ?

— Non, mais ses vêtements oui. Il est peut-être dans une poche, même si j'en doute car, en général, les collègues les fouillent avant de faire les constatations et tout le reste, comme tu le sais, est rendu aux familles.

— Ça vaut le coup de vérifier. Si nous avons les vêtements de Mathilde Orsioni, il serait opportun de les envoyer à l'ADN… tout ADN inconnu de sa sphère pourrait nous être utile. »

Michaël sourit.

« C'est la procureure qui va être contente !

— Au fait, l'appartement de Mathilde Orsioni est-il encore accessible ?

— Il a été vendu par son père. Le déménagement s'est déroulé il y a un peu moins d'un an. Il a offert l'ensemble des œuvres de sa fille à des associations caritatives. Il n'a conservé que quelques souvenirs sans importance pour notre enquête. Pourquoi cette question ?

— Il ne faut rien laisser au hasard et tout indice est bon à prendre. Tant pis. De mon côté, les parents d'Aurélie Lancelle m'ont confirmé que la chambre de leur fille était restée intacte. »

Le téléphone de Carmen sonne et interrompt leur discussion.

« C'est Ted, mon pote d'enfance, s'excuse-t-elle en décrochant.

— Salut, ma belle, je suis à deux pas de ton boulot. Tu y es encore ?

— Non, mais je suis avec Michaël, un collègue, au bar à l'angle du faubourg.

— Michaël, le beau gosse aux cheveux en pétard ? J'accours ! »

Quelques minutes plus tard, Ted entre en fanfare. La discrétion n'est décidément pas son point fort, Carmen sait qu'il n'a que faire de l'avis des autres. Il se dirige vers les deux policiers et s'insère dans la conversation.

« Comment va ma beauté ? commence-t-il, ouvrant ses bras pour l'enlacer.

— Tu es venu me narguer avec ton sublime imperméable, c'est ça ?

— Tu sais que je dois rester à la pointe de la mode », rit-il en tournant sur lui-même afin qu'on le voie sous toutes ses coutures.

Mais avant d'avoir eu le temps de lui répondre et de lui proposer un verre, Carmen est à nouveau interrompue par la sonnerie de son portable.

« Carmen ? C'est Christophe, tu es encore au boulot là ?
— Non, pourquoi ? Enfin, oui, on est au bar d'en bas.
— On a une urgence, je suis déjà chez moi, je n'aurai pas le temps de revenir chercher une voiture et les stups viennent de me contacter, ils ont besoin d'assistance pour intervenir sur un go fast au péage de Saint-Arnoult. Tu es d'attaque ?
— Oui, bien sûr, je suis avec Michaël en plus.
— Parfait, allez-y tous les deux, ils sont sur le canal radio 44.
— OK, on monte s'équiper, on récupère la voiture et on fonce.
— Soyez prudents, on se serre les coudes, normalement ce n'est pas à nous d'intervenir là-dessus... »

Ted, pourtant aguerri aux scènes burlesques, reste bouche bée face à la rapidité des policiers, Carmen a juste le temps de lui jeter un « Je te rappelle, Ted, désolée » avant de franchir la porte et de courir à toute vitesse dans la rue, fonçant en direction de son bureau en grimpant les marches trois par trois, tentant dans un essoufflement démesuré de les grimper quatre par quatre. Ils ouvrent le placard à équipement, enfilent à la hâte un gilet pare-balles, font claquer leur SIG-Sauer 9 mm et leurs chargeurs à leur ceinture, attrapent les lampes d'intervention, menottes, fusil à pompe, casques de protection, herse, bélier et sautent dans une Clio Sport, dont la conduite nécessite un permis spécial police. C'est une aubaine que Carmen ait passé l'épreuve avec succès l'année dernière. Elle prend donc le volant avec Michaël à ses côtés.
« Branche la radio, exige-t-elle, et fais-toi transmettre les codes de la géoloc' de la balise de la bagnole des dealers. »
Michaël s'exécute.
« Drakkar 10 sur le réseau pour Drakkar 21.
— Transmettez, Drakkar 10.

— Quel est le point de ralliement ?

— Le péage de Saint-Arnoult.

— Vous y êtes déjà ?

— Affirmatif ! Et une autre équipe est en position derrière une voiture balisée qui remonte l'A10 à toute vitesse. Coup fatal, un second véhicule est entré dans la danse, du coup ils sont plus nombreux que prévu.

— OK, on décolle de la brigade, on vous fait signe dès qu'on arrive à proximité.

— Mettez la gomme, ça déboule à toute allure.

— On fait de notre mieux. Refile-moi les codes de localisation ?

— Sur l'application, les balises sont inscrites sous le surnom de "l'Espagnole" et de "la Barcelonaise".

— OK, les voitures remontent d'Espagne vers Paris, c'est ça ?

— Affirmatif !

— Alors, on fonce. »

Michaël sort le gyrophare de la boîte à gants et la place sur le toit du véhicule, puis il baisse le pare-soleil faisant apparaître la plaque « police » lumineuse, installe son téléphone sur ses genoux, branche l'alimentation à l'allume-cigare et reste attentif aux exigences de Carmen. Il s'inspire du mythique Daniel Elena, copilote du célèbre Sébastien Loeb, pour la seconder. Dans un grondement nerveux, toute sirène hurlante, Carmen passe la première et démarre en trombe dans les ruelles parisiennes en direction du péage de l'autoroute A10. Elle active les pleins phares pour être parfaitement visible et, à chaque vitesse enclenchée, appuie à fond sur l'accélérateur, faisant vrombir les seize soupapes de la Clio Sport. Sur les conseils de Michaël, elle enquille avenue de Flandre en direction du périphérique nord.

« Bon sang, ça fait un bail que je ne lui ai pas mis le pied au plancher, il nous faut l'excuse d'un go fast pour s'amuser un peu », rigole-t-elle en adressant un large sourire à Michaël.

Elle emprunte les voies de bus, ralentissant aux feux rouges pour franchir les carrefours en toute sécurité. Le bruit du deux-tons retentit et se répercute contre les façades des immeubles, accentuant sa résonance. Michaël l'informe au fur et à mesure de leur progression, et l'alerte des éventuels dangers, mais surtout lui indique à chaque intersection si la voie est libre ou si la présence d'un véhicule, d'un vélo ou d'un piéton nécessite de freiner. Ainsi, Carmen, en toute confiance, pilote véritablement son bolide comme une concurrente de rallye, assistée par son coéquipier. Sa technique de conduite couplée à l'expérience de Michaël comme copilote permet au binôme d'optimiser les trajectoires tout en anticipant les dangers. Elle quitte la voie du bus en se faufilant entre deux files de voitures, actionnant de temps à autre le klaxon et les appels de phares, pour les éventuels durs d'oreille qui n'auraient pas vu ou entendu leur progression. Les compères se dirigent vers la porte de la Villette, mais, contraints de constater que le rond-point est encombré, ils le contournent en sens inverse de la circulation. La tâche n'est pas chose facile, mais Carmen slalome, esquive telle une skieuse et s'engage sur le périphérique intérieur. Elle accélère, passe la seconde, la troisième, la quatrième et rétrograde en troisième. Dans la continuité, elle donne une impulsion supplémentaire au régime du moteur et, alors qu'elle appuie de nouveau sur la pédale d'accélérateur, l'aiguille du compte-tours frappe de droite à gauche et le bolide glisse entre les deux files de gauche, se faufilant entre les voitures qui s'écartent à son approche. Malgré une circulation dense, elle parvient à garder une vitesse de pointe de 80 km/h. Carmen est concentrée, tous ses sens sont en éveil pour maîtriser sa trajectoire. Elle est consciente que chaque seconde qui passe est un danger qui la guette. L'anticipation est la plus grande force de sa conduite et, en toute logique, reste son alliée. Sortie Boulogne-Billancourt, ville traversée en un éclair pour atteindre les courbes de la nationale 118 après avoir franchi la Seine à plus de 170 km/h. La circulation est plus fluide, Carmen optimise tous les virages sans accélération et surtout sans freinage. Faute de tout amateur. Vitesse constante en courbe oblige. Michaël en reste ébahi.

« La vache, Carmen, tu conduis comme un mec !

— Non, Michaël, tu te méprends. Je conduis comme Carmen Ricci », lance-t-elle avec un clin d'œil.

Sa vitesse de pointe atteint les 200 km/h en ligne droite. Le paysage défile avec une impression d'hyperespace. Les flashs des radars s'emballent à son passage. Impassible, concentrée, déterminée, elle poursuit sa route, bien décidée à arriver avant que les voitures balisées des dealers ne franchissent le péage de Saint-Arnoult. Michaël gère leur progression sur son téléphone et avise en temps réel la conductrice. Une rapide analyse de la situation montre que malgré leur vitesse élevée, ils devront maintenir ce rythme pour arriver au péage avant les trafiquants. 210, 220 km/h, encore plus de risques, mais la voiture répond parfaitement à ses attentes et double les véhicules qui respectent les limitations, donnant aux conducteurs une vague impression de faire du surplace. Carmen fonce, domine, contrôle. Bièvre, Saclay, Orsay puis La Gâtine, les villes défilent. La Clio s'élance sur l'immense virage qui plonge au début de l'autoroute A10, direction le péage de Saint-Arnoult-en-Yvelines.

« Carmen, tu sais qu'on est dans le mauvais sens ?

— Ah bon, je pensais que tu voulais que je t'emmène en Espagne ! se moque-t-elle gentiment. Allez, annonce le chemin…

— Le péage se trouve entre les sorties 10 et 11. On doit le franchir pour faire demi-tour en sortant à Allainville.

— Combien de kilomètres ?

— Trente-sept aller et autant retour.

— Les voitures balisées se trouvent à quelle distance du péage ?

— Selon mon estimation, une petite centaine, c'est chaud, car ils roulent à plus de 200 km/h.

— OK, je mets la gomme. »

Le son de la sirène est noyé tant la vitesse est importante. L'aiguille de la jauge à essence descend à vue d'œil mais la Clio Sport poursuit sa route, pleins phares et voie de gauche. Carmen ne quitte pas sa trajectoire des yeux, le moindre écart peut se révéler dangereux et les conduire vers un aller sans retour. Michaël ne parle plus, il se surprend même à manquer d'air tant le stress monte. Pour arriver dans les temps, Carmen doit faire la boucle jusqu'à la sortie 11 pour se retrouver dans le sens Bordeaux-Paris. Michaël s'annonce sur les ondes.

« Drakkar 10 pour Drakkar 21

— Transmettez, Drakkar 10.

— Nous passons le péage en direction de la province, nous fonçons sortie 11 pour revenir dans le bon sens. Vous êtes en place ?

— Oui, on est en stationnaire au péage. On ne couvre pas toutes les barrières de franchissement et les renforts ne sont pas assez rapides. Faites votre maximum, on a vraiment besoin de vous.

— On est pied au plancher », confirme Michaël, la boule au ventre.

C'est une course contre la montre. Les dealers se dirigent tambour battant vers la capitale et savent que le point le plus nerveux est le péage. Carmen maintient une vitesse surréaliste. Elle freine au dernier moment, faisant couiner les pneus puis ralentit à quelques centimètres de la barrière du péage qui se lève à son approche. Une fois le péage franchi elle engage son demi-tour et réaccélère dans le bon sens. Michaël constate sur la géolocalisation que les voitures balisées sont à quelques kilomètres derrière eux.

« *Yes*, Carmen, t'es la meilleure ! », jubile-t-il en serrant le poing de satisfaction.

Il faut foncer malgré tout pour avoir le temps d'installer la herse à Saint-Arnoult. Elle pousse son bolide au maximum. 220, 230, l'aiguille tremble à l'approche des 240 km/h mais la ligne d'arrivée n'est pas loin. Une impression de réussite l'envahit quand elle distingue au loin le halo lumineux de l'immense barre de péage.

« Drakkar 10 au dispositif, nous arrivons à fond sur vous, annonce Michaël.

— Prenez la sortie la plus à gauche côté badge autoroute et balancez votre herse.

— *Copy that.* »

Carmen franchit le péage, freine dans un nuage de fumée sentant le caoutchouc brûlé. Les deux policiers descendent à la hâte, ouvrent le coffre et en sortent la herse pour l'installer, mais Carmen se retourne, plisse le front comme si quelque chose d'anormal allait se passer. Elle projette son regard le plus loin possible. Elle avait vu juste, une voiture arrive comme une bombe et deux passages sont encore dépourvus de herses.

« Michaël, monte immédiatement ! » hurle-t-elle.

Il s'exécute sans perdre une seconde et se jette sans grâce dans la Clio, sous les yeux ébahis des stups qui se préparent à partir aussi. Sa porte est à peine claquée qu'elle démarre en mode rallye, afin de gagner une vitesse suffisante pour contrer l'arrivée de l'Audi S3 qui explose la barrière de péage. Les deux voitures des stups leur emboîtent le pas et les poursuivent tandis que le reste du dispositif procède à l'interpellation du second véhicule, une Porsche Cayenne dernière génération, qui s'est retrouvée prise au piège par deux jets de herses sur la chaussée. Carmen a le pied au plancher, elle jette un œil furtif dans son rétroviseur intérieur. L'Audi de couleur noire roule à quelques centaines de mètres derrière elle. Ces centaines deviennent vite des dizaines et la Clio peine à garder la distance, il faut agir au plus vite. Elle est secondée par les stups en BMW M3 qui la rattrapent et enserrent le véhicule des dealers. Carmen, encore en tête, prend l'initiative de gêner l'Audi en ralentissant au maximum. Prise au piège par les deux voitures, l'Audi tente de se frayer un chemin, mais en vain. Le policier passager de la M3 sort un fusil à peinture par la fenêtre et tire sur le pare-brise de l'Audi. Privés de visibilité, les dealers improvisent et freinent brusquement pour prendre la sortie de la nationale 118, mais le conducteur perd le contrôle du véhicule et percute de plein fouet le montant en béton. Cette manœuvre mal menée les envoie dans le décor. Carmen et Michaël assistent les policiers pour l'interpellation des dealers. Abasourdis par cette course-poursuite, ils n'opposent aucune résistance et sont rapidement maîtrisés par les forces de l'ordre. Ils sont menottés, allongés au sol et délestés des Glock 45 dont ils étaient porteurs tandis que d'autres véhicules de police tous gyrophares allumés sécurisent la chaussée.

« Ici Drakkar 10 sur les ondes.

— Transmettez, Drakkar 10.

— Audi interceptée. Dealers interpellés », annonce Carmen en rengainant son SIG-Sauer dans son étui à rétention.

10.

Connexion

Début août, après une bonne semaine de vacances bien méritées, Carmen vit au rythme des affaires courantes et à la cadence de la permanence en jonglant entre les nouveaux dossiers et les investigations sur les deux *cold cases*. Christophe, leur chef d'équipe, a accepté qu'ils prennent du temps pour ce job. Les auditions de l'ensemble des personnes citées dans les deux dossiers sont menées avec soin, et ce, sur plusieurs semaines tant leur nombre est important. Les enquêteurs lancent même l'éventualité d'une mission en Corse afin de s'entretenir avec la famille de Mathilde Orsioni, mais Christophe souhaite limiter leurs déplacements pour les garder sous la main en cas de coup dur. C'est dans cette ambiance de travail sérieux et méthodique que Carmen reçoit un mail dont la lecture de la pièce jointe la fait bondir de joie. Il s'agit du nouveau rapport du Pr Braumir. Il est formel, les analyses toxicologiques du foie d'Aurélie Lancelle révèlent la présence de cyanure, produit qui apparaît identique à celui retrouvé dans le corps de Natalia Bolcov.

Elle court annoncer la nouvelle à Michaël et retourne dans son bureau contacter Mme Bilva, la procureure criminelle. Cette dernière lui avait donné pour instructions, en cas de rebondissement, de prendre attache directement auprès d'elle, sans passer par la longue et pénible attente inévitable pour joindre le magistrat de permanence. Carmen ajoute cet élément à son rapport de demande d'ouverture d'information et, dans la foulée, prévient le juge Fabro. Le lendemain, Carmen et Michaël doivent se rendre à Versailles, chez les parents d'Aurélie Lancelle, dont l'audition a sans cesse été repoussée. Apprendre que la mort de leur fille n'était peut-être pas accidentelle a été un véritable choc pour les deux sexagénaires.

Les Lancelle résident dans une maison bourgeoise du centre-ville historique, en fond de cour, à deux pas du palais de justice. Un gardien occupe la première aile donnant sur la route. Au centre de cette dernière se dresse une immense double porte en chêne. Après l'avoir franchie, Carmen et Michaël se retrouvent transportés plusieurs siècles en arrière tant l'architecture est restée fidèle à son époque. Ils sonnent à la loge du gardien et présentent leurs cartes tricolores à ce dernier.

« Vous êtes attendus ! Veuillez me suivre, je vous prie. »

L'homme, qui semble être davantage un majordome qu'un gardien, les accompagne. Il est poli et son langage est très soutenu, ce qui étonne les deux enquêteurs. Le trio traverse une grande cour intérieure en pavés de style Louis XIV et assiste au retour des chevaux de leur balade quotidienne. Le gardien les fait pénétrer dans la demeure familiale et les fait patienter dans le hall. Il disparaît au premier étage et en revient avec les propriétaires : M. et Mme Lancelle. Carmen avance d'un pas pour se présenter, mais la froideur du couple lui glace le sang.

« Que les choses soient bien claires ! Je ne suis pas du tout ravi de vous voir », amorce Louis Lancelle, le visage grave.

L'homme aux allures aristocratiques est en tout point en adéquation avec le luxe de sa demeure. De grande taille, la silhouette fine, vêtu d'un costume trois pièces, ses cheveux grisonnants coiffés en arrière. Malgré tout, respectueux et fidèle à son rang, il salue avec élégance les deux enquêteurs, en s'inclinant légèrement devant Carmen. Mme Lancelle, dans l'ombre de son époux, laisse apercevoir une grande souffrance intérieure.

« Nous sommes désolés de remuer ces souvenirs, nous aurions préféré ne pas avoir l'honneur de vous rencontrer, répond Carmen avec compassion.

— Je vous en prie, par ici s'il vous plaît », indique le maître de maison en tendant le bras en direction d'un spacieux salon richement décoré, dont les couleurs vert et or dénotent un goût prononcé pour la chasse.

Plusieurs trophées ornent la cheminée ainsi que différentes armes d'époque, exposées dans des vitrines en hommage aux aïeuls et ancêtres familiaux.

« Souhaitez-vous que l'on vous serve du thé, du café, peut-être ? propose M. Lancelle.

— Du café, très volontiers », répondent les policiers en chœur.

M. Lancelle donne des instructions à une employée, qui, depuis l'arrivée des enquêteurs, attendait patiemment à l'entrée du salon. Elle se retire et revient quelques minutes plus tard avec un large plateau en argent. La conversation débute enfin, M. Lancelle questionne Carmen sur les raisons de cet horrible revirement. Un an et demi s'est écoulé depuis le décès de leur fille unique.

« Comme je l'évoquais au téléphone, nous travaillons dans le cadre d'une autre affaire, Natalia Bolcov, c'est le nom d'une jeune femme qui a été assassinée en mars dernier. Nous sommes aujourd'hui amenés à penser que votre fille a peut-être été la victime du même meurtrier.

— Oui, et imaginez notre choc d'ailleurs quand vous avez parlé des analyses révélant la présence de cyanure, identique à celui relevé dans le corps de cette demoiselle... Bofcof.

— Bolcov. »

M. Lancelle observe un silence, pensif.

« Quelque chose m'échappe, reprend-il. Pourquoi n'a-t-on pas effectué ces analyses sur ma fille plus tôt ?

— L'enquête n'avait rien de criminel à l'époque. Aujourd'hui, après un virage à cent quatre-vingts degrés, elle l'est devenue.

— Ce changement de cadre juridique permet de lancer des analyses plus... comment dirais-je... plus poussées ?

— Absolument !

— Vous souhaitez donc, dans le cadre de ces nouvelles recherches, effectuer une perquisition de la chambre de notre fille ?

— Oui, monsieur. Le fait que vous n'ayez touché à rien dans cette pièce depuis son décès est une des raisons qui nous incitent à faire ce type de démarches. Cela peut se révéler très intéressant.

— Sa chambre est restée telle quelle, en effet, rien n'a bougé, les meubles, ses vêtements, les objets... tout a été maintenu en place. Je pense qu'ils y resteront encore longtemps d'ailleurs. J'attire toutefois votre attention sur le fait que nous avons à maintes et maintes reprises fouillé la pièce. Je vous rappelle, et nous en avons discuté ensemble au téléphone, que nous n'avons jamais compris, ni admis, la raison qui a poussé notre fille à quitter notre demeure ce dimanche de mars 2019 sans nous en avoir parlé. Nous pensions trouver la réponse dans sa chambre, cela n'a pas été le cas. Je doute fort que vous découvriez quelque chose de probant...

— Je vous remercie malgré tout de nous autoriser à essayer, répond Carmen avec douceur. Votre présence à nos côtés est d'ailleurs requise, à la fois pour nous aiguiller vus d'éventuelles trouvailles, mais également d'un point de vue légal, puisque la présence des occupants des lieux est obligatoire lors de toute perquisition.

— Alors, ne perdons pas de temps, je vous invite à nous suivre », conclut Louis Lancelle.

Louis Lancelle accompagne les deux enquêteurs, et son épouse, Marie, leur emboîte le pas. Cette dernière n'a pas prononcé un mot depuis l'arrivée des policiers. Son visage est grave et l'on peut y lire toute la détresse de cette mère désemparée par la difficulté de faire son deuil, mais aussi, et surtout, par ce récent rebondissement dans l'enquête. Marie Lancelle reste certes en retrait mais demeure toutefois attentive, analysant chaque parole, chaque fait et geste des enquêteurs. Comment se fait-il que ce petit bout de jeune femme, capitaine de police, puisse prétendre que sa fille ait été assassinée ? A-t-elle les épaules pour résoudre une telle enquête ? Pourquoi cette hypothèse n'a-t-elle pas été prise en compte depuis le début ? Autant de questions qui se bousculent dans son esprit. L'ouverture de la chambre de leur fille l'arrache à ses pensées. La douleur est trop forte, elle peine à entrer et reste immobile sur le seuil de la porte.

La pièce est spacieuse et très luxueuse. Trois hautes fenêtres dominent le jardin familial et deux accès supplémentaires mènent à deux petites dépendances, une salle de bains et un dressing privé. On y trouve même un coin cuisine avec four et frigidaire encastré.

« Nous voulions qu'Aurélie soit totalement indépendante », commente Marie Lancelle dont les policiers entendent pour la première fois la voix.

La vie semble être restée en suspens dans la chambre.

« Le ménage est fait très régulièrement », ajoute-t-elle.

En effet, Carmen ne décèle pas la moindre trace de poussière, même les contours des prises électriques et le dessus des plinthes sont à l'évidence dépoussiérés régulièrement, voire quotidiennement. L'enquêtrice, concentrée depuis qu'elle a franchi le seuil, prête de moins en moins d'attention aux commentaires de Mme Lancelle et, d'un regard circulaire, scrute les lieux avec une précision de cyborg. La pièce est numérisée dans son cerveau. Chaque objet est analysé et sur chacun d'entre eux Carmen s'attarde quelques instants, le temps de déterminer leur utilité éventuelle pour l'enquête. Méthodiquement, assistée de Michaël, et après avoir enfilé des gant en latex, elle fouille chaque recoin, ouvre chaque armoire, vide les poches de chaque vêtement, tire chaque tiroir, sort toutes les valises pour en vérifier le contenu. Michaël s'éternise sur la cheminée et, à l'aide d'une lampe torche, en inspecte méticuleusement le conduit ainsi que les bouches d'aération. Il déplace, puis replace, les bûches de bois, soulève les cagettes servant de petit bois, sonde les murs en briquettes, examine les bibelots posés sur le rebord.

Pendant tout ce temps, sans un mot et sans un geste, les parents d'Aurélie assistent à la scène, qui leur paraît surréaliste. Au fond d'eux-mêmes, ils espèrent que ces jeunes policiers découvriront un objet, un élément, un indice à même de les mettre sur une piste.

« Tiens, tiens… Regardez-moi ça ! s'exclame Carmen, enthousiaste, faisant sursauter Michaël qui s'apprêtait à démonter la hotte du coin cuisine.

— Vous avez trouvé quelque chose ? questionne Louis Lancelle devant sa femme ébahie.

— Une broutille pour vous sans doute, mais j'ai trouvé ce que je cherchais, confirme Carmen en soulevant le sous-main du bureau sous lequel elle vient de découvrir un petit carton qu'elle saisit du bout de ses doigts gantés et présente à l'assemblée.

— Incroyable, s'étonne Michaël, c'est la même carte que celle de l'appartement de Natalia Bolcov…

— Exactement ! Je n'aurais jamais oublié ce logo de masque vénitien…

— Pouvez-vous nous expliquer ? Ce n'est qu'un morceau de papier, il n'y a rien d'inscrit dessus.

— Comme vient de le dire mon collègue, une carte similaire a été retrouvée lors de la perquisition chez notre première victime. Je ne peux rien affirmer de plus malheureusement mais une chose est sûre : c'est une preuve qui lie les deux affaires. Avez-vous touché cette carte ?

— C'est probable, car nous avons maintes et maintes fois fouillé la chambre, répond Louis Lancelle du tac au tac.

— Et les employés qui font le ménage ?

— C'est tout à fait plausible, confirme Mme Lancelle qui s'était avancée dans la chambre, nos employés sont très consciencieux.

— Nous allons devoir réunir les personnes qui ont eu accès à cette chambre depuis le décès de votre fille et procéder au relevé de leurs empreintes digitales ainsi qu'à un prélèvement salivaire destiné aux comparaisons ADN, annonce Carmen en plaçant la carte de visite dans un sac en papier kraft. Connaissez-vous l'origine de cette carte ?

— Absolument pas », répond le couple en l'examinant minutieusement.

Après une fouille exhaustive qui ne révèle rien d'intéressant, tous retournent dans le salon du rez-de-chaussée pour procéder aux relevés sur l'ensemble des personnes qui ont accès à la chambre. Ils rédigent les documents relatifs à la perquisition et placent la carte sous scellés.

« Nous avons terminé, il ne nous reste qu'à vous remercier pour votre patience, conclut Carmen. Je tiens à préciser que je ne pouvais pas espérer mieux comme indice, je ne crois pas au hasard et cette carte est une des clés du mystère qui pèse lourdement sur cette affaire. Je vous tiendrai informé de l'évolution de l'enquête. »

Une fois dans leur véhicule, Carmen et Michaël ne peuvent s'empêcher de partager leur joie relative à cette découverte.

« Un objet qui relie les deux affaires, on tient enfin quelque chose ! exhulte Carmen. Mais dis-moi, ce logo masqué apparaissait aussi sur un document de livraison de Natalia Bolcov, non ?

— Exact, confirme Michaël. c'est la facture retrouvée dans le colis.

— Je m'en souviens bien, elle provient d'une manufacture de filature vénitienne.

— Il faut qu'on envoie tous ces documents au labo pour les recherches papillaires et ADN…

— Priorité absolue, en effet », acquiesce Carmen en poursuivant sa route vers Paris.

La Clio garée, le bureau réintégré, sans perdre une minute, Michaël appelle le greffe des scellés du tribunal en communiquant son numéro de dossier parquet. On l'informe que les vêtements de Mathilde Orsioni y sont toujours conservés. Conformément aux données du dossier, le sac à main de la jeune femme n'en fait pas partie, « un Louis Vuitton, et à ce prix-là, on restitue à la famille » avait souligné Carmen. En revanche, son manteau beige en cachemire Burberry et son tailleur noir Lanvin y sont toujours. Il rédige un rapport au magistrat de permanence criminelle pour solliciter la réouverture de l'enquête, avec comme premier acte à mener, la fouille des vêtements de Mme Orsioni. La magistrate lui répond par mail qu'elle a besoin d'éléments supplémentaires pour rouvrir et rattacher le dossier Orsioni aux deux autres. Elle autorise toutefois un nouvel examen des scellés.

Michaël quitte son bureau avec son autorisation en poche. Il dévale les escaliers, s'élance le long du canal en direction place de la Bataille-de-Stalingrad. Il monte en courant les marches de la station Jean-Jaurès et s'engouffre dans un wagon. Au tribunal de Paris, il franchit les portiques de sécurité avec sa carte de police en main. Il se fait remettre un badge visiteur et fonce vers le bureau des scellés.

« Il me faudrait les scellés numéros 2018/258 "vêtement 1" et "vêtement 2" de l'affaire Mathilde Orsioni du commissariat du 14e. J'ai appelé il y a moins d'une heure pour que vous me les prépariez. C'est vraiment urgent. »

De l'autre côté du comptoir, un homme d'un âge avancé continue ses occupations dans une indifférence totale.

« Ah ! j'ai dû oublier le "s'il vous plaît". »

Le sexagénaire vêtu d'une combinaison bleue de la préfecture de police de Paris, habitué à ce que toutes les demandes qui tombent sur son comptoir soient annoncées comme ayant un caractère d'urgence, se saisit tranquillement de l'autorisation de la magistrate et, sans un mot, tourne le dos à Michaël et s'éloigne vers la pièce de stockage. Plusieurs minutes s'écoulent avant son retour avec les deux scellés qu'il conserve d'une main en lui mettant sous le nez le bordereau de décharge de l'autre, pressé de retourner à ses occupations.

Sans se formaliser, Michaël signe celui-ci et enfile une paire de gants ainsi qu'un masque de protection et déroule une couche de plastique vierge de tout contact sur le comptoir. Il éventre le premier scellé contenant le manteau Burberry, le pose délicatement et plonge la main dans une des poches extérieures : vide. Il exécute le même geste dans la seconde et dans un couinement presque adolescent, il bondit de joie, faisant sursauter sur sa chaise l'employé du greffe.

« Vous êtes fou ou quoi, vous m'avez fait peur !

— Oh... Il parle le monsieur. Je vous croyais muet, plaisante-t-il.

— Je ne vous permets pas, faites votre affaire et ouste ! Du vent !

— J'ai trouvé ce qu'il me faut ! Vous voyez ce petit bout de papier blanc, ce motif de masque vénitien ? Il va changer tout le cours de notre enquête !

— Eh bien, ça me fait une belle jambe... »

11.

Révélation

Le duo de choc est réuni dans le bureau de Christophe, leur chef de groupe. Ils sont tous les trois devant les quatre scellés, un trio de cartes et une facture de la manufacture vénitienne, affichant toutes le même masque. Après la découverte dans les effets personnels de Mathilde Orsioni, ils ont pu convaincre la procureure de la République de réunir et d'instruire tous les dossiers sous la houlette du juge Fabro.

« Je vous rejoins sur les empreintes et ADN à rechercher sur les cartes et le document de facturation, commente Christophe. Ne négligeons pas l'exploitation des vêtements de Mathilde Orsioni non plus…

— En termes d'ADN, tu veux dire ? demande Carmen.

— Absolument, c'est ce qu'elle portait la nuit de son décès, avec un peu de chance, on aura un résultat.

— Quel dommage qu'elle ait été incinérée, déplore Michaël. C'était le seul moyen d'établir un lien avec un empoisonnement.

— Pas de conclusion hâtive, Michaël, comme l'a dit Christophe, on a ses vêtements, alors on attend le résultat des analyses et on avise, le réprimande Carmen.

— OK, on commence par quoi ? Les recherches de traces papillaires des documents ou l'analyse ADN des vêtements ?

— Tu vas gérer les fringues, répond Christophe, quant à toi Carmen, je te conseille de passer par l'IJ dans un premier temps. Ils maîtrisent mieux que les labos. Le FAED[1] se trouve dans leurs locaux. Si une trace est découverte sur les documents, elle y sera plus rapidement inscrite. Cette affaire commence à me plaire, j'ai hâte de avoir ce qu'il va en découler.

— Maintenant, on croise les doigts pour que ça parle, sinon on risque d'être un peu sec, raille Michaël.

— Non, non, rétorque Carmen. Si aucune trace n'est découverte sur les cartes de visite et sur la facture, on se rendra directement à la manufacture de Venise, à Burano plus précisément. J'ai fait quelques petites recherches sur Internet. L'entreprise est la propriété d'un richissime entrepreneur descendant de la haute aristocratie vénitienne et visiblement même du dernier des doges, Ludovico Manin, mort en 1802.

— Et comment se nomme cet entrepreneur ? s'enquiert le chef de groupe.

— Ludovico Grimani. Il porte le nom de la lignée par l'épouse de Ludovico Ier, Elisabetta Grimani. Sans doute la chute du régime a-t-elle eu raison du nom de Manin. Il en a toutefois gardé le prénom, comme vous pouvez le constater.

— Je m'imagine un vieil homme assagi dans sa richesse, s'amuse Michaël.

— Détrompe-toi, le type a quarante ans. Il est né le 9 novembre 1979 à Venise.

— En pleine force de l'âge… Et comment tourne sa manufacture ? reprend Christophe.

— Avec plus de deux cent soixante employés, je pense qu'il n'est pas à plaindre… Concernant sa richesse, tu vises

1. Fichier automatisé des empreintes digitales.

juste, sa société génère des bénéfices colossaux depuis plusieurs décennies. Mais je n'ai pas accès à toutes les données, pour cela il faudrait que je sollicite une commission rogatoire internationale auprès du juge Fabro. Seules les autorités italiennes pourraient nous communiquer ces renseignements, comme la liste des employés par exemple ou bien le chiffre d'affaires. Reste le plus important : l'origine de la commande de l'étoffe de soie envoyée à Natalia Bolcov. Christophe, il serait plus judicieux de nous envoyer à Venise plutôt qu'en Corse dans la famille Orsioni. Elle est bien morte et incinérée, on n'ira pas plus loin, propose Carmen.

— Bon, vous avez mon accord pour enquêter sur place, dit leur chef de groupe en se grattant la barbe. Pour le reste, je m'arrangerai avec la direction pour valider cette mission.

— Merci de ta confiance, Christophe.

— J'ai besoin de résultats, Carmen ! Ne me fais pas regretter ma décision, lance-t-il avant de quitter le bureau.

— Alors ça, tu peux compter sur moi », rétorque Carmen en clignant de l'œil à l'adresse de Michaël.

Les deux enquêteurs se partagent les tâches et comme convenu Michaël apporte les vêtements de Mathilde Orsioni au laboratoire. Carmen fonce au 36, rue du Bastion, siège de la police judiciaire de Paris. Les réquisitions et les scellés en main, elle monte dans les bureaux de l'IJ voir une collègue de promotion, Roxane, cheffe d'équipe et spécialiste en recherche de traces. Elle lui relate l'enquête dans ses moindres détails afin qu'elle puisse s'imprégner de tous les éléments matériels.

« Dis-moi, Carmen, on est d'accord que les recherches de traces papillaires doivent être menées avant les analyses ADN ?

— On est d'accord.

— Par ailleurs, je voudrais suivre mon instinct et te faire une proposition de révélation d'encre invisible. »

Carmen marque un temps d'arrêt, fronçant les sourcils.

« Peux-tu m'en dire plus, Roxane ?

— C'est assez simple. À en juger par les données de tes trois affaires, nous sommes peut-être confrontées à un meurtrier en série. Les scellés de la facture qui vient de Venise présentent les mêmes caractéristiques que les trois cartes. Premièrement, le logo du masque vénitien est bien le même sur tous les supports, ensuite la qualité du papier est identique. Même si le grammage est différent ainsi que la texture, je peux te certifier que l'imprimeur est le même sur tous ces documents.

— Alors ça, c'est pain bénit, cela prouve que tous ces documents viennent bien d'un seul et même endroit et ce petit masque vénitien est l'emblème de la manufacture de tissus. Pas de doute, il faut que je me rende à Venise.

— Venise, un écrin chargé d'histoire et d'intrigues ! Sais-tu qu'à une époque certains messages étaient codés et d'autres invisibles à l'œil nu ?

— Oui, je sais que des techniques existent mais mes cours de sciences historiques sont trop loin, alors éclaire ma lanterne, s'il te plaît !

— Bravo, Carmen, c'est le mot juste, un éclairage, ou, plus précisément, une source de chaleur. Il y a deux types de méthode pour révéler les encres invisibles. Les plus célèbres sont certaines peintures, ou encres, qu'un éclairage à la lampe à UV peut faire ressortir avec une source de chaleur ou un révélateur chimique, c'est une technique assez simple. Pour l'autre, la plus historique d'ailleurs, on utilise le jus de citron mais il est aussi possible de procéder avec tout un tas d'autres substances telles que le vinaigre, l'oignon pressé, le lait, le savon, le vin ou l'huile de lin…

— Je vois où tu veux en venir maintenant, si ces bouts de papier révèlent le moindre indice, j'aurai vraiment à faire à un drôle de personnage. Est-ce que le procédé de révélation peut altérer les traces ADN ou papillaires ?

— Absolument pas !

— Alors banco ! Je te rédige les réquisitions illico et tu peux commencer », s'écrie Carmen en sortant de son sac les formulaires ad hoc.

Roxane ouvre minutieusement les quatre scellés et débute ses investigations tout en affinant ses explications au fur et à mesure de ses analyses.

« Tout est question de température et du composé chimique. Par exemple, le jus de citron contient comme tu le sais de l'acide citrique. Sa température d'inflammation est inférieure à celle du papier, ainsi, lorsque l'on chauffe le papier et le jus de citron ensemble, le citron brûle avant le papier, la chaleur déclenchant une réaction d'oxydation de l'acide avec l'oxygène ambiant. La couleur du jus, jusque-là invisible, devient brunâtre.

— C'est passionnant, commente Carmen, penchée au-dessus de la paillasse. Commençons par la facture », indique-t-elle en la positionnant sur une pince au-dessus d'une flamme produite par un bec Bunsen.

Elle fait glisser le document de droite à gauche, tout en l'inclinant petit à petit de haut en bas mais l'expérience ne révèle rien de constructif. Elle passe alors à l'un des trois petits cartons en procédant de la même manière et dans un élan d'excitation, les yeux écarquillés, les deux amies manquent de se cogner la tête entre elles en découvrant le résultat.

« Non mais, je rêve, c'est de la magie, ce truc ! lance Carmen, ébahie devant l'apparition de mots qui deviennent de plus en plus précis et se transforment en une phrase écrite à la plume.

— C'est presque ça, en effet, répond Roxane, fière d'avoir suivi son instinct. Incroyable, fais-moi voir ça, dit-elle en lisant la phrase à haute voix : *Natalia, rendez-vous le 1er mars à 20 heures au café de la Régence à Paris. Casanova.*

— Casanova ? Mais qu'est-ce que c'est que ce délire, on frôle la folie historique, là ? D'abord une bague ancienne, des techniques d'empoisonnement et d'écriture ancestrales et maintenant voilà que ce type se prend pour Casanova ?

— Pourquoi ? s'amuse Roxane. Tu aurais préféré Don Juan ? »

Carmen laissa échapper un petit rire.

« Je vois que tu n'as pas perdu ton sens de l'humour, voyons ce que disent les autres cartons. *Aurélie, rendez-vous le 10 mars à 20 heures à l'hôtel de Buci à Paris. Casanova.* Et enfin, *Mathilde, rendez-vous le 18 février à 20 heures au Grand Café Tortoni à Paris. Casanova.* »

Carmen, sous le choc, s'affale dans un gros fauteuil en cuir usé et prend conscience que l'enquête vient de faire un bond vers sa réussite.

« Je ne sais pas trop quoi dire, à part merci infiniment pour ton aide, Roxane, je te revaudrai ça…

— Arrange-moi un rencard avec Casanova quand tu l'auras identifié, s'esclaffe sa collègue, souriant jusqu'aux oreilles.

— Tu ne perds pas le nord ! D'ailleurs, pour attirer ces si jolies femmes, il doit plutôt être charmant, non ? Le top serait de trouver des empreintes ou un ADN, ajoute-t-elle.

— Pour l'ADN, tu iras au labo, pour les empreintes, je te cuisine ça aux petits oignons, sans mauvais jeu de mots, rigole Roxane. Je te rédige un rapport en bonne et due forme dès les résultats obtenus.

— Tu es géniale, ma Roxane, merci. »

12.

Casanova

La soirée est douce et le fond de l'air humide ; une légère brise caresse les cheveux de Carmen, qui médite en tailleur sur le toit de son immeuble. Réglisse profite de cet instant de relaxation pour dormir arc-bouté sur ses genoux. Après une dernière inspiration suivie d'une expiration, elle ouvre les yeux et attrape le livre qu'elle vient d'acheter afin de compléter ses connaissances sur la biographie de Casanova. Lecture lente, rapide, en diagonale, ou horizontale, Carmen parcourt le contenu en ralentissant de temps à autre sur des paragraphes pertinents. Elle plonge le regard dans le ciel étoilé pour chercher des réponses ou des corrélations avec son affaire. Elle cherche, analyse et se demande pourquoi ce meurtrier signe à la plume le nom de Casanova. Tout se bouscule dans sa tête si bien qu'elle en oublie de s'élancer sur l'ardoise et le zinc parisiens pour y gambader. Concentrée et attentive, elle s'imagine qu'elle découvrira forcément un détail qui lui permettra de faire un bond en avant.

Giovanni Giacomo Girolamo Casanova est né le 2 avril 1725 à Venise. Il suit des études de droit canon et de droit civil à Padoue après avoir été tonsuré à Venise. Il obtient un doctorat en 1742 et entre au séminaire de Murano, avant de séjourner un temps à Rome où il prend des leçons de français. Il rencontre le pape Benoît XIV et ne s'interdit pas de multiplier les conquêtes amoureuses.

De retour à Venise, il exerce plusieurs professions : abbé (mais sa carrière ecclésiastique est compromise à la suite d'un sermon catastrophique qu'il prononce ivre à l'église San Samuele), clerc d'avocat, violoniste, enseigne de vaisseau dans la marine et même bandit.

En 1746, il sauve la vie de Sybarite Matteo Bragadin, persuadé d'avoir été guéri par les sciences occultes auxquelles Casanova se prétend initié. Le sénateur le prend alors sous son aile, le traitant comme son fils et contribuant à son enrichissement, lui assurant une folle vie de débauche. Au cours de celle-ci, Casanova devient l'amant d'Henriette, celle qui demeurera le grand amour de sa vie et qui, lorsqu'elle le quittera, le fera sombrer dans la dépression.

Lors de son premier voyage à Paris, cette ville qui, forte de ces six cent mille habitants, est le carrefour européen de la culture et de la politique, il fréquente l'Opéra, les milieux des comédiens italiens, il prend des cours de danse et rencontre à Fontainebleau Mme de Pompadour. Tour à tour magicien de la noblesse et aventurier, il passe d'une conquête amoureuse à une autre, mais est contraint de quitter la ville en 1752 à la suite d'un duel contre un chevalier.

Avec son frère Francesco, venu le rejoindre, il file à Prague, puis à Vienne, avant de rallier Venise, sa ville natale, où il est emprisonné pendant quatorze mois pour libertinage, athéisme, occultisme et appartenance maçonnique. Il purge sa peine dans la célèbre prison des Plombs qui doit son nom à son toit connu pour diffuser du froid en hiver et de la chaleur en été. Il s'en évade en 1756 avec un autre prisonnier avant de regagner Paris pour son second voyage.

Il y arrive le 5 janvier 1757, le jour de l'attentat de Robert François Damiens contre Louis XV. Il tente par tous les moyens d'y faire fortune et y parvient en lançant une loterie royale dont le but est de financer l'école militaire et en exploitant ses connaissances pour les sciences occultes auprès des riches. Puis, il se voit confier une mission d'espionnage à Dunkerque afin de juger l'état des navires de guerre français et devient également propriétaire d'une manufacture d'impression sur soie.

Mais il se retrouve rapidement ruiné, pour avoir confondu ses ouvrières avec les pensionnaires d'un harem. Il est emprisonné au For-l'Évêque, la prison des évêques de Paris située entre la rue Saint-Germain-l'Auxerrois et le quai de la Mégisserie dans le 1er arrondissement. Il affirme avoir assisté à l'exécution de Robert François Damiens place de Grève (actuelle place de l'Hôtel-de-ville).

Il quitte ensuite la capitale française pour Bruxelles, puis La Haye, avant de gagner Zurich où il utilisera pour la première fois le titre de « chevalier de Seingalt » qu'il s'est lui-même octroyé et qu'il portera jusqu'à la fin de sa vie.

Au début de l'été 1761, il passe un troisième séjour à Paris où il loge à l'hôtel du Saint-Esprit, mais est contraint de quitter la capitale pour Strasbourg à la suite d'un nouveau duel à l'épée avec un aventurier. Il y reviendra une quatrième fois en janvier 1762 pour trois semaines puis une cinquième en juin 1763 en transit pour l'Angleterre.

En 1766, alors qu'il se trouve près de Varsovie, il se bat de nouveau en duel, cette fois-ci au pistolet. Les deux hommes sont blessés et leurs aventures font la une de toute la presse européenne. Casanova regagne la capitale française à l'automne 1767, séjour durant lequel Paris lui semble un monde changé, tant par la guerre de Sept Ans que par les travaux d'urbanisation.

À la suite d'un scandale au théâtre, Casanova reçoit une lettre de cachet de Louis XV lui donnant ordre de quitter la ville prestement. En 1774, il obtient l'autorisation de rentrer à Venise où il exerce successivement les professions de metteur en scène, espion et écrivain. Ses écrits, controversés, lui valent une nouvelle exclusion de la ville en 1783. Il retourne alors pour une dernière fois à Paris, où il rencontre Benjamin Franklin, un des pères fondateurs des États-Unis d'Amérique, avant de retourner à Vienne où il sera le secrétaire de l'ambassadeur de Venise.

Ruiné, déprimé et malade, il finit sa vie dans le château de Duchcov (aujourd'hui en Tchéquie) où, sur les conseils de son médecin, il écrira ses Mémoires. Il décède le 4 juin 1798. Casanova passe à la postérité en partie grâce aux travaux des casanovistes qui se spécialisent dans l'étude du personnage, mais surtout grâce au célèbre film de Fellini, *Il Casanova di Federico Fellini*, sorti en 1976. Les écrits de Charles Joseph de Ligne, maréchal allemand de l'armée du Saint Empire, participent également à l'entretien du mythe. Partout, Casanova y est présenté pour ce qu'il est, un grand séducteur.

Il est 3 h 30 du matin. Carmen repose le livre sur ses genoux libérés par Réglisse qui gambade sur les hauteurs de Paris. Comme toute Italienne qui se respecte, elle apprécie les aventures de Casanova. Mais les détails de cet ouvrage, qui font référence aux voyages parisiens et notamment les lieux qu'il fréquentait, affinent ses connaissances. Malgré la lourdeur de ses paupières qui tentent de se fermer, elle rentre les trois lieux des cartes de visite sur son ordinateur, persuadée, à ce stade de sa lecture, qu'ils auront un lien avec le séducteur vénitien.

1. Le café de la Régence, déjà révélé par son enquête, où elle avait retrouvé la trace de Natalia Bolcov accompagnée du mystérieux homme au catogan vêtu d'une redingote sombre, est un établissement emblématique du quartier de Port-Royal, situé face au luxueux tabac À la Civette, fréquenté à l'époque par Casanova. Ce tabac et ce café sont les endroits probables où l'aventurier a croisé la route de Benjamin Franklin.

2. L'hôtel de Buci, au cœur du 6e arrondissement dans le quartier de Saint-Germain-des-Prés, est situé dans l'une des rues les plus anciennes de Paris dont l'origine remonte, justement, au XVIIIe siècle. La rue de Buci, considérée comme une des plus passante de la rive gauche, porte le nom de Simon de Buci, premier président du parlement de Paris en 1341. Il a acheté en 1350 la porte Saint-Germain, sur laquelle donnait cette rue, pour y percevoir les taxes des marchandises. Avec le temps, ce quartier est devenu le cœur littéraire de Paris. Aujourd'hui, l'hôtel est un établissement, entièrement rénové, où règnent raffinement, charme parisien et luxe à la française. Élégant, intimiste, il est un des lieux les plus romantiques de Paris.

3. Le mythique Grand Café Tortoni domine la rue de Saintonge, dans le 3e arrondissement. Il est érigé en 2017 en hommage au célèbre café éponyme du quartier de la Bourse, initialement situé à l'angle du boulevard des Italiens et de la rue Taitbout, mais fermé en 1893. À l'époque, celui-ci était un haut lieu parisien très prisé attirant l'élite et était, au même titre que le café Florian à Venise, réputé pour son chocolat chaud, boisson considérée comme un produit de luxe. Le créateur n'était autre que Gaetan Velloni, un artisan glacier vénitien, qui a cédé quelques années plus

tard son établissement à la famille Tortoni, qui est restée propriétaire pendant trois générations. L'endroit est devenu le rendez-vous incontournable de la capitale, salué et fréquenté par Balzac, Stendhal, Maupassant ou encore Proust. Aujourd'hui, le café de la rue de Saintonge est une véritable reproduction de ce lieu de mémoire historique et culturelle, stylisé avec goût à la mode italienne et vénitienne, dans l'esprit de l'époque.

« Ces trois lieux respirent l'univers de Casanova. *Mamma mia!* s'exclame Carmen en regardant sa montre, il est 4 h 40, je vais encore être crevée demain matin... Enfin, tout à l'heure. Allez, un rapide brin de toilette et je plonge sous ma couette. »

Il faudra quatre jours aux ingénieurs du laboratoire biologique d'ADN pour analyser les scellés transmis par Michaël et Carmen à l'issue des recherches d'empreintes digitales qui se sont révélées négatives. Les deux enquêteurs s'en remettent au rapport de l'expert et les conclusions sont à la fois décevantes et prometteuses. Décevantes car aucun ADN n'est retrouvé sur les vêtements de Mathilde Orsioni ni sur les trois cartes de visite, mais prometteuses car un ADN masculin inconnu est découvert sur la facture du colis reçu par Natalia Bolcov. Carmen se lève de son bureau, se penche à la fenêtre, et après quelques minutes de réflexion, elle engage la conversation avec Michaël.

« Malheureusement, cette facture a pu être touchée par n'importe qui. Elle nous ouvre une porte mais elle sera compliquée à refermer.

— Tu m'étonnes, répond Michaël dans un soupir, ce type est bien plus malin que je ne le pensais.

— On va se contenter de ce que l'on a et surtout rester positif.

— En tout cas, cet ADN est inconnu, il n'a pas matché au fichier des ADN.

— Mais on est stupide, Michaël !

— Quoi ? Pourquoi ?

— Elle vient d'Italie, cette facture !

— Mince, mais bien sûr, c'est normal que l'ADN ne ressorte pas sur le fichier français, il faut faire une demande via Prüm à l'espace Schengen...

— Ça tombe bien, l'Italie a déjà signé les accords.

— Alors, considère que la demande est déjà partie », s'exclame Michaël en faisant rouler sa chaise vers son ordinateur.

La coopération transfrontalière Prüm est un accès automatisé aux profils ADN et aux données dactyloscopiques. Tous les enquêteurs criminels peuvent faire une demande expresse dès qu'une de leurs enquêtes s'internationalise. Michaël remplit donc le fond de dossier nécessaire et le transmet à l'état-major de la police judiciaire pour validation. Il positionne l'Italie en pays ciblé par la comparaison de leur base biologique, mais il intègre également tous les pays signataires du traité au cas où.

« On ne sait jamais, conclut-il en montrant une copie de sa demande à Carmen, cet ADN a pu circuler dans l'Europe entière après tout.

— Bonne initiative, Michaël, maintenant direction le Grand Café Tortoni.

— Tu crois vraiment qu'on peut retrouver des témoins après tout ce...

— Ah non ! Tu ne vas pas recommencer », l'interrompt-elle, les yeux plissés en signe de défi.

Sans piper mot, Michaël saisit les clés de la voiture et se prépare pour l'aventure. Après des heures de recherches, ils reviennent malheureusement bredouilles de leur petite virée. Les employés du Grand Café Tortoni ne se souvenaient d'aucun détail de la soirée du 18 février 2018. Idem pour l'hôtel de Buci, Carmen avait pourtant bon espoir que les caméras ou le registre aient gardé trace du passage du couple le dimanche 10 mars 2019.

Les deux enquêteurs ont en main les cartons reliant les trois affaires, les lieux et les dates de rendez-vous y sont également inscrits mais aucun élément supplémentaire ne fait avancer l'enquête. C'est une impasse. Bien que dépitée, Carmen reste optimiste grâce à la facture. Ce document est devenu la pièce à conviction la plus importante du dossier. Elle hoche la tête en réfléchissant à son pays natal. Il lui faut attendre l'accord du juge et de la direction pour préparer ce voyage, ou plutôt cette mission, car il ne s'agit pas d'un séjour touristique, même si Venise est une des villes les plus prisées au monde. Elle doit, dans le cadre d'une commission rogatoire internationale, solliciter les autorités italiennes et, sur place, suivre les policiers locaux chargés de l'exécution des instructions du juge Fabro. Elle éteint son ordinateur et s'apprête à enfiler sa veste quand son chef de groupe fait irruption dans son bureau.

« J'ai galéré mais j'ai gagné, c'est accordé, tu pars à Venise mais seule car ils ont considéré qu'en tant qu'Italienne tu saurais te débrouiller avec les collègues de Venise.

— Je comprends, pas de souci, mais es-tu certain que cela ne…

— Carmen, je te donne le top départ, alors ne perds pas de temps et fais ta réservation ! »

En quittant la brigade, Carmen se sent profondément coupable d'aller arpenter les rues de Venise alors que des dizaines de dossiers s'empilent sur son bureau. Elle s'empresse de regarder les vols pour Venise quand son mobile se met à vibrer.

« Dis-moi, tu es consciente que tu m'as planté comme un imbécile dans un café et que depuis, je n'ai aucune nouvelle de toi ? commente Ted, irrité.

— *Mamma mia, scusami*, Ted, c'était la folie à la brigade, on est d'abord parti sur un go fast pour ensuite se confronter à des rebondissements plutôt inhabituels dans l'affaire Bolcov.

— Sincèrement, c'est bien parce que je t'aime que je te pardonne ! Encore l'affaire Bolcov ? Je la croyais morte, enterrée et classée sans suite ?

— Détrompe-toi, je crois que nous avons affaire à un tueur en série, d'ailleurs, je m'apprête à aller à Venise pour suivre une piste intéressante.

— Venise ! Tu es sérieuse ? Tu pars quand ?

— Je ne sais pas encore, j'allais regarder les vols justement.

— Tu as un contact sur place ?

— Malheureusement, non, la dernière fois que je suis allée à Venise, je déambulais dans les ruelles en tenant la main de ma mère, c'est pour dire.

— Tu vas crécher où ?

— Tu me prends au dépourvu, là, je n'ai pas encore eu le temps de me pencher sur la question, je vais chercher un petit hôtel.

— Un petit hôtel ! raille-t-il. Ma tante a un super appart près du Rialto, tu iras chercher les clefs chez son cousin Lorenzo Tiepolo, il travaille à l'hôtel Baglioni.

— C'est hors de question, Ted, je ne veux déranger personne.

— Carmen, enfin, ce n'est pas la police qui va te payer un hôtel convenable, alors tu oublies direct.

— Merci, Ted, tu es un amour, comment puis-je te remercier ?

— En évitant de me planter comme un con et tout ira bien ?

— C'est noté, rétorque-t-elle en riant de bon cœur.

— OK, je téléphone à ma tante pour la prévenir. Je t'embrasse, ma beauté. »

13.

Venise

Venise, une ville aux mille secrets, un écrin de beauté renfermant le plus beau des joyaux. Il est 8 h 23 quand Carmen atterrit à l'aéroport Marco Polo. Le ciel est couvert et une brume épaisse recouvre la mer. Une étouffante sensation d'humidité l'envahit lorsqu'elle sort chercher un bateau-taxi. Prévoyante et organisée, elle a réservé sa place. Cinq autres passagers partagent la traversée. Le bateau démarre et s'élance graduellement, prenant de la vitesse en créant de lourdes vagues qui transpirent le kérosène. Un foulard de soie rouge noué sur la tête, des lunettes de soleil sur le nez, ses cheveux dansent au gré des caprices du vent. Il faudra une vingtaine de minutes pour atteindre la piazza San Marco. Carmen ne peut s'empêcher de s'accorder un instant pour admirer la magnificence de la piazzetta et ses deux emblématiques colonnes : celle du lion ailé, joyau historique de Venise et celle du protecteur de la ville, saint Théodore. Comme la foule autour d'elle, elle déambule la tête en l'air à la recherche de l'insolite. Face au palais des Doges, elle se sent infiniment petite, la symétrie architecturale de la place Saint-Marc donne le vertige, même les envolées de pigeons donnent le ton et la tour du Campanile forme un contraste avec l'ensemble grâce à sa robe de pierres orange. Carmen regarde sa montre et sourit : *Chic, j'ai quelques heures devant moi.*

Elle se dirige vers le café le plus emblématique et historique de Venise, le café Florian, qui accueille ses touristes dans des petits salons imprégnés de l'atmosphère du XVIIIe siècle. Elle pousse la porte et se fraye un chemin entre les nombreuses personnes qui tentent désespérément de s'asseoir. Carmen s'adresse directement au bar, prétendant avoir rendez-vous avec un ami qui serait déjà arrivé. Le chef de salle l'invite à le chercher dans les différents salons. C'est grâce à cette petite ruse qu'elle trouve une table fraîchement libérée. Un serveur s'empresse de l'aider à s'asseoir en faisant complètement pivoter la table de marbre.

« Merci, ces tables sont très pratiques, dit-elle spontanément.

— Je vous en prie, c'est ainsi que les dames de cour pouvaient s'asseoir au XVIIIe siècle, répond le serveur avec grande élégance.

— Vous voulez dire qu'elles ont été conçues pour que les robes à paniers des dames puissent s'y glisser ?

— Absolument, affirme-t-il en débarrassant.

— Incroyable ! Quel dommage que nous ayons perdu ces belles soirées et ces jolies toilettes d'antan.

— Oh ! Venise organise de nombreux événements, poursuit-il. Nous avons de grandes représentations historiques, sans oublier le carnaval, bien sûr.

— C'est vrai, j'avais omis que les Vénitiens vivent essentiellement du carnaval, souffle-t-elle de façon imperceptible.

— Désirez-vous la carte, madame ?

— Non, non, pardon, juste un cappuccino, désolée, je vous retarde dans votre travail.

— Ce n'est rien, ça nous repose quelques minutes », conclut-il en s'éloignant.

Un second serveur dépose un plateau en argent, sur lequel une tasse baroque est accompagnée de quelques appétissantes mignardises. Carmen s'extasie devant chaque porcelaine qui porte l'effigie de l'établissement à l'or fin. Les douceurs en bouche lui procurent une explosion de saveurs, elle en profite pour immortaliser ce moment par un selfie qu'elle envoie à Ted pour le remercier. Elle sort la biographie de Casanova de son sac et s'y replonge, s'imaginant être passée à côté de quelque chose d'important.

Il y a des signes qui ne trompent pas, pense-t-elle. *Ce meurtrier semble apprécier le raffinement et les belles choses. Peut-être se prend-il pour Casanova en personne ?*

Elle se convainc que l'assassin séjourne à Venise et que la manufacture fournira des indices quant à l'expédition du plaid en soie. Elle feuillette inlassablement les pages quand, soudain, son regard se fige sur une lithographie représentant Casanova en costume d'apparat et ornements précieux. Elle attrape son téléphone, utilise son appareil photo de façon à pouvoir zoomer sur sa main.

« Ce n'est pas vrai ! Mais comment j'ai pu louper ça ! »

Un joyau similaire à celui trouvé sur le toit parisien orne l'index de l'aventurier.

« C'est donc le même homme qui admirait Natalia Bolcov gisant sur les marches parisiennes. Espèce de pervers, j'aurai ta peau », grommelle-t-elle en remballant ses affaires.

Elle se fait indiquer l'adresse de l'hôtel Baglioni et s'en va récupérer les clefs du logement de la tante de Ted. Par chance, le palace se trouve à quelques centaines de mètres de la place Saint-Marc. L'intérieur est de toute beauté, elle y demande Lorenzo Tiepolo et patiente dans un majestueux salon blanc orné de lustres en cristal de Murano soutenus par un plafond de fresques digne de Michel-Ange. Lorenzo

Tiepolo vient à sa rencontre et s'excuse de ne pouvoir lui accorder davantage de temps. Il lui explique brièvement comment se rendre à l'appartement, lui tend les clefs et disparaît presque aussitôt, soucieux de ne pas quitter son poste trop longtemps. Carmen se met donc en chemin, préférant se fier à son sens de l'orientation plutôt qu'au GPS, et s'amuse à se perdre dans les ruelles étroites traversées à tous les étages par des rangées de linge mis à sécher. Le clair-obscur vénitien produit un contraste hypnotisant et la ville semble être créée et dessinée pour le cinéma. Elle parvient à trouver le numéro 334 de la ruelle et pose son bagage devant un porche en bois sculpté entouré d'une énorme et somptueuse rosace en pierre. Elle compose le code d'accès, traverse une charmante cour dont les pavés sont tapissés d'une mousse verdâtre et se rend dans l'immeuble d'en face, uniquement accessible par les canaux. Il lui faudra gravir trois hauts étages sans ascenseur, pour arriver à l'appartement. Elle déverrouille la porte, l'ouvre et reste clouée sur le seuil.

« Quelle beauté cet appart ! »

Un vaste living décoré d'un mobilier baroque et de mille autres curiosités lui font face. Elle reprend ses esprits et visite les lieux en commençant bien évidemment par la terrasse. Un long balcon longeant le salon surplombe le *canal grande*, où le trafic bat son plein. Elle s'amuse à regarder le zodiac de la police filer à toute allure, créant des remous qui perturbent les gondoliers. Le célèbre pont du Rialto se dresse sur sa gauche et, face à elle, de merveilleux palais plus beaux les uns que les autres lui rappellent l'histoire fantastique de Venise. Curieuse et malicieuse, Carmen ne peut s'empêcher de repérer un accès, songeant à l'éventualité de faire le chat grimpeur plus tard dans la nuit, mais pour l'instant elle retourne défaire ses bagages afin de se préparer à rencontrer la police locale sur l'île de Burano.

Un dernier coup de brosse dans les cheveux, un foulard noué autour du cou, elle enfile une veste plus conforme à son métier et quitte le logement. Un plan à la main, direction Fondamente Nove pour attraper le vaporetto ligne 12 et se rendre sur l'île. Sur le trajet, qui reste agréable et la vue imprenable, la chaleur et l'odeur du kérosène mélangées l'entêtent au point que son front s'emperle de sueur. Elle desserre son foulard, soulève ses longs cheveux pour les secouer et ôte sa veste. Un homme sans manière profite de ce spectacle pour tenter une approche de bas étage. Agacée, alors qu'elle ne cherche qu'à respirer l'air frais, c'est en italien que Carmen lui demande de la laisser profiter en paix de la traversée.

Arrivée à bon port, Carmen admire l'extraordinaire festival de couleurs locales. Toutes les maisons de pêcheurs sont colorées : ocre pour certaines, bleues pour d'autres, ou encore vertes et roses. *Encore un décor digne de la commedia dell'arte*, songe-t-elle.

Piazza Baldassarre Galuppi – 30151, Burano. Cette fois, elle compte sur son téléphone pour la guider vers le poste local des carabiniers, les policiers italiens. La place sur laquelle il se trouve et les petites bâtisses qui la composent sont à l'image de l'île, lumineuse. Carmen en prend plein les yeux. Elle est immédiatement accueillie par une équipe, qui, curieuse de sa venue, l'attendait avec impatience. Ce n'est pas tous les jours que les carabiniers de l'île de Burano ont l'opportunité de collaborer avec une flic française sur une enquête criminelle. Elle est tout de suite présentée au chef du poste et en entrant dans son bureau, à l'étage du petit édifice, elle remarque également la présence d'un enquêteur en civil. Elle entame la discussion dans sa langue maternelle, ce qui, aux yeux de ses interlocuteurs, rajoute une touche de mystère à cette beauté de la PJ parisienne.

« Bonjour, je suis Carmen Ricci, capitaine de police en charge des enquêtes sur plusieurs meurtres qui se sont déroulés à Paris entre 2018 et 2020.

— Nous avons lu la demande de coopération internationale, l'interrompt l'inspecteur. Je suis Orlando Alessandrini, de la DIGOS de Gênes.

— La division pour les enquêtes générales et les opérations spéciales ? demande Carmen en fine connaisseuse de l'institution policière italienne. Bien sûr, monsieur Alessandrini, c'est avec vous que j'ai correspondu par mail dans le cadre de ma demande de coopération internationale. Je ne pensais pas que vous viendriez en personne m'assister dans mes recherches !

— Puis-je vous appeler Carmen ?

— Avec plaisir, Orlando », réplique la Française du tac au tac.

L'inspecteur Alessandrini est un homme au début de la cinquantaine, dont la coupe de cheveux grisonnants, lisses et coiffés en arrière, évoque un mafieux tout droit sorti d'un film de Scorsese plutôt qu'un enquêteur de police. Ses sourcils épais donnent à son regard une certaine dureté, mais ses manières d'homme cultivé et respectueux rééquilibrent les choses. À son accent et à son allure, elle devine ses origines.

« Un Sicilien à Venise, qui l'eût cru ? s'amuse-t-elle.

— Pas plus insolite qu'une Milanaise à Paris… »

C'est dans une atmosphère détendue que les deux enquêteurs, après avoir fait connaissance, s'entretiennent sur les recherches à mener sur l'île de Burano. Carmen ne fait pas l'économie des détails de son enquête et les expose à Orlando afin qu'il s'en imprègne. Elle souhaite ainsi aiguiser l'instinct policier de son homologue italien, celui-ci pouvant lui être d'une aide plus que précieuse. Elle lui présente une copie de la facture.

« Le plaid en brocart de soie d'une valeur de trois mille six cent cinquante euros provient d'une manufacture de filature vénitienne du XVIIIe siècle. Sur le document, comme vous pouvez le voir, le fameux logo en forme de masque dont je vous parlais, logo identique à celui figurant sur les cartes envoyées aux trois victimes.

— Cette affaire est incroyable, s'écrie Orlando. Ne perdons pas de temps, vous poursuivrez votre récit sur le trajet. »

À la demande du chef du poste de police, un jeune carabinier accompagne Carmen et Orlando. Le trio se rend à la manufacture Grimani, 183 via della Vigna, à deux pas du commissariat. Tous trois sont reçus par M. Crivelli, le directeur général, qu'Orlando a prévenu par téléphone quelques jours auparavant. Il les attend à l'heure convenue devant le comptoir d'accueil tenu par deux splendides Italiennes en uniforme d'hôtesse. Après les présentations, le directeur général leur montre le chemin de son bureau, au troisième et dernier étage de la bâtisse, sous les toits en tuiles rouges. À travers la fenêtre carrée, Carmen s'imagine, telle une voltigeuse, s'y élancer un soir de pleine lune pour une balade à la belle étoile au cœur de l'histoire vénitienne.

« Vous avez là de magnifiques bâtiments, dit-elle, tandis que M. Crivelli leur désigne les trois fauteuils disposés devant son immense bureau. J'ai effectué quelques recherches sur votre entreprise, j'ai pu constater qu'elle appartient à Ludovico Grimani…

— Notre fabrique de tissus date des années 1860, 1862 pour être précis. À l'époque, la famille d'Elisabetta Grimani, qui fut l'épouse du dernier doge de Venise, travaillait déjà dans la fabrication et le commerce de la soie, et ce, depuis le début du XVIIIe siècle. Nous avons conservé une production artisanale, dans la plus pure tradition, une fabrication manuelle sur d'anciens métiers. Nous utilisons les dessins propres à la manufacture depuis plus de deux cents ans et nous créons de magnifiques brocarts, damas, et velours, sans compter nos ateliers de dentelles et de broderies vénitiennes. Nous sommes une des dernières entreprises où les artisans produisent encore à la main sur des métiers à tisser du XVIIIe siècle. Nous reproduisons le savoir-faire ancestral en lançant la navette entre les fils tendus.

— Pourrons-nous rencontrer Ludovico Grimani ? questionne Carmen, visiblement très intéressée par cette présentation.

— Malheureusement non. Il a plusieurs affaires en Italie et à l'étranger. Il n'est pas présent dans nos murs en ce moment.

— Pourrons-nous au moins visiter les ateliers ?

— Avec grand plaisir. Vous pourrez ainsi voir se dessiner, au fur et à mesure de l'avancée de la fabrication des tissus, les motifs les plus raffinés. Des plantes et des fleurs, pour la plupart, mais également des animaux de la mythologie par exemple, ou bien tout simplement des formes géométriques multicolores ou des arabesques. Nos tissus font aujourd'hui partie intégrante de l'histoire de l'île de Burano et, par extension, de celle de Venise.

— Tout est donc fabriqué à la main ?

— Non, je faisais référence aux petites pièces uniquement. Concernant les grands métrages, nous passons en mécanique tout en respectant les techniques anciennes de filature.

— C'est une des raisons de leur prix élevé, ajoute Orlando Alessandrini.

— Nos œuvres sont fines et rares, monsieur l'inspecteur, répond le directeur général. Mais vous n'êtes pas venus jusqu'à moi pour connaître l'histoire de notre manufacture, il me semble. En quoi puis-je vous être utile ?

— Mme Ricci est officier à la police judiciaire de Paris, répond Orlando en désignant Carmen. Elle enquête sur plusieurs meurtres commis dans la capitale française. Sans entrer dans les détails, elle aurait besoin de renseignements relatifs à l'achat d'un de vos tissus dont nous avons la facture, ajoute-t-il en présentant un duplicata du document.

— Il s'agit effectivement d'un document émanant de notre comptabilité, confirme M. Crivelli. Je vois qu'il s'agit d'un achat par Internet d'un plaid en soie brochée. Une très belle pièce, ajoute-t-il.

— Comme vous pouvez le constater, la date de la commande remonte au 27 février.

— Je vois, oui… et la cliente est une certaine Natalia Bolcov. Attendez, je vérifie dans notre base de données, dit M. Crivelli en tapotant sur son clavier d'ordinateur. Je remarque que Mme Bolcov a effectué une rectification sur sa commande. Le lendemain de son achat, elle a contacté nos services pour indiquer qu'elle s'était trompée sur les dimensions de la pièce. Elle a finalement commandé un plaid aux dimensions plus imposantes, rallongeant sa facture de 700 euros.

— Savez-vous quel employé de chez vous a été contacté ?

— Bien sûr, c'est une employée du service comptabilité qui a repris l'appel arrivé au standard. Toutes nos communications sont tracées.

— Pouvons-nous rencontrer cette collaboratrice ? insiste Orlando.

— Suivez-moi », répond poliment M. Crivelli.

Le groupe se retrouve dans un open space au deuxième étage aux murs blancs décorés des plus anciennes créations de la manufacture. Au milieu de ces tissus historiques aux mille couleurs vives, le design du mobilier de bureau et des ordinateurs dernier cri offre un saisissant contraste. Une dizaine d'employés s'affairent, le nez sur leurs écrans, les pensées dans l'histoire de Venise. L'ambiance est studieuse, mais Carmen note qu'il règne également une certaine harmonie, d'où jaillissent des vibrations positives et joyeuses. L'employée ayant effectué la modification de commande sollicitée par Natalia Bolcov est vite identifiée. Elle affirme se souvenir parfaitement de la requête de cette cliente à l'accent discret de l'Est.

« Oui, je me souviens d'avoir effectué la modification informatique de sa commande ainsi que le paiement du supplément en lui demandant ses références de carte bancaire. J'ai ensuite redirigé l'appel au chef d'atelier car j'ai remarqué dans le suivi de la commande que le plaid était justement en préparation. J'ai demandé à Mme Bolcov de le prévenir avant que son article ne soit emballé.

— Votre mémoire est précieuse, Isabella », la remercie le directeur général en invitant les policiers à visiter les ateliers de couture qui se trouvent au fond de la cour intérieure de la manufacture.

La cour est majestueuse et la traverser donne à Carmen la sensation de remonter le temps. Émerveillée par tant de beauté, elle est légèrement à la traîne et laisse Orlando poursuivre les entretiens. Après tout, elle travaille dans le cadre d'une commission rogatoire internationale, dont les modalités ne lui permettent pas de mener les débats, seulement d'y assister. Parfaitement dans son rôle, Carmen profite de l'instant présent. Elle peut ainsi joindre l'utile à l'agréable, et pourquoi s'en priver !

Une autre ambiance attend les policiers en entrant dans l'enceinte du deuxième bâtiment. Ce dernier semble être resté à l'image des ateliers d'antan avec son haut volume sous plafond et de lourdes armatures en métal soutenant une immense verrière. L'usine est un véritable puits de lumière où toutes les couturières peuvent coudre à la main au grand jour et tous les manutentionnaires débiter à la chaîne leurs centaines de mètres de fil de soie à tisser. Cette lumière offre une authenticité sur la teinte des tissus évitant les erreurs de bain de teinture sur soie. En revanche, on entrepose dans un local fermé les étoffes terminées afin de les protéger de la chaleur et de l'humidité. Au-dessus de l'entrée, une mezzanine a été réservée à l'usage des employés avec des vestiaires, une petite salle de repos et des toilettes.

Le groupe est reçu par le chef d'atelier. D'abord surpris à la vue des visiteurs, l'homme après réflexion, se souvient d'avoir été prévenu de leur venue. Carmen se surprend à le trouver séduisant. Ses traits fins sont masqués par une barbe joliment dessinée et bien taillée. Il semble avoir entre trente et quarante ans, ses cheveux poivre et sel lui donnent du charme et malgré sa longue blouse blanche qui ne le met guère en valeur, sa carrure est visiblement athlétique. Carmen l'imagine plutôt sur une Harley-Davidson que dans la soierie.

« Ah ! Je me rappelle maintenant, monsieur Crivelli, c'est le service comptabilité qui m'a transféré l'appel de cette jeune femme. Oui, je m'en souviens bien. J'ai vérifié à l'aide du numéro de commande et j'ai pu constater sur mon écran qu'elle venait d'être modifiée. Heureusement que la cliente m'a appelé, sans quoi le colis partait avec le plaid initialement prévu. Je l'ai récupéré in extremis et j'ai rassuré la cliente en lui confirmant que j'effectuais l'échange demandé.

— A-t-elle ajouté autre chose ? sonde Orlando.

— Oui, apparement très gênée que cela me crée un surcroît de travail, elle se confondait en excuses. Elle m'a expliqué la raison de sa modification, comme pour se justifier.

— Qui était ? s'impatiente Orlando.

— Elle venait de passer plusieurs jours au carnaval de Venise et avait remarqué une de nos étoles brochées sur les banquettes du second étage de la grande salle des réception du Pisani Moretta. Elle en avait demandé les références et elle s'était empressée de l'acheter sur notre site Internet. Une fois arrivée à son domicile, elle avait pris les mesures de son canapé et s'était rendu compte que l'étole commandée était trop petite. Elle voulait l'échanger contre une plus grande, avec des motifs identiques.

— Le Pisani Moretta ? chuchote Carmen à l'oreille d'Orlando.

— Un des somptueux palais de Venise, loué par les associations du carnaval pour les soirées mondaines, lui répond-il aussi discrètement.

— Nous sommes partenaires du carnaval pour les grandes soirées, précise le directeur général, comme s'il avait entendu leurs messes basses. Chaque année nous décorons ces endroits historiques de la ville de nos plus beaux tissus. Notre présence est particulièrement appréciée et remarquée.

— Un bon coup de pub, en quelque sorte, réagit Orlando.

— Avez-vous autre chose à vérifier auprès de nos services ? lui demande immédiatement Crivelli, embarrassé par les allusions de l'inspecteur aux prix pratiqués par l'entreprise.

— J'allais y venir, ajoute l'enquêteur expérimenté profitant du léger malaise perceptible pour placer son atout au moment qui lui semble le plus opportun. Les recherches biologiques sur la facture ont porté leurs fruits. Un ADN masculin a été isolé. Il est inconnu des fichiers français et italiens. Je me vois donc contraint de vous demander la liste des membres du personnel qui auraient pu être en contact avec ledit document.

— Aucun problème, rétorque Crivelli qui ait instinctivement repris sa posture ferme et polie de dirigeant. Mais dites-moi, un employé ayant manipulé la facture pourrait être considéré comme suspect ?

— En tout cas, l'enquête doit mettre un nom sur cet ADN, suspect ou non, explique Orlando Alessandrini.

— C'est entendu, je vous fournirai la liste actualisée du personnel de la manufacture, tout en sachant que les employés concernés sont avant tout ceux qui empaquettent les produits. Ils y glissent alors les factures préalablement imprimées.

— Avec votre permission, je reviendrai d'ici quelques jours pour effectuer les prélèvements ADN sur les personnes que j'aurai ciblées. Vous pourrez ainsi les prévenir de cette mesure. Il me faudra bien évidemment leur consentement.

— Je me charge de diffuser l'information. Et si l'un d'entre eux refuse de se faire prélever ?

— Alors il sera classé dans la catégorie des suspects.

— Naturellement, soupire Crivelli qui se serait bien passé d'une telle publicité.

— Je crois que nous avons fait le tour, conclut Orlando en se tournant vers Carmen.

— Une dernière question, si vous le permettez, messieurs.

— Je suis à votre service, madame.

— Le logo de votre manufacture est bien celui qui figure en haut des factures ?

— Tout à fait.

— Avez-vous également des cartes de visite avec ce même logo ?

— Évidemment, répond Crivelli en ouvrant son portefeuille et en remettant à Carmen une carte à son nom.

— Tout le monde possède ce type de carte ?

— Chaque employé peut en faire la demande.

— Êtes-vous la seule entreprise à faire référence aux masques du carnaval dans un logo ?

— Madame Ricci, permettez-moi de vous éclairer à ce sujet. Nous avons choisi cet emblème dans un but de communication commerciale, mais sachez que ce symbole est une représentation des plus courantes à Venise ! La plupart des entreprises de la ville l'utilisent. Ce symbole est mondialement connu et il serait inconcevable, pour nous Vénitiens, de ne pas profiter de sa notoriété…

— Je vous remercie pour cette aide précieuse, déclare Carmen.

— Tout le plaisir est pour moi. Je vous raccompagne jusqu'à l'entrée », annonce M. Crivelli, mettant fin à la discussion en désignant de son bras la direction de la sortie.

L'étau se resserre, Carmen sort de l'usine animée par l'espoir d'avancer dans l'enquête grâce à cette nouvelle information. *Décidément, même morte cette Natalia me guidera sur les traces du tueur*, pense-t-elle furtivement. Orlando Alessandrini contacte le palais Pisani Moretta pour décrocher un rendez-vous avant le départ de Carmen. De longues négociations sont nécessaires, mais il parvient à en obtenir un le lendemain matin à 8 heures.

— Voulez-vous que nous vous ramenions à Venise, madame Ricci ? propose le jeune carabinier qui les a accompagnés, un tantinet intimidé.

— Comme c'est gentil, vous en avez assez fait, je vais flâner un peu et rentrer tranquillement en vaporetto.

— Comme vous voudrez, répond-il en prenant le chemin de la piazza Baldassarre Galuppi. Je vous souhaite une excellente fin de séjour sur Burano. N'hésitez pas à nous contacter en cas de besoin.

— Je vous remercie infiniment pour votre accueil et je ne manquerai pas d'envoyer mes félicitations à votre supérieur par mail dès mon retour à Paris.

— N'oubliez pas notre rendez-vous demain à 8 heures au Pisani, lui rappelle Orlando Alessandrini.

— Je ne suis pas près de l'oublier, croyez-moi, rétorque-t-elle avec son plus large sourire.

— Je prends le vaporetto tout seul alors?

— Si vous n'y voyez pas d'inconvénient, Orlando, je passerais bien quelques heures supplémentaires sur Burano. Ce n'est pas tous les jours que je peux me permettre de flâner au milieu d'un site aussi merveilleux.

— Je vous l'accorde, Carmen. Pour ma part, je rentre rédiger mon rapport sur les investigations que nous avons menées. Je vous le transmettrai en copie par mail avant votre retour à Paris. L'original transitera par les voies de coopérations internationales officielles. J'espère que votre juge sera satisfait.

— Je n'en doute pas, répond Carmen.

— Alors à demain!»

Après avoir chaleureusement remercié son homologue, Carmen prend congé et s'enfonce dans les ruelles sinueuses de l'île, passant en revue toutes les boutiques tout en visitant les lieux culturels, historiques et pittoresques. Le soleil commence progressivement à baisser et il est temps pour elle de rentrer à Venise. En s'approchant de la lagune, elle ne peut s'empêcher de freiner sa course pour prendre un dernier café, un vrai café italien. Elle jette son dévolu sur un joli restaurant terrasse. En y entrant, elle constate qu'un nombre incalculable de personnalités ont signé le livre d'or de cette adresse a priori incontournable : la Trattoria da Romano. Elle s'installe au bar et, sans qu'elle ait eu le temps de commander quoi que ce soit, un homme s'approche d'elle.

« Wow, *é bella come un'Italiana, complimenti alla mamma*, déclare l'individu sans aucune finesse ni discrétion.

— *Sono italiana !* répond-elle en levant les yeux au ciel. C'est en français que je vous demande de me laisser tranquille, siffle-t-elle, le regard noir.

— Ça va, ça va », marmone l'homme, vexé, en s'éloignant.

Elle commande un café, puis un deuxième tout en répondant par message à Ted qui la harcèle de questions depuis le début de la journée, quand soudain :

« Excusez-moi, madame…

— Mais bon sang ! Va-t-on me fiche la paix, oui ! s'exclame-t-elle, furieuse, sans daigner regarder qui s'adresse à elle.

— Je ne souhaite pas vous importuner, mais je crois que ceci vous appartient », dit l'inconnu un foulard de soie à la main.

Carmen se retourne, honteuse, et dès que son regard croise le sien, elle est éblouie par son charisme. À quelques centimètres d'elle, l'homme la contemple intensément tout en lui tendant son carré de soie. Déstabilisée, la gorge sèche, elle ne parvient plus à déglutir. Son allure est captivante, son parfum frais et boisé lui titille les narines et, pour la toute première fois, Carmen se sent totalement troublée.

« Je… Je suis tellement confuse, veuillez m'excuser, bégaye-t-elle en prenant son foulard.

— Il serait dommage de perdre un tel objet, fait-il remarquer en la fixant ardemment.

— En effet ! Je vous en remercie d'ailleurs », poursuit-elle en baissant les yeux.

L'inconnu, au début de la quarantaine, s'éloigne lentement en caressant du bout des doigts l'arrondi du bar en zinc jusqu'à ce que le barman y pose un macchiato. L'inconnu glisse le pouce et l'index dans l'anse de sa petite tasse noire et la porte délicatement à ses lèvres. Malgré sa position inconfortable, Carmen ne parvient pas à détacher ses yeux de lui, quelque chose de magnétique et d'électrique parcourt son corps et cette situation lui paraît inhabituelle. À première vue, il est italien, sa longue silhouette met en valeur son costume clair manifestement taillé sur mesure : *On dirait un modèle de chez Zegna*, pense la férue de mode. Ses cheveux bruns mi-longs sont soigneusement gominés en arrière. Son visage est harmonieux avec de grands yeux sombres et des sourcils bien dessinés, ses maxillaires sont assez marqués et ses lèvres charnues, mais ce qui impressionne davantage Carmen, ce sont ses mains, longues et fines. Elle force ses yeux indiscrets à se replonger dans son téléphone, mais rien n'y fait, sentir sa présence à quelques mètres d'elle la perturbe. L'inconnu échange quelques mots à l'oreille du barman et, avant de quitter le café, il la salue poliment en inclinant la tête respectueusement. Un sentiment de soulagement mêlé à une profonde déception s'empare de la Franco-Italienne qui surréagit immédiatement.

« Excusez-moi, dit-elle en faisant signe au serveur.

— Oui, madame ?

— Cet homme est-il un habitué ?

— On peut dire ça.

— Où travaille-t-il ?

— Partout et nulle part, c'est un fantôme.

— Que voulez-vous dire ?

— Il possède tellement de biens en Italie qu'il est difficile de savoir où il se trouve.

— Ah… je vois. Tant pis, répond-elle avec une pointe de regret dans la voix. Dites-moi combien je vous dois, s'il vous plaît.

— C'est lui qui a payé vos cafés.

— Pardon ! Mais vous auriez pu me le dire, je l'aurais remercié.

— Ce que je peux vous dire, c'est que je n'ai jamais vu une femme lui parler ainsi, poursuit-il en essuyant ses verres.

— C'était accidentel, vous l'avez bien compris !

— Vous avez encore une petite chance de le trouver, dit-il, il amarre toujours son bateau près de la lagune.

— Merci ! » dit-elle en attrapant son sac à la hâte.

Elle s'empresse de partir, marchant dans un premier temps, puis courant en direction de la lagune. Elle croit reconnaître sa silhouette sur un splendide bateau privé dont le discret et puissant moteur se met en route. Elle accélère sa course, mais l'embarcation s'éloigne. Elle hurle pour qu'il entende et l'homme, debout à la barre, se retourne, l'aperçoit et amorce un parfait demi-tour. Carmen se fige, le souffle court. Que va-t-elle lui dire, jamais elle n'a couru après un inconnu. Sa réaction la surprend elle-même. Le bateau s'approche doucement du quai et leurs yeux se croisent à nouveau.

« Pourquoi ? Pourquoi m'avez-vous offert ces cafés alors que je vous ai offensé ?

— Je reste un gentleman, répond-il, la voix suave mais portante.

— Merci. C'est fair-play, en effet.

— Vous quittez l'île ?

— Oui, je m'apprêtais à prendre le vaporetto.

— À cette heure, vous allez devoir attendre une vingtaine de minutes. Montez, je vous raccompagne.

— Non, non, je ne veux pas vous déranger.

— Montez ! » insiste-t-il.

Il manœuvre l'embarcation de manière à s'approcher doucement de la jetée, bouées contre muret, puis, bloquant la progression de l'hélice afin de se maintenir en position, il quitte son gouvernail et lui tend la main. Carmen hésite quelques secondes, puis accepte en lui donnant la sienne en retour. Elle remarque l'inscription de la marque et du modèle de l'embarcation. Un yacht Yamaha Intrepid 430 Sport. Réflexe de policière, elle note mentalement l'immatriculation maritime. Il l'installe sur une banquette en cuir, se débarrasse de sa veste, réajuste ses lunettes de navigation et réengage doucement les gaz pour prendre graduellement de la vitesse. La traversée est incontestablement plus agréable qu'à l'aller ! Le bleu du ciel s'évanouit laissant les couleurs chaudes le remplacer. Elle admire son skippeur manier avec agilité les commandes du bateau. Il se retourne de temps à autre pour la regarder furtivement, appréciant sa chevelure malmenée par le vent. Il ralentit à l'approche de Venise.

« À quel hôtel séjournez-vous ?

— Oh ! je loge dans un appartement, ne vous en faites pas, laissez-moi à l'endroit qui vous arrange.

— Certainement pas ! Où habitez-vous, alors ?

— Par les canaux, je ne sais pas. »

Elle sort un plan de son sac pour lui montrer la position exacte de son appartement. Il capte immédiatement et lui propose de la ramener au bas de son immeuble par un étroit canal. Le bateau est en vitesse réduite, le temps pour elle de profiter d'une balade touristique en très bonne compagnie.

« Vous êtes ici pour affaires ou pour le plaisir ?

— Pour le travail, répond Carmen, enjouée.

— Ah oui ? Et que faites-vous dans la vie ? poursuit-il en tournant son bateau à droite.

— Heu… je… Designer ! Designer de mode, et vous ?

— Hum ! J'ai plusieurs activités, mais la principale est dans l'imprimerie industrielle. »

L'homme se retourne discrètement pour la regarder.

« D'où venez-vous ?

— De Paris, notre grande capitale de la mode ! s'amuse-t-elle à répondre.

— Je crois savoir que la Fashion Week se déroule aussi à Milan ! Vous ne devriez pas renier vos origines, ce sont elles qui vous ont offert ce physique.

— Oh ! Je vous remercie pour le compliment, répond-elle, flattée. L'Italie est ma deuxième moitié par mon père et j'en suis fière.

— Votre appartement n'est plus très loin. Quand partez-vous ?

— Demain après-midi, j'ai mon vol aux alentours de 16 heures.

— Voilà, nous y sommes, le porche que vous voyez là est l'entrée de votre immeuble», explique-t-il en arrêtant le moteur.

Après une nouvelle manœuvre d'approche parfaitement maîtrisée, il amarre le bateau, lui prend la main avec délicatesse et l'aide à quitter l'embarcation. Carmen est consciente de passer sa dernière minute de bonheur avec ce bel inconnu. Il la regarde monter puis grimpe à son tour en suivant sa trajectoire. Elle s'approche de la porte d'entrée et sort les clefs, elle aimerait dire quelque chose, mais les mots ne sortent pas. Il l'accompagne en marchant à quelques centimètres d'elle et s'arrête soudain.

« Voulez-vous dîner avec moi ce soir ? lance-t-il.

— J'en serais honorée, mais ne me dites pas qu'un homme de votre envergure n'a pas déjà planifié sa soirée.

— Si vous voulez tout savoir, c'est vrai, j'avais un dîner avec mon associé et, à choisir, je préfère lui poser un lapin plutôt que de vous voir disparaître derrière cette porte. »

À ces mots, Carmen lui offre son plus large sourire en guise d'acceptation.

« Je n'avais pas prévu de dîner dans mon emploi du temps, je n'ai rien à me mettre en dehors d'un jean, alors on part sur quelque chose de simple ?

— Vous pensez que je dors en costume trois-pièces, peut-être ? Ne vous fiez jamais aux apparences, elles sont trompeuses. Alors va pour un jean. 21 heures ! Il faut que je rentre me changer également.

— C'est parfait. Où se retrouve-t-on ?

— Je viendrai vous chercher, exactement là où vous vous trouvez en ce moment.

— Très bien », dit-elle en reculant sans quitter ses yeux des siens.

Il redescend d'un bond dans le bateau et rallume le moteur. Pendant sa marche arrière, il hausse tout à coup le ton.

« *Signora !* Je ne connais même pas votre prénom ! lance-t-il.

— Carmen ! crie-t-elle. C'est Carmen !

— Antonio ! » s'écrie-t-il avant de disparaître dans la pénombre.

Elle pousse la lourde porte en bois, se précipite dans le hall et grimpe les marches deux à deux pour regagner son appartement. Elle se rue sur la terrasse pour respirer profondément afin de s'oxygéner. Son corps est en ébullition et son cerveau en oublie même la raison de sa venue. Elle s'assied en tailleur et décide de pratiquer une petite séance de yoga pour se ressaisir. Réglisse lui manque beaucoup, son ronronnement apaisant l'aide à faire le vide. Elle parvient toutefois à se reprendre et à faire ralentir son rythme cardiaque d'adolescente. En ouvrant sa valise, sa garde-robe parisienne lui manque cruellement. Elle sort un jean taille haute, un top moulant Versace rouge assorti à son foulard qu'elle jette sur le lit avant d'entrer dans la salle de bains pour faire un brin de toilette. Une fois prête, il lui reste plusieurs minutes avant son rendez-vous galant, qu'elle comble en appelant Ted pour lui raconter ses aventures. Après avoir écouté les détails les plus croustillants, Ted termine la conversation avec un « Carpe diem, ma belle. Prends ce qu'il y a à prendre ».

L'heure approche et le stress commence à monter.

Viendra-t-il vraiment ? Après tout, se dit-elle, *on ne se connaît pas, il a l'air tellement débordé.*

Elle descend comme convenu à l'endroit où il l'a quittée quelques heures plus tôt et attend patiemment. Elle ne peut s'empêcher de regarder sa montre toutes les cinq minutes. Il est désormais 21 heures et la rive est calme, aucun bateau à l'horizon. Une minute s'écoule, puis deux, puis trois, les secondes lui semblent des heures. Soudain, un bruit de moteur se fait entendre et le yacht s'approche. Avec un soulagement presque perceptible, elle l'aperçoit.

« Vous pensiez que je ne viendrais, pas n'est-ce pas ? lance Antonio, le sourire aux lèvres.

— Sincèrement ? Oui… et j'avoue que c'était assez inconfortable », répond-elle.

Il coupe les gaz et profite de l'arrêt du bateau pour plonger ses pupilles sombres dans ses yeux, provoquant un tressaillement visible chez Carmen.

« Je suis désolé de vous avoir fait attendre.

— Ne le soyez pas, vous n'avez que six minutes de retard.

— Précisément ! Je sens que vous aimez tout contrôler », rétorque-t-il en lui tendant la main.

Elle rit et accepte la main offerte pour monter à bord.

« Quant à vous, je vous somme d'arrêter de me scruter l'intérieur ! reprend-elle alors qu'elle se sent désorientée par l'intensité de son regard.

— J'aime vous savoir déstabilisée », poursuit-il en l'attirant à lui avec finesse.

Carmen se contracte et sent ses joues chauffer, son corps n'est qu'à quelques centimètres du sien et son parfum l'enivre. Elle s'approche malgré tout de lui, laissant les centimètres devenir des millimètres, se hausse doucement sur la pointe des pieds pour atteindre le creux de son oreille et lui murmurer :

« Attendez que je me ressaisisse…

— Quel programme… » susurre-t-il en rallumant le moteur.

Sur le trajet, Carmen en profite pour admirer la ville parée de ses plus beaux atours. Le temps se rafraîchit à mesure que la nuit tombe. Carmen est installée près de lui, le vent humide lui donne des frissons mais elle ne sait pas vraiment si c'est le reflet de son émotion ou si c'est simplement lié à la fraîcheur de la soirée. Antonio ralentit la cadence, enclenche la plus basse des vitesses et rabat la toiture de la luxueuse cabine d'un geste maîtrisé.

« Est-ce mieux ainsi ? s'enquiert-il.

— Décidément, rien ne vous échappe. Vous lisez aussi dans les pensées ? »

Antonio part d'un rire qui semble venir du cœur, dévoilant sa dentition et sa charmante fossette au menton.

« Nous sommes arrivés », l'informe-t-il en amarrant son bateau d'une main experte.

Tous deux descendent et marchent une centaine de mètres pour s'approcher d'un majestueux hôtel renommé.

« Non, mais, vous n'avez pas fait ça ? s'inquiète-t-elle.

— C'est-à-dire ? répond-il en pénétrant dans l'enceinte du palace.

— Antonio, nous sommes au Danieli… et en jean en plus !

— Et alors ? Ça vous dérange ?

— Mais cet établissement a des tables parmi les plus onéreuses de Venise !

— Vous partez demain, il fallait bien marquer le coup, non ? De plus, j'aime les belles et bonnes choses », conclut-il en la prenant par la main.

Sans pouvoir répliquer quoi que ce soit, elle est fermement tirée, direction le restaurant en terrasse. Dans l'ascenseur, un couple plus âgé les accompagne également. Carmen et Antonio sont tous deux appuyés au fond de l'ascenseur. Leurs regards indiscrets s'enflamment et sont de plus en plus animés par le désir. Un petit son de cloche indique l'arrivée au dernier étage, ils sont accueillis avec élégance puis installés à une table. Carmen n'en croit pas ses yeux, tout est si parfait, trop parfait même. La Sérénissime *by night*, un panorama de rêve se dresse devant elle, et ce, dans la ville la plus romantique du monde.

« Antonio ! Vous arrive-t-il que les gens vous disent non ?

— Très peu souvent, pourquoi cette question ?

— Parce que c'est vous qui maîtrisez tout, pas moi.

— J'aime que les choses soient réglées comme du papier à musique, poursuit-il en faisant signe au serveur.

— Maniaque alors ?

— Comment dois-je le prendre ?

— Antonio, où est le loup dans cette histoire ? » lance-t-elle avec aplomb.

Il reste plusieurs secondes rivé à ses yeux, et, sans un mot, repousse sa chaise, se lève, s'approche d'elle en caressant son épaule du bout des doigts et de sa voix harmonieuse lui murmure à l'oreille :

« Le loup sera peut-être dans votre assiette, ma chère. »

Lentement, il regagne sa chaise, le regard toujours intensément fixé sur elle. Troublée par ses beaux yeux noirs, Carmen lui concède la victoire dans un petit rire nerveux.

« Vous remportez cette bataille, mais la guerre n'est pas terminée.

— Je l'espère bien... enfin... Carmen, vous êtes...

— Oui ?

— Vous me semblez différente des autres femmes.

— Vous me connaissez à peine !

— Je sais faire la différence et j'en sais bien plus que vous ne le pensez, dit-il en commandant au serveur du champagne accompagné de fraises.

— Ah oui, j'oubliais que vous êtes un grand amateur de femmes !

— Détrompez-vous, je préfère la qualité à la quantité. Vous ai-je dit combien je vous trouve attirante ?

— Non ! mais c'est... flatteur ! Vous n'êtes pas mal non plus, s'amuse-t-elle à répondre.

— Alors, à Venise, dit-il en levant sa coupe.

— *Salute*, Antonio », répond-elle en retour, une fraise à la bouche.

Il leur faudra deux longues heures pour terminer ce délicieux dîner entre taquineries, jeux de séduction et gourmandises. Le couple passe en revue quelques souvenirs d'enfance et anecdotes amusantes, quand Antonio lui propose de prolonger le plaisir au bar de l'hôtel et lui suggère qu'il serait agréable de se tutoyer.

Une autre atmosphère les attend au bar. Décoration baroque et dorures sur toutes les boiseries. Un espace cosy et feutré s'offre à eux. Ils s'installent dans de grands fauteuils confortables et poursuivent leur discussion.

« Antonio, une question me taraude depuis notre rencontre et je meurs d'envie de te la poser.

— Mourir d'envie… comme j'aime ça, chuchote-t-il, taquin.

— Antonio, pas de simagrées !

— Je t'écoute, dit-il en approchant son oreille.

— As-tu dit quelque chose à mon sujet au serveur du bar à Burano ? »

Antonio se redresse sur sa chaise, embarrassé, caresse sa barbe naissante de ses doigts fins, la regarde intensément en pinçant ses lèvres avec ses dents.

« Bien… je vais être honnête avec toi. J'ai… Je lui ai effectivement demandé de te dire où j'étais dix minutes après mon départ, mais attention ! seulement si tu exprimais le désir de savoir qui j'étais.

— *Mamma mia !* Et moi qui ai couru comme une adolescente », bafouille-t-elle en masquant ses yeux de honte.

À ces mots, Antonio pose délicatement sa main sur sa joue rosée de timidité et, du bout de son pouce, lui caresse les lèvres.

« Des regrets ? demande-t-il.

— Eh bien… ce n'est pas dans mes habitudes de courir après un homme comme cela, mais c'est fait, j'en assumerai la responsabilité. Je te remercie pour ta franchise, termine-t-elle en regardant discrètement sa montre.

— Il est tard, je te raccompagne peut-être ?

— Je pense que c'est plus sage, je me lève assez tôt demain.

— Alors, allons-y », annonce-t-il en glissant un billet sous un petit carnet en cuir.

Antonio lui emboîte le pas en quittant l'hôtel, ils marchent main dans la main vers le bateau. Une légère froideur s'empare d'Antonio qui devient soudain silencieux, Carmen s'interroge, il semble la désirer mais quelque chose le perturbe. Ils poursuivent leur périple en mer puis par les canaux, jusqu'à son immeuble.

Et voilà, retour à la case départ, ma dernière minute de bonheur est arrivée !

Antonio coupe le moteur et semble gêné de croiser son regard. Une sorte de malaise inconfortable envahit le couple. Ils descendent du bateau et, à quai, se regardent sans qu'aucun mot puisse sortir de leurs bouches.

« Mer… Merci, Antonio, j'ai passé une merveilleuse soirée », murmure-t-elle en lui embrasant furtivement la joue.

Elle se retourne aussitôt après son geste pour fuir, tant sa cage thoracique est comprimée. De son côté, Antonio se fige, sans un mot, sentant ses pieds s'enfoncer dans le sol. Une partie de lui veut la retenir, mais l'autre est guidée par son ego. Son désir pour elle l'ébranle au point que sa gorge s'assèche, son estomac se serre. Carmen est sur le seuil de la porte et va bientôt disparaître, il en est conscient et veut l'appeler. L'envie est bien trop forte… il capitule.

« Carmen ! »

Il surgit et avance dans sa direction.

Carmen se retourne et voit Antonio avancer vers elle avec élan. Il saisit son visage entre ses mains, l'empoigne avec fougue et l'embrasse passionnément. Sa main gauche caresse sa joue et sa nuque puis remonte dans ses cheveux. Son bras droit l'attire contre lui pour la serrer avec vigueur.

Carmen renonce à toute opposition et s'abandonne à lui avec ferveur. L'émotion est partagée, elle l'enlace, s'enivre de l'odeur de sa peau, parcourt du bout des doigts ses épaules et son torse. Antonio quitte ses lèvres un instant pour l'embrasser tendrement sur le front. Ils reprennent doucement leurs esprits, respirent à nouveau normalement et restent blottis l'un contre l'autre sans pouvoir se détacher.

« Antonio, murmure-t-elle, veux-tu monter un moment ?

— Je ne veux rien précipiter, Carmen.

— Oh… on sera sages comme des images, susurre-t-elle à son oreille.

— Cela risque d'être difficile », dit-il en lui offrant son plus large sourire.

Ils montent tous les deux, s'arrêtant de temps à autre entre deux étages pour s'embrasser. Les deux amants profitent de la terrasse en s'appuyant sur le garde-corps gothique pour admirer le panorama.

« Tu as une vue imprenable d'ici, commente-t-il, mais du toit, je crois qu'on serait les rois du monde.

— Chiche ?

— Quoi ?

— On monte sur le toit ?

— Non, Carmen, tu pourrais te blesser, c'est hors de question !

— C'est ça oui ! Regarde.

— Carmen… Non ! » crie-t-il en tentant de la retenir.

Ses talons déjà ôtés, elle grimpe avec une agilité féline jusqu'au toit, sous les yeux ébahis d'Antonio.

« Mais ou as-tu appris à faire ça ? lance-t-il d'en bas.

— Ex-championne de gymnastique, ça t'en bouche un coin, non ?

— Plus que ça, même, tu m'impressionnes. Mais attends de voir ça ! » dit-il en déboutonnant sa chemise, laissant apparaître son torse nu.

C'est avec autant, voire davantage de dextérité qu'elle, qu'il bondit à ses côtés. Elle admire sa musculature qui se contracte tandis qu'il se hisse près d'elle. Dans son élan, une mèche de cheveux ondule et tombe sur son front. Carmen succombe à son charme irrésistible.

« Waouh ! j'adore ! Mais dis-moi, ce n'est pas ton premier toit ?

— Non, en effet, et je constate que je ne suis pas le seul. »

Les complices discutent une bonne demi-heure, allongés sur une toiture vénitienne à contempler le ciel étoilé. Quand la brise les fait trembler, ils rentrent se réchauffer, ferment la fenêtre et restent dans la pénombre, silencieux, leur seule source de lumière étant l'éclairage de la ville qui filtre dans l'appartement par la baie vitrée. Ils sont debout à trois mètres l'un de l'autre et se fixent sans un mot. Carmen est contre le mur et joue de son charme en se mouvant devant lui. Ses yeux incandescents le titillent.

« Carmen, ne me regarde pas comme ça, je pourrais ne pas résister.

— Oh, comme c'est fâcheux », le taquine-t-elle en se mordillant les lèvres.

Antonio ôte sa chemise et la jette par terre en s'approchant d'elle à la manière d'un prédateur. Il marque un arrêt devant elle, saisit le bout du foulard qu'elle porte autour du cou et l'attire à lui pour la plaquer contre son torse.

« Un Hermès ? murmure-t-il à son oreille.

— Hum… Fin connaisseur.

— L'objet de notre rencontre.

— En effet », soupire-t-elle.

Toujours plongé dans son regard, il le dénoue avec sensualité et retire le haut qui lui moule le buste. Il effleure son cou de ses lèvres sensuelles et parcourt ses courbes de ses mains jusqu'à détacher un à un les boutons de son jean. Ses doigts fins caressent son dos et ses reins avec ardeur, dégrafent sa lingerie fine, la soulèvent en la portant dans ses bras d'athlète et l'emmènent au fond du couloir pour disparaître avec elle dans la chambre.

C'est une mouette au cri strident qui la réveille en sursaut le lendemain matin. Ses cheveux sont complètement ébouriffés et elle se sent légèrement vaseuse. Elle tourne la tête de l'autre côté de l'oreiller et constate avec stupeur l'absence d'Antonio. Elle fait un bond de chat sur le lit, l'appelle, se lève et le cherche partout mais Antonio a disparu. Pas de carte de visite, pas de mot sur la table, rien, juste son sillage parfumé ancré dans les draps froissés de leur nuit embrasée. Un sentiment de dégoût et d'inconfort l'envahit. Elle repense à Ted qui lui a conseillé de prendre ce qu'il y avait à prendre et de seulement s'en contenter. Elle file sous la douche, car son rendez-vous au Pisani Moretta approche. Elle saute dans son jean de la veille, enfile un corsage et cherche son foulard partout, mais ne parvient pas à mettre la main dessus. Ses pensées sont totalement brouillées par ses émotions et elle se sent honteuse de s'être autant éprise de cet homme. En partant, elle se perd dans les ruelles, celles-ci se ressemblant toutes et arrive au palais Pisani avec douze minutes de retard. Elle y retrouve Orlando Alessandrini et le prie de bien vouloir l'excuser pour l'attente.

Une femme d'une cinquantaine d'années les reçoit dans un charmant bureau. Elle est frappée d'apprendre que les polices criminelles italienne et française viennent jusqu'à

Venise pour investiguer. Après avoir entendu la requête des enquêteurs, elle les informe ne pas pouvoir les aider davantage, car elle ne détient aucune liste d'invités.

« Nous archivons les listings lorsque nous organisons nous-même les galas », explique-t-elle.

Elle affirme ensuite que le palais est ouvert à qui veut bien le louer et leur conseille de prendre attache avec toutes les associations qui organisent les galas du carnaval ; peut-être auront-ils ainsi une chance de consulter les listes de leurs prestigieux invités. C'est un coup de massue pour Carmen qui pensait revenir du palais avec ces documents. Elle demande à Orlando de montrer les photos des trois victimes, espérant une réaction de leur interlocutrice. Mais il n'en est rien. Ce rendez-vous apparaît comme un semi-échec. Sentant cette pointe de déception et pour paraître sympathique auprès des autorités, la responsable des lieux leur propose une petite visite du palais, qu'ils acceptent volontiers. Rien ne leur saute aux yeux, excepté le plaid identique à celui qu'a commandé Natalia Bolcov déployé entre deux étages sur une grande méridienne. Carmen demande à son homologue d'en prendre des clichés et se fait confirmer que les tissus ont bien été fabriqués par la manufacture de Burano. Au moins le lien est établi.

À l'issue de la visite, les enquêteurs prennent congé de l'employée du palais en la remerciant pour son accueil et pour son aide. En partant, Orlando Alessandrini propose à Carmen une petite balade à bord du zodiac des carabiniers. Les policiers vénitiens attendent patiemment devant leur embarcation rapide amarrée au pied de la prestigieuse bâtisse. Carmen accepte, au départ par simple politesse, puis se dit qu'après tout elle doit s'occuper jusqu'à son envol programmé en milieu d'après-midi. Les carabiniers la font donc monter, lui donnent une parka aux couleurs de leur institution et s'élancent sirène hurlante sur le Grand Canal. Le bruit ne dérange plus les locaux qui y sont habitués, mais fait tourner toutes les têtes des touristes. Plus la vitesse monte, plus Carmen s'agrippe aux armatures en métal. La tête du zodiac pointe vers le ciel en sautant sur l'eau de temps à autre au-dessus des vagues, retombant parfois lourdement. Le zodiac file à soixante nœuds. L'expérience est tellement inédite et excitante que Carmen s'amuse comme une petite fille : *rien à voir avec le calme de la balade romantique de la veille ! Quel contraste !*

Elle se sentait si fatiguée et dépitée que cette poussée d'adrénaline lui change les idées. Ils font le tour de la ville dans un temps record, puis visitent quelques endroits incontournables à vitesse réduite. À la demande de Carmen, les policiers la déposent dans le quartier de Santa Croce, près de San Polo. Elle a l'intention de s'y promener encore un peu. Les carabiniers, heureux d'avoir fait découvrir leur ville à leur manière, lui souhaitent un bon retour à Paris. Elle les remercie chaleureusement pour leur hospitalité et tous se séparent.

Carmen se retrouve au bord de l'eau accompagnée d'Orlando qui a assurément bien moins apprécié qu'elle la traversée rapide de Venise !

« Mon Dieu, Orlando ! Vous n'avez pas l'air dans votre assiette ?

— Je ne vous cache pas que les remous, la vitesse et le roulis, le tout mélangé aux vapeurs de gasoil, ont un effet comment dire… plutôt néfaste sur ma personne.

— Pauvre Orlando, compatit Carmen. Venez, on va prendre un petit remontant pour faire passer cette désagréable sensation de nausées. »

Le couple de policiers se rend alors dans le premier établissement à portée d'yeux et y passe commande ; un grand café américain pour le Sicilien, histoire de se remettre de ses émotions et un ristretto italien pour la Parisienne, pour ne pas déroger à ses habitudes.

« Depuis quand les Siciliens ont le mal de mer ? taquine-t-elle une fois le teint de son homologue redevenu normal.

— Depuis que les Parisiennes prennent le bateau avec eux », répond-il, hilare.

Les policiers profitent de cet instant de répit commun pour faire le point sur leur enquête. Orlando confirme qu'il va envoyer dans les meilleurs délais une équipe prélever les ADN des préparateurs de la manufacture. Il tiendra Carmen au courant dès qu'ils auront les résultats. Elle le remercie chaleureusement de l'aide qu'il lui apporte et lui assure que, s'il devait se rendre à Paris, elle répondrait présente pour l'assister. Échange de bons procédés.

« *Un Sicilien à Paris*, ça sonne bien pour un titre de film, lance-t-il en se retournant pour prendre congé.

— Déjà pris, réplique Carmen, c'est le titre d'un roman de Lucio-Maria Attinelli… mais en tant que Sicilien vous êtes excusé de ne pas connaître vos classiques italiens !

— *Basta !* » conclut-il en s'éloignant.

Après le départ d'Orlando, Carmen décide de marcher un peu pour chasser les pensées qui reviennent à son esprit. Elle est profondément meurtrie qu'Antonio n'ait pas daigné lui dire au revoir. Quelques minutes plus tard, elle reçoit un texto de Ted :

« Hello mon chat, j'espère que tu n'es pas trop fatiguée de ta nuit torride… J'ai eu ma tante au phone, elle va faire venir une femme de ménage, tu ne t'occupes de rien à part laisser les clefs à l'intérieur avant de quitter l'appart. Hâte de te voir à Paris. Xoxo. »

Le téléphone encore dans les mains, elle accuse le coup.

Ah! Si tu savais comme ça fait mal, mon Ted, pense-t-elle en fixant le bleu du ciel.

Elle s'abstient de répondre pour éviter qu'il ne s'inquiète et se contente de lui envoyer un smiley pour le rassurer. Il est temps pour elle de laisser le charme vénitien de côté et penser à faire ses bagages. De retour à l'appartement, elle remballe toutes ses affaires, ouvre les fenêtres pour aérer, s'assure de bien laisser les clefs sur la grande table, quand elle entend toquer à la porte.

«Ah oui! réagit Carmen, j'avais oublié la femme de ménage.»

Elle ouvre énergiquement la porte d'entrée, quand soudain, le choc la frappe!

«Carmen? Tu vas bien? On dirait que tu as vu un fantôme, s'écrie Antonio.

— Mais… Je ne comprends pas… Tu as disparu sans prévenir au petit matin. C'est plutôt toi, le fantôme, dit-elle en reculant dans l'appartement, désorientée.

— Mais enfin, Carmen, je suis parti très tôt travailler pour pouvoir te ramener à l'aéroport.

— Tu es revenu pour m'emmener à l'aéroport? Tu aurais dû me laisser un mot!

— J'avoue que je n'y ai pas pensé…»

Antonio plisse les yeux face au désarroi de Carmen.

«Tu as cru ne jamais me revoir, n'est-ce pas?

— Antonio, on se connaît si peu, j'ai cru que tu avais eu ce que tu voulais et point… fin de l'histoire.

— Comme tu peux le constater, je suis là, alors, prépare-toi, tu as un avion à prendre et je voudrais qu'on fasse une petite virée en bateau avant.»

Antonio n'a pas terminé sa phrase que Carmen fonce se blottir dans ses bras. Les amants s'embrassent de nouveau avec passion.

«*Andiamo*, Carmen, sinon ça va déraper ! chuchote-t-il en sentant ses pulsions monter.

— Tu as raison, dit-elle en s'écartant aussitôt de lui. Laisse-moi dix minutes, j'ai presque terminé. »

Il patiente assis sur le grand sofa à la regarder passer de droite à gauche.

« Tu cherches quelque chose ?

— Je ne comprends pas, je n'arrive pas à mettre la main sur mon foulard, mais ce n'est pas grave, allons-y ! »

Il prend avec galanterie sa valise et ses sacs de shopping, puis ils claquent la porte derrière eux.

« Je vois que tu n'as pas pu résister à faire les magasins. Tu es bien une femme comme les autres finalement, se moque-t-il ouvertement d'elle.

— Oh ! Monsieur est sarcastique, alors qu'en une seule journée j'ai pu distinguer que tu étais passé d'un costume Zegna à une tenue Armani assortie à des chaussures Fendi… Mais oui, tous ces articles tombent tout seuls dans tes placards peut-être !

— Femme de tête, j'adore ! »

Le sourire qu'il lui décroche rend Carmen tout chose.

Retour sur le bateau, mais cette fois en amoureux. Antonio sort de Venise pour lui faire découvrir d'autres îles, dont San Pietro di Castello. En cours de route, il lui propose de prendre les commandes et colle son torse contre son dos pour lui céder la barre. Ils prennent le large poussés par le vent au rythme des vagues et de la musique de Diana Ross. Carmen se sent revivre et lâche totalement prise. La promenade en mer prend fin à l'aéroport et de nouveau, les mots peinent à sortir de leurs bouches.

« Et voilà ! Tout s'achève ici, commente-t-elle.

— Carmen, je ne suis pas très doué pour les au revoir. Je peux te laisser continuer seule ? commente-t-il sur le parvis de l'aéroport.

— Antonio, ne t'inquiète pas, je suis une grande fille, répond-elle en attrapant sa valise pour se diriger vers le bâtiment des enregistrements.

— Oh, pas si vite, madame ! Tu n'as rien oublié ? »

Se faisant taquin, Antonio l'attrape par la taille et l'attire contre lui.

« Pas que je sache… s'esclaffe-t-elle. Si ! J'oubliais le plus important, le baiser d'adieu !

— Non, Carmen ! Ton numéro de téléphone ! Je viens occasionnellement à Paris pour le boulot. Si tu le souhaites, nous pourrions nous revoir ?

— Antonio, j'en serais plus que ravie, je pensais que cette relation n'aurait pas de lendemain.

— Carmen, je ne sais pas de quoi demain sera fait alors, je t'en prie, carpe diem… »

Carmen sourit en reconnaissant l'expression favorite de son meilleur ami. Peut-être que ces deux-là s'entendraient bien…

Après avoir échangé leurs coordonnées, les jeunes amants se quittent en s'embrassant passionnément, s'imaginant tous deux que ce baiser pourrait être le dernier. Antonio plonge une dernière fois son regard aux reflets cuivrés dans le sien, comme s'il voulait enregistrer les moindres traits de son visage, lui pose tendrement un baiser sur le front et se tourne pour partir. Elle le regarde doucement s'éloigner, monter dans son bateau et sans se retourner, disparaître à l'horizon. Une douleur au plexus fait ressortir des sentiments qu'elle tente désespérément d'enfouir mais la tâche est dure, trop dure, car incontrôlable. Plus Antonio s'éloigne, plus son estomac se noue…

À l'aéroport Marco Polo, Carmen se résout à le chasser de ses pensées. Elle flâne au milieu des boutiques puis s'attable au bar du terminal, un café en main. À quelques minutes de l'embarquement, elle se lance dans une méditation nécessaire et bénéfique. L'idée est de se concentrer sur son enquête, rien que son enquête. Elle est venue pour cela.

Mon enquête, rien que mon enquête, se répète-t-elle en se concentrant au maximum. *Cela doit être ma priorité absolue. Mon enquête, rien que mon enquête*, répète-t-elle inlassablement.

Et là, le déclic. L'instinct du policier reprend le dessus et l'image d'Antonio s'éloigne petit à petit. Elle fouille dans son sac à main, en sort son téléphone et compose le numéro de son coéquipier.

« Michaël ?

— Salut, la Vénitienne ! Alors ce séjour, comment…

— Je suis à quelques secondes d'embarquer, l'interrompt Carmen. On se voit demain à la brigade, je ferai un compte rendu à tout le monde sur ma mission. Mais en attendant peux-tu vérifier urgemment un élément ?

— Je t'écoute, capitaine, poursuit-il en comprenant, au ton de sa voix, qu'il doit être attentif à sa demande.

— Appelle les familles Lancelle et Orsioni et demande-leur si Aurélie et Mathilde se sont rendues au carnaval de Venise avant d'être assassinées. »

14.

Rapprochement

Paris déploie progressivement ses couleurs automnales, les températures descendent graduellement et le vent balaye les feuilles mortes qui dansent et tourbillonnent sur le pavé humide. Deux semaines se sont écoulées depuis son retour d'Italie et, dès le lendemain de son arrivée, Carmen a dû faire face à une hiérarchie très impatiente de récupérer son compte rendu. Et pour cause, l'enquête, qui s'est accélérée depuis la mission à Venise, a pris un nouveau tournant. À peine remise de ses émotions, Carmen s'est immédiatement plongée, à s'en noyer, dans ses obligations professionnelles, toutes axées sur l'étude des emplois du temps des trois victimes avant leur assassinat. C'est devenu la priorité. Leurs familles ont été de nouveau convoquées, reçues et réentendues. Avec une minutie dévolue aux enquêteurs criminels, les derniers jours des vies d'Aurélie Lancelle, de Mathilde Orsioni et de Natalia Bolcov ont été passés au peigne fin. Leurs proches ont été de véritables atouts. Ils sont arrivés avec toutes sortes de documents, de copie de billets d'avion, de réservations de soirées, de cartes de membres du carnaval vénitien, de témoignages d'amis, autant de renseignements qui, au fil des jours, devenaient tous de précieux indices. Carmen et Michaël les épluchaient et les recensaient un à un depuis huit jours. Ils en sortaient des recoupements et reconstituaient les puzzles. Petit à petit, les derniers pas des trois victimes amenaient les policiers vers cette euphorie que seuls des enquêteurs passionnés pouvaient ressentir. Cette exaltation ressentie lorsqu'une enquête qui patinait depuis des mois progressait soudainement par l'intelligence collective.

Ce matin-là, c'est à Christophe, qui rentre tout juste de son congé paternité, que Carmen s'adresse pour lui faire un compte rendu complet de vive voix, englobant non seulement les détails de sa mission, mais surtout les conclusions qu'elle en a tiré.

« Alors comme ça, la direction t'a cherché des poux la semaine dernière ? commence Christophe.

— Ne m'en parle pas... Ils ont considéré au début que le voyage n'en valait pas la chandelle. Je leur ai tout de même rappelé que ce déplacement ne leur avait coûté que la modique somme de quatre cent deux euros, incluant uniquement l'avion et les repas, car j'avais géré le logement. Ce sont vraiment des minables...

— C'est pitoyable, je suis d'accord avec toi.

— Mais ce n'est pas tout ! Écoute un peu : les dirlos ont rapidement fait machine arrière lorsqu'ils se sont aperçus que cette soi-disant mission inutile avait en fait largement contribué à des avancées substantielles sur nos trois enquêtes. Tout d'un coup, subitement, il fallait leur rendre des comptes en temps quasi réel. En plus des investigations à mener d'urgence, j'ai passé ma semaine au téléphone...

— Désolé pour toi, Carmen, et moi qui couvais à la maison... Je n'ai pas pu te décharger de cette surcharge de travail.

— T'inquiète, la famille avant tout ! J'ai géré, mais je me suis rendu compte de deux choses. Premièrement, j'ai pu ainsi estimer le temps que tu passes, et perds, à informer notre hiérarchie, ce que je ne mesurais pas jusqu'à présent.

— Je suis heureux de te l'entendre dire, soupire Christophe. Et la seconde ?

— J'ai pu également évaluer le nouvel intérêt que portait la direction à nos enquêtes. Comme par enchantement, nos trois assassinats, qui n'intéressaient personne jusqu'alors, puisqu'ils étaient toujours considérés comme de simples enquêtes décès, revenaient inopinément sur le devant de l'actualité.

— Et tu en conclus ?

— J'en conclus que cela nous permettra sans doute d'obtenir les moyens que l'on désire pour continuer à enquêter, même si je rappelle à tout le monde, ajoute-t-elle en regardant Michaël qui entre énergiquement dans le bureau à cet instant précis, que j'étais la seule au départ à estimer que le décès de Natalia Bolcov pouvait être un meurtre…

— Regardez ce que je vous apporte ! lance Michaël, ignorant la remarque et en agitant un sachet de viennoiseries fraîches et finement parfumées. On commence le lundi avec du carburant.

— Merci, Michaël ! répondent-ils en chœur.

— Je disais donc, poursuit-elle, impatiente de l'informer du résultat de ses investigations, que la présence de Natalia Bolcov, d'Aurélie Lancelle et de Mathilde Orsioni au carnaval de Venise ne fait plus aucun doute. Et en voici même les dates. »

Elle étale sur le bureau de Christophe les trois documents officiels annonçant le programme et les tenues des festivités de Venise pour les années 2018, 2019 et 2020. Elle les commente à haute voix :

« Natalia Bolcov est retrouvée morte cette année dans la nuit du dimanche 1er au lundi 2 mars 2020. Le carnaval s'est déroulé du samedi 8 au mardi 25 février. »

Christophe se penche pour examiner les documents devant lui.

« Aurélie Lancelle, reprend Carmen, a été tuée dans la nuit du dimanche 10 au lundi 11 mars 2019, les festivités de Venise s'étant déroulées du samedi 16 février au mardi 5 mars. Et enfin, Mathilde Orsioni a perdu la vie dans la nuit du dimanche 18 au lundi 19 février 2018. Le carnaval ayant cette fois eu lieu du samedi 27 janvier au mardi 13 février.

— Comme tu peux le constater, poursuit Michaël, fier d'apporter son lot d'éléments nouveaux, le carnaval de Venise débute toujours un samedi et se termine toujours un mardi.

— Et les meurtres se produisent tous dans la nuit du dimanche au lundi qui suit, analyse tout haut Christophe, montrant qu'il a parfaitement compris le raisonnement des deux enquêteurs.

— Et ce n'est pas tout, continue Carmen pour asséner le coup final à sa démonstration. Nous avons retracé une partie du parcours vénitien des trois filles. Non seulement elles ont participé à certaines festivités du carnaval, mais en plus, elles sont toutes trois membres d'une association vénitienne réputée.

— Une association vénitienne ? interroge Christophe.

— Parfaitement. À Venise, il existe plusieurs organisations officielles privées qui s'occupent de planifier les réjouissances durant le carnaval. L'association « I sogni del carnevale veneziano » est l'une d'entre elles et la plus prestigieuse d'ailleurs. Elle possède un réseau incroyable leur assurant la présence de grandes personnalités et de familles huppées pendant leurs événements.

— Ce sont des soirées qu'ils organisent ? questionne Christophe.

— Essentiellement, mais pas que. Les manifestations festives peuvent aussi bien se dérouler en journée, comme un goûter au Luna Baglioni, par exemple, ou des dîners dans de somptueux palais.

— Pas d'*afters* ?

— J'allais y venir. Les associations clôturent toutes leurs soirées mondaines entre 2 et 3 heures du matin. Pour ce qui concerne les *afters*, dont les fréquentations sont plus ou moins douteuses, ceux-ci ne dépendent pas de ces organisations. Ce qui n'empêche pas leur déroulement, bien sûr, car à Venise chacun est libre ou libertin, lance-t-elle avec sarcasme.

— Je suppose que nos trois victimes ont participé à ces *afters*, en déduit Christophe.

— À ce stade de l'enquête, c'est invérifiable, mais tout à fait possible en effet. Je vais mettre notre homologue italien sur le coup.

— J'aimerais bien en savoir plus, ajoute Christophe, toujours enfermé dans cette idée que les mauvaises rencontres vont de pair avec le libertinage.

— Orlando Alessandrini est notre contact à la DIGOS de Gênes, c'est lui qui a récupéré les programmes de l'association « I sogni del carnevale veneziano ». Nous avons donc la liste des événements pour les trois années 2018, 2019 et 2020. Nous avons pu comparer les photos fournies par les familles et celles des réseaux sociaux des filles avec les clichés postés par les palais sur leur site Internet. Nous avons ainsi pu identifier et répertorier les lieux qu'elles ont fréquentés.

— Ce travail fastidieux aurait pu être évité, s'empresse de souffler Michaël, puisque quelques jours après avoir effectué ces recherches, Orlando Alessandrini nous a fourni les listes des invités par événement…

— Confirmant nos conclusions, interrompt-elle. Au départ, il n'était pas prévu qu'il nous obtienne ces documents, se justifie-t-elle.

— Sur l'ensemble des exploitations vidéo et photos, avez-vous pensé à isoler un suspect ?

— C'est une blague ? riposte-t-elle. C'est absolument impossible ! Même en visionnant les reportages télévisés, 80 % des hommes y apparaissent masqués, c'est le principe de ces soirées carnavalesques. Et enfin, repérer un comportement pouvant être suspect au milieu des agissements des convives, même ceux à visage découvert, à l'aide de petites séquences vidéo furtives, je te laisse tenter ta chance et bon courage...

— Rien à nous mettre sous la dent alors ?

— *Niente !*

— Mince.

— Comme tu dis. Mais attends, nous avons un point commun entre les soirées des trois années, c'est le Pisani Moretta.

— Le quoi ? répète le chef de groupe, peu familier de l'italien.

— Le Pisani Moretta est le seul palais dans lequel une soirée a été organisée à chacun des trois carnavals. Et nos trois victimes ont participé à cet événement précis. Tiens-toi bien... cette soirée est un bal masqué. Toutes les autres festivités organisées par cette association durant la semaine du carnaval se font à visage découvert. Et enfin, conclut Carmen en prenant une grande respiration, il y a la personnalité du tueur, que tout ramène également à Venise. Les trois cartes de visite ainsi que la facture de la manufacture toutes frappées du même logo, ce fameux masque vénitien... Le morceau de bague retrouvé sur le toit au-dessus de la scène de crime de l'affaire Bolcov... Le cyanure qui s'y trouvait, une méthode historique d'empoisonnement... Regardez par vous-mêmes », insiste-t-elle en présentant une photographie du scellé et, dans sa main gauche, une lithographie tirée d'une page du livre sur la vie de Casanova.

Christophe et Michaël constatent, ébahis, que la bague représentée est parfaitement identique à celle retrouvée.

« J'en conclus que nous courons après un Casanova des temps modernes, aventurier et incroyable séducteur, qui partage sa vie entre Venise et Paris pour tuer des femmes. »

15.

Fashion victime

Le mois d'octobre s'achève sans que Carmen ait de nouvelles d'Antonio. Chaque jour qui passe renforce habituellement l'éloignement et finit par apaiser les choses mais, dans son cas, cela ne semble pas fonctionner. Son esprit est confus, ses sentiments sont brouillés, ses pensées reviennent toujours à lui et à leur merveilleuse nuit passée ensemble. Tous les soirs depuis plus de cinq semaines, lorsqu'elle monte sur le toit pour s'y échapper, elle termine sa promenade de féline en prenant son téléphone pour l'appeler, puis abandonne en pensant que cet appel l'affaiblira.

Non ! Que va-t-il penser de moi ? « Voilà ! Elle a fini par m'appeler, elle m'a dans la peau », se persuade-t-elle avec rage.

Certains jours, elle en arrive même à regretter de l'avoir rencontré, car ses idées ne sont plus vraiment claires et ce poids l'affecte profondément. Heureusement, Ted et Paolo sont là pour elle et l'invitent régulièrement à dîner chez eux. Sa mère est également à l'écoute et toujours de bon conseil. Ce soir-là, un apéro est organisé par Christophe pour fêter la naissance de sa deuxième fille. Carmen se réjouit déjà de voir la petite crevette dans les gros bras de son chef de groupe. Beaucoup de collègues sont invités, ainsi que Roxane, son amie avec qui elle partage un excellent moment ponctué de nombreux éclats de rire. Un programme agréable qui lui change les idées. La soirée bat son plein quand la femme de Christophe arrive avec leur fille dans les bras. Carmen va directement féliciter le couple et s'attendrit comme prévu devant la petite princesse dormant profondément. Mais, comme à l'accoutumée, les flics racontent des histoires de flics, et Carmen finit par s'en lasser. Elle décide donc de partir avec Roxane pour aller dîner quelque part, autre part.

« Alors, Carmen, tu as une idée du resto ?

— Je te laisse choisir, sinon je vais encore te proposer un italien.

— Mais ça me va parfaitement, un italien, je le voudrais, grand, beau et aux yeux bleus, c'est possible ? s'esclaffe Roxane.

— Tu ne changeras décidément jamais ! À dire vrai, les Italiens, j'ai eu ma dose, lance Carmen, dépitée.

— Bon, OK, je me contenterai d'un risotto aux cèpes alors », concède Roxane en accompagnant Carmen jusqu'à sa voiture.

Les deux complices traversent Paris et choisissent donc un italien dans le quartier Saint-Paul, un lieu réputé pour ses plats fins et sa cave à vins. Elles passent les trois quarts de leur soirée à rire comme deux gamines qui sortent pour la toute première fois. Le soulagement en est presque thérapeutique pour Carmen qui s'oblige à ne pas parler boulot, préférant relater des souvenirs qu'elles ont partagés il y a plusieurs années. Il est plus de minuit quand elles décident de rentrer et Roxane la raccompagne gentiment à son domicile. Tel un rituel, Carmen se précipite sur le toit pour se détendre quelques minutes. Malgré la discrétion innée de Réglisse, elle l'entend dévaler des toitures pour la rejoindre.

« Tu es mon petit espion aux pattes de velours, je t'adore », chuchote-t-elle en constatant que son téléphone sonne.

Elle regarde à deux fois le prénom qui s'affiche, trop étonnée que son chef de groupe l'appelle si tardivement.

« Christophe ? Tout va bien ?

— Carmen, je sais que tu es partie avec Roxane après mon pot, quand l'as-tu quittée ? dit-il d'une voix grave.

— Tu me fais peur, que se passe-t-il ?

— Je n'ai pas encore de détails, mais Roxane a été agressée en rentrant chez elle.

— Quoi ? hurle-t-elle. Mon Dieu ! Mais... On s'est quitté il n'y a même pas une heure. Où est-elle ?

— On la transporte à l'hôpital Saint-Antoine.

— Je m'habille, je vais la voir. Où a-t-elle été agressée ?

— Angle Charonne et rue de Lappe. J'ai envoyé la permanence pour prendre des renseignements auprès des collègues du 12ᵉ déjà sur place, avec un peu de chance on aura des témoignages ou, mieux encore, des caméras.

— Dis-moi que ce n'est pas grave ! s'enquiert-elle.

— Je suis autant dans le flou que toi, Carmen. J'envoie Michaël chez elle aussi, car les agresseurs lui ont volé son sac, ils pourraient se pointer avec ses clefs.

— Quelle poisse ! » raccroche-t-elle.

Carmen attrape un taxi pour se rendre en urgence à l'hôpital Saint-Antoine. Malgré son statut, les infirmiers ne sont pas bavards et ne lui communiquent aucune information si ce n'est que Roxane est en soins intensifs. Elle s'installe dans un long couloir défraîchi et totalement dépeuplé à cette heure de la nuit. Une ampoule crie sa fin de vie en clignotant et en grésillant au-dessus de sa tête. Au bout de deux heures d'attente, alors que le grésillement l'irrite au point de vouloir exploser la lampe de ses propres mains, une porte battante s'ouvre brutalement, la faisant sursauter. Deux infirmières entourant un brancard s'élancent en courant précipitamment dans le couloir. Carmen se fige, s'enfonce dans sa chaise et sa tête se met à bourdonner.

Non! Par pitié, pourvu que ce ne soit pas Roxane… s'inquiète-t-elle en crispant ses yeux pour les fermer. Puis le vacarme disparaît derrière une autre porte battante. Il faudra attendre quarante-cinq minutes supplémentaires avant qu'un médecin sorte par cette maudite porte pour lui apporter des nouvelles…

— Bonsoir, madame, vous êtes une amie de la patiente, c'est cela?

— Oui, docteur, comment va-t-elle?

— Est-ce qu'un membre de sa famille est là? répond-il.

— Non, ses parents sont en chemin, ils habitent Toulouse, ils comptent donc sur moi.

— Très bien, votre amie a subi de multiples contusions mais le drame est qu'elle se soit agrippée à son sac, provoquant de grandes lésions et brûlures sur les jambes et les bras. Elle a également deux côtes brisées, mais ses jours ne sont pas en danger.

— Merci, docteur, je peux la voir?

— Je vous autorise à la voir, mais pas plus de quinze minutes, chambre 307, après la porte battante», conclut-il en tournant les talons.

Elle se précipite dans la direction indiquée par le médecin et entre à pas de loup dans la chambre. Roxane est allongée, recouverte de bandages sur les quatre membres, un cathéter scotché sur sa main la relie à des poches remplies de liquide transparent. Ses yeux sont clos, et la chambre est rythmée par le son de ses pulsations cardiaques.

«Roxane?» murmure-t-elle.

Son amie ouvre doucement les yeux, laissant échapper une larme au coin de l'œil droit qui roule lentement le long de sa joue.

« Ca… Carmen, peine-t-elle à prononcer.

— Chut… ne te fatigue pas. Je suis là, je voulais te dire combien je suis désolée !

— Ce n'est pas ta faute, chuchote Roxane.

— On ne serait pas sorties, rien ne serait arrivé, ajoute Carmen.

— C'est ridicule, je voulais un Italien, on va dire que je l'ai mal digéré, c'est tout.

— Oh ! Roxane… »

La gorge de Carmen se serre. Même dans cet état, Roxanne trouve le moyen de blaguer.

« Un des agresseurs avait des baskets reconnaissables, je crois même que ce sont des séries limitées.

— Donne-moi le plus de détails possible, ma belle.

— Je pense qu'ils étaient deux. Ils ont dû me voir me garer et ils se sont jetés sur mon sac en scooter et m'ont traînée sur plusieurs mètres. C'est là que j'ai vu ses fichues baskets. Ils portaient des casques de moto, je ne peux pas les décrire. »

Carmen recueille le maximum de détails et les envoie au fur et à mesure aux collègues qui eux-mêmes la relaient partout. Odicop, la nouvelle application de la police, tourne à plein régime. Les signalements des agresseurs, si maigres qu'ils soient, sont partagés de manière opérationnelle et la diffusion à tous les policiers parisiens actuellement sur le terrain est largement facilitée par ce nouvel outil. Une sorte de WhatsApp de la police. Carmen, en fine connaisseuse de la mode, a écouté avec intérêt la description des baskets montantes d'un des agresseurs. Roxane lui a communiqué certains détails qui ont fait tilt : Carmen pense ainsi que les chaussures sont celles très en vogue actuellement, dessinées et stylisées par un artiste du street art pour une marque américaine très réputée. Les précisions apportées par Roxane lui semblent caractéristiques. Elle récupère des clichés publicitaires sur la toile des baskets et en trois manipulations sur son portable professionnel les joint à la diffusion sur Odicop. Chaussures de luxe atypiques et pantalon blanc, le profil d'un des agresseurs est intégré à la fiche de renseignement. À l'image de la société, tout va désormais très vite.

« Je te jure, Roxane que je vais faire tout mon possible pour les trouver, ton sac est fichu mais eux, j'aimerais leur tordre le cou ! grommelle-t-elle avec rage.

— Carmen, je connais la justice, on ne les retrouvera jamais avec si peu. Ils ont mon sac, demande à ma mère de faire opposition sur tout et… mon Dieu, mes clefs, ils peuvent venir chez m…

— Roxane, l'interrompt-elle, tu respires et tu te calmes, tout est sous contrôle. Michaël est chez toi en prévision et tes parents sont en route. On fera changer les serrures. Je vais te laisser tranquille, je repasserai te voir pour t'apporter un nécessaire de toilette et des vêtements. »

Roxane la remercie et referme les yeux.

4 heures du matin. La nuit aura été très courte pour Carmen qui rentre directement à la brigade pour gérer la situation au plus vite. La permanence est également de retour et lui rapporte les témoignages récoltés. Tous ou presque ont vu la scène, mais personne n'a pu donner de description des deux individus en dehors d'hommes vêtus de noir pour l'un et d'un bas blanc pour l'autre avec des baskets colorées. Christophe fait brusquement irruption dans le bureau de son adjointe.

« Carmen ! En voiture ! On a deux policiers en patrouille place de Clichy qui viennent d'arrêter deux gars qui correspondent à nos mecs. L'un d'entre eux possède des baskets avec des graffitis. Odicop a bien fonctionné!

— Oh, purée», bondit-elle de sa chaise en enfilant à la hâte son blouson.

Deux voitures de police quittent la brigade sirènes hurlantes. Christophe prend le volant et Carmen gère la relation avec les collègues par radio. Tous deux roulent à vive allure en tête suivis des deux autres policiers de la permanence de nuit. Les rues de la capitale sont calmes et ils parviennent facilement à se faufiler au deux-tons jusqu'à la place de Clichy. Deux voitures de police sérigraphiées sont stationnées dans les voies de bus le long de la place de Clichy. Des policiers en tenue se tiennent devant deux individus debout et retournés contre un mur. Les flics effectuent ce contrôle en raison de la diffusion Odicop. Christophe et Carmen stoppent leur course en faisant couiner les freins, descendent du véhicule, claquent simultanément leurs portières et saluent leurs collègues. Les identités ont été préalablement passées aux fichiers FPR[1] et TAJ[2]. Ils ne sont pas considérés comme en fuite, mais leurs casiers ne laissent aucune illusion quant à leurs activités délinquantes: vol à l'arrachée, vol à main armée… la liste est longue. Carmen s'approche d'un des deux interpellés et, sans piper mot, analyse ses baskets. Pour elle, ça ne fait plus de doute. Elle demande aux policiers de les fouiller pour vérifier un éventuel lien direct avec son amie. Bingo, le téléphone de Roxane est retrouvé dans la poche intérieure du blouson d'un des gars.

De retour au service, Christophe demande à la permanence de s'occuper au plus vite de la paperasse. Carmen

1. Fichier des personnes recherchées.
2. Traitement d'antécédents judiciaires.

propose gentiment de les aider, mais son chef de groupe s'y oppose fortement. Elle est donc contrainte de rentrer se reposer. Les gardes à vue sont traitées par la permanence de nuit et Christophe assure la communication avec l'état-major PJ basé au 36, rue du Bastion, dans le 17e. Ce n'est pas fréquent qu'un policier de la direction se fasse agresser et l'affaire est suivie de près par la hiérarchie qui ne manquera pas d'en aviser le directeur dès son arrivée aux aurores.

À plus de 6 heures du matin, la tête de Carmen commence à tourner, ses paupières sont de plus en plus lourdes et le souvenir de Roxane dans cet état la culpabilise. Elle ferme énergiquement les persiennes de sa chambre pour occulter la lumière, jette son blouson par terre et s'effondre tout habillée dans son lit.

C'est Réglisse qui la réveille en miaulant à sa fenêtre trois heures plus tard. Un filet de lumière caresse et réchauffe le visage de l'enquêtrice qui se lève, les cheveux en bataille, et autorise le félin à rentrer. Il ne se fait pas prier pour sauter immédiatement dans l'appartement.

« Infidèle ! lui lance-t-elle, tu passes le plus clair de ton temps avec moi ! Réglisse, ce matin je n'ai pas trop de temps à t'accorder. Je dois filer à l'hôpital Saint-Antoine pour prendre des nouvelles de mon amie avant de foncer à la brigade gérer les auditions des deux gardés à vue. »

Elle se prépare un rapide petit-déjeuner, qu'elle partage en partie avec ce gourmand de chat et glisse par la suite un nécessaire de toilette, des vêtements de rechange dans une petite valise pour Roxane. En se rendant à l'hôpital, où l'affluence est à son maximum, elle croise au détour d'un couloir, les parents de son amie et discute quelques minutes avec eux. Elle se réjouit de trouver Roxane reposée et moins marquée par son agression. Les yeux de sa collègue s'humidifient d'émotion et Carmen apaise inconsciemment ses douleurs costales lorsqu'elle lui apprend que des suspects présentant un signalement proche de celui de ses agresseurs sont en garde à vue. Carmen ne reste qu'une vingtaine de minutes pour laisser l'infirmière faire ses soins et permettre à Roxane de se reposer avec sa famille, mais surtout s'occuper de la gestion de cette nouvelle affaire.

Elle prend le métro et se retrouve en moins de vingt minutes au 2e DPJ où elle passe toute la journée à assurer le suivi du dossier. Entretiens avocats, visite du médecin, auditions, tapissages, signalisations, constitution de planche photos, saisie-scellés du pantalon blanc, des baskets et des casques de scooter, inventaire des fouilles, localisation des téléphones des gardés à vue… bref tout est traité de façon millimétrée afin que la procédure soit le plus propre possible. Les suspects sont mis à contribution, mais leur aide est quasi inexistante. Ils ne reconnaissent bien évidemment pas les faits et ce, malgré le signalement des baskets et le téléphone de la victime découvert.

« L'argument avancé par nos deux suspects repose sur le fait qu'ils auraient trouvé ce téléphone par terre, indique Carmen lors de son compte rendu de fin de journée à Christophe.

— Toujours la même histoire. Ils sont très créatifs, répond-il.

— D'autant plus qu'ils sont incapables de se mettre d'accord sur le lieu de la découverte. Entendus séparément, ils n'ont pas eu le temps de mettre au point leur version. L'un affirme qu'ils ont trouvé le portable au pied de la butte Montmartre alors que l'autre déclare que c'est à la Butte-aux-Cailles !

— Ils sont au moins d'accord sur le fait que c'est sur une butte ! On a vérifié les vidéos de la préfecture ?

— Absolument, et par chance les deux endroits désignés sont équipés de caméras. Tu penses bien que leur dégaine n'apparaît jamais sur les images.

— Tu as présenté une planche photos aux témoins et à Roxane ?

— Bien sûr. Le résultat est meilleur que celui que nous pouvions espérer. Roxane et tous les témoins reconnaissent les baskets. Mais mieux, deux témoins désignent formellement un des suspects comme pouvant être un des agresseurs.

— Malgré leur casque ?

— Grâce à leurs casques au contraire, enfin surtout eu égard aux petites oreilles collées sur le dessus de l'un d'eux. Les agresseurs ont été pris dans le champ d'une caméra d'une boîte de nuit de la rue de Lappe. Juste après les faits, on les voit quitter la rue en scooter à toute vitesse. Non seulement on remarque que le conducteur possède un casque à oreilles, mais en plus on peut y lire une partie de la plaque d'immatriculation. Une recherche au fichier a permis d'en identifier le propriétaire qui n'est autre que sa sœur…

— Magnifique tout ça ! Et nous avons retrouvé le scooter ? »

Les yeux fatigués de Christophe brillent de fierté d'avoir réussi en si peu de temps à résoudre cette enquête qui tient tant à cœur à toute l'équipe.

« Tu en demandes trop, Christophe. Tu penses bien que nos deux suspects n'ont jamais voulu nous communiquer l'endroit où ils l'ont garé. J'ai envoyé une équipe autour de la place de Clichy mais pour l'instant rien, pas de scooter à l'horizon. Ne t'inquiète pas, dès que j'ai un moment de libre j'alimente ma fiche Odicop et je diffuse le scooter à tous les flics de Paris.

— En tout cas, bon boulot, la félicite Christophe. Comment va Roxane ?

— Elle sort de l'hôpital ce soir et va passer une convalescence bien méritée à Toulouse chez ses parents. Elle nous remercie pour notre engagement. Elle se dit très impressionnée par nos capacités de réaction.

— À ton tour de rentrer chez toi, Carmen. Tu n'as pas beaucoup dormi et tu dois être éreintée.

— Pas avant d'avoir mis en page la procédure, les agresseurs sont déférés au parquet. Ils seront jugés demain en comparution immédiate.

— Je m'occupe de clôturer le dossier. Je t'ordonne d'aller te reposer immédiatement », lance Christophe avec une intonation autoritaire parfaitement inhabituelle, ce qui fait pouffer Carmen.

Une fois chez elle, elle passe le reste de sa soirée à lire et à écouter de la musique, ce qui n'enchante pas son voisin du dessous qui, trop traditionnel, semble être réfractaire à la pop et au rock. La nuit tombe prestement, les toits de Paris n'attendent plus qu'elle et elle s'en réjouit déjà. Armée de sa tenue de sport noire ajustée, elle entame son périple par un footing qui dure plus d'une heure. Du bitume, elle poursuivra sa course sur l'ardoise et le zinc. Une liberté inexpliquée l'envahit à la minute même ou ses pieds touchent les toitures. La vue est dégagée et d'un immeuble à l'autre la capitale lui semble infiniment petite. Elle marche, court, saute, glisse, telle une vraie gymnaste et se pose sur une terrasse intérieure proche de la place des Vosges qui, à cette heure de la soirée, est totalement déserte. Elle aime y méditer et s'agace d'ailleurs que son téléphone lui fasse défaut en vibrant. *Il serait inconscient de répondre*, pense-t-elle et ne s'en préoccupe pas le moins du monde, alors qu'elle affronte des dangers bien plus risqués. En rentrant de sa balade nocturne, le petit matou vient se frotter contre ses chevilles en ronronnant. Elle s'installe avec lui sur le rebord de sa fenêtre, ouvre la fermeture Éclair de son gilet, saisit son téléphone dans la poche intérieure et manque de s'étrangler en constatant qu'elle vient de manquer un appel d'Antonio. Ne pouvant la rappeler plus tard, il a laissé un SMS.

Ma très chère Carmen, j'ai tenté de t'appeler. Je sais qu'il s'est passé plus de deux mois, mais le souvenir que j'ai gardé de toi reste intact. Ces dernières semaines ont été épuisantes et je n'ai pu profiter de quelques loisirs que ce soit. Je viens à Paris pour un congrès le 26 novembre. Si tu le souhaites, je peux rallonger cette journée en week-end afin que nous puissions le passer ensemble. Ma seule contrainte est d'être présent à un dîner gala du vendredi soir et je serai ravi que tu m'y accompagnes. Tendrement, Antonio.

Troublée, Carmen le relit à plusieurs reprises et oscille entre excitation et doute, consciente que cet homme possède ce petit quelque chose d'hypnotisant qui lui fait perdre son sang-froid. L'agression de Roxane avait pourtant préoccupé son esprit, mais voilà que ce message ravive l'attirance qu'elle a pour lui. Perplexe, elle reste assise à regarder le ciel étoilé ; impassible, son téléphone dans le creux de la main. Ses pensées vont et viennent, au point de lui faire perdre la raison. Elle court prendre une douche brûlante, espérant que le jet d'eau qui lui asperge la tête soit assez fort pour lui éclaircir les idées. La nuit portant conseil, ce n'est que le lendemain qu'elle ose lui répondre.

Bonjour, Antonio. Quelle surprise ! Je vais sans doute te sembler « vieux jeu », mais j'attendais que ce premier pas vienne de toi. Merci pour cette charmante invitation, je suis consciente que nombreuses sont celles qui aimeraient t'accompagner à ce dîner de gala. Je vais donc accepter et profiter de ce week-end à la méthode carpe diem. Affectueusement, Carmen.

Elle range son téléphone, ferme son appartement à clef et dévale les escaliers, perturbée par l'image d'Antonio qui lui revient à l'esprit. Elle place ses écouteurs dans ses oreilles et tombe sur le titre de Diana Ross, « Muscles ». Une chanson qui fait écho à sa magnifique balade en bateau enveloppée dans ses bras forts et musclés. Elle repense à sa romantique soirée sur un toit vénitien au clair de lune à regarder les étoiles pendant qu'Antonio la contemplait et la désirait. Elle revient à elle en descendant dans le métro pour se rendre au travail. Une petite vibration lui indique un nouveau message d'Antonio.

Carmen, je suis ravi d'avoir de tes nouvelles et plus encore que tu acceptes mon invitation. Je n'étais pas sûr que tu répondes positivement car je reste déconcerté par la femme que tu représentes ; et je dois dire que c'est assez inhabituel pour moi. Concernant la soirée de gala, la robe est de rigueur, mais connaissant ta sensibilité pour la mode, j'imagine que tu as ce qu'il faut dans tes placards. Je pars à l'étranger pour le business mais dès mon retour, je t'enverrai un message avec les détails. J'ai vraiment hâte de te revoir. A.

Les yeux rivés à l'écran de son téléphone, l'idée qu'Antonio puisse avoir des sentiments pour elle l'ébranle, puis la rassure intérieurement. *Peut-être que mon image hante aussi son esprit, après tout ?* s'imagine-t-elle. La station République où elle doit descendre défile sous ses yeux. *Zut*, se dit-elle, agacée. *Il ne manquait plus que ça !*

Son téléphone affiche un nouveau message, mais cette fois-ci, c'est Orlando Alessandrini qui la prévient qu'il a des révélations à lui faire. Recouvrant sa vivacité, Carmen lui répond qu'elle le rappelle dès son arrivée à la brigade.

« *Buongiorno*, Orlando, reprend-elle, assise confortablement dans son bureau, enfin éloignée du tumulte du métro parisien. Tu nous apportes de fraîches nouvelles vénitiennes ?

— Et comment, répond le policier italien de la DIGOS.

— « *Make my day* », comme disait l'inspecteur Harry, lance Carmen spontanément en jetant un œil à l'affiche du film qu'elle a scotchée à l'un de ses murs.

— Selon ta demande, j'ai vérifié la liste des personnes qui organisent des *afters* après les soirées des associations pendant le carnaval et, crois-moi, certaines informations vont de servir. Tu es assise, j'espère ?

— Assise et tout ouïe !

— À l'aide des listes des invités fournies par l'association "I sogni del carnevale veneziano" sur l'ensemble des événements qu'elle organise, je me suis aperçu que, pour assister auxdites réceptions, il faut s'y inscrire, payer un droit d'entrée et être obligatoirement membre de l'association. Celle-ci compte environ cinq cents membres. Un peu moins de la moitié sont des hommes.

— Cela a-t-il une importance ? interroge Carmen.

— Oui, car en discutant avec la présidente, celle-ci m'a informé que les soirées privées libertines qui se déroulent après les soirées associatives ne sont organisées que par des hommes.

— L'association y participe aussi ? questionne-t-elle en plissant la ride du lion.

— Absolument pas. Mais la présidente affirme qu'il est de notoriété publique que certains des membres prolongent les nuits en incitant des invités à poursuivre les festivités dans leurs appartements, voire leurs palais privés. Libre à chacun de s'y aventurer. Elle m'a donné les noms de ces organisateurs masculins qui sont au nombre d'une dizaine, elle m'a également confié être totalement contre ces libertinages qui donnent une mauvaise image à son association.

— Intéressant. Tu les as vus, ces hommes ?

— Mieux que ça, je me suis déplacé chez eux, avec, dans ma musette, les photos de Natalia Bolcov, Aurélie Lancelle et Mathilde Orsioni. Un certain Arturo a reconnu formellement avoir vu Natalia Bolcov à l'*after* lors du dernier carnaval, quelques jours avant la soirée au Pisani Moretta.

— La petite cachottière ! Bah voyons ! On en apprend tous les jours. Et pour les deux autres victimes ?

— Il a attentivement regardé leurs photos d'identité. Il croit reconnaître Aurélie Lancelle, présente en 2019, mais, pour Mathilde Orsioni il indique que cela remonte à trop longtemps et ne voudrait pas raconter de bêtises.

— On avance pas à pas et on découvre que les petites Blanche-Neige ont aussi joué à la sorcière, marmonne-t-elle en se frottant le front.

— On pourrait imaginer que l'agresseur repère et drague les filles lors de ces soirées libertines, soumet Orlando.

— C'est une éventualité. As-tu la liste des participants ?

— Tu m'en demandes, trop Carmen. Ces événements sont accessibles à tous, y compris aux personnes extérieures à l'association, cela va de soi.

— Évidemment, sinon ce serait trop simple. Autre chose à me dire ?

— Plus que ça même !

— Je dois être en veine aujourd'hui.

— Va jouer au loto, Carmen, ou vérifie si ton boyfriend n'est pas avec sa maîtresse en ce moment même !

— Grand bien leur fasse...Allez, fais-moi rêver...

— Après avoir prélevé les ADN de tous les employés de la manufacture de Burano, j'ai sollicité le laboratoire scientifique de Gênes pour effectuer les comparaisons.

— L'ADN a parlé ?

— Absolument. L'ADN de la facture appartient à Gil Agostini.

— Mais c'est le chef d'atelier et sa belle gueule d'amour ?

— Ça, c'est ton point de vue, mais c'est bien lui. J'ai vérifié ses antécédents. C'est un Français, enfin, un Corse, pour être plus précis. Il est connu pour une procédure datant des années 1990. À l'époque, il avait moins de vingt-cinq ans. Il vivait déjà en Italie et, tiens-toi bien, il a été placé en garde à vue à la DIGOS pour attouchements sexuels sur mineure. Une jeune femme qui n'avait pas encore dix-huit ans.

— Fin 1990, réfléchit Carmen, mais, attends, il n'y avait pas encore de fichier ADN en Italie ?

— Bien vu ! Voilà pourquoi son ADN n'apparaissait pas dans notre base de données. Il ne pouvait pas matcher avec celui de la facture.

— Comme c'est intéressant, maintenant que tu l'as prélevé, il est piégé.

— Tu as tout compris et le comble, dans tout cela, c'est qu'il est lui aussi membre de l'association et est un habitué des *afters*, ajoute-t-il.

— Ma foi, il correspond à notre homme. On passe à la vitesse supérieure ?

— Que tu es impatiente, Carmen. Même si telle était mon intention, je suis bloqué aujourd'hui. J'ai contacté Crivelli. L'équipe de la manufacture est en Chine avec une délégation pour y visiter plusieurs entreprises de fil de vers à soie de mûrier et y signer des nouveaux contrats. Et bien évidemment, Gil Agostini fait partie du voyage. »

Carmen soupire et remercie Orlando avant de raccrocher. Ce soudain rebondissement secoue la policière qui se précipite dans le bureau de Christophe lui annoncer la bonne nouvelle. Après avoir parlementé, ils décident de temporiser en attendant le retour des employés de la manufacture. Ce Gil Agostini aura bien des choses à leur faire découvrir, même sans sa présence.

16.

Rendez-vous

Encore une semaine chargée physiquement et moralement pour Carmen qui, malgré sa grande passion pour la police judiciaire, est rentrée éreintée. Avec ce dénommé Gil, elle a enfin un suspect sur sa liste. Heureusement, elle est invitée ce soir chez Ted et Paolo qui organisent un dîner en tout petit comité. Une occasion rêvée pour annoncer à ses amis la venue d'Antonio à Paris la semaine prochaine. En ouvrant ses armoires pour se préparer, elle ne peut s'empêcher de sélectionner deux robes potentielles pour sa soirée habillée de vendredi prochain, puis tergiverse d'un modèle à l'autre.

De la retenue, bon sang, on dirait une gamine! s'insurge-t-elle.

Elle décroche un cintre portant une petite robe courte doublée de mousseline de soie noire, enfile des bottes finement cloutées et une veste en jean cintrée. Elle retouche son maquillage aux couleurs de sa tenue et se drape d'un élégant manteau long ajusté pour rejoindre ses amis. Une bouteille de champagne à la main, elle sonne à la porte et est accueillie par Paolo, toujours ravi de la compter parmi ses amis les plus proches. Dans le salon, la lumière est tamisée et la table est dressée pour quatre couverts. Ce soir, Carmen sera en minorité chez ses hôtes avec la présence du frère cadet de Ted, Matteo, qu'elle connaît très bien. Ce dernier fume une première cigarette sur la terrasse pendant que son frère joue les chefs cuisiniers. Elle les salue un à un et retire son manteau.

Le menu fait mouche avec un petit carpaccio de bœuf en entrée, suivi d'un émincé de volaille aux girolles sur un lit de purée de carottes et une salade de fruits de saison avec un sorbet pomme. Le quatuor est unanime sur la réussite du dîner qu'ils ont tous dégusté avec enthousiasme et appétit. L'appel de la nicotine titille de nouveau Matteo qui s'absente pour fumer dehors.

« J'y pense, Ted, commence Carmen. Ta tante n'aurait pas retrouvé mon foulard Hermès rouge dans son appartement après ma visite à Venise ?

— Je ne pense pas, sinon elle me l'aurait dit. Pourquoi, tu l'as oublié là-bas ? demande-t-il, surpris.

— Je l'avais, c'est certain, mais je n'ai pas réussi à remettre la main dessus, c'est étrange... Enfin, ce n'est pas bien grave, dit-elle en plissant le front.

— Je lui demanderai, on ne sait jamais, la femme de ménage l'a peut-être mis de côté.

— Merci, Ted. Tiens... en parlant de cela, savez-vous qui me rend visite le week-end prochain ? s'amuse-t-elle en tapotant ses ongles vernis sur la table, trahissant son impatience.

— À voir tes yeux de merlan frit, je dirais... Non... tu n'es pas sérieuse, c'est lui ?

— Si, si, répond-elle fièrement en hochant la tête.

— Mais, intervient Paolo, tu nous as dit ne plus avoir de nouvelles de lui et je sais combien ça t'affectait, d'ailleurs.

— Tu as totalement raison mais je t'avoue que j'ai été troublée par ses derniers messages qui semblaient sincères, ajoute-t-elle en sortant son téléphone pour les lui montrer.

— Non, non, non, laisse-moi voir ça, je vais te dire, moi, s'il a de mauvaises intentions, bougonne Ted, surprotecteur. Carmen ! Tu as un dîner de gala ? s'exclame-t-il, après avoir pris connaissance de la communication par SMS. Tu vas me faire le plaisir de venir avec ton joli petit cul chez Gucci pour qu'on te trouve *la* robe qu'il te faut.

— Mais, Ted, enfin… J'en ai plein mes placards, rétorque-t-elle en haussant les épaules.

— Je n'y crois pas… reprend Paolo, Carmen te fait lire les messages de son jules et tout ce que tu retiens, c'est la robe qu'elle va porter, jette-t-il avec stupeur.

— Bah quoi ! C'est important non ? s'esclaffe Ted en entraînant Paolo et Carmen qui le suivent volontiers dans son éclat de rire.

Persuasif et borné, Ted planifie déjà la séance d'essayage le jeudi suivant afin que le service de presse de Gucci lui confie une robe de soirée. Entre-temps, Matteo intervient dans la conversation :

— Si vous voulez mon avis d'hétérosexuel et à en lire ses messages, je dis que cet homme a le béguin pour toi, mais qu'il se cache derrière une éducation bourgeoise.

— Bon ! Assez bavardé sur ce pauvre garçon, je crois que l'avenir me le dira et comme dirait un vieil ami, “prends ce qu'il y a prendre” », conclut Carmen en clignant de l'œil vers Ted dont le regard est empli de tendresse.

Ce week-end, la capitale enfile son grand manteau d'hiver. Les températures frissonnantes font givrer et cristalliser les branches d'arbres. Les dernières feuilles séchées virevoltent au gré des variations du vent. Le temps n'est plus propice pour dévaler les toitures comme notre Italienne aime le faire. L'ardoise perle d'humidité et le zinc brille comme un miroir reflétant la lourdeur du ciel. Même Réglisse fait preuve de stratégie pour éviter de refroidir ses coussinets en passant par la fenêtre. À peine sa maîtresse sortie, le matou slalome entre ses jambes et sort sur le palier pour miauler devant la porte de Carmen.

L'enquêtrice s'apprête à affronter une nouvelle semaine à éclaircir des affaires. Son regard est fixé sur l'écran de son ordinateur, la liseuse éclaire une feuille de papier sur laquelle elle synthétise les éléments de son dossier et note ses inspirations d'orientation d'enquête. Trois femmes. Trois meurtres. Trois dates. Trois ans d'écart. Elle pianote sur son clavier et constate que le prochain carnaval de Venise se déroulera du 6 au 16 février 2021. Si ces prévisions se révèlent exactes, le prochain meurtre se produira le dimanche qui suit, soit le 21 février à Paris.

Je n'ai pas une minute à perdre, on a trois mois pour agir!

Si le temps est un atout, il peut aussi complexifier les choses et conduire à l'échec. Depuis neuf mois, elle exploite les indices les uns après les autres avec un sens aiguisé de la profession. Ce 21 février reste une hypothèse probable, mais, face au mur, la situation peut rapidement devenir angoissante. Il lui faut donc accélérer son temps d'enquête et ainsi éviter que la liste des victimes ne s'allonge.

Pendant trois jours, elle s'enferme pour plonger dans ses dossiers. Elle lit et relit l'ensemble des investigations menées et profite de cette prise de recul pour s'en imprégner de nouveau, forçant son esprit à faire preuve de discernement. Au fur et à mesure de sa lecture, elle noircit quelques pages de ses cahiers. L'heure est à la synthèse, à la réflexion, puis à la créativité. Elle compare les trois enquêtes décès, fait le point sur les perquisitions et les scellés, réétudie les exploitations ADN, parcourt l'étude de la téléphonie, réexamine les témoignages, analyse de nouveau les scènes de crime, visionne les images des trois carnavals. Tout est passé au crible, encore et encore. Le moindre indice peut l'orienter sur une nouvelle piste, mais elle en arrive toujours à la même conclusion, celle d'un seul et unique meurtrier, dont elle ignore le mobile.

Mais après tout, s'interroge-t-elle, *pourquoi trouver le mobile pour élucider un meurtre ?*

Son expérience lui a largement démontré que les mobiles sont l'apanage des films et autres romans policiers. Le fait est que les trois victimes ont chacune été empoisonnées lors d'un rendez-vous prévu et noté sur une carte de visite. Ce qu'elle ignore encore, c'est comment ces femmes ont croisé le chemin du meurtrier, il fallait bien l'avoir rencontré quelque part ? Évidemment, ces trois jeunes femmes n'ont pas pu, sans se connaître et sans se concerter, mettre en scène leur propre suicide au cyanure à trois ans d'écart. Elle exclut donc cette hypothèse. En revanche, chercher le point commun entre ses trois filles est la clef et les cartes de visite ainsi que l'adhésion à l'association vénitienne sont un lien fiable et tangible. Tout porte à croire que ces rencontres ont été faites au carnaval. Malheureusement, cette donnée complique les recherches car les premiers contacts se font sur le territoire italien. Son joker est Orlando Alessandrini qui s'investit totalement de l'autre côté des Alpes et qui, transgressant parfois les règles de communications officielles, l'informe de l'évolution de l'enquête italienne, avant toute transmission protocolaire. Ainsi, après trois jours de réflexion et de concertation, les deux enquêteurs reviennent toujours au même point, et leurs idées convergent vers l'unique suspect du dossier, Gil Agostini. Les multiples recherches menées par Orlando concluent que ce suspect est connu pour un seul fait, classé sans suite à l'époque. Les policiers italiens ont obtenu l'autorisation de le placer sur écoute, après que Carmen a réussi à convaincre le magistrat français de solliciter auprès de son homologue italien une DEE (demande d'enquête européenne), mais il est trop tôt pour avancer une quelconque théorie puisque ce renvoi d'appels ne fonctionne pas depuis l'étranger. Tant que leur cible n'est pas rentrée de son séjour professionnel, les communications ne pourront être analysées. Les deux enquêteurs ont étudié toutes les éventualités et ont admis que les éléments contre cet homme sont faibles. Une affaire d'attouchements sexuels vieille de plusieurs dizaines d'années ne fait pas de lui un coupable potentiel. Ce qu'il faut, ce sont des preuves et Carmen et Orlando doivent se rendre à l'évidence, ils possèdent uniquement son ADN sur la facture de Natalia Bolcov.

« La présence de la trace biologique de Gil Agostini sur le document peut s'expliquer, soulève Orlando lors d'une nouvelle communication téléphonique avec Carmen. Il est le chef d'atelier de l'entreprise qui a livré le plaid de Mme Bolcov, il peut l'avoir manipulé. En somme, rien d'extraordinaire.

— Il est notre seule piste, même si j'admets qu'elle est mince, répond Carmen.

— Il faudrait tenter de le faire parler.

— Tu veux dire l'interroger ? bégaie-t-elle, soudain blanche comme un linge.

— Carmen, je suis sicilien certes, mais pas un mafieux, s'amuse-t-il. Je voulais dire qu'il ne faut pas l'interroger sous le régime de la garde à vue, car nous n'avons pas assez d'éléments pour l'interpeller, mais plutôt le convoquer comme simple témoin, lui lâcher quelques informations sur l'enquête et attendre de voir s'il parle sur les écoutes. Qu'en penses-tu ?

— Pourquoi pas ? Toutefois, j'ai peu d'espoir que cela nous mène à quelque chose. Peux-tu me rappeler la date de retour de Chine de la délégation de la manufacture ?

— Mi-décembre, lance-t-il aussi vite.

— Peut-être qu'une perquisition à son domicile amènera à découvrir d'autres éléments ?

— On verra cela le jour de son arrestation.

— En attendant, j'ai mis toute une équipe sur le coup. Dans un premier temps, ils ont étudié ses correspondants. Le moins que l'on puisse dire, c'est qu'il semble avoir une activité normale la journée, mais il coupe son téléphone systématiquement le soir. Ses correspondants sont cependant identifiés comme étant sa famille et ses amis. À première vue, rien d'anormal, on n'a rien de croustillant pour le moment.

— Pas le choix, il faut attendre son retour, soupire-t-elle. Une chose est sûre, c'est qu'il est lui aussi membre de l'association "I sogni del carnevale veneziano".

— Puisqu'on en parle, ce n'est pas encore officiel, mais Gil Agostini a participé aux trois dernières soirées masquées du Pisani Moretta en 2018, 2019 et 2020. Il figure sur la liste des invités.

— Ah oui quand même ! Ça fait trois hasards. De plus en plus troublant, tu ne trouves pas ?

— Oui, mais ce n'est pas suffisant, poursuit l'Italien. Sa présence à ces soirées ne fait pas de lui un suspect, il n'est qu'un invité parmi d'autres…

— Je sais, je sais… lance Carmen. Peut-être faudrait-il fouiller les archives de la manufacture afin de savoir s'il était bien à son poste le lendemain des meurtres. Je te rappelle que toutes les agressions se sont produites dans la nuit d'un dimanche à un lundi…

— J'y ai pensé aussi et je me suis bien sûr fait transmettre les feuilles de présence de tous les employés de la manufacture. Mais dans le cas de Gil Agostini, le lundi est son jour de congé.

— Et merde, quelle poisse !

— Comme tu dis. Une dernière précision, cela dit. Mon équipe a poursuivi ses recherches sur l'activité de son téléphone en remontant aux jours des meurtres et quelque chose me turlupine…

— Mais ces données sont impossibles à obtenir normalement ! l'interrompt Carmen. Nous ne pouvons lancer de telles recherches au-delà d'un an en arrière ?

— Ton esprit est comme ton pays, réducteur, la taquine Orlando. Sache qu'en Italie les données téléphoniques sont conservées durant cinq ans.

— Mais cela permet de voir les activités de Gil Agostini jusqu'à fin 2015 ?

— Oui. Malheureusement, mon interrogation ne concerne que le dernier meurtre et ne change pas grand-chose à notre analyse. Il est impossible de savoir si Gil Agostini était à Paris les nuits des deux premiers meurtres. Sa facturation détaillée n'apporte aucun élément dans ce sens. Pas de localisation les jours des faits en direction de la France. En revanche, nous nous sommes aperçus que lors de la semaine qui précède le meurtre de Natalia Bolcov, Gil Agostini était à Paris.

— Et c'est seulement maintenant que tu m'en fais part ? s'agace Carmen en haussant le ton.

— J'entends ta colère, mais, en tant qu'enquêteur criminel, je reste malgré tout sceptique.

— Sceptique ? Il va falloir que tu sois plus clair !

— Écoute-moi bien. J'ai eu un doute en analysant la localisation de son téléphone une semaine plus tôt. Figure-toi qu'il prend le chemin de l'aéroport en fin d'après-midi le mardi 26 février… pour ne revenir que le lundi 2 mars au soir.

— Tu as vérifié les réservations…

— Attends, laisse-moi terminer ! l'interrompt l'Italien. Bien sûr que j'ai tout vérifié et c'est précisément là que je me suis rendu compte qu'il avait effectué un voyage d'une petite semaine à Paris pour revenir le jour de son congé du lundi. À la manufacture, le directeur général me l'a bien confirmé. Gil Agostini a été formateur intervenant à l'école de broderie d'art Lesage dans le 19e arrondissement et logeait non loin à l'hôtel Mercure de la Villette.

— Mais c'est une information de premier ordre, commente Carmen dont les sentiments se situent à mi-chemin entre la joie que procure ce rebondissement et l'énervement du scepticisme de son homologue italien.

— En revanche, rien ne laisse penser qu'il s'est rendu à Paris lors des meurtres de 2018 et 2019. Son téléphone est muet à ce sujet.

— Sauf que tu viens de m'annoncer que le lundi est son jour habituel de congé, non ?

— Exact.

— Il a techniquement très bien pu se rendre à Paris les jours des deux premiers meurtres sans qu'une absence puisse être remarquée à son travail ? Il lui suffisait de venir le dimanche pour repartir le lundi ?

— Je suis également d'accord sur cette analyse mais tu oublies que l'étude de son téléphone sur ces deux premières périodes ne le confirme pas.

— Est-ce qu'elle l'infirme ?

— Non plus. Il n'y a tout simplement pas assez de données. Gil Agostini n'utilise que très peu, voire jamais son téléphone durant ses jours de congé. Carmen, il va falloir que tu affines en étudiant les données françaises, je t'ai glissé son numéro italien dans la réponse adressée à ton juge…

— Je m'y attelle dès maintenant. Je te tiens au courant.

— *Perfetto, Carmen, buon fine settimana.*

— *Grazie*, Orlando. »

Cet appel parachève ces trois jours de longue réflexion. Légèrement tendue, Carmen s'étire en arrière pour reprendre ses esprits faisant s'arc-bouter et grincer son fauteuil. La tête à l'envers, son regard traverse la fenêtre et s'arrête sur une étroite portion de ciel étoilé. Elle range toute sa paperasse, envoie immédiatement un mail au juge Fabro afin qu'il lui communique officiellement les éléments de réponse des Italiens via l'enquête européenne incluant le précieux numéro de téléphone de Gil Agostini, puis elle éteint son ordinateur, rassemble ses affaires et enfile son manteau pour quitter son bureau.

Une fine lumière traversant les persiennes annonce une nouvelle journée. Carmen se réveille plus tard qu'à l'accoutumée en restant détendue et allongée dans son lit. Une première pensée lui vient à l'esprit, celle d'Antonio, pensée qui d'ailleurs titille son impatience. Aux alentours de midi, elle prend un bon brunch à l'anglaise au troquet du coin de sa rue et s'apprête ensuite à retrouver Ted chez Gucci, avec une étrange intuition qu'elle ne se sentira pas à l'aise dans cet univers, souvent superficiel, qui peut cacher un diable qui s'habille en Prada. Aimer la mode pour se vêtir des plus belles parures est une chose, mais fréquenter le milieu en est une autre. Il est 15 heures, un taxi la dépose dans le 16e arrondissement devant l'hôtel particulier de la prestigieuse marque de luxe. Elle est invitée à patienter dans le hall en attendant que son hôte vienne la chercher. Quelques minutes plus tard, Ted fait son apparition dans le lobby avec un regard taquin qui exprime que, en ces lieux, c'est lui qui aura le dernier mot. Il glisse sa carte magnétique dans la fente d'un boîtier qui déclenche l'ouverture de l'ascenseur et les deux complices évoluent jusqu'à l'étage désiré. Un open space des plus lumineux leur fait face, une fourmilière dans laquelle les employés vaguent à leurs occupations. Ted emboîte le pas à Carmen et ils traversent les bureaux, empruntent un escalier qui mène sous les toits et se dirigent enfin vers le showroom. Là, Ted présente Carmen à ses collègues qui l'accueillent chaleureusement autour d'un café.

« Allez, ma beauté, je te montre ce que j'ai sélectionné pour toi, lance-t-il en l'attrapant par la main pour l'accompagner vers de grands portants pleins de tenues.

— Je me demande bien à quelle sauce tu vas me cuisiner, répond-elle, dubitative.

— Mais non, enfin, tu me connais.

— C'est bien ça, le problème, je te connais, rétorque-t-elle en levant les yeux au ciel.

— Ma chérie, tu as ici une sélection d'une dizaine de robes, je te laisse choisir, je ne t'impose rien.

— Ted ! bondit-elle à la vue des tenues. Tu crois que je vais au Festival de Cannes ou quoi ? C'est un dîner, je te rappelle, je vais être ridicule.

— Ridicule ? En Gucci ? Mais tu es folle ? Carmen, sur le SMS de ton jules il est spécifié dîner de gala, alors laisse faire le pro, OK ?

— Il s'appelle Antonio… bougonne-t-elle.

— Personne n'est parfait.

— Je vais t'étrangler.

Il étouffe un rire.

— Tu vas devoir attendre. Allez enfile celle-ci, c'est ma préférée, dit-il en l'aidant à ôter sa veste.

— Ah oui, du rouge, c'est très discret, jette-t-elle, dépitée.

— C'est une robe fourreau en satin de soie duchesse, elle me semble parfaite et ajustée comme il le faut pour toi.

— Tu ne m'as pas dit que tu me laisserais choisir ?

— Tu es magnifique, s'exclame-t-il en lui zippant le bustier jusqu'au creux des reins. Elle te va comme un gant. »

Carmen se retourne pour se regarder dans le miroir et reste muette devant son reflet. Elle s'approche pour mieux juger puis tourne de droite à gauche en se dandinant sans piper mot.

« Carmen enfin, dis quelque chose, s'agace-t-il.

— Désolée, Ted, je la trouve… Comment dire, elle est magnifique, mais vais-je l'assumer ? objecte-t-elle en faisant la moue.

— Oh, mon Dieu, être flic t'a brouillé les yeux, bon sang ! Elle te va à ravir, tu veux que j'aille chercher mes collègues pour avoir leur avis ?

— Non, non, ça ira, OK, partons sur cette robe, qui me semble la plus appropriée, car les autres sont un peu trop…

— Trop quoi ? l'interrompt-il.

— Heu… je voulais dire, festives.

— Ouais… marmonne-t-il. Bon, suis-moi, je dois remplir un bordereau de sortie presse. J'y pense, as-tu des escarpins rouges ?

— J'ai ce qu'il me faut, pas de souci.

— Une Italienne qui se respecte a toujours ce qu'il faut dans ses armoires. »

Après avoir rempli le formulaire de sortie de pièces exceptionnelles, Carmen quitte l'établissement et fait la promesse d'envoyer à Ted des clichés de la soirée, puis l'embrasse et court attraper son taxi. Durant le trajet, elle plonge la main dans le fond de son sac, regarde son téléphone et s'aperçoit avec exultation qu'Antonio lui a laissé un SMS une heure plus tôt.

Bonjour, ma chère Carmen, je reviens vers toi tardivement car l'organisation du gala a été chaotique et le lieu a été confirmé il y a seulement deux jours. C'est finalement au Crillon qu'il se déroulera demain. Je suis impatient d'arriver à Paris pour passer ce moment privilégié avec toi. Prévois un petit bagage avec une robe de cocktail, je te kidnappe pour le week-end ! J'ai besoin que tu me communiques ton adresse pour t'envoyer une voiture. Elle t'attendra en bas de chez toi à 20 h 30, c'est le chauffeur qui te remettra l'invitation. L'entrée est extrêmement filtrée, ne perds surtout pas ton carton. À demain. Tendrement, Antonio.

Elle prend connaissance du message et son regard s'évade par la fenêtre, contemplant, sans en avoir conscience, les immeubles parisiens qui défilent à la vitesse du véhicule. En pensée, elle s'autorise à s'imaginer dans ses bras et parvient même à se souvenir de la douceur de sa peau, de son sourire ravageur et de ses beaux yeux qui brillent comme de l'ambre au soleil… Un spasme de désir titille son estomac. Le téléphone encore en main, elle répond à son message.

Cher Antonio, j'espère que ton séjour à l'étranger s'est bien déroulé. Tu ne me kidnappes pas, je suis parfaitement consentante et ravie de te revoir également. Je serai au rendez-vous demain. Voici mon adresse : 10, rue Saint-Claude Paris 3e. Je t'embrasse et à demain, Carmen.

Le jour J passe avec lenteur et ennui, tant son impatience est grande. Elle s'imagine même faire ralentir les aiguilles de sa montre en la regardant toutes les heures. Après un bon bain chaud et une méditation pour se recentrer, Carmen est prête à enfiler sa robe rouge en satin de soie qu'elle examine de plus près ; elle en convient, la ligne et les détails sont absolument sublimes. Le tissu corseté et plissé est ajusté de la poitrine aux hanches et s'évase progressivement jusqu'aux pieds, dévoilant la plus longue et sexy des fentes sur la cuisse droite. Ses épaules sont dépourvues de bretelles, laissant son dos entièrement nu. *Je ne vais pas me faire que des amies ce soir*, pense-t-elle, consciente qu'avec ses dix centimètres de stiletto rouges elle en jette vraiment. Ses longs cheveux bruns lâchés dans son dos descendent en cascade crantée, rappelant la coiffure de Veronica Lake dans les années 1950.

17.

Talons rouges

20 h 30, Carmen quitte son appartement vêtue d'un long manteau noir. Une grande limousine est garée à quelques mètres de son immeuble, dans l'angle de sa rue.

« Bonsoir, madame, la salue le chauffeur en lui ouvrant la portière arrière. Votre invitation se trouve juste sur votre droite.

— Très bien », répond-elle sobrement en découvrant le joli carton ivoire attaché à une rose rouge.

Confortablement assise sur la banquette en cuir, Carmen rectifie son rouge à lèvres grâce à son miroir de poche, met en valeur ses joues avec du blush et fait glisser ses doigts entre ses cheveux pour leur redonner du volume. Son visage est éclairé par des centaines de milliers de guirlandes électriques qui décorent la ville à l'occasion des fêtes de fin d'année. Elle referme sa pochette et profite du spectacle. La place de la République brille de mille feux, les Grands Boulevards scintillent d'or, de rouge et de vert. Sur les Champs-Élysées les plus grands noms de la mode française rivalisent par leurs magnifiques cascades lumineuses. Arrivée place de la Concorde, la limousine contourne l'obélisque et s'arrête devant le mythique palace. Un voiturier la fait descendre et l'accompagne jusqu'à la double porte de l'hôtel où elle fait son entrée. Hypnotisée par la beauté des lieux, elle se remémore l'époque et surtout les travaux colossaux que l'hôtel a dû entreprendre pour se refaire une beauté. Son rêve est interrompu par une hôtesse qui lui demande la raison de sa présence. Carmen lui présente le carton d'invitation, la jeune femme acquiesce et l'invite à la suivre. L'instant d'après, elles pénètrent toutes les deux dans le bar des ambassadeurs décoré dans le thème de la société qui le loue, à savoir la compagnie d'Antonio. Elle ne peut s'empêcher de penser qu'il doit posséder de nombreux biens et, de fait, avoir beaucoup d'argent pour organiser une soirée telle que celle qui se prépare ici. Elle confie son manteau de cachemire et son bagage au vestiaire et évolue dans le spacieux salon. Les plafonds de six mètres de hauteur lui donnent le vertige et elle ne se retient pas d'admirer les fresques nuageuses qui les tapissent. L'ouvrage date du XVIIIe siècle, de style néo-français pourvu de colonnades et de structures corinthiennes. La décoration gris bleuté y est fortement chargée mais extrêmement raffinée, les boiseries sont travaillées et embossées à l'or fin, rappelant l'ambiance versaillaise. Elle cherche Antonio du regard en se mêlant aux convives qui, d'ailleurs, la remarquent beaucoup. Quand certains l'admirent avec respect, d'autres la toisent de haut en bas. Un homme s'approche d'elle et lui tend une coupe de champagne. Face à cet étranger, Carmen se retrouve gênée et circonspecte quand soudain…

« Madame est avec moi ! lance Antonio qui surgit de nulle part et s'empare du verre de l'individu pour le tendre à nouveau à Carmen.

— Antonio ! tonne-t-elle, embarrassée de voir le garçon partir vexé. Tu lui as coupé l'herbe sous le pied !

— De l'herbe, dis-tu ? Je n'ai vu que de la terre, jette-t-il, d'un ton condescendant. De plus, il n'avait aucune chance avec une femme telle que toi.

— Percevrais-je un fond de jalousie dans ta voix ? le taquine-t-elle, faussement suspicieuse.

— Jaloux ! Jamais ! C'est moi qui t'ai conviée, alors ce week-end personne ne s'approche de toi et je sens que je vais devoir batailler avec la robe que tu portes.

— Tu n'aimes pas ma robe, tu m'as pourtant dit robe de gala alors…

— Arrête, Carmen, dit-il en lui attrapant les deux mains, je l'adore et tu es absolument magnifique, mais pourquoi diable as-tu mis ce rouge à lèvres, gronde-t-il.

— Pour l'assortir à ma robe, le provoque-t-elle en se mouvant devant lui.

— Heureusement qu'elle n'est pas noire, alors, plaisante-t-il en déployant son plus large sourire.

— Très drôle, j'oubliais ton sarcasme aiguisé, mais au besoin, j'aurais joué la gothique aux lèvres noires. Et dis-moi pourquoi ce rouge te dérange tant, demande-t-elle en plongeant intensément son regard dans le sien.

— Parce que j'ai cruellement envie de t'embrasser, et tu le sais, répond-il de sa voix suave.

— C'est bête, tu vas devoir attendre », s'amuse-t-elle en bougeant les hanches exagérément pour le séduire davantage.

Antonio se rapproche d'elle et l'attrape par la taille en la plaquant avec fermeté contre lui.

« Je me vengerai… susurre-t-il à son oreille. Allez ! Viens ! Je vais te présenter à mon associé », conclut-il une main dans le creux de ses reins.

À cet instant, Carmen redécouvre le pouvoir de séduction d'Antonio et son charme irrésistible qui l'avait tant attirée à Venise. Ce soir, Antonio est particulièrement classe et élégant dans son costume trois pièces gris clair ajusté à ses formes. Le gilet intérieur fait contraster sa chemise ivoire fermée par des boutons de manchette Prada, sans doute la marque du costume d'ailleurs. Sa barbe naissante sculpte et dessine l'ovale de son visage et ses cheveux, qui ont bien poussé, sont coiffés et gominés en arrière. Ils évoluent dans le salon où se trouve installée pour l'occasion une grande et large scène qui surplombe une trentaine de tables recouvertes de nappes et dressées pour six couverts chacune. Carmen reste en retrait face aux arrêts répétitifs d'Antonio qui salue ses convives toutes les minutes. Il progresse de quelques mètres supplémentaires et tape sur l'épaule d'un homme assis à une table déjà complète.

« Giovanni, je voudrais te présenter Carmen. »

L'homme d'une soixantaine d'années se lève de sa chaise, se retourne et la regarde avec beaucoup d'intérêt. Carmen se surprend à constater qu'il ressemble beaucoup à l'acteur Robert De Niro, excepté sa taille, car Giovanni est plus grand et plus mince.

« Ma chère Carmen, c'est un honneur de vous rencontrer, commente-t-il en baisant le dos de sa main.

— Le plaisir est pleinement partagé, monsieur, répond-elle respectueusement.

— Eh bien, Antonio, tu m'avais dit qu'elle était belle et c'est le moins qu'on puisse dire. Si j'avais vingt ans de moins, croyez-moi, je vous aurais courtisée, plaisante-t-il.

— Enfin, Gio, intervient Antonio, tu pourrais au moins attendre que j'aie le dos tourné pour la draguer, non ! »

Les deux complices se mettent à rire et échangent des accolades à la méditerranéenne.

« Carmen, je vous aurais bien proposé de partager notre table, commente Giovanni, mais la philosophie de notre entreprise est l'échange, ainsi les convives sont mélangés.

— C'est une belle philosophie. Quel est le but de cette soirée, exactement ? questionne-t-elle.

— Enfin, Antonio, tu ne lui as rien dit ?

— J'ai manqué à mon devoir, en effet, le tout était de la savoir invitée, répond simplement Antonio.

— Nous fêtons nos cinquante ans de collaboration avec la France. Voyez-vous, je tenais à bras-le-corps l'ancienne société d'imprimerie de mon père datant de 1962, quand mon grand ami, le père d'Antonio est venu me prêter main-forte financièrement. Depuis, c'est devenu une affaire de famille et j'ai vu naître ce petit, affirme-t-il en pointant du doigt Antonio. Il est comme mon fils maintenant et nous avons transformé cette petite société en multinationale.

— Je vous confirme que j'en apprends davantage avec vous, répond Carmen en taquinant Antonio du regard.

— Bien, intervient Antonio, profondément embarrassé, il faut s'asseoir, le dîner-spectacle va commencer.

— Bien sûr, on se verra après le repas, de toute façon. Bon appétit, les tourtereaux. »

Antonio, se dirige vers une table voisine, vérifie le carton qui est posé au centre mais n'y voyant pas son nom, se décale et effectue la même recherche sur une autre. Une fois l'emplacement trouvé, il invite Carmen à le rejoindre. Ils saluent quatre personnes déjà installées et qui semblent heureuses de les voir s'asseoir à leur table. Antonio reconnaît un employé qui travaille à l'informatique et qui est accompagné de sa ravissante épouse. Ils échangent quelques mots mais sont tout de suite attirés par un trio de musicien qui investit la scène pour mettre de l'ambiance. Les éclairages s'adoucissent et la salle change d'atmosphère en se tamisant de teintes chaudes. Antonio en profite pour glisser ses doigts entre le pli ouvert de la robe de Carmen qui s'échancre davantage en position assise.

« Je suis vraiment heureux de te revoir, Carmen.

— Moi aussi, répond-elle timidement. Mais, finalement, je ne sais pas grand-chose sur toi, Antonio. »

Antonio pince les lèvres et détourne le regard vers son assiette comme s'il pesait le pour et le contre de ses mots.

« Que veux-tu savoir ? finit-il par demander après avoir brièvement dégluti.

— Ton âge, par exemple.

— Je viens d'avoir quarante-et-un ans, répond-il d'une voix posée en caressant lentement sa cuisse de ses doigts fins.

— Je me souviens encore de notre longue conversation au Danieli et j'en ai dit plus que toi sur mes histoires de fille. Tu ne m'as pas parlé de tes parents, où vivent-ils ? »

Ses yeux se perdent cette fois-ci beaucoup plus loin, l'emportant dans ses pensées. Antonio est comme immergé dans ses souvenirs quand il explique :

« J'ai perdu mon père quand j'avais douze ans, d'un accident de voiture. Ma mère vit à Bologne et ne s'en est jamais vraiment remise.

— Je suis désolée, je ne voulais pas être indiscrète.

— Je sais. C'est Gio qui m'a formé et forgé, je me suis battu pour réussir à devenir ce que je suis aujourd'hui.

— Antonio… Comment un homme comme toi peut-il être encore célibataire ?

— Je l'attendais, celle-là », lance-t-il en s'écartant de la table pour laisser le serveur poser l'entrée.

Les yeux d'Antonio se plongent dans ceux de Carmen qui vacille face à leur intensité.

« Primo, je bosse comme un dingue et les femmes veulent qu'on leur accorde toujours plus de temps. Secundo, je suis sélectif et extrêmement exigeant avec elles. Tertio, j'attendais de rencontrer quelqu'un qui me fasse vraiment vibrer, mais ça n'est jamais arrivé.

— Oh ! soupire-t-elle comme si elle avait retenu sa respiration.

— Carmen, dit-il en lui relevant le menton, tu es quelqu'un de différent.

— Antonio, épargne-moi ton baratin de grand séducteur, j'ai passé l'âge. Sois honnête et je te respecterai davantage », lance-t-elle en se rembrunissant.

Il accuse le coup, se contentant seulement de l'observer.

« Sais-tu que tu es encore plus belle le regard noir… murmure-t-il à son oreille

— Arrête, Antonio, je t'en prie…

— Carmen… je…

— Oui ? »

Carmen a le souffle coupé devant la puissance de l'instant. Antonio va-t-il se révéler ? Enfin… Elle aimerait y croire mais s'y refuse. *Ce n'est pas son genre*, se fustige-t-elle.

« Je ne suis pas quelqu'un de sentimental, je ne m'ouvre pas facilement.

— C'est peut-être un blocage qui est dû à ton enfance, un trauma ou une peine amoureuse ?

— Carmen, si tu ne veux pas que je fasse le grand séducteur avec toi, ne joue pas les psys avec moi, je déteste ça, lance-t-il plus froidement qu'elle ne l'anticipait.

— Je voulais t'aider. Je suis désolée si je t'ai offensé.

— Alors pose-moi les bonnes questions. »

Sa voix se fait ferme, son ton plus dur et ses yeux… Ses yeux l'implorent de le cerner, de le comprendre, de lire en lui ce qu'il n'ose pas dire. Carmen prend le temps de la réflexion puis opte pour une question évidente :

« Pourquoi m'as-tu conviée à passer le week-end avec toi ? »

Antonio se redresse et s'appuie sur le dossier de sa chaise, les mâchoires crispées. Il caresse ses maxillaires avec sa main, mais reste silencieux.

« C'est bien ce que je pensais, quand je pose les bonnes questions, tu deviens muet. Antonio, je n'arrive pas à te cerner, soupire-t-elle, irritée. Tu m'accordes cinq minutes, s'il te plaît ? »

Elle repousse sa chaise et s'apprête à se lever.

« Où vas-tu ? s'inquiète-t-il.

— Me repoudrer le nez, répond-elle avant de s'éloigner.

— Carmen ? Carmen ! »

Elle traverse le grand salon, déterminée à sortir prendre l'air, et sous un flot de regards masculins, Antonio la voit s'éloigner et disparaître. À cet instant, ses pensées doivent fourmiller et bouillonner à lui en brûler le cerveau. Elle fait un arrêt aux toilettes et face au somptueux miroir, moulé de marbre, elle s'interroge, consciente que si elle est peinée à ce point, c'est qu'elle est probablement éprise de lui. Elle appuie ses deux paumes sur la longue vasque grise, regarde son reflet, respire profondément et quitte les toilettes pour se diriger dans le jardin d'hiver de l'hôtel. La brise lui fait regretter d'être sortie, mais réussit au moins à lui rafraîchir les idées. Antonio doit s'inquiéter car il tente de l'appeler au téléphone à maintes reprises. Lorsqu'elle réintègre le salon des ambassadeurs, elle aperçoit des personnes debout sur la scène, dont Antonio et Giovanni. L'esprit rebelle, elle en profite pour déambuler avec grâce, comme Jessica Rabbit le ferait dans un cartoon. Il ne faut qu'une fraction de seconde pour qu'il la repère au loin et la fusille du regard, furieux.

L'intrépide continue sa comédie en restant devant sa table à le toiser. Le temps semble s'être arrêté sur eux.

Insurgé et impuissant, Antonio manipule nerveusement un stylo. Voyant que son spectacle fait mouche, elle lâche prise et s'assoit sagement à sa place en soutenant son regard. Giovanni commence son discours sur les valeurs de leur entreprise, suivi d'Antonio qui, malgré l'attention qu'il porte à sa prise de parole, ne peut s'empêcher de dévorer Carmen des yeux. Les associés se font grandement applaudir par l'assemblée, et une nuée de photographes s'empresse de les prendre en photo. L'instant d'après et sans raison, l'un d'eux immortalise quelques clichés de Carmen et lui donne sa carte de visite qu'elle glisse dans sa pochette. Une aubaine car elle a promis à Ted des photos de la robe Gucci. Des dizaines de serveurs entrent soudain en poussant une grande pièce montée sur un chariot, dessert que Giovanni et Antonio tranchent une fois pour marquer le coup. Une bougie portant le chiffre cinquante scintille à la façon d'un feu d'artifice. Tous les convives sont invités à regagner leurs places pour déguster le dessert accompagné de champagne qui, à cette heure, coule à flots. Dans la cohue, Antonio s'approche imperceptiblement derrière la chaise de Carmen, pose délicatement ses mains sur ses épaules, décale ses cheveux sur un côté et effleure son oreille de ses lèvres chaudes. Une sensation électrique envahit le corps de Carmen qui est parcourue de frissons, son sang bout dans ses veines et son pouls résonne dans ses tempes. Il poursuit ses tendres baisers de l'épaule à l'oreille sans se soucier de l'entourage et lui murmure quelques mots :

« Carmen, méfie-toi, tu joues un jeu dangereux avec moi.

— Ah, oui ? Et que vas-tu me faire, me punir ?

— Non ! T'étrangler ou t'épouser, à toi de choisir », dit-il en s'asseyant près d'elle.

Carmen pouffe et manque de s'étouffer avec son champagne.

« Tu vois, tu viens de t'étrangler, tu aurais mieux fait de choisir la seconde option, la taquine-t-il, le regard énigmatique.

— Tu es vraiment un spécimen hors concours, Antonio, lance-t-elle en hochant la tête.

— Je le prends comme un compliment ! Dis-moi ? Tu souhaitais partir tout à l'heure ?

— Oui, Antonio, j'y ai pensé car …

— Car ?

— Pourquoi devrais-je me confier à toi, alors que je suis face à un mur de glace ?

— Réponds-moi, Carmen ! la somme-t-il, et je promets d'en faire autant. »

L'émotion devenant gênante, voire embarrassante, sa respiration s'entrecoupe, ses joues s'empourprent et sa robe corsetée lui comprime les côtes.

« Carmen ? Tu te sens bien ? s'enquiert-il.

— Juste un vertige, c'est sans doute le champagne qui me monte à la tête.

— Tu veux faire un tour dehors ?

— Non, je vais boire un peu d'eau.

— Tu devrais manger quelque chose de sucré », conseille-t-il en faisant signe au serveur d'apporter de l'eau.

Après avoir dégusté quelques cuillérées du délicieux dessert, Carmen reprend doucement des couleurs.

« Où en étions-nous tout à l'heure ? reprend-il.

— Tu ne lâches rien, toi ! »

Antonio reste silencieux, attendant avec impatience sa réponse.

« Perdre le contrôle n'est pas dans mes habitudes, confesse Carmen.

— Tu veux dire que je te fais perdre le contrôle ?

— Pas exactement, mais tu me troubles, tu le sais et tu en joues, alors que je devrais me protéger en m'éloignant de toi.

— T'éloigner de moi, murmure-t-il, surpris, mais... Carmen... »

En prononçant ces paroles, il glisse la main sous son épaisse chevelure brune et caresse sa nuque du bout des doigts. Carmen ferme les yeux et incline davantage la tête pour qu'il la soutienne. Antonio reste un petit moment à la regarder, admirant les traits de son visage. Sa main glisse sur sa joue et son pouce effleure doucement ses lèvres. Constatant que le rouge à lèvres est indélébile, il pose sa bouche charnue sur la sienne, frustré de ne pas l'avoir fait plus tôt. Aussitôt, le couple s'embrasse fougueusement quand, soudain, il se détache d'elle et la regarde fixement.

« Je vais répondre à ta question, Carmen, bredouille-t-il, prêt à se dévoiler.

— Oh ! murmure-t-elle, le souffle coupé.

— Depuis le jour où j'ai ramassé ton foulard à Burano, tu n'es jamais sortie de ma tête.

— Antonio ! Mais... Pourquoi ne m'as-tu pas appelée plus tôt ?

— La fierté et l'orgueil sont mes principaux défauts. J'ai voulu occulter et refouler ce que je ressentais pour toi, mais je n'ai pas réussi. Crois-moi, c'est une grande première. »

À ces mots, Carmen plonge dans ses bras, faisant se relever les pieds de sa chaise. Antonio lui retourne sa ferveur et les amants restent ainsi enlacés pendant plusieurs minutes, presque gênés de s'être confiés mutuellement.

« De quoi as-tu envie, Carmen ?

— Comment ça ?

— Tu aimes danser ?

— Si j'aime danser ? Une ex-championne de gymnastique ? Mais j'adore danser !

— Alors on sort, ras le bol de voir tous ces employés ici, ça me rappelle le boulot.

— Avec joie, mais… J'ai besoin de me changer sinon je vais tomber dans les pommes, asphyxiée par cette robe, ou ramenée dans tes bras, tant mes talons me feront souffrir.

— Ah ! Les femmes…Allons récupérer tes affaires au vestiaire. Tu pourras monter te changer. Allez viens ! » dit-il en lui attrapant la main.

Ils sortent tous deux du salon pour récupérer le bagage et se dirigent vers le lobby où ils croisent Giovanni. Il est accompagné de trois autres personnes dont Angela, sa sœur.

« Antonio ! On parlait justement de toi, commente-t-il.

— Les grands esprits se rencontrent, répond aimablement Antonio.

— Je crois que nous n'avons pas été présentées, intervient sèchement Angela en s'adressant à Carmen. C'est ton cadeau d'entreprise pour le week-end, c'est cela ? » lance-t-elle avec perfidie en direction d'Antonio.

À ces mots, Antonio serre les dents de rage et s'apprête à passer sa colère sur elle quand Carmen le ralentit de sa main.

« Angela ! crie Giovanni. Ce n'est pas dans notre éducation de faire cela. Carmen, je suis confus, veuillez l'excuser.

— Ce n'est rien, répond Carmen en s'approchant d'Angela comme une lionne prête à bondir. En réalité, vous vous méprenez, madame, c'est Antonio mon cadeau d'entreprise et qu'est-ce qu'on va bien s'amuser ce week-end », rétorque-t-elle, piquante et hautaine.

Furieuse d'avoir été humiliée, Angela tourne les talons et disparaît sous le regard amusé d'Antonio.

« Quelle mouche l'a piquée ? s'inquiète Giovanni, déconcerté. Pourquoi a-t-elle réagi de la sorte ?

— Je ne sais pas. Dis-moi, Gio, je peux t'emprunter ta voiture ?

— Quoi ?

— J'ai besoin de ta voiture.

— Très bien, très bien, je préviens le voiturier de te l'amener. Carmen, nous nous verrons sans doute demain ?

— Sans doute, oui, avec plaisir.

— Ne tenez pas compte de ce que ma sœur a proféré. Je suis, quant à moi, ravi de voir Antonio penser à autre chose qu'à son travail.

— Merci, Giovanni, mais ne vous inquiétez pas, j'en ai vu d'autres. »

Ils poursuivent leur route vers les ascenseurs et Carmen se retourne, surprise qu'il ne la suive pas.

« Tu ne montes pas ? s'inquiète-t-elle.

— Non, Carmen, sinon je ne pourrai plus redescendre ! avoue-t-il en lui tendant la carte d'entrée.

— Je vois… marmonne-t-elle, la mine boudeuse.

— C'est la suite Bernstein au sixième étage.

— Une suite ? » s'étonne-t-elle avant que les portes de l'ascenseur ne les séparent.

Elle pénètre dans les lieux et en fait tomber son bagage tant leur magnificence l'impressionne. Tout est beau, pur, harmonieux et surtout gigantesque. La décoration est un savant mariage de gris anthracite, de blanc et de miroirs accrochés aux murs, un véritable petit Trianon pour les narcissiques. Sur la table basse, un bouquet rond de roses blanches y est posé avec une coupe de fruits de saison, des douceurs sucrées et un seau à champagne. *Je vais vraiment m'habituer au luxe*, pense-t-elle.

« Une suite de cette envergure rien que pour toi, Antonio, la vache ! » lance-t-elle tout haut.

Elle progresse encore, ébahie par le raffinement et balaye du regard le salon et la salle à manger. Elle trouve la chambre tout au fond de ce qui ressemble davantage à un spacieux appartement et y pose ses affaires. Direction la salle de bains, toujours dans les mêmes tons délicats et poudrés. Elle opte pour une couleur plus naturelle pour ses lèvres et fait enfin tomber sa robe de gala pour une robe noire en maille plus confortable mais tout aussi cintrée. Elle accentue son eye-liner, son blush, enfile des bottes noires et se couvre de son manteau. Avant de sortir, elle secoue ses cheveux en avant pour un effet plus naturel. Elle redescend chercher Antonio qu'elle trouve en grande discussion avec Giovanni. Elle s'imagine qu'ils échangent au sujet de l'incident de tout à l'heure et culpabilise d'avoir été aussi tranchante avec Angela. Alors qu'elle s'approche d'eux, les complices cessent de parler et se séparent d'une accolade. Carmen ne peut s'empêcher de les comparer aux parrains de la mafia dans le film *Les Affranchis*.

« Même un sac de pommes de terre te conviendrait, Carmen, tu es sublime en veuve noire.

— Merci, Antonio, mais je ne serai jamais aussi belle que cette magnifique suite, rougit-elle.

— Elle te plaît ?

— Il faudrait être difficile…

— On y va ?

— Je te suis. »

Ils quittent à peine l'hôtel que Carmen écarquille les yeux de surprise.

« C'est la voiture de Giovanni ?

— *Certo...*

— Une Camaro ZL1 ! *Ma che bello !*

— Connaisseuse, on dirait ?

— J'avoue que c'est une petite faiblesse qui me perdra.

— Pour moi, ce n'est qu'un objet qui m'emmène d'un point A à un point B, lance-t-il en remerciant le voiturier d'un billet bleu.

— Tu plaisantes, ne me dis pas que tu es insensible à ces petites merveilles ? s'exclame-t-elle, assise confortablement sur le siège en cuir.

— Non, je les apprécie, bien sûr, mais disons que je préfère les bateaux », réplique-t-il en appuyant de façon soudaine sur l'accélérateur.

La voiture démarre comme une bombe et fait grincer ses pneus place de la Concorde. Ils s'engouffrent sur l'avenue des Champs-Élysées et remontent jusqu'à l'Arc de Triomphe où ils choisissent ensemble un club parisien classe et à la mode. Antonio confie le véhicule au voiturier et pénètre dans l'établissement avec Carmen. Après avoir dansé au moins deux heures sans se détacher l'un de l'autre, ils échouent, haletants, au bar pour se rafraîchir.

« Joli coup de reins, Antonio, soupire-t-elle transpirante.

— Rital jusqu'au bout, répond-il en soutenant son regard.

— Tu m'expliques pour Angela ? Une ex ou une future conquête ? le questionne-t-elle entre deux gorgées.

— C'est compliqué, il s'agit d'une personne que j'ai toujours respectée. C'est la sœur de Giovanni. Mais elle me fait ouvertement des avances depuis plus de quinze ans.

— Elle n'a pas lâché l'affaire depuis tout ce temps ? Mais elle est folle, elle n'a jamais fait sa vie ?

— Si, elle a même été mariée, mais cela ne l'empêchait pas de me faire du rentre-dedans.

— C'est pourtant une jolie femme, je ne comprends pas.

— Carmen, elle m'a connu quand j'avais douze ans, elle en avait six de plus, je faisais partie de son paysage, de sa famille en quelque sorte.

— Je comprends mieux, soupire Carmen en caressant l'arrondi de son épaule.

— Et toi ?

— Moi ?

— Pourquoi ce photographe t'a-t-il donné sa carte ? Il t'a draguée ?

— Tu as décidément les yeux partout, Antonio, mais tu fais fausse route, il était très respectueux et j'ai accepté sa carte car je dois rapporter des clichés de moi dans ma robe. »

Antonio ne semblant pas convaincu, Carmen change de sujet.

« Tu n'as pas chaud avec ce gilet ? demande-t-elle.

— Je crève de chaud et je rêve d'une bonne douche. Je suis fagoté ainsi depuis 8 heures du matin.

— Rentrons, si tu veux ?

— Avec plaisir, Carmen », lui murmure-t-il à l'oreille en dérapant de nouveau sur ses lèvres.

La nuit est froide et les rues désertes. Le voiturier amène la Camaro avec un sourire enjoué et ouvre la portière à Antonio.

« C'est Madame qui va conduire, l'informe-t-il en passant du côté passager.

— Heu… Je… Très bien », acquiesce-t-elle, enchantée.

Elle réajuste le siège baquet et démarre comme si la voiture lui appartenait.

« Mais où as-tu appris à conduire ainsi ? lance Antonio, stupéfait, après quelques minutes de conduite sportive dans les rues de Paris.

— Promis, je te révélerai bientôt mon secret », répond-elle sincèrement.

Antonio la regarde, souriant et admiratif, s'amuser comme une enfant et rallonger le trajet pour conduire plus longtemps le bolide. Ils arrivent enfin à destination et montent dans leur suite.

« Pardon, Carmen, mais je saute sous la douche, je n'en peux plus, s'excuse-t-il en retirant expressément son gilet.

— Vu notre danse endiablée de tout à l'heure, je crois que j'en ferai autant, répond-elle, enjouée.

— Tu fais comme chez toi, tu peux mettre tes affaires ici dans ce placard si tu veux, dit-il en ôtant sa chemise et en désignant la penderie.

— Merci, Antonio », bafouille-t-elle, troublée de le voir torse nu.

Elle accroche son manteau dans la penderie, sort ses effets personnels de son sac, dont une petite nuisette en dentelle blanche. Elle patiente tranquillement, ses affaires de toilette, en main, attendant qu'Antonio termine de se doucher et occulte l'idée de le rejoindre, pensant ne pas le connaître assez pour tenter l'expérience. Il apparaît dans le couloir, beau, frais et décontracté, avec juste d'une petite serviette qui lui entoure les hanches.

« Pourquoi restes-tu dans le couloir, tu as vu un panneau "défense d'entrer" devant la salle de bains ? » plaisante-t-il.

Elle lâche un petit rire nerveux.

« Par respect uniquement, sachant que tu as passé une journée qui ressemble à un gros séminaire, j'ai voulu te laisser ce moment pour toi.

— Je t'avais dit de faire comme chez toi.

— Je le saurai pour la prochaine fois.

— Carmen, dit-il en la bloquant contre la porte, je crois que nous n'allons pas beaucoup dormir cette nuit…

— Oh… je… vais peut-être aller me doucher », bredouille-t-elle en l'esquivant de justesse.

Une minute passe, puis deux, trois, quatre, cinq, dix, Carmen se détend sous le jet de la douche réglé en mode massage. L'eau chaude tombe à grands flots sur ses longs cheveux bruns. La vapeur envahit petit à petit la salle de bains et les vitres s'opacifient d'humidité. En poussant la porte de la cabine pour en sortir, elle sursaute, surprise, de voir Antonio à un mètre d'elle.

« Tu m'as fait peur, Antonio, rougit-elle, très embarrassée d'être totalement nue.

— Quel spectacle, madame, un véritable plaisir pour les yeux, la charme-t-il en la couvrant d'un peignoir de coton blanc.

— Voyeur, gronde-t-elle, contrariée de n'avoir pu mettre sa nuisette.

— Tu pouvais verrouiller la porte derrière toi, ma chère », objecte-t-il.

Sans lui laisser le temps de répondre, il saisit sa main, l'attire jusqu'au salon et l'assoit sur le canapé.

« Prosecco ? propose-t-il en sortant la bouteille du seau débordant de glaçons.

— *Volentieri.* »

Il remplit deux coupes qu'il pose sur la table basse, puis appelle le room-service.

« Bonsoir, je souhaite que l'on m'apporte deux brunchs en chambre demain, je vous prie.

— Bien sûr, monsieur, à quelle heure et dans quelle chambre ? répond poliment l'agent du room-service.

— Midi et demi, pour la suite Bernstein et je ne veux pas être dérangé avant, s'il vous plaît.

— Très bien, c'est noté. Bonne nuit, monsieur, dit l'employé avant de raccrocher.

— Beau programme », commente Carmen en le charmant de ses yeux de velours.

Il revient vers elle, toujours vêtu de sa seule serviette, attrape une coupe pour trinquer à leur rencontre et en sirote quelques gorgées. Il s'assoit en face d'elle, silencieux, mais l'œil assombri par le désir. Même s'il tente de la déstabiliser, Carmen soutient son regard. Elle connaît son charme et sa force, elle résiste car il est désirable, trop désirable même, mais maîtrise ses pulsions en se mordillant les lèvres. Un silence s'installe, provoquant une réaction volcanique dans les entrailles d'Antonio. Il avale d'un trait le reste de son prosecco et, sous les yeux déconcertés de Carmen, cueille une rose blanche du bouquet pour la tremper dans le seau de glace. Il se lève impulsivement, le seau entre les doigts, s'empare de sa main pour l'attirer fermement jusqu'à la chambre. Carmen est contrainte de le suivre mais n'oppose aucune résistance. Il la laisse quelques minutes debout dans la chambre afin de tamiser la pièce, poser le seau de glace sur le chevet et enclencher une playlist.

« Maintenant, tu es toute à moi, Carmen », murmure-t-il en s'approchant d'elle comme un lion affamé.

Carmen recule instinctivement, tentant de dissimuler ses épaules qui se soulèvent tant sa respiration s'entrecoupe ; elle déglutit, il n'est plus qu'à quelques centimètres d'elle maintenant ; elle aimerait se contrôler davantage, mais n'y parvient pas. Il la domine par sa hauteur et son charisme, l'attrape par la taille et dénoue son peignoir. Elle voudrait lui résister mais ses bras sont aussi forts que son envie de se soumettre à lui aussi. Le peignoir tombe à terre et les frissons montent, il saisit ses lèvres de sa tendre bouche et l'embrasse passionnément. Il la soulève ensuite pour l'allonger sur le lit sans quitter ses lèvres des siennes et ôte sa serviette. Le couple ferme les yeux et s'enivre fougueusement en ondulant leurs corps. Il se redresse pour la regarder et apprécier la femme qu'il désire posséder à cet instant précis. Ses cheveux encore humides sont en bataille et de gouttelettes perlent sur sa peau. Il saisit la rose du seau et s'en sert pour caresser sa joue puis sa bouche, et, dans le prolongement, poursuit son chemin en dessinant les courbes de son corps comme un peintre aimerait le faire avec son pinceau. Elle vibre et se cambre sous la douceur des pétales de rose. La musique les envoûte et leurs esprits s'abandonnent mutuellement. Carmen caresse les larges épaules d'Antonio puis son dos, glisse vers ses fesses rondes et musclées. Ses ongles vernis de rouge le griffent de temps à autre sous l'effet de l'excitation grandissante. Antonio récupère un glaçon, le croque et de sa bouche gelée lui mordille les lèvres, l'embrasse, puis mord à nouveau et descend le long de sa poitrine pour exécuter la même sentence. La froideur de ses lèvres charnues au contact de la peau brûlante de Carmen l'enflamme davantage. Elle se cambre, ondule, danse sous ses yeux experts qui contemplent avec ardeur ce spectacle érotique. Leur sang bouillonne, leurs regards s'embrasent et leurs corps satinés par la moiteur s'enveloppent comme un cocon prêt à éclore. Antonio attrape les deux bras de Carmen qu'il tient fermement au-dessus de sa tête et s'aventure en elle. Haletante, Carmen abdique, possédée par sa virilité, elle étouffe un gémissement de plaisir. Frénétique, Antonio jubile, s'active et s'excite à en perdre lui-même la raison.

« Tu vas me rendre fou », murmure-t-il à son oreille, séduit, à l'issue de leurs ébats qui vont se prolonger toute la nuit.

Un cortège de voitures de police toutes sirènes hurlantes traverse la place de la Concorde et sort Carmen de son profond sommeil. Antonio n'est plus là et ce souvenir lui rappelle la première nuit passée avec lui à Venise, excepté qu'aujourd'hui elle sait qu'il traîne dans les parages. Elle se lève et, sur la pointe des pieds, le cherche dans les plus de deux cents mètres carrés de moquette grise. Elle le trouve concentré devant son ordinateur sur la table du grand salon, elle rebrousse donc chemin pour aller se rafraîchir et se refaire une beauté.

« Giovanni a raison, tu travailles beaucoup trop, dit-elle en entrant dans le salon, fraîche et pimpante.

— Carmen ! Viens par là, lui ordonne-t-il en levant les yeux de l'ordinateur. Comment va mon cadeau d'entreprise ? plaisante-t-il en riant de bon cœur.

— Que c'est drôle ! Tu aurais dû me réveiller, poursuit-elle en le chevauchant pour s'asseoir sur lui.

— Te voyant dormir comme un bébé, je n'ai pas pu et puis le brunch arrive dans quinze minutes, c'est donc le bon timing, répond-il en lui caressant les cheveux.

— Je crois que je n'ai pas passé une nuit blanche comme celle-ci depuis au moins un an.

— Ah oui ! Et était-elle aussi endiablée que la nôtre ? s'enquiert-il.

— Ah non, pas vraiment, c'était avec Ted, mon meilleur ami.

— Un homme ? Meilleur ami ? l'interroge-t-il, les sourcils froncés.

— Mon meilleur ami est gay.

— Je préfère ça ! »

La sonnette de la suite retentit.

« Tu as faim ?

— Oh oui ! » répond-t-elle en le laissant se lever pour ouvrir la porte.

Le room-service dépose le sucré-salé et disparaît, le pourboire en main.

« Comme c'est appétissant, tout cela, lance-t-elle, les yeux écarquillés.

— C'est ce que je préfère aussi. Prenez place, très chère, j'arrive tout de suite », commente-t-il en tirant sa chaise pour qu'elle s'installe.

Il revient très vite et, en passant près d'elle, dépose un écrin en carton où l'on peut lire l'inscription Hermès. Carmen reste sans voix, comprenant immédiatement ce que contient le paquet.

« Mais… Antonio, je…

— Ouvre-le.

— Je sais que c'est un carré de soie, mais…

— Tu n'avais pas perdu le tien à Venise ? l'interrompt-il.

— Si, justement… Comment as-tu su ?

— Tu ne te souviens pas ? Lorsque je suis venu te chercher pour t'accompagner à l'aéroport, tu étais à quatre pattes à chercher ton foulard.

— Ça me revient maintenant et je n'ai jamais pu remettre la main dessus d'ailleurs. Antonio, je suis si touchée. Merci.

— Le tien ne se faisait plus, j'espère que celui-là te plaira.

— Il est absolument magnifique, dit-elle en déployant le foulard décoré d'une grande tête de tigre aux couleurs chatoyantes.

— Un tigre, comme toi, féline Carmen. »

Elle ne peut s'empêcher de lui sauter au cou pour le remercier. Ils avalent leurs copieux brunchs, tous deux animés par une humeur festive et joyeuse puis passent l'après-midi à arpenter les rues de Paris comme deux touristes amoureux se promenant main dans la main. Carmen lui fait découvrir des lieux insolites qu'il n'avait jamais visités auparavant et Antonio, à son tour, l'emmène déguster un onctueux café latte accompagné de viennoiseries croustillantes au célèbre et majestueux palace Le Meurice. Leurs regards de braise en disent long sur la passion qui les anime. Carmen est aux anges, assise au beau milieu du splendide salon intitulé Dalí, façonné par l'histoire et réinventé par le designer et architecte Philippe Starck. Cet écrin de beauté aux douces teintes poudrées s'entoure de colonnes à l'italienne drappées d'une large tenture rappelant le coup de pinceau du peintre espagnol. Semblables aux œuvres de Dalí et ses montres molles qui coulent dans ses décors colorés, les deux amants s'enfoncent confortablement dans les banquettes en perdant toute notion du temps. Constatant l'émerveillement de Carmen devant la magnificence de l'hôtel, Antonio lui fait la promesse de séjourner avec elle dans une des plus belles suites lors de son prochain déplacement. Ils achèvent leur périple et reviennent au Crillon profiter du spa. Plongé dans un univers harmonieusement décoré d'un camaïeu d'or et de vert, le couple reste corps à corps, inséparable dans l'eau frémissante. Le charmeur a réservé une table pour dîner au restaurant du jardin d'hiver et tous les deux montent pour se préparer. Au sixième étage, Antonio entend son téléphone sonner à travers la porte de la suite. Il badge rapidement et se précipite pour répondre. Carmen le voit s'éloigner et parler dans sa langue natale. *Le boulot,* se dit-t-elle, rassurée de ne pas être la seule à travailler comme une forcenée. Elle profite de ce qu'il soit occupé pour s'habiller, hésitant entre une robe ou un pantalon, les cheveux flous ou attachés, tant d'interrogations ayant pour seul but de le séduire davantage. Elle opte finalement pour un pantalon noir satiné et brodé de guipure, puis un corsage en satin de soie beige assorti à ses escarpins. Après quoi, elle s'assoit dans un fauteuil, où, le coude appuyé sur le secrétaire en bois, elle se languit de l'attendre. Le regard évasif, elle s'arrête sur le petit bloc-notes de l'hôtel qu'elle griffonne avant de ramasser un petit papier tombé au pied du meuble. Elle le retourne par automatisme. De prime abord, elle comprend qu'il s'agit du carton de remerciement de l'hôtel et le repose, mais en l'observant de plus près, elle lit « *Bienvenue, monsieur Grimani* ». Son sang ne fait qu'un tour. Mais avant qu'elle puisse l'analyser, Antonio débarque torse nu dans le salon, deux chemises à la main.

« Laquelle préfères-tu, dis-moi… Carmen ? Tout va bien ? s'inquiète-t-il en constatant la dureté de son visage.

— Ton nom de famille, Antonio, c'est Grimani ? le questionne-t-elle sous le choc.

— Oui, pourquoi ?

— Mais… de la lignée des Grimani et des Manin ? insiste-t-elle en évitant de croiser son regard.

— Comment sais-tu tout cela, tu as lu le Wikipédia de mes ancêtres ou quoi ? lance-t-il, étonné.

— Mon Dieu, Antonio, ce que je vais te demander est vraiment crucial pour moi. Dis-moi si tu as un lien direct avec Ludovico Grimani ? demande-t-elle, tourmentée.

— Mais qu'est-ce qu'il te prend, Carmen ? riposte-t-il en lâchant nerveusement ses deux chemises sur le sofa.

— Réponds-moi, Antonio, s'il te plaît. »

Son ton se fait suppliant.

« Mais, Carmen… Je suis Ludovico Grimani », confesse-t-il en s'approchant d'elle, exaspéré.

À ces mots, Carmen manque de s'évanouir, sa tête bourdonne, sa gorge se resserre et ne lui permet plus de déglutir, elle étouffe. Elle fait volte-face impulsivement, ouvre la fenêtre brutalement et court sur la terrasse pour respirer. Antonio se rembrunit, comprenant qu'il se passe quelque chose d'anormal, mais la situation lui échappe et l'incompréhension l'irrite profondément. Agacé, il sort à sa rencontre pieds et torse nus en lui demandant des explications. Carmen se retourne, le visage marqué par le désarroi.

« Pourquoi m'as-tu caché ton prénom ?

— Carmen ! Je ne sais pas ce qu'il t'arrive, mais je te propose de rentrer pour que tu puisses m'expliquer », tempère-t-il en l'attirant à l'intérieur.

Carmen retourne dans le salon, forcée de s'expliquer car Antonio ressemble désormais à une montagne de muscles en colère.

« Parle, Carmen ! » s'agace-t-il en la voyant s'enfermer dans le mutisme.

Antonio passe les mains dans ses cheveux dans un geste nerveux d'impatience.

« Je ne travaille pas dans la mode, avoue faiblement Carmen, l'esprit encore embué par la surprise. Je voulais te le dire hier soir justement. Je suis capitaine à la police judiciaire de Paris et, actuellement, j'enquête sur une affaire de meurtres, confesse-t-elle, ébranlée.

— Quoi ? Tu es flic, et ces meurtres, mais… Ça rime à quoi tout ça et quel est le rapport avec moi ? s'énerve-t-il en faisant les cent pas.

— Des éléments de preuves nous ont conduits jusqu'à ta manufacture à Venise, mais je ne peux pas t'en dire plus, Antonio, je suis déchirée par ce qui nous arrive, avoue-t-elle avec compassion.

— Comment oses-tu me reprocher de t'avoir caché mon prénom, que je renie depuis mes douze ans, au profit de mon deuxième prénom, pendant que toi, madame aux allures de belle diablesse, tu t'es jouée de moi, s'exclame-t-il en allant se verser un verre d'alcool fort pour se calmer.

— Non, Antonio ! objecte-t-elle, je ne peux pas te laisser dire ça ! Je viens seulement de faire le rapprochement en voyant ton nom de famille sur ce secrétaire. Je suis aussi affectée que toi et je te garantis que ce que je ressens pour toi est sincère, avoue-t-elle avec peine la peur au ventre.

— Je me suis ouvert à toi, Carmen, je t'ai même dévoilé mes sentiments, je te faisais confiance, lance-t-il, dépité, entre deux gorgées de whisky.

— Antonio, rien n'est perdu, laisse-moi le temps de résoudre et clôturer cette affaire, implore-t-elle en se relevant.

— Ah oui ? Et moi dans tout cela, que dois-je faire ? Attendre patiemment que tu mettes ton meurtrier en prison, c'est ça ? réplique-t-il.

— Je suis dans l'impasse, bredouille-t-elle en s'effondrant sur le sofa, anéantie et en proie à une crampe qui lui serre les entrailles.

— Je ne connais rien à ton affaire, ni après qui tu cours, je ne vois aucun lien avec ma manufacture et pourtant tu t'es déplacée jusqu'à Venise. Carmen… Suis-je également soupçonné ? questionne-t-il, le ton grave.

— Bien sûr que non, Antonio ! Mais on ne peut exclure personne, malheureusement, c'est comme ça.

— Alors, occulte-le.

— Occulter quoi ? ajoute-t-elle en relevant la tête sans comprendre.

— Mon nom ! Fais comme si tu ne le connaissais pas. Après tout, tu viens de le découvrir, non ?

— Mais, Antonio, c'est impossible, je suis une femme intègre et on nage en plein conflit d'intérêts là.

— Que devons-nous faire alors ? lance-t-il, de nouveau irrité.

— Attendre que cette affaire soit résolue, fais-moi confiance, Antonio, je vais trouver le…

— Je suis désolé, Carmen, l'interrompt-il, mais vu mon rythme de vie, tu ne peux pas me demander de t'attendre. Tu ne sais même pas quand tu seras en mesure de l'arrêter. Tu vas mettre combien de temps ? Un mois, un an, peut-être deux, voire jamais », objecte-t-il en s'éloignant de nouveau pour se resservir un verre.

Profondément meurtrie et face à une telle impuissance, Carmen quitte la pièce dans un silence glacial pour aller rassembler ses affaires. Ses yeux se voilent et floutent sa vue, elle prend conscience qu'un simple morceau de carton a suffi à noircir la situation. Son manteau sur le dos, son bagage à la main, elle réapparaît dans le salon et s'approche de la porte.

« Ne fais pas ça, Carmen ! implore-t-il, debout à quelques mètres d'elle.

— Je n'ai pas d'autre choix, Antonio… murmure-t-elle, larmoyante, en posant la main sur la poignée de la porte.

— Carmen ! Si tu passes cette porte, ce sera trop tard », insiste-t-il.

Tremblante, elle actionne la poignée sous le regard d'Antonio qui crispe sa mâchoire. Elle hésite encore, il attend, serrant fortement son verre à s'en faire blanchir les phalanges. Elle se retourne et sans chercher à dissimmuler sa souffrance ni même les larmes qui roulent sur ses joues quitte la suite. Le bruit de la porte qui se ferme fait enrager Antonio qui jette avec force et colère son verre à l'autre bout du salon. Les bris de cristal retentissent jusqu'aux oreilles de Carmen qui entre dans l'ascenseur. Plus elle s'éloigne de lui, plus sa douleur s'intensifie et l'affaiblit, la culpabilité d'avoir dû lui cacher son métier la dévore et elle aimerait plus que tout remonter le temps. Elle commande un taxi à la réception et appelle sa mère en Normandie.

« Maman, je peux venir chez toi ce soir ? craque-t-elle en sanglots.

— Carmen. Mais que se passe-t-il ?

— J'ai foiré, maman, j'ai tout fait foirer, gémit-elle, en larmes.

— Carmen, tu respires et tu te calmes, prends le premier train, je viendrai te chercher à la gare.

Elle monte en taxi en s'essuyant le nez et, avant qu'il ne démarre, lève les yeux sur la façade de l'hôtel comme pour dire adieu…

18.

Mission dans la brume

Mardi 16 février 2021. 6 h 40. Christophe, Michaël et Carmen sont déposés par un chauffeur de la PJ devant le poste de la police aux frontières de l'aéroport Roissy-Charles-de-Gaulle. Le contact est pris rapidement avec le responsable des halls départs, informé par télégramme interne la semaine précédente de la seconde mission des policiers du 2e DPJ à Venise. Les trois enquêteurs lui remettent leurs armes de service, trois SIG-Sauer SP 2022 parfaitement huilés et nettoyés, désolidarisés de leurs munitions.

« Je ne prends pas les chargeurs, précise le policier de l'aéroport en enfermant les trois semi-automatiques dans des pochettes scellées devant les yeux de leurs propriétaires. Vous les laisserez en soute dans vos bagages. Ainsi, les armes ne voyagent pas avec les munitions.

— Comment pourrons-nous récupérer nos flingues ? demande Michaël, dont c'est la première mission à l'étranger.

— Je les remets au commandant de bord qui va les conserver dans le cockpit. Il vous les redonnera une fois à destination à votre sortie de l'avion.

— Mais comment pourra-t-il nous identifier ? poursuit naïvement Michaël.

— Ne t'inquiète pas, intervient Carmen pour venir au secours du collègue, qui est visiblement pressé d'en finir avec cette paperasse. Il va nous présenter physiquement au pilote avant le départ.

— Ah! D'accord», souffle Michaël, paniqué à l'idée que son arme de service puisse se retrouver dans les mains d'un inconnu.

L'embarquement se fait sans encombre. Pas de retard au décollage. Et après un vol avec turbulences, le trio se retrouve une heure quarante plus tard devant Orlando. Leur homologue italien les attend tout sourire dans le hall de l'aéroport Marco Polo accompagné de quelques membres de son équipe qui se chargent de leurs valises.

«Vos taxis sont avancés», annonce-t-il en désignant la rive nord de la lagune.

Deux vedettes rapides de la police municipale de Venise sont amarrées au milieu des vaporetti, les bateaux-taxis. Cabine blanche, coque bleue portant l'inscription «Polizia», elles sont célèbres autant pour leur look que pour leurs pointes de vitesse. Pour les touristes, le Graal photographique est d'immortaliser ces vedettes qui effectuent des virages à grande vitesse au détour d'un embranchement du canal. Christophe et Michaël, impressionnés, suivent leurs homologues italiens. Carmen leur emboîte le pas, ne manifestant aucune appréhension. Visiblement habituée à ce mode de transport atypique, elle saute telle une gazelle sur le pont d'une des vedettes et tend la main à Michaël.

«Tu as pensé aux poches anti-vomi? rigole-t-elle en désignant des sacs en papier sur la table, le regard en direction d'Orlando.

— Ne te moque pas, Carmen, vous me remercierez tous les trois, car la mer est capricieuse aujourd'hui et la houle pourrait être fatale à certains estomacs.

— C'est à toi qu'il faut penser surtout, s'amuse la Française, le sourire aux lèvres.

— Non, je ne me donnerai pas en spectacle cette fois-ci, répond Orlando en se retournant avec allure. Je prends la voiture et je fonce à Venise par la route. Vous serez dirigés vers votre hôtel par mes collègues pour déposer vos bagages, et ceux qui auraient eu besoin d'utiliser ces petits sacs pourront y reprendre des couleurs ! De mon côté, ça me laisse le temps de me rendre au commissariat central et de vous y retrouver pour le briefing. *Ciao, bella !*»

Les deux vedettes quittent l'aéroport, l'une transportant les policiers français et l'autre leurs bagages, direction le cœur de la capitale touristique italienne. Le vent est au rendez-vous, comme le prévoyait la météo locale. Les bateaux de la police volent presque au-dessus de l'eau et rebondissent sur les lames ; et les barreurs, habitués aux différentes conditions maritimes, font leur possible pour progresser sereinement avec le minimum de secousses. Manœuvrant avec rapidité, ils épousent chaque vague en prenant soin de remonter au vent une fois les creux franchis. Cela ne suffit toutefois pas pour effectuer une traversée sans à-coups. L'avancée saccadée des canots est confrontée aux chocs contre le déferlement régulier et incessant de la mer. Les coques des bateaux, une fois le haut des vagues dépassé, retombent lourdement dans le creux de celles-ci, entraînant des projections d'eau. Les pare-brise des embarcations évacuent les gerbes à coups d'essuie-glaces aux mouvements prompts. Les passagers sont donc bien ballottés. Accrochés aux poignées et rambardes des cabines, Christophe et Michaël n'en mènent pas large et leur regard se porte davantage sur les sacs en papier plutôt que sur la vue de la lagune. Carmen, impassible à l'extérieur de la cabine, semble au contraire apprécier la vitesse et fait preuve d'une certaine facilité d'équilibre en ne s'agrippant qu'à une pièce d'accastillage traînant sur le pont et raccordée à l'avant du bateau. L'arrivée sur Venise lui procure une vague de récents souvenirs qui perturbent son esprit. Elle porte le regard au loin, mais celui-ci ne peut percer la brume épaisse, qui, en ce début de journée, entoure comme un cocon protecteur la ville la plus énigmatique du monde. Carmen se retourne vers ses deux collègues qui ont le teint aussi blanc que le brouillard en toile de fond, penchés tous les deux dans les sacs en papier d'Orlando.

« Ces hommes ! Ils ont beaux être flics, ils restent des petites natures », lance-t-elle tout haut à travers la cabine.

Le bruit de l'eau n'étouffe pas suffisamment le son de sa voix et ses collègues l'entendent sans toutefois réagir, trop concentrés sur leur tentative de maintenir l'équilibre gastrique de leur estomac.

Carmen, droite et fière dans les embruns, pénètre pour la seconde fois dans Venise, avec cette fois-ci la ferme intention de démasquer le tueur en série qui, par ricochet, s'est infiltré dans sa relation avec Antonio. Elle est bien décidée à débusquer ce meurtrier pour tenter de regagner au plus vite la confiance et le cœur d'Antonio.

Les embarcations filent, les Français ont le sentiment d'avancer à l'aveuglette, mais les barreurs, connaissant parfaitement la lagune, ralentissent leurs canots, laissant les yeux de l'enquêtrice redécouvrir les deux célèbres colonnes de la piazza San Marco. Mais au lieu de s'arrêter parmi les gondoles qui bordent la place comme une frontière bleue avec la mer, les deux vedettes s'engouffrent dans le canal de la Cure, le fameux rio de la Canonica, aussi appelé rio di Palazzo, célèbre pour longer l'arrière du palais des Doges et être surplombé par le pont des Soupirs, qui, par deux couloirs parallèles, relie les anciennes prisons aux cellules d'interrogatoire du palais. Cinq ponts plus loin, les deux embarcations accostent le long de la calle va al Ponte de l'Anzolo et débarquent passagers et valises. Les trois policiers français sont dirigés vers l'hôtel Angelo Art. Ce trajet est une véritable bouffée d'oxygène pour Carmen et, a contrario, une bouffée de chaleur pour Christophe et Michaël à qui cette arrivée en douceur fait reprendre quelques couleurs.

Situé à une cinquantaine de mètres de la piazza San Marco, l'emplacement de l'hôtel est optimal pour l'équipe qui peut ainsi rapidement prendre ses marques dans l'établissement et rejoindre à pied le quartier général de la police vénitienne.

« Quel endroit ! Un vrai palace, s'exclame Michaël en prenant connaissance du lieu à la fois visuellement à et travers le récit historique affiché fièrement dans le hall de l'hôtel. Un ancien palais du XVIIe siècle transformé pour nous accueillir. La classe à Dallas, enfin non… à Venise !

— On se retrouve ici dans quinze minutes, répond Carmen, qui, revenant de la réception, lance les clés à ses deux collègues.

— Tu as raison, l'heure tourne, réplique Christophe. On va être à la bourre pour le briefing avec les ritals et vu la foule de touristes masqués qui nous attend dehors, on risque d'être doublement en retard. »

Ils s'installent à la hâte, se rafraîchissent d'un rapide brin de toilette et quittent tous les trois la demeure vénitienne. Ils rejoignent ensuite la calle de la Canonica en longeant le palais patriarcal, siège de l'Église catholique, pour se retrouver sur la piazza San Marco entourés d'une foule de touristes déguisés ou costumés. La vue de la lagune au travers des colonnes du lion et de Saint-Théodore dévoile un reste de brume qui se dissipe progressivement. Mais la priorité n'est pas au tourisme et le trio se rend à l'entrée du siège de la police locale, qui fait également office d'antenne des *carabinieri* assurant la protection du patrimoine, juste à droite du café Florian. La porte mène à un petit couloir au fond duquel une cour intérieure est visible. Carmen s'annonce et une collègue, prévenue de la venue de la police française, les accompagne auprès d'Orlando qui les attend dans l'immense salle de réunion du bâtiment. Le policier est entouré de membres de la police judiciaire italienne venus en renfort pour assurer la réussite de l'opération qui a été prévue et organisée en amont conjointement par les autorités des deux pays. Le briefing peut donc commencer.

« On n'a pas de temps à perdre, lance le Sicilien à l'assemblée, composée de nombreux policiers spécialisés dans les filatures et surveillances. Carmen, je te laisse faire un point sur l'enquête en cours en France et nous terminerons par la logistique à mettre en place ici à Venise. »

Carmen acquiesce en se mettant debout pour que sa voix porte.

« J'irai à l'essentiel. Grâce à ma demande de coopération internationale avec votre pays et à la mise en place d'une enquête européenne vous avez été largement informés des faits. Je me contenterai donc de vous rappeler les raisons pour lesquelles nous pensons que des événements importants sont susceptibles de se dérouler dans les prochaines vingt-quatre heures ici-même. En effet, les meurtres de Mathilde Orsioni, d'Aurélie Lancelle et de Natalia Bolcov respectivement les 19 févier 2018, 11 mars 2019 et 2 mars 2020, ont tous, vous l'avez compris, été commis dans la nuit du dimanche au lundi qui a suivi la clôture du carnaval de Venise. Nous pensons que les trois victimes ont participé à au moins une soirée organisée par l'association vénitienne "I sogni del carnevale veneziano", et notamment au bal masqué qui se déroule au Pisani Moretta, voire peut-être à des soirées privées durant les jours qui ont précédé cet événement. Chacune a reçu un petit carton l'invitant à un rendez-vous galant écrit à l'encre invisible et signé du nom de Casanova. Nous sommes convaincus qu'une prise de contact entre le meurtrier et sa future victime se déroulera ce soir, jour qui traditionnellement clôture le carnaval par son Mardi gras. L'association fête, comme chaque année, cet événement au Pisani Moretta. Vous n'êtes pas sans savoir que nous avons identifié un possible suspect. Il s'agit de Gil Agostini, dont je vous ai transféré la photo par WhatsApp. Cet homme plutôt séduisant, la quarantaine, cheveux poivre et sel, est chef d'atelier au sein d'une manufacture de tissus située sur l'île de Burano. Son ADN a été retrouvé sur une facture découverte au domicile de Natalia Bolcov. Comme vous le remarquez sur ses antécédents judiciaires, il est connu de vos services pour une sombre et lointaine affaire d'attouchements sexuels classée sans suite. Il faut que vous sachiez qu'il a passé la semaine du 26 février au 2 mars 2020 à Paris. Vous noterez la concordance avec le meurtre de Natalia Bolcov. Dans le cadre de notre enquête, il a été placé sur écoutes téléphoniques. Je laisse le soin à Orlando de faire le point sur cet élément en particulier, car l'exploitation des communications a été effectuée par son équipe.

— Gil Agostini a été convoqué par nos soins à son retour de Chine, explique Orlando, voyage qu'il entreprenait pour des raisons professionnelles. Nous avions l'intention d'étudier sa réaction à l'issue de cet interrogatoire pour ensuite le placer en garde à vue. Malheureusement pour nous, cette stratégie n'a pas abouti. De deux choses l'une : il peut très bien ne rien avoir à se reprocher dans ces affaires de meurtre, ce qui attesterait la sincérité de sa réaction sur les écoutes, mais il a aussi très bien pu déjouer notre plan et brouiller les pistes par un joli petit rôle d'acteur. Tout est possible. Lors des interrogatoires, il a parlé sans difficulté des conférences qu'il a données au cours de sa semaine parisienne dans les locaux de l'école de broderie Lesage. Il a même avoué avoir fréquenté des établissements échangistes.

— J'attire ainsi votre attention, intervient Carmen, sur le fait que Gil Agostini est notre principal suspect, mais il n'est pas le seul, alors restons tous attentifs. En effet, j'ai pu vérifier ses dires sur ses activités échangistes, mais l'étude de son téléphone italien lors de sa semaine parisienne n'a pas été concluante, celui-ci étant coupé dès le début des soirées, le rendant non localisable. Sans doute pour éviter les soupçons de sa femme sur ses soirées libertines. De ce fait, il est impossible de dire s'il était dans le quartier du Palais-Royal au moment du dîner avec Natalia Bolcov et encore moins à Montmartre au moment de la découverte de son corps.

— Et quels sont les autres suspects, alors ? interroge le chef de l'équipe d'intervention.

— La réponse est simple, rétorque l'enquêtrice. Tous les autres hommes de la soirée. »

Immédiatement, un brouhaha se fait entendre dans l'assemblée. Chaque policier présent commente cet échange avec son voisin, rompant ainsi l'ambiance sérieuse qui régnait jusqu'à présent dans le bureau.

« Vous rendez-vous compte de ce que vous nous demandez ? proteste le chef des équipes de surveillance après dissipation du tumulte. Je vous rappelle que le thème de la soirée du Pisani Moretta de ce soir est « Bas les masques ». Chaque invité sera donc costumé et aura le visage masqué.

— Je vous l'accorde, acquiesce Carmen. Par ailleurs, il faut garder en tête le nombre d'invités. La liste fournie par l'association ne compte pas moins de cinq cents convives, dont soixante pour cent de fréquentation masculine. Nous avons choisi d'intervenir lors de cette soirée, car aucun membre de l'association ne la manque, puisqu'elle clôture le carnaval.

— Donc, interrompt le policier italien, cela nous donne plus de trois cents suspects possibles.

— Absolument, précise Orlando, qui vient au secours de Carmen.

— Mais comment allons-nous tout focaliser sur ces hommes fagotés en Casanova ou je ne sais quoi d'autre ? répond l'Italien, sceptique.

— J'allais y venir, rétorque Orlando. Le rôle de votre équipe ne sera pas d'intervenir pendant la soirée sur ces hommes, mais de procéder à la surveillance des femmes potentiellement futures victimes. En voici la liste. »

Carmen toise l'assistance. Les policiers en face d'elle semblent comprendre l'enjeu de la soirée : protéger les potentielles victimes plutôt que surveiller les potentiels meurtriers. La policière se racle la gorge avant de reprendre la parole :

« Orlando a récupéré l'ensemble des identités présentes à cette soirée. Lors de l'inscription auprès de l'association, tous les membres ont été obligés de fournir leurs coordonnées complètes ainsi qu'une photo d'identité. Nous avons donc un cliché de chacune des participantes. Parmi les deux cents femmes, nous avons recensé quarante-quatre Françaises. L'idée est donc de les surveiller afin d'anticiper un comportement d'approche masculin suspect.

— La probabilité pendant un bal masqué d'assister à ce genre d'attitude reste mince, non ? s'inquiète un autre policier.

— Je sais bien, mais n'oubliez pas qu'après le cocktail tous les masques tomberont pour aller dîner, laissant ainsi la possibilité à chacun d'observer au mieux les comportements anormaux, le rassure Carmen. Chacun de nous sera infiltré en costume d'époque, ainsi, nous nous fondrons parmi les invités. La discrétion est de mise et je compte vraiment sur vous. Orlando, Christophe, Michaël et moi-même nous chargerons de la surveillance rapprochée de Gil Agostini, qui, comme tous les ans, est sur la liste des convives.

— Je suis convaincu que cette stratégie va payer, affirme Christophe à l'assemblée, comme pour accréditer les propos de son adjointe. Nous avons un immense respect et une très grande confiance en vous. Grâce à Orlando et à tous les enquêteurs italiens, ce dossier complexe a considérablement avancé. Nous vous demandons de nous faire confiance en retour. L'objectif est l'anticipation. Nous voulons éviter un meurtre supplémentaire dimanche soir à Paris et notre seule chance passe par votre implication lors de cette soirée qui se déroule dans quelques heures. »

Le briefing se termine par des modalités logistiques pour que chacun se donne rendez-vous le soir même avec son rôle à jouer au Pisani Moretta. Il est convenu que plusieurs policiers italiens s'infiltrent parmi les journalistes et soient munis d'appareils photo afin de prendre le maximum de clichés. Toute la mission prévue en costume d'époque ne gêne pas les policiers italiens, déjà habitués à parader en uniforme militaire pendant la période du carnaval. Côté français, il apparaît inhabituel de se vêtir de la sorte pour aller travailler et pourtant, tous savent bien que la réussite de cette intervention au cœur du palais dépend de leur parfaite infiltration.

Les Parisiens prennent congés et profitent de leur après-midi de libre pour se divertir avant le grand saut de ce soir. Ils déjeunent tout d'abord dans une charmante *trattoria* que Carmen avait découverte lors de son premier séjour et, comme tout touriste qui se respecte, ils dévalisent les boutiques à la recherche du souvenir insolite. C'est avec beaucoup de difficultés qu'ils regagnent leur hôtel en regrettant de ne pas avoir opté pour un bateau-taxi tant les ruelles, les places et les ponts sont bondés. Le carnaval attire des milliers de passionnés qui paradent, tournoient, dansent et fanfaronnent en satinette et masque, rendant la circulation quasi impossible.

À l'hôtel, les compères retrouvent leurs chambres respectives et se préparent à enfiler les tenues que Ted a minutieusement préparées en amont pour chacun d'entre eux. Carmen a de nouveau sollicité son meilleur ami pour dénicher de magnifiques costumes chez un couturier français pour que les policiers puissent se fondre joliment et naturellement parmi les convives. Il a fallu faire preuve de discernement pour trouver l'habit adéquat afin de privilégier le confort, réussir à cacher son arme sous sa veste ou sous ses jupons tout en étant resplendissant et aussi discret que possible. Sur les conseils avisés de Ted, Carmen a opté pour un costume du XIXe siècle en velours de soie imprimé noir et blanc amovible. En cas d'extrême nécessité, la surjupe traînant un bouillonné à l'arrière se détache afin de faciliter les mouvements. Elle enfile un legging, se chausse de cuissardes sans talons, serre sa taille d'un corset et termine par une longue veste à boutonnière qu'elle ferme sur la surjupe, créant ainsi une chute de reins renversante. Elle attache son arme sur sa cuisse, la cache sous le volume du velours, remonte ses cheveux d'épingles invisibles, se farde les yeux d'un halo sombre et noue son loup derrière la tête. 19 h 30, les trois Parisiens se donnent rendez-vous à la réception. Michaël arrive le premier et, face au grand miroir du hall d'accueil, admire sa silhouette. Il ajuste son chapeau haut de forme et se retourne pour contempler sa queue-de-pie. Il s'amuse à s'imaginer dans la peau d'Arsène Lupin courtisant les dames de la cour en se remplissant les poches de leurs parures. Il est rejoint par Christophe qui, en s'avançant vers lui, le regarde d'un air taquin et amusé. Il profite de l'aplomb que lui donne son costume pour le narguer du haut de son bicorne en feutre. Pantalon blanc, bottes en cuir noir, chemise bouffante ceinturée, identique à l'uniforme de Napoléon III. Les formes généreuses de Christophe semblent avoir disparu sous la veste pourvue de galons en passementerie. Carmen arrive la dernière et s'avance vers eux.

« Bravo, les gars, qu'est-ce que vous êtes beaux vêtus ainsi », commente-t-elle, le sourire aux lèvres.

Les deux garçons se regardent muets, les yeux écarquillés.

« Qu'est-ce qui vous arrive ? s'enquiert-elle.

— Carmen, tu… enfin, comment dire, tu es vraiment magnifique, répond Michaël, intimidé.

— On a un gros problème, dit alors Christophe sèchement.

— Lequel ?

— Dans notre stratégie, on n'a pas pensé une seule seconde que le tueur pouvait te repérer et te courtiser ce soir, explique-t-il, le visage soucieux.

— Non, aucun doute là-dessus, je suis certaine qu'il a déjà une proie en vue.

— Je n'en suis pas si sûr et c'est un risque qu'il faut prendre en compte dans la mission, s'entête son chef.

— Christophe, je ne vois pas de femme capable de se rendre à Paris juste parce qu'un inconnu se prenant pour Casanova lui a donné rendez-vous sur un petit carton lors d'une soirée. C'est un pervers, il la connaît, il a dû la séduire à un autre moment, je crois même qu'il a déjà couché avec elle, argumente Carmen.

— Très bien, mais je t'aurai à l'œil, Carmen. Tiens, prends ton oreillette et dissimule-la sous quelques mèches de cheveux», conseille-t-il en donnant la seconde à Michaël qui fait de même en rajustant son chapeau.

Christophe introduit la sienne dans le creux de son oreille et quitte les lieux, suivi de près par Carmen et Michaël. Ils montent à bord d'un bateau-taxi et se préparent moralement et physiquement à entamer leur mission au Pisani Moretta.

19.

Bal masqué

Les candélabres illuminent Venise en se reflétant dans l'eau et créent une atmosphère chaleureuse malgré le froid hivernal. Le skippeur fait résonner son moteur dans les étroits canaux, il tourne et vire pour rejoindre le Grand Canal et s'apprête à passer sous le célèbre pont du Rialto. À cet instant, Carmen étouffe un sanglot et sort s'installer à l'arrière pour dissimuler la peine qui pèse sur son cœur. Antonio est partout où elle regarde et plus elle tente de le chasser, plus il revient la hanter. Trois mois déjà se sont écoulés depuis leur séparation au Crillon mais elle ne parvient toujours pas à l'oublier, elle sait désormais qu'il ne fait pas partie de l'association vénitienne puisqu'elle a fait les vérifications après leur séparation. Malgré les fêtes de fin d'année qui habituellement la réjouissent, de la veillée de Noël chez sa mère à la Saint-Sylvestre chez Ted et Paolo, Carmen à cette fois-ci, exprimé le désir de rester seule, inquiétant son entourage. Le savoir aujourd'hui en Italie, à quelques kilomètres de Venise accentue sa douleur et elle s'entête à vouloir résoudre cette enquête rapidement. La vedette s'approche du palais visible de loin malgré la brume qui s'opacifie. La façade s'habille d'éclairages chatoyants et l'architecture néogothique charme les trois Français, debout, émerveillés et prêts à accoster. Ils descendent un à un, ajustant masques et chapeaux puis avancent sur le ponton l'un derrière l'autre. Des agents de sécurité filtrent les deux entrées, l'une côté rive, l'autre côté terre, pendant que des hôtesses costumées en marquises contrôlent les invitations. Le trio pénètre dans l'enceinte du bâtiment et s'extasie devant la magnificence des lieux. L'ensemble est de toute beauté, des lustres aux mille et une pampilles de Murano flottent et dansent dans l'air. Des dorures, des fresques, du marbre et des boiseries décorés du sol au plafond, ici, le temps semble s'être arrêté au XVIe siècle. La salle de réception est envahie de convives qui déambulent en costumes d'apparat. Des masques fourmillent de part et d'autre tel un anachronisme où toutes les époques se côtoient, même si le XVIIIe et XIXe siècles prédominent. Carmen et Michaël évoluent ensemble en se mélangeant à la foule. Christophe reconnaît quelques policiers dissimulés parmi les photographes et les employés de service. C'est précisément à cet instant qu'il mesure la complexité de la mission. Chercher un profil parmi tous ces chapeaux, ces loups, ces coiffes et ces perruques extravagants semble utopique. *Il serait plus simple de chercher une aiguille dans une botte de foin*, pense-t-il secrètement.

« Carmen ! Michaël ! Vous me recevez ?

Christophe vérifie leurs connexions au travers de son oreillette.

— Cinq sur cinq, répond Carmen discrètement.

— Je vous reçois aussi, chuchote Michaël.

— Orlando ? Tu es là ? demande Carmen.

— Je suis à un mètre derrière toi, Carmen et tu es à tomber dans cette tenue.

— Merci, Orlando ! C'est rassurant, car selon mon équipe je suis une potentielle victime susceptible d'attirer notre suspect, grogne-t-elle.

— Sans commentaires, Carmen, lance Christophe.

Son chef de groupe secoue la tête et lève les yeux au ciel.

— Il faut avouer que tu ne passes pas inaperçue ! commente le Sicilien. Bon ! Je vous rappelle que toute l'équipe italienne correspond sur un autre canal avec moi, en cas de pépin, je traduirai vos demandes en italien.

— Entendu, répondent-ils en chœur.

— À vos postes donc », termine Christophe.

Toute l'équipe se place aux quatre coins de la salle en créant une sorte de toile d'araignée. Carmen reste mobile entre le centre et le banquet. Les policiers italiens encerclent le palais du rez-de-chaussée à l'étage en jouant leur rôle. Orlando simule être en grande discussion avec deux de ses amies, qui sont véritablement ses collègues de travail. C'est Michaël qui repère en premier une des Françaises qui pourrait être une cible, suivi de Christophe, placé près de la porte principale, qui voit entrer trois jeunes filles parlant français. À l'étage, deux autres Parisiennes ont ôté leurs masques pour aller aux toilettes se repoudrer le nez sous les yeux attentifs de deux policières italiennes.

« OK, ils viennent de fermer les deux portes principales, nous devrions être au complet. En revanche, on ne peut empêcher quiconque de sortir, j'ai donc posté nos faux serveurs devant chaque porte. Ainsi, on verra qui tente de quitter les lieux, commente Orlando.

— Bien reçu, répond Christophe.

— De mon côté, ils ont ouvert le grand escalier menant aux salons du premier étage, intervient Michaël.

Curieux, il monte quelques marches, ébahi par la splendeur de la toile murale.

— Noyée dans cette foule, j'ai du mal à voir quoi que ce soit, s'inquiète Carmen.

— T'inquiète, quand il n'y aura plus de champagne, le cocktail prendra fin et les gens s'éparpilleront, répond Christophe.

— Je vois, j'y retourne alors. »

Carmen progresse avec difficulté vers le buffet tant l'affluence est forte, les robes à paniers s'entrechoquent et les chapeaux à plumes et fanfreluches s'emmêlent. Elle y parvient malgré tout et commande une eau pétillante puis déguste un petit canapé salé tout en gardant l'œil ouvert.

« Les gars, prévient-elle, profil masculin au bout du buffet en costume XVIIIe bleu foncé à trois heures, il pourrait correspondre à Gil Agostini.

— Je le vois, Carmen, je suis sur les marches et il a deux coupes de champagne à la main, intervient Michaël.

— Mais, qu'est-ce que c'est que ça ? demande Orlando.

— C'est quoi, ce vacarme ? s'inquiète Carmen au même moment en se mettant sur la pointe des pieds pour tenter d'apercevoir quelque chose.

— Il ne manquait plus que ça », bougonne Christophe en apercevant une troupe de danseurs.

Quatre couples vêtus de costumes sombres prennent place au milieu de la foule en déployant fièrement devant leur visage de larges éventails rouges. La lumière s'évanouit jusqu'à plonger le palais dans le noir quelques secondes. Une poursuite lumineuse éclaire soudain les huit danseurs qui commencent leur performance sur *Lakmé* de Léo Delibes. Leur gestuelle est gracieuse et parfaitement maîtrisée, la chorégraphie les fait tourbillonner en synchronisation sur les temps forts des instruments. Le spectacle est de toute beauté, les marquises valsent et virevoltent autour de leurs partenaires sous les yeux enchantés des convives qui s'écartent pour les laisser s'exprimer. Une pluie de paillettes est projetée du plafond, créant un splendide halo doré. Les membres de la troupe se placent les uns derrière les autres et enchaînent sur le tempo d'un tango endiablé. Les danseuses s'activent en secouant leurs jupons de soie noire tandis que les hommes manipulent et articulent en rythme leurs éventails.

« Mais, ce n'était pas prévu, ça ? braille Carmen dans l'oreillette.

— Orlando, intervient Christophe, la présidente de l'association ne t'a pas prévenu qu'il y aurait une représentation ?

— Si, si, mais elle a omis de me dire que les danseurs seraient costumés en marquis XVIIIe, répond Orlando, déconcerté.

— Voilà qui ne va pas arranger notre affaire, on a quatre hommes de plus, lance Michaël en se frottant le front d'inquiétude.

— On ne change rien, le rassure Christophe, on garde les yeux ouverts sur les convives.

— Et si le suspect est un des danseurs ?

— Négatif, intervient Christophe, ils sont là pour récupérer leur chèque et après leur chorégraphie, ils disparaîtront.

— Bonsoir », prononce un inconnu.

Ce dernier se tient à seulement quelques centimètres du dos de Carmen et malgré un masque qui lui dissimule la moitié du visage, on peut y lire les six décennies qui le caractérisent.

« Silence radio, suspect en approche, personne n'intervient sans que Carmen ait donné le feu vert, ordonne Christophe en restant aux aguets.

— Bonsoir », répond-elle en se tournant vers lui.

L'homme la dévisage, ébloui par sa beauté.

« Je ne crois pas vous avoir croisée aux autres festivités, c'est votre première soirée ? questionne-t-il en se rapprochant d'elle plus qu'il ne faut.

— Vous semblez bien sûr de vous, objecte-t-elle. Vous ne m'avez tout simplement pas vue aux autres soirées. »

Elle recule spontanément pour s'éloigner de son emprise.

« Ça, c'est impossible ! Même sous votre loup, je peux deviner le joli minois qui s'y cache, lance-t-il d'une voix plutôt vicieuse.

— Eh bien passez votre chemin vers un autre minois, riposte-t-elle en s'écartant de lui.

— Oh ! Tu ne vas pas me la jouer sainte-nitouche », proteste-t-il.

L'inconnu au culot démesuré l'attrape brusquement par la taille pour l'attirer contre son torse.

« Bas les pattes ! on ne touche pas une femme sans y être invité », s'énerve Carmen en donnant un coup de genoux à ce à quoi il tient le plus au monde.

Le faux marquis encaisse le choc, plié en deux, et regarde Carmen se fondre dans la foule.

« Carmen, tout va bien ? demande Christophe, angoissé.

— Tout va très bien, ce n'est pas le profil de notre suspect, cet obsédé pensait que j'étais engoncée dans ma jupe et n'a pas vu le coup venir. Je remercierai Ted de m'avoir laissé les jambes libres comme l'air dans ce superbe costume.

— Bien visé, Carmen, intervient Orlando en riant.

— J'ai repéré Gil Agostini, annonce Michaël.

— Tu es où ? demande Orlando.

— Au premier étage, ce type est un vrai narcissique, il a croisé son reflet dans un miroir et a ôté son masque pour se recoiffer, on aurait dit Fonzie dans *Happy Days*.

— Tu es certain que c'est Agostini ? questionne Christophe.

— Affirmatif.

— OK, on le garde à l'œil, mais on reste vigilants car on a une tripotée de mecs en Casanova et c'est bien notre veine d'ailleurs », termine Christophe.

Étant au même endroit, Carmen et Christophe changent discrètement de place pour éviter de se faire repérer. Ils échangent un regard complice en se croisant et Carmen analyse la pièce depuis son nouvel angle de vue.

« Hé ! intervient Orlando, on a un mec en moins sur la liste des suspects. Le type qui a manqué de respect à Carmen tout à l'heure s'est pris une rouste sévère. Mes collègues viennent de le retrouver assis sur une cuvette des W.-C. bien sonné.

— Quoi ? lance Carmen, surprise.

— En même temps, s'il a reproduit ce qu'il a fait à Carmen sur une autre femme, je ne serais pas étonné qu'un mari ou un petit ami lui ait cassé le nez, commente Christophe sur le ton de la plaisanterie.

— Il a ce qu'il mérite », balance Michaël.

Pendant que le champagne coule à flots, Carmen continue à scruter, à détailler et à enregistrer les visages, ou plutôt les époques, qu'elle croise et s'en amuse d'ailleurs. Elle est surprise de constater que certaines personnes ont opté pour des lentilles de contact blanchâtres faisant penser à des héros de films de vampires. Elle balaye du regard l'immense salle de réception, tel un radar prêt à sonner l'alerte quand soudain, tout au fond de la salle elle aperçoit une silhouette sombre qui évolue harmonieusement. Attirée, elle tente de se frayer un chemin et slalome pour s'en approcher, mais la perd de vue dans la cohue. Elle fronce les sourcils, s'imagine avoir rêvé, mais son instinct la pousse à quitter son poste pour monter au premier étage sous les yeux étonnés de Michaël. Elle cherche de droite à gauche dans le vaste couloir menant aux salons et aux toilettes mais reste perplexe de n'y voir que les mêmes visages fantasmagoriques qui comblent la soirée. Elle entrevoit de grands escaliers menant au second étage mais l'accès est fermé par une lourde chaîne portant une plaque en métal où est inscrit «*privato*». L'écriteau bouge tout seul en se balançant légèrement. Dubitative, Carmen le contemple quelques secondes. Elle attend d'être à l'abri des regards indiscrets, enjambe la chaîne et grimpe les escaliers à la hâte. Il lui faut monter de nombreuses marches en granit pour atteindre le deuxième étage tant la hauteur sous plafond est importante. Le dégagement est similaire à l'étage inférieur mais assombri par le manque d'éclairage. Tout est calme et rien ne laisse présager quoi que ce soit d'inhabituel. Les salons sont vides et tous les meubles sont recouverts de grands draps blancs. Elle s'apprête à redescendre quand une légère brise vient lui chatouiller les narines alors qu'elle entend simultanément le son d'un petit claquement. Sa curiosité excitée, elle décide de poursuivre sa recherche au troisième étage.

«Carmen? Où es-tu passée?

— Tu nous reçois, Carmen?» renchérit Orlando.

Elle sursaute en les entendant dans l'oreillette mais continue sa progression sans s'en préoccuper pour arriver à l'étage supérieur. Elle traverse le vaste corridor et pénètre dans un salon entièrement vide, uniquement éclairé par la façade du palais. C'est ici qu'une des fenêtres s'ouvre et se referme, créant un courant d'air. Elle hoche la tête, s'imaginant avoir perdu son temps, puis sort malgré tout par un des battants. Tout à coup, à plusieurs mètres, elle distingue un homme debout sur le muret de la rambarde. Elle décroche précipitamment son arme de sa cuisse et dégaine à la hâte.

«Police, plus un geste», crie-t-elle en le tenant en joue.

Toujours de dos, l'individu s'immobilise, même si sa longue cape noire à capuche le trahit en flottant dans l'air glacé.

« Mettez vos mains sur la tête ! Lentement, continue-t-elle d'un ton autoritaire.

— Carmen, où es-tu ? hurlent Christophe et Orlando dans l'oreillette.

— Suspect au balcon du troisième ! rapporte-t-elle.

— On déboule ! Carmen, sois prudente ! » annonce Christophe en enjambant deux à deux les hautes marches du palais pour la rejoindre.

L'inconnu obtempère et place ses mains gantées de noir derrière sa nuque.

« Tournez-vous lentement et descendez de cette rambarde », ordonne-t-elle en avançant doucement vers lui.

À ces mots, l'homme bascule brusquement dans le vide sous les yeux choqués de Carmen qui hurle en courant vers lui.

« Non ! »

Elle se précipite jusqu'au bord et constate avec stupeur que sa chute n'était qu'un leurre pour fuir par les toits. Dépitée, elle rengaine son semi-automatique, se libère de son encombrante surjupe en velours et saute prestement sur la toiture voisine.

« Carmen, que se passe-t-il ? s'inquiète Christophe.

— Le mec a sauté, je le poursuis sur les toits, dit-elle en courant. Je suis partie vers la droite.

— Mais tu es complètement folle, je t'ordonne de t'arrêter, vocifère Christophe. Tu peux glisser, c'est trop risqué.

— Je le vois, je le talonne, je vais le coincer, assure-t-elle en faisant de grandes enjambées pour le rattraper.

— À toutes les unités, intervient Orlando, j'ai une policière qui poursuit un suspect sur les toits côté droit du Pisani, il me faut une équipe prête à foncer en bateau pour les suivre. Christophe, prévient-il en changeant de canal, j'ai appelé les renforts, je m'occupe de faire venir l'hélico d'urgence.

— Bien reçu, Orlando, je grimpe dans le bateau avec toi, Michaël, où es-tu ?

— Au premier, mais je viens de perdre de vue Gil Agostini, je ne comprends pas, il était attablé à cet étage, répond Michaël.

— Orlando ! renchérit Christophe, laisse une équipe au palais, le type sur le toit pourrait être Gil Agostini, mais c'est peut-être une diversion pour qu'on baisse notre garde au Pisani. Michaël, tu restes sur place et tu ouvres l'œil sur les filles.

— C'est comme si c'était fait », acquiesce Michaël.

Toutes les équipes s'activent de part et d'autre, créant, malgré leur discrétion, des perturbations visibles au sein de la soirée. Le fugitif quant à lui semble très entraîné et dévale les toitures avec agilité. Il court vite, très vite même, et distance Carmen de plusieurs mètres. Il glisse sur une longue toiture en pente et se rattrape habilement en déviant son chemin vers le toit d'une église. Carmen, galvanisée par l'adrénaline, reproduit les mêmes gestes que lui en donnant tout ce qu'elle peut, mais sa veste trop ajustée la gêne dans ses gestes et l'empêche de bouger convenablement. Stopper sa course pour l'enlever lui ferait perdre trop de temps, alors elle court, glisse, saute de muret en rambarde, enjambe des terrasses en bois, manque de tomber et se raccroche in extremis à la croix d'une petite cathédrale. *Sauvée par le divin*, songe-t-elle. Elle glisse adroitement sur les ardoises qui couvrent le clocher, bondit sur un long balcon le cœur battant puis, de nouveau à la verticale, reprend sa vitesse de pointe. Christophe tente de lui parler dans l'oreillette, mais Carmen est à bout de souffle, et lui répondre l'épuiserait davantage. Orlando et son équipe ne parviennent plus à la suivre en bateau et misent désormais sur l'arrivée de l'hélicoptère, qui tarde à se montrer. Elle est seule et pourtant déterminée à suivre l'individu qui grimpe les hauts étages d'un hôtel grâce à des pivots en fer forgé scellés dans la bâtisse. La gymnaste en fait de même et ses pieds retombent agilement sur une grande plateforme surplombant le quartier de San Polo. Ce marathon est épuisant et commence à l'essouffler, son cœur bat la chamade, son pouls résonne dans ses tempes et ses jambes s'affaiblissent. Le suspect semble avoir des ressources supplémentaires, mais l'Italienne n'abandonne pas et redouble d'efforts quand l'individu prend soudain un élan considérable et saute plusieurs mètres dans les airs pour retomber avec vélocité de l'autre côté d'un toit d'immeuble. Déroutée, Carmen ralentit et freine la cadence, évitant de justesse de tomber du cinquième étage. Elle enrage de le voir debout de l'autre côté du canal à la contempler. *Pourquoi ne fuit-il pas?* pense-t-elle. Elle aimerait distinguer les traits de son visage mais la rive est dépourvue d'éclairage. Elle recule d'un pas, de deux, puis de trois et s'éloigne du bord pour se préparer à sauter à son tour. À cet instant, elle n'a plus les idées claires, ses pensées vont et viennent, faisant bouillonner son cerveau. Son costume est en lambeaux, ses cheveux sont ébouriffés et la sueur a envahi son visage. Elle reprend son souffle, inspire profondément et s'élance en parcourant tout l'asphalte de ses longues jambes puis se jette dans le vide. Son saut est parfaitement maîtrisé, mais l'étroitesse de son habit l'empêche d'atteindre le haut de la toiture, elle glisse et se cogne violemment le crâne sur un rebord en pierre. Son corps dévale et roule à toute vitesse sur les tuiles en pente qui se décrochent une à une, la précipitant dans le vide, elle parvient toutefois à se rattraper en s'agrippant à une gouttière. Désormais suspendue dans le vide, elle se retient à un chéneau. Un liquide visqueux coule sur son front, c'est du sang, beaucoup de sang, sa tête tourne, elle gémit de douleur et manque d'oxygène. Elle ne trouve plus la force de se battre tant sa posture est mauvaise, ses doigts crispés sur le zinc glissent un à un. Chaque tentative de mouvement est un échec et la souffrance prend le dessus. Sa main gauche cède sous le poids de son corps et déchire les dernières coutures de sa veste, ses paupières s'alourdissent, Carmen perd connaissance.

Une lourde porte en bois s'ouvre sur un étroit tunnel qui l'attire dans le vide, elle lutte, chute, se débat mais une puissance incommensurable l'aspire vers une lumière aveuglante. Carmen a la sensation de voler et d'être en apesanteur. *J'ai froid, j'ai si froid, je dois être morte, mais je ne veux pas mourir…* Un bruit strident martèle son cerveau, elle perd toute notion de la réalité. Une image surgit, puis une autre, laissant place désormais à un diaporama de flashs : du sang, des gens costumés, des lumières, des ruelles à Venise et des voix, beaucoup de voix, tout se mélange et devient confus. Christophe et Orlando apparaissent devant elle puis s'évaporent dans un vacarme insoutenable, laissant maintenant Antonio faire surface dans son esprit. Ils voyagent dans son bateau et tiennent la barre ensemble, il la regarde de ses yeux de velours et l'embrasse passionnément quand soudain une nouvelle porte s'ouvre et désintègre son image. Le ciel est chargé de brume humide, le vent est violent, elle est allongée et du monde l'entoure mais les visages sont flous. Une odeur désagréable la dérange, c'est du kérosène, puis de nouveau des cris, des sirènes et Antonio l'appelle, il hurle : « Où es-tu, Carmen ? Carmen ? »

« Carmen, Carmen. Tout va bien, ma chérie, on est là, ça va aller !

— Maman, Papa ? Mais je suis en plein délire, où suis-je et que faites-vous là ? répond-elle en se réveillant dans un lit d'hôpital.

— Oh, ma princesse ! Tu ne te souviens pas ? continue sa mère, tu t'es blessée pendant ta mission à Venise et tu as été transportée par hélicoptère, on est à l'hôpital dell'Angelo de Mestre.

— Mon Dieu, je me croyais morte, je suis ici depuis combien de temps ? s'inquiète-t-elle en touchant des doigts le bandage qui lui entoure la tête.

— Ils t'ont mise sous sédatif hier soir pour te recoudre, ça fait environ vingt-deux heures que tu as été admise et tu as eu de la chance.

— Tu vois, Carmen, intervient son père en colère, tu comprends pourquoi je ne voulais pas que tu fasses ce métier. Ce n'est vraiment pas un boulot de femme, tu as risqué ta vie pour qui ? Un bandit ?

— Fiche-lui la paix, bon sang, s'agace sa mère, ce n'est pas le moment de la contrarier, tu…

— Ça suffit, les interrompt Carmen. Ça fait dix ans que je ne vous ai pas vus tous les deux ensemble alors *basta* ! »

Ses parents échangent un regard contrit.

« Ton chef t'attend à la cafétéria, je vais le prévenir que tu es réveillée, annonce son père en se levant pour quitter la chambre.

— Maman, tout est tellement flou, je n'ai que des bribes d'épisodes, reprend-elle, les yeux humides.

— C'est normal, c'est le choc, il te faut du temps et tu verras avec le médecin, tout ira bien.

— Quand êtes-vous arrivés ?

— Ton père en fin de matinée de Milan et moi à 15 heures environ, répond-elle, assise sur l'une des deux chaises de la chambre.

— Je suis tellement désolée de vous avoir causé du souci avec mes histoires.

— La voilà ! s'écrie Christophe en surgissant soudain dans sa chambre. Alors, comment va Madame casse-cou qui se prend pour Batman ?

— J'ai la sensation d'être passée sous un semi-remorque. répond Carmen en levant les yeux au plafond.

— On va attendre dehors, dit son père en faisant signe à son ex-épouse de le suivre.

— Il faut que je te dise qu'il nous a filé entre les doigts, Carmen, je suis navré, il a déjoué notre stratégie, on ne sait même pas si c'est Gil Agostini, l'informe Christophe, le visage rempli d'amertume.

— C'est ma faute, j'aurais dû…

— Carmen, tu m'arrêtes ça tout de suite ! l'interrompt-il. Celle qui a eu du pif, c'est toi car il se taillait par les toits et tu l'as suivi.

— Alors dis-moi qui je dois remercier de m'avoir sauvée au moins ? questionne-t-elle.

— Sauvée ? Mais, Carmen, tu ne te souviens pas ? On t'a retrouvée allongée sur le toit d'un immeuble et l'hélico t'a repérée grâce à une alarme de boutique qui a ameuté tout le quartier.

— Quoi ! Mais non, ce n'est pas possible ! proteste-t-elle en s'agitant dans son lit.

— Carmen, calme-toi, tu t'es blessée à la tête, tu déraisonnes un peu, il te faut du temps pour te souvenir.

— Christophe ! lance-t-elle sèchement, je ne déraisonne pas, je te dis que j'étais suspendue à un toit, prête à chuter dans le vide. Je suis formelle, c'est peut-être Michaël ou Orlando ? finit-elle par dire.

— Repose-toi et on en reparle tranquillement plus tard. Le médecin va te rendre visite pour valider ta sortie.

— S'il te plaît, Christophe, réponds à ma question, je t'en prie, s'entête-t-elle.

— Carmen, écoute-moi ! Michaël avait ordre de rester au Pisani, quant à Orlando et à moi-même, on serait fier de te dire qu'on t'a sauvé la peau, mais ce n'est pas le cas. Pendant que tu crapahutais sur les toits comme une acharnée et que tu ne répondais plus à mes ordres, on a perdu ta trace en bateau. Voilà ce qui s'est vraiment passé !

— Mais alors… qui a bien pu me… » s'interroge-t-elle en portant son regard sur la fenêtre de sa chambre.

Christophe la regarde d'un air compatissant, mais ne peut s'empêcher de penser qu'elle délire à la suite du choc qu'elle a reçu à la tête. Le médecin fait irruption dans la chambre et demande à Christophe de bien vouloir sortir pour ausculter Carmen. Il la rassure sur le bilan effectué à son arrivée. Toutes les analyses sont bonnes et l'IRM ne présente aucun traumatisme qui pourrait laisser supposer quoi que ce soit d'anormal en dehors de quelques contusions et de points de suture sur le haut du front. Quand Carmen lui fait part de son angoisse concernant sa perte de mémoire, il lui répond explicitement que le choc est uniquement émotionnel et qu'elle doit lâcher prise. Si elle cesse de stresser, elle recouvrera la mémoire rapidement. Il valide sa sortie quelques heures plus tard et Carmen accepte que sa mère vienne la rejoindre à Paris pour passer quelques jours avec elle.

20.

Esprit de groupe

Vendredi 19 février 2021, le retour à Paris est aussi chargé et démoralisant que le ciel qui pleure des rivières sur la capitale. Carmen quitte Venise, désemparée et remplie d'amertume, entre sa mission avortée, sa rupture amoureuse avec Antonio et son accident qui lui occulte une partie de la mémoire, elle capitule. Non, Venise n'est pas synonyme de réussite pour l'enquêtrice française.

« Quel gâchis ! » chuchote-t-elle de façon inaudible.

C'est une telle remise en cause, que dans l'avion, tandis qu'elle regarde par le hublot, elle fait un constat : Venise est un total échec. Elle y a non seulement rencontré Antonio mais elle n'a pas non plus pu résoudre les énigmes pour faire avancer son enquête. Elle en conclut que les sentiments qu'elle éprouve pour cet homme si énigmatique et magnétique à la fois l'ont complètement ébranlée. Une fatalité bien décevante que cette symbiose puisse être en relation directe avec son affaire. Sa passion a pris le dessus au point d'inhiber ses réflexes de femme et de policière qui, d'ordinaire, lui sont si précieux pour analyser tout comportement, y compris – et surtout – de ceux qui tentent de pénétrer dans sa vie intime. Antonio a réussi à la bouleverser, à la renverser et à la déstabiliser. Elle regrette d'avoir été davantage une femme qu'une enquêtrice lors de leur rencontre et de ne pas s'être renseignée sur son identité. Ses pensées la culpabilisent et la dévorent telle la gangrène. Ce n'est qu'en sortant de l'aéroport de Roissy qu'elle reprend ses esprits, face au chauffeur qui vient récupérer les trois enquêteurs. Le trajet en voiture s'exécute dans un silence glacial, un sentiment de frustration envahit le trio, pourtant Christophe a bien tenté de remonter le moral de sa petite troupe, mais en vain. Le bilan des missions est en demi-teinte. Quelle déconvenue que cette poursuite ! Carmen se repasse en boucle l'épisode de la soirée quelque peu entrecoupé par sa faible mémoire et déplore ses manquements. Il aurait fallu placer des policiers sur les toits ! Comment n'y a-t-elle pas pensé ? Elle, si habituée à cet univers ? Elle, Carmen Ricci, spécialiste des enquêtes et passionnée des toits parisiens qui devient une novice lorsqu'on la sort de son environnement habituel. Carmen Ricci a échoué là où elle est censée réussir. Avant d'en discuter avec Christophe et les autres membres, avant une remise en cause totale de sa vision des investigations qui ont été menées jusqu'à présent, elle tente de se poser cette fois les bonnes questions. *Que va dire le directeur ?* s'autorise-t-elle à penser. *Non, ce n'est pas une bonne question. Peu importe ce que pense le directeur, on n'est pas flic pour faire plaisir à sa hiérarchie, on mène une enquête pour s'approcher au plus près de la vérité. Et que va dire le juge Fabro alors ?*

La voici la bonne question. Le juge Fabro attend des résultats des investigations menées à Venise. C'est lui qui a ordonné, confirmé et validé cette mission. Carmen doit lui rendre des comptes. Quel qu'en soit le résultat, le juge Fabro doit être informé. Il aura peut-être une vision extérieure et pourra faire preuve de discernement. Carmen sort de ses pensées pour passer à l'action. *Non, je n'abandonnerai pas...*

Elle enclenche son téléphone en mode haut-parleur.

« Bonjour, monsieur le juge.

— Capitaine Ricci, j'attendais votre appel. Alors, cette mission à Venise ? Concluante ?

— Puis-je passer vous voir avec mes collègues ? répond-elle face à Christophe et à Michaël qui la regardent, médusés.

— Maintenant ?

— Si je peux me le permettre, oui, maintenant !

— J'ai un interrogatoire important dans à peine une heure et…

— Monsieur le juge, l'interrompt Carmen. Si je vous dis maintenant, c'est que je pense que c'est suffisamment sérieux et important pour que nous nous voyions dans l'heure.

— Où êtes-vous ?

— Sur la route entre Roissy et Paris.

— Très bien, vous avez une demi-heure pour arriver.

— Nous serons dans les temps » affirme Carmen avant de glisser au chauffeur : Mets le bleu, la musique et la gomme, direction le palais de justice, porte de Clichy.

Autoroute A1, entrée sur le périphérique porte de la Chapelle et sortie porte de Clichy, la route est véritablement avalée. La circulation de ce début d'après-midi n'étant pas très dense, le slalom engagé entre les véhicules toute sirène hurlante et gyrophare tournant n'est qu'une formalité pour le chauffeur aguerri aux courses rapides. Il s'arrête au pied du gratte-ciel qui domine le nord de la capitale du haut de ses cent soixante mètres. Les trois policiers descendent et rejoignent l'entrée située sur le parvis du tribunal judiciaire. D'un pas affirmé, les compères franchissent les portes battantes puis les détecteurs de métaux, ils traversent l'immense hall d'accueil et se dirigent vers les ascenseurs. Christophe badge et l'élévateur les transporte en quelques secondes au treizième. Une dernière formalité de confirmation d'identité dans le sas d'accès à la galerie des juges d'instruction et le trio se retrouve sur le pas de la porte du cabinet de Fabro, au bout du long couloir insipide monocolore qui nécessiterait presque l'utilisation d'une trottinette pour optimiser ses déplacements d'un bout à l'autre.

« Quel manque d'originalité, ces couloirs, déplore Michaël, tous blancs façon hôpital et menant à des bureaux froids et tous identiques, armés d'immenses portes que seuls ceux qui ont pratiqué dix ans de musculation peuvent ouvrir.

— Je soumettrai cette idée à mes supérieurs, intervient Fabro, dont la porte entrebâillée lui a permis d'entendre la remarque. Ainsi pourront-ils comprendre l'intérêt de pratiquer du sport, non pour le bien-être des magistrats, ce dont ils se foutent complètement, mais pour leur permettre simplement de pénétrer dans leur lieu quotidien de travail. Mais entrez donc, poussez cette lourde porte, pléonasme qui me semble le plus approprié illustrant admirablement votre analyse. »

Les trois enquêteurs entrent dans le bureau du juge Fabro immaculé de blanc du sol au plafond et s'installent sur des fauteuils également blancs assortis au bureau.

« Ma foi, tout est blanc comme neige ici, poursuit Michaël.

— Ce n'est pas le cas de la majorité des suspects qui s'installent devant moi, répond le magistrat. Enfin… Je vous rappelle que mon temps est compté. J'attends votre récit sur Venise, madame Ricci.

— Juge Fabro, en plus d'un compte rendu, je suis venue pour m'en remettre à votre avis et à votre expertise. J'ai provoqué cette réunion en vous sollicitant dès notre atterrissage, afin que nous ayons tous ensemble une réflexion commune. La pensée collective est nettement plus performante.

— Je ne vous suis pas très bien», répond Fabro, perplexe.

Carmen se lance et synthétise tous les éléments probants du volumineux dossier et détaille minutieusement les deux missions à Venise. Elle endosse la responsabilité de certaines erreurs mais insiste sur le fait qu'elle a besoin d'une réflexion commune pour trouver la bonne solution devant l'urgence du prochain meurtre qui pourrait avoir lieu dans la nuit de dimanche à lundi, soit dans deux jours.

Attentif et réactif, le juge Fabro se lève sans piper mot, rejoint le bureau communicant de son greffier et lui demande de retarder l'interrogatoire prévu dans l'après-midi.

« Les avocats vont encore manifester un certain mécontentement, soupire le greffier.

— Eh bien, qu'ils manifestent et qu'ils manifestent encore! rétorque Fabro en claquant la porte. Mettons-nous au travail.

— Je vais avoir besoin de tous les cerveaux de cette pièce, le mien étant perturbé par mon récent accident.

— Êtes-vous certaine d'être assez lucide après ce qui vous est arrivé?

— Absolument, les examens sont parfaits, seuls des petits éléments de ma mémoire se court-circuitent un peu, mais d'après le médecin, c'est uniquement émotionnel, ce n'est qu'une question de jours.

— Très bien, alors, il n'y a pas une seconde à perdre.»

Comprenant l'enjeu et soucieux de contrôler l'immaîtrisable, à savoir le temps, les quatre professionnels de la justice se positionnent autour du grand bureau du juge. Le magistrat remplace les dossiers du moment par celui des meurtres d'Aurélie Lancelle, de Natalia Bolcov et de Mathilde Orsioni. Tout est étalé dans un désordre ordonné. Les procès-verbaux d'un côté, les photos des scènes de crime de l'autre, les rapports de synthèse de Carmen sur le dessus. Tout est passé au crible, disséqué, analysé, de nouveau exploité, les scellés sont réétudiés, les résultats des expertises et des analyses sont relus. Une nouvelle interprétation de chaque élément est proposée. L'idée est de ne rien oublier, de ne passer à côté d'aucune conclusion, de ne s'affranchir d'aucune analyse. Le discernement et l'esprit créatif sont de rigueur. Il faut aller vite. Le temps passe et presse. Le compteur est enclenché. Le prochain meurtre est prévu dans deux jours. Le juge écrit, efface, réécrit, puis remplace, corrige, dessine et gribouille sur le tableau blanc. Il écoute attentivement les trois policiers donner leurs avis, soumettre leurs idées, étayer leurs points de vue, proposer leurs visions. Puis il argumente, revient sur ce qu'il est possible de mener, apporte les précisions juridiques, affine les propos de chacun. Bref, un véritable échange, une partie de réflexion, un concentré de pensées qui fait chauffer cette pièce dans laquelle aucune aération n'est possible puisque les fenêtres, construites pour résister à toute attaque terroriste y compris par des lance-roquettes depuis le périphérique voisin, ne peuvent s'ouvrir. La réunion au sommet n'est interrompue que par le greffier qui, au bout d'un temps certain, estime qu'il peut passer le bout de son nez à travers la porte communicante.

« Monsieur le juge, les avocats et leur client s'impatientent…

— Eh bien, qu'ils s'impatientent ! »

Soudain, nullement dérangé par l'intrusion du greffier, Christophe rompt sa réflexion pour avancer une perspective d'enquête :

« Notre dernière mission à Venise n'est pas sans réussite. Nous avons pu constater que notre idée d'une prise de contact par le meurtrier au cours d'une des soirées organisées par l'association "I sogni del carnevale veneziano" s'avère être du domaine du probable.

— Je suis d'accord, approuve Michaël. Pourquoi cet homme se serait-il enfui par les toits?

— Parce qu'il a dû remarquer la présence policière, répond Carmen.

— C'est bien qu'il a quelque chose à se reprocher, souligne Christophe. Nous étions donc sur la bonne piste. Mais laissez-moi poursuivre mon analyse. Nous savons que les trois victimes sont toutes membres de l'association. Nous savons qu'elles se sont toutes trois rendues à la soirée du Pisani Moretta. Nous savons qu'au moins deux d'entre elles ont participé à des *afters* disons peu catholiques…

— *Afters*, qui, si mes souvenirs sont bons, se sont tous déroulés pendant la semaine du carnaval, mais avant la dernière soirée au Pisani Moretta, rappelle le juge.

— Exactement, confirme Christophe. Il n'y pas d'*after* après la dernière soirée qui clôture le carnaval. Ce qui permet de penser que notre suspect a très bien pu les aborder lors d'une fête, pour ensuite leur remettre le carton d'invitation quelques jours plus tard, cette fois, lors de la dernière soirée de gala.

— Jusque-là, tout se tient, valide le magistrat.

— Bon! poursuit le chef de groupe en se dirigeant vers le bureau du juge. Laissez-moi vérifier un élément, ajoute-t-il en fouillant dans les différents tas de documents répartis sur la grande table de travail. Voilà, je l'ai trouvé!»

Christophe exhibe une feuille de papier sur laquelle se trouve un tableur Excel communiqué par la présidente de l'association vénitienne «I sogni del carnevale veneziano».

«Je reconnais ce tableau, dit Michaël, très attentif à l'exposé de son chef. Il s'agit de la liste des invités.

— Exact. Et que pouvons-nous lire sur cette liste? Les noms, les prénoms, les adresses et les numéros de téléphone.

— Mais enfin, précise Carmen, nous avons déjà étudié cette liste !

— Je sais, Carmen, répond Christophe, mais c'est un autre aspect de la réussite de notre dernière mission, la découverte de la probable implication d'Agostini, revenons à cette liste.

— Liste qui peut ne pas être conforme avec les réelles identités des participants, je vous rappelle que l'inscription à l'association, ainsi qu'aux soirées organisées, n'est pas soumise à un contrôle identitaire. Chacun des inscrits a très bien pu communiquer une fausse identité, ajoute Carmen.

— Je te rejoins aussi sur ce point et je te rappelle que nous n'avons pas attendu ce jour pour émettre l'hypothèse que ceux qui avaient communiqué une fausse identité pouvaient être les premiers sur notre liste de suspects. Mais comme tout le monde est masqué à la soirée, il est impossible de vérifier si des invités ont pu usurper l'identité de quelqu'un. En tout cas, dans les vérifications que nous avons menées, aucune identité n'était inventée. Toutes les identités figurant sur cette liste correspondent bien à une personne dans la réalité. En revanche, il est impossible de savoir, pour les raisons que j'évoquais, si ce sont bien les personnes inscrites qui se sont rendues à la soirée.

— Je te suis parfaitement, résume Michaël. Notre suspect a très bien pu usurper l'identité de quelqu'un pour s'en servir pour s'inscrire auprès de l'association ainsi qu'à la soirée ?

— Exactement.

— Mais comment le détecter ?

— C'est là que tout se complique et que mon idée peut vous paraître vertigineuse, poursuit le chef de groupe.

— Je vois où tu veux en venir, intervient Carmen. Sache que nous avons déjà étudié tous les téléphones. Aucun n'est en communication avec une de nos victimes ou bien leurs proches.

— Mais tes recherches en France, conformément à la législation, n'ont pu remonter au-delà d'une année, atteste Christophe.

— C'est vrai, mais dans ce laps de temps aucune communication suspecte n'est apparue.

— Alors nous devons tenter le tout pour le tout. Je propose de placer sur écoutes tous ces téléphones, conclut Christophe.

— Permettez-moi d'intervenir, enchaîne Fabro. C'est impossible. Vous savez autant que moi que, parmi les cinq cents invités, il y a soixante pour cent d'hommes...

— Alors nous trouverons trente enquêteurs qui s'occuperont chacun de dix écoutes.

— Mais, réagit Michaël, je suis d'accord avec M. le juge, rien que pour lancer une écoute téléphonique, entre la réception de la commission rogatoire d'écoute, l'inscription sur la plateforme nationale, les réquisitions aux opérateurs, il faut plusieurs heures. Imagine le temps que prendraient trois cents dossiers ?

— Ils ont raison, Christophe, ajoute Carmen, d'ici dimanche c'est impossible à mettre en place, nous n'aurons matériellement pas le temps, même si nous y passons nos jours et nos nuits.

— Attendez un peu ! intervient le magistrat en arrachant la liste des mains du chef de groupe. Si ce meurtrier est si difficile à trouver, pourquoi ne pas poursuivre votre stratégie adoptée au bal masqué et mettre sur écoutes sa future victime ? »

Un long silence s'installe autour de la table, chacun faisant fonctionner son quotient intellectuel. Carmen effectue une analyse rapide et détaillée des problèmes logistiques liés cette idée, mais surtout des possibles résultats d'enquête qu'elle pourrait offrir.

« Monsieur le juge, cette idée est tout simplement géniale !

— Merci pour moi, réplique Christophe, irrité.

— Mais non, Christophe, sans ton raisonnement initial nous n'aurions jamais trouvé cette solution, se rattrape-t-elle.

— Nous avons tout de même deux cents femmes à brancher, souligne Michaël.

— Non, beaucoup moins que cela, intervient le juge. Deux cents femmes présentes mais pas autant de victimes potentielles.

— Absolument, continue Carmen. Il nous faut pour cela déterminer le profil de la victime afin de réduire notre liste au maximum.

— On retire déjà toutes les étrangères, propose Christophe.

— Et peut-être celles qui ont plus de quarante ans ! soumet Michaël.

— On enlève également toutes les femmes qui ne résident pas en Île-de-France, ajoute Carmen.

— Que nous reste-t-il, roulement de tambour, lance le juge saisissant un surligneur violet sur son bureau. (Il raye les hommes de la liste, exclut certaines femmes selon les critères retenus et prend du recul.) Quarante-quatre Françaises, indique-t-il avec fierté et parmi elles, vingt-six ont moins de quarante ans. Au final, sept d'entre elles résident à Paris ou aux alentours et d'après leur photo de membre, elles sont toutes désirables, si j'ose dire.

— Mais pourquoi Paris uniquement ? questionne Michaël.

— Tu sais très bien que le meurtrier signe et s'identifie à Casanova, répond aussitôt Carmen. Son mode opératoire est de donner rendez-vous à ses conquêtes dans des lieux historiquement fréquentés par ce personnage. On a le café de la Régence pour Natalia Bolcov, l'hôtel de Buci pour Aurélie Lancelle et le Grand Café Tortoni pour Mathilde Orsioni. Si nous trouvons la prochaine victime, nous découvririons le lieu où elle a rendez-vous, ce qui nous mènera au meurtrier.

— Et comment se nomment ces sept futures victimes ? demande Christophe avec la quiétude et le sérieux d'un chef d'équipe qui, conscient qu'il ne faut pas perdre un instant, relance les troupes vers la poursuite des investigations.

— Nous avons Marie Jucieux, Eva Mircova, Nadia Demnari, Lila Niang, Cindy Madison, Lili Valery et Jade Rastsini, énonce Fabro tout en se dirigeant vers le bureau de son greffier.

— Oui, monsieur le juge, l'interrogatoire peut commencer ? commente le greffier. Les avocats ne tiennent vraiment plus en…

— Pas encore ! objecte le magistrat en lui coupant la parole. Vous allez d'abord me rédiger de toute urgence sept commissions rogatoires d'écoutes que vous remettrez à Mme Ricci.

— Très bien, monsieur le juge », acquiesce le greffier, débordé.

L'équipe sort du cabinet plus motivée que jamais, laissant Fabro se débrouiller avec les avocats furieux d'avoir dû attendre deux heures avant l'interrogatoire de leur client. Ils quittent à la hâte le palais de justice, retrouvent leur chauffeur et rentrent sans encombre à la brigade. Carmen et Michaël s'activent dès leur arrivée sur leurs ordinateurs en se connectant sur le logiciel des interceptions et sollicitent le branchement des sept téléphones concernés. Chaque ligne sur écoutes s'enregistre dans une base de données, il ne reste donc qu'à attendre que les conversations commencent et le tour est joué. Les trois enquêteurs quittent leurs bureaux pour regagner leur domicile respectif avec l'espoir que leur stratagème aboutisse. Carmen retrouve sa mère fraîchement arrivée d'Italie, elles s'embrassent, déposent bagages et sacs près du lit et improvisent un apéritif maison. Mère et fille passent leur soirée à refaire le monde autour de vieux souvenirs et tout y passe : les anciennes conquêtes de Carmen, ses concours de gymnastique, son adolescence avec Ted, son père et son mauvais caractère, sa vie professionnelle et tout dernièrement Venise. Carmen lui annonce qu'elle est éprise d'Antonio et qu'elle sait que, par orgueil, il ne la rappellera pas non plus. Elle tente aussi de donner un sens logique et rationnel à son accident même si elle est persuadée que ses émotions – terme employé par le médecin – occultent ce qui s'est vraiment passé ce soir-là.

Samedi 20 février au matin, le compte à rebours a commencé, Michaël et Carmen s'enferment dans leurs bureaux, s'installent, studieux, devant leurs ordinateurs, un casque sur les oreilles, une souris et un bloc-notes à portée de main. Après avoir écouté toutes les communications de la nuit, ils saisissent au vol tout nouvel enregistrement, et prennent connaissance en même temps des nouveaux appels. C'est un travail d'attente, de patience et de longue haleine. Ils savent que l'écoute peut être frustrante. Il faut être attentif à chaque instant, il ne faut pas perdre une miette des dialogues ennuyeux et interminables des différents interlocuteurs. Un détail peut se cacher au milieu d'une conversation de plusieurs heures. Écouter, écouter et encore écouter. Telle est l'activité des deux enquêteurs pendant les heures qui suivent. Christophe est également présent pour leur prêter main-forte. C'est souvent le soir que les jeunes femmes parlent à leurs parents, se confient à leurs amies en critiquant d'autres amies au passage et rivalisent de tendresse auprès de leurs compagnons. Pour les non-célibataires, tous les sujets sont ouverts, de l'actualité du moment à une conversation banale ou sans aucun intérêt pour les enquêteurs. Michaël et Christophe restent concentrés chaque seconde malgré tout. La certitude de réussir s'amoindrit, car le temps passe et les minutes sont comptées. Ils apprennent que Marie Jucieux est mariée, qu'Eva Mircova est passionnée de littérature, que Nadia Demnari est membre d'une ONG, que Lila Niang est une sportive qualifiée, que Cindy Madison possède la double nationalité franco-américaine, que Lili Valery désire être candidate au concours Miss France et que Jade Rastsini a récemment gagné une belle somme au loto. Soudain, le doute, l'angoisse envahissent les policiers, ont-ils fait le bon choix ? L'orientation donnée à leur enquête est-elle judicieuse ? L'une de ces jeunes et belles femmes va-t-elle recevoir un appel suspect ? La sélection de ces dernières est-elle opportune ? Le temps s'écoule et aucune avancée ne se profile à l'horizon. Des minutes, des heures puis encore des heures à écouter, et ce, sans pouvoir aider les autres policiers du groupe sur l'actualité criminelle de la capitale. Une sorte de tension nerveuse se fait ressentir dans les couloirs. Les deux enquêteurs, détachés exclusivement sur ces trois affaires de meurtre, se retrouvent de plus en plus en marge de l'équipe. C'est Christophe, leur chef de groupe, qui, croyant dur comme fer en eux, mise tout sur leur capacité à résoudre cette affaire et joue son rôle de médiateur en balayant d'un revers de la main toute critique. Mais malheureusement les écoutes ne parlent toujours pas quand soudain, le dimanche 21 février à 15 h 16 précisément, une conversation inespérée suscite la curiosité des enquêteurs. Lila Niang, en ligne avec sa meilleure amie, parle des derniers résultats sportifs de l'équipe de France féminine de volleyball, un sport qu'elles pratiquent avec passion. C'est en milieu, voire en fin de conversation, que

Lila avoue à demi-mot à sa fidèle amie qu'elle a un rendez-vous galant dans quelques heures. La curiosité de son interlocutrice fait évidemment le reste.

« Quoi ! Tu as rendez-vous avec un mec ce soir et moi, ta meilleure amie, je l'apprends le jour même, t'as pas honte ? bougonne son amie.

— Écoute, je comptais le voir et t'en parler après mais tu vois, je n'ai finalement pas résisté…

— Mais c'est une information de premier ordre, petite cachottière ! Je veux tout savoir, il est comment ? Il est d'où ? Il fait quoi ? continue-t-elle, euphorique.

— Doucement, ma belle, pas tant de questions en même temps, d'autant que je n'ai moi-même pas toutes les réponses. Je l'ai rencontré à Venise, mais j'ai honte de te dire que je n'en sais pas beaucoup plus sur lui si ce n'est que je craque complètement sur son allure, son charisme et ses jeux d'énigmes.

— Ses jeux d'énigmes ? Le bol, tu as péché un romantique ! C'est au carnaval que tu l'as rencontré alors ?

— Exactement !

— Et ensuite ? J'attends, moi… Ah, je crois que je comprends ton hésitation, tu l'as rencontré à une de ces fameuses soirées, hum, comment dire … coquines, c'est ça ? finit-elle par dire.

— Oh, tu peux dire libertine, n'ayons pas peur des mots. Je voulais pousser mes limites en découvrant une nouvelle expérience. Je n'ai participé qu'à une seule de ces soirées, alors ne me juge pas trop sévèrement ! répond Lila, légèrement embarrassée.

— Lila, j'ai trompé mon mec il y a un an, alors je suis mal placée pour te juger. Bon, sinon, comment est-il ? Beau, sexy, blond, brun et ses yeux ?

— Tu vas me prendre pour une préado, mais la plupart du temps, il était masqué, donc en dehors des yeux foncés, je suis incapable de te le décrire. En revanche sa voix…. Oh là là, sa voix suave me fait fondre, je pense qu'il doit avoir entre trente et quarante ans, mais sans réelle certitude.

— Un homme mûr cette fois-ci ? rigole-t-elle.

— Oui, je sens que c'est ce dont j'ai envie, un homme d'expérience. Terminé les gamins joueurs !

— Tu as déjà couché avec lui alors ? C'était comment ? Raconte-moi, je veux les détails les plus croustillants.

— Désolée de te décevoir, j'ai bien couché avec un homme à Venise, même deux, mais pas avec lui. En fait, je l'ai croisé sur le seuil d'un appartement, je ne saurais te dire s'il était déjà à la soirée, ou s'il venait juste d'arriver. Il m'a électrisée quand je suis sortie. Avant de m'engager dans l'escalier, il m'a attrapé la main et m'a susurré à l'oreille une phrase que je n'ai pas comprise tout de suite.

— C'est dingue, ton histoire, on se croirait dans un film baroque et alors qu'a-t-il dit ?

— Il m'a dit sensuellement : "Êtes-vous certaine d'avoir fait le bon choix, madame, une femme telle que vous ?" Je pense qu'il devait parler des autres hommes avec qui j'ai couché. Du coup, je meurs d'envie de m'abandonner à lui, j'y pense sans arrêt.

— Je ne comprends pas, ce mec t'a approchée et ne t'a pas demandé de coucher avec lui ? C'est hallucinant.

— J'en conviens, mais non seulement il est dans le respect le plus affiché, car son approche a été des plus raffinée, mais en plus il use d'une certaine communication… disons… magnétique…

— Explique !

— Eh bien, lors de notre seconde rencontre, à la soirée du Pisani, je ne l'avais pas remarqué durant le cocktail. Il était entièrement costumé et masqué de noir, un genre de hussard. Au cours de la soirée, j'ai senti que quelqu'un m'effleurait et j'ai compris qu'il s'agissait de mon nouvel amant. Il m'a glissé une petite carte dans la main en me chuchotant à l'oreille que le secret de celle-ci serait visible à la lumière d'une bougie, puis paf, il a disparu.

— La vache. Il y a un canon sur terre, gentleman, romantique et poétique et il est pour toi. Tu as vraiment de la veine... Et alors, tu l'as dévoilé, ce secret ? s'écrie son amie, impatiente.

— Tu penses bien ! Le soir même en rentrant à l'hôtel ! La première chose que j'ai faite c'est d'approcher la flamme de mon briquet au-dessus du carton. Au début, je ne voyais absolument rien, mais, après plusieurs secondes, j'ai vu apparaître un message comme par magie.

— Waouh ! Et laisse-moi deviner, c'est un rendez-vous galant, c'est ça ?

— Bingo ! Et je suis complètement excitée à l'idée de le revoir.

— Mais alors, il est à Paris en ce moment ?

— Évidemment, puisque j'ai rendez-vous au Procope, dans le 6e.

— Non mais, je rêve, le mec a pensé à tout, c'est le café le plus ancien et le plus romantique que je connaisse à Paris. Franchement, Lila, je suis jalouse. Sinon, tu crois qu'il va te reconnaître ?

— Je ne sais pas, mais avec la robe que je prévois de porter, crois-moi, il me repèrera ! D'ailleurs, je vais m'activer car j'ai rendez-vous à 20 heures.

— Quelle veinarde ! Demande-lui à tout hasard s'il a un frère, jumeau de préférence, et je lâche Romain sans aucune hésitation.

— Morte de rire, CK, je lui demanderai.

— Belle nuit torride, ma belle !

— À demain. »

Survoltés, Carmen et Michaël se tapent dans la main et se précipitent dans le bureau de Christophe pour lui faire écouter cette imprévisible et pourtant tant attendue pépite. Ils sont véritablement surexcités à la fois par l'importance de l'information recueillie, mais surtout par une certaine fierté de voir leur théorie validée. Un an de travail acharné et un dénouement possible à quelques heures d'un quatrième meurtre ! Inespéré ! Carmen se sent tout aussi impatiente que peut l'être Lila Niang, mais pas pour les mêmes raisons. Reste maintenant à organiser dans les temps le dispositif policier, ce qui n'est pas une mince affaire. Pas le temps de savourer leur victoire contre ces policiers qui, lors de discussions entre deux portes ou au détour d'un couloir, masquaient à peine leur doute quant à la réussite de Carmen. Après concertation auprès de son chef de groupe, Carmen orchestre l'opération du soir. Compte rendu à la direction, sollicitation de l'assistance de la BRI, prise de contact et reconnaissance des lieux, mise en place d'une stratégie et, pour clôturer cet aspect administratif pesant mais inévitable, le coup de fil au juge Fabro, qui, à l'autre de bout de la ligne, en envoyant un véritable hurlement de satisfaction à Carmen, ne fait pas dans la demi-mesure pour manifester sa joie.

« C'est une excellente nouvelle, madame Ricci, une avancée inopinée ! Vraiment bravo.

— Mais il faut transformer l'essai, monsieur le juge, l'avertit Carmen.

— Vous êtes dans le vrai, gardons la tête sur les épaules, la partie est loin d'être gagnée. Ce nouvel élément n'est pas forcément synonyme d'identification de l'auteur et encore moins d'interpellation.

— J'en suis parfaitement consciente, monsieur le juge. Un rendez-vous galant, même révélé par ce mode opératoire historiquement utilisé pour commettre des meurtres, n'est pas une preuve.

— Exact. Il va falloir le prendre sur le fait.

— C'est justement l'objet de mon appel, vous proposer de le prendre en flag. J'ai dans l'idée de monter un dispositif de surveillance au Procope de manière à localiser le couple, mais surtout à matérialiser un commencement d'exécution d'infraction.

— On voit que vous maîtrisez vos cours de droit à la perfection, madame Ricci. En effet, sans cet élément constitutif, pas de tentative d'assassinat.

— Je vous demande donc de me faire confiance, monsieur le juge.

— Et que croyez-vous que je fasse depuis presque un an maintenant ? répond-il, une pointe de sarcasme dans la voix. N'ai-je pas validé votre théorie en acceptant d'être chargé d'instruire le dossier Bolcov dans un premier temps et d'y ajouter les dossiers Lancelle et Orsioni dans un second ?

— Absolument et vous en serez remercié, croyez-le bien, car je ne suis pas inquiète de la notoriété que vous pourrez en tirer, commente Carmen. Venons-en à l'organisation de l'opération de ce soir, je ne voudrais pas trop vous retenir au téléphone. »

Carmen passe le reste de la conversation à éclairer le juge Fabro sur le dispositif prévu. Elle lui explique notamment que la future victime servira d'appât et n'en sera pas avertie, car cela pourrait compromettre toute l'opération. Le dispositif prévoit une assistance de la BRI parisienne, la mise en place d'un poste de commandement dans un camion dissimulé en véhicule de travaux stationné dans le quartier, une filature discrète de Lila Niang depuis son domicile du 8e jusqu'au lieu de rendez-vous, un transfert d'urgence au centre antipoison si la situation dérape. Enfin, la réservation de plusieurs tables, de manière à assurer une surveillance discrète dans chacune des salles du restaurant, est déjà lancée. Fabro est satisfait par l'organisation et Carmen conclut en disant que chaque policier sera équipé d'une mini-caméra ultra-discrète dite « bouton » destinée à filmer toute action suspecte du galant homme qui se retrouvera attablé face à Lila Niang.

« Vous pensez à quel type d'agissements, madame Ricci ? questionne le juge Fabro.

— Notre cible devra rivaliser d'ingéniosité et de discrétion pour faire en sorte que sa victime ingurgite du poison, ce fameux cyanure, répond Carmen avec aplomb.

— Madame l'enquêtrice, vous avez toute ma confiance mais sachez que la vie de cette jeune femme est en jeu et vous en avez la totale responsabilité.

— J'en suis parfaitement consciente, monsieur le juge, rétorque Carmen. Tout va bien se dérouler, croyez-moi sur parole. »

21.

Réminiscence

Une camionnette blanche est stationnée dans la rue Monsieur-le-Prince, de l'autre côté du boulevard Saint-Germain. Le véhicule a volontairement été sali à l'aide de projection de boue et de poussière. Sur ses flancs ont été ventousés des panneaux sur lesquels figurent le logo et les coordonnées d'une entreprise de bâtiment. Une inscription manuscrite « sale » apparaît sur la vitre côté conducteur. Dans l'habitacle, deux casques de chantier sont posés sur le tableau de bord, ainsi que des documents, des bordereaux de commande, des blocs de devis de construction et des facturiers. Plusieurs sandwichs entamés jonchent la banquette, avec des gobelets et des bouteilles en plastique usagés. Rien ne laisse imaginer que ce véhicule est le poste de contrôle de la PJ de Paris, dans lequel se trouve confiné, dans la partie arrière, Christophe. Ordinateurs de bord ouverts et connectés, écrans vidéo allumés, téléphone en main, casque sur les oreilles, micro à portée de bouche, le chef de groupe est présent pour superviser l'ensemble du dispositif, le tout à une distance raisonnable. Il est en liaison radio directe avec Carmen et Michaël, qui, écouteurs discrets dans les oreilles et caméras à la boutonnière, s'infiltrent dans le restaurant. Des collègues de la BRI en renfort grouillent devant l'établissement prêts à se positionner avec le même dispositif technique. Le Procope possède de nombreuses salles et l'ensemble doit être totalement sous contrôle. Carmen et Michaël ont consulté le registre, mais aucune réservation ne correspond aux noms de Lila Niang, Giacomo ou Casanova lui-même, il faudra donc redoubler de vigilance pour couvrir l'ensemble des salons afin de repérer la table du couple. Les policiers comptent sur la réussite de la filature de la probable future victime.

L'heure est au placement, Carmen et Michaël choisissent le rez-de-chaussée, la première grande salle à manger de droite à proximité de l'entrée. La perception visuelle est parfaite sur cette salle faiblement occupée à cette heure prématurée. La vue sur le hall d'entrée est satisfaisante mais possède un angle mort. Carmen s'octroie quelques minutes de culture en consultant le dépliant du Procope ; café historique datant de 1686, le premier établissement de café implanté dans la capitale. Le lieu y est mythique par son ancienneté mais surtout par les philosophes et écrivains du siècle des Lumières qui y ont degusté une glace, un café ou un verre. Carmen n'est pas surprise que le fondateur de ce lieu atypique soit un Sicilien nommé Francesco Procopio Dei Coltelli.

« Encore un Italien, décidément... » se dit-elle tout bas.

Le Procope semble être resté dans son jus, toute la décoration inférieure est rouge cramoisi et s'harmonise avec le bar en acajou. Des dorures entourent chaque encadrement de personnages historiques célèbres. L'ensemble de l'établissement est pourvu d'une épaisse moquette, amortissant ainsi le bruit des convives quand les salles sont combles. À l'étage, la couleur rouge laisse place à l'ocre. Chaque pièce respecte les tons feutrés et délicats de jaune paille à moutarde, et ce, jusqu'aux toilettes gracieusement nommées « citoyennes ». Des centaines de citations de Molière, Napoléon ou encore

Voltaire sont inscrites en italique rouge sur les murs. Malgré les circonstances, Carmen se surprend à aimer l'atmosphère qui y règne.

Il est 19 heures, l'opération de la dernière chance a débuté. L'enjeu est capital, celui de la vie d'une femme. Des policiers sont au bar, d'autres sont attablés dans les divers salons et salles à manger. Certaines personnes ont même pour consigne d'errer comme des touristes dans les longs couloirs moquettés de l'étage. L'échec vénitien ayant servi de leçon, chaque entrée est filtrée par les employés du Procope et chaque fenêtre est condamnée, pour éviter une fuite par les toits en cas de dérapage de la mission. Le restaurant commence progressivement à accueillir ses premiers clients du soir. Le temps semble se rallonger et l'anxiété commence à titiller les équipes. 19 h 30, tout le monde est en place, la comédie peut commencer, comme un film d'espionnage à l'américaine. Pourtant, le policier n'est pas un acteur, mais il doit être le plus naturel et convaincant possible, et ce, malgré la pression. La moindre erreur conduirait le meurtrier à douter et à disparaître aussi vite qu'il est arrivé. Carmen et Michaël sont assis à deux tables différentes avec un agent de la BRI face à eux. Ils ont chacun une vue plongeante sur la salle. Carmen répond aux questions de Christophe par l'oreillette, feignant de discuter avec son conjoint assis en face. Elle ne peut toutefois s'empêcher de jeter un œil à sa montre toutes les cinq minutes. 19 h 47, l'heure approche, le restaurant se remplit, les serveurs s'activent et courent partout. Du bruit commence à se faire entendre, des gens se lèvent, d'autres s'assoient, des touristes se déplacent pour immortaliser le lieu et six filles s'amusent à une table en s'exprimant si fort qu'elles perturbent la concentration de l'équipe. Il est 20 heures, un homme élégant pénètre dans l'enceinte du Procope. Il est grand et son âge semble correspondre au profil. Les agents se concentrent, les messages codés sont lancés jusqu'à Christophe rivé à ses écrans. L'homme est accompagné à l'étage et s'installe à une table de deux. C'est lui, c'est sans doute lui, tout le monde est sur le qui-vive. Soudain, Christophe alerte l'équipe : Lila Niang, suivie depuis son domicile par deux policiers, va faire son entrée au Procope. Délicieusement vêtue d'une robe moulante turquoise qui fait ressortir l'ébène de sa peau, elle pénètre dans le restaurant, un lourd manteau à la main. Elle est belle, grande, athlétique et se déplace comme une panthère. Elle est guidée à l'étage sous des tonnes d'yeux rivées sur elle, certains pour sa beauté, d'autres pour sa sécurité. Les policiers échangent quelques mots entre eux, chaque seconde et chaque minute comptent et, dans une déception presque visible de tous, la jeune métisse est installée dans la pièce la plus éloignée de l'inconnu. Ce n'est pas leur homme. Les policiers s'impatientent et Carmen s'angoisse, il est 20 h 05, Casanova va-t-il venir ? La jeune femme s'assoit et prend ses aises, pose son sac sur un tabouret et attend sagement son amant en admirant la décoration intérieure. 20 h 10, toujours rien en dehors d'un groupe de cinq personnes qui pénètrent dans le hall d'entrée, elles sont invitées à suivre le placeur qui les accompagne au premier étage, quand tout à coup, un homme correspondant à la description se détache du groupe et prend la direction inverse. Branle-bas de combat pour l'équipe. Chacun se concentre, Carmen retient son souffle simulant un léger sourire à l'adresse de son faux conjoint. Cette fois, c'est lui, c'est bien lui, il franchit le long couloir jauni menant à la dernière pièce où est installée Lila. Il marche avec aplomb, il sait où elle est assise, un nom devait être inscrit sur le registre des réservations mais lequel ? En chemin, il croise un agent sans le savoir et pénètre dans la salle. Lila ne peut s'empêcher de s'empourprer à son approche. Il se débarrasse de sa longue redingote en velours noire, l'embrasse sur le haut de la joue et s'assoit face à elle. Lila ne peut cacher le feu qui lui monte aux joues.

« Bonsoir, mademoiselle, commence l'inconnu.

— Bonsoir, répond Lila, tremblante.

— Quelque chose vous préoccupe, je vous sens mal à l'aise.

— Oh ! Non je... Je suis juste gênée de me retrouver à un rendez-vous sans connaître le prénom de la personne.

— Pourtant, si vous êtes ici, c'est que vous avez lu mon message secret ?

— Heu... oui ... mais vous ne vous appelez pas Casanova, tout de même.

— Appelez-moi ainsi, lance l'inconnu.

— Très bien, je...

— Bonsoir, madame, monsieur, l'interrompt le serveur. Puis-je vous proposer un apéritif ?

— Champagne ? offre l'inconnu à Lila.

— Avec joie, répond-elle, un large sourire aux lèvres.

— Et vous ?

— Moi ?

— Votre prénom ?

— Ah ! suis-je bête... Lila. »

À quelques mètres du couple sont installés trois agents de la BRI qui les surveillent avec la plus grande discrétion possible. Carmen est dépitée de ne pas se trouver dans la bonne salle mais entend les agents décrire ce qu'il se passe au travers des oreillettes. Elle est comme une aveugle comptant uniquement sur ses oreilles et laisse ses yeux aux agents les plus proches du suspect.

« Christophe, lance-t-elle dans l'oreillette, j'ai besoin de tes yeux.

— Ils sont à toi, Carmen.

— Il faut que je sache si notre suspect possède une bague avec une pierre précieuse volumineuse au doigt. Si c'est le cas, soyez très vigilants, c'est le mode opératoire qu'il utilisera pour tenter d'empoisonner Lila.

— Patricia a une vue parfaite sur lui à l'étage, elle t'a entendue, mais ne bouge pas de peur d'être grillée.

— Très bien, on ne lâche rien, conclut Carmen.

Christophe reste concentré sur ses écrans mais reprend rapidement la parole.

— Attends, Carmen… prévient-il. Patricia se lève… elle feint d'aller aux toilettes, ça y est, j'ai vu, il a une bague imposante à la main gauche.

— C'est lui, c'est notre meurtrier ! Plus de doute. On va le coincer, ce pervers », s'exclame Carmen, excitée.

Le serveur apporte les coupes de champagne et dépose également une petite assiette de mets salés. Lila est charmée par son séducteur. Ils lèvent tous deux leurs verres, trinquent en choquant leurs coupes de cristal sous les yeux déconcertés de l'équipe angoissée à l'idée de risquer la vie de Lila en perdant une seule seconde de visibilité. Les échanges au travers des oreillettes s'activent, la pression monte, les doutes, les interrogations s'enchaînent. A-t-il déjà mis le poison dans son verre ? Patricia affirme que tout est sous contrôle, aucun poison n'a encore été administré dans la coupe de champagne de Lila. Carmen intervient et met les policiers en garde : le poison peut aussi être glissé ailleurs que dans le verre. Un silence de quelques secondes s'installe, puis les estomacs des policiers se nouent, Michaël est en apnée, Carmen sur le qui-vive, Christophe n'ose plus cligner des yeux. Patricia baisse le regard pour éviter de se faire remarquer, la tâche est dure, très dure, mais les policiers sont habitués à gérer ces tensions. Plusieurs minutes s'écoulent jusqu'à ce que le serveur apporte les premiers plats. Un poisson fin pour Lila et un pavé de bœuf pour son amant. Les serveurs vont et viennent d'une table à l'autre, servent et desservent dans un bruit de fond à la parisienne, toujours sous les yeux attentifs des agents de la BRI. Des clients entrent pour s'installer, d'autres sortent naturellement, sans aucun incident à déplorer. Lila refuse de prendre un dessert, préférant poursuivre la conversation au champagne quand tout à coup, dans un vacarme assourdissant, une dizaine de touristes hollandais font irruption dans la salle, accompagnés du serveur qui s'apprête à les installer. Les trois agents se regardent, affolés, Laurent, policier posté dans le couloir, se rapproche de la cohue, comprenant l'enjeu de ce qui est en train de se dérouler sous ses yeux. Les Hollandais, tout sauf discrets, s'attardent, s'amusent à se demander qui va s'asseoir en bout de table, leurs femmes se retournent pour prendre des clichés du restaurant, passant et repassant sans cesse devant le couple à surveiller. Carmen est en ébullition, le sort semble s'acharner sur les policiers et donner raison au meurtrier. Patricia voit Lila tendre un carton à l'inconnu, mais cette foule hollandaise qui ne s'attable toujours pas commence à l'irriter.

« Bon sang, vont-ils s'asseoir, ces satanés touristes », gronde Patricia entre les dents.

Dans un bon presque animal, Carmen se précipite à l'entrée du Procope pour demander au directeur de salle de faire asseoir ces touristes de toute urgence. L'homme s'exécute et monte les aider quand Patricia annonce un problème :

« Et merde ! J'ai raté un truc, il a fait un geste entre le verre et la main de Lila, mais impossible de savoir si c'est le poison qu'il a versé ou sa main qu'il a attrapée. Ma vue est totalement occultée par ces imbéciles.

— Laurent ? Où es-tu posté, tu as pu voir quelque chose ? demande Carmen.

— Négatif, répond Laurent sans perdre une seconde. Je suis coincé derrière deux armoires à glace ! Ils sont vraiment balaises, ces Vikings.

— Il m'a semblé voir sa main bouger vers Lila, annonce Alexandra assise à la même table que Patricia, mais j'ai aussi vu le serveur leur verser à nouveau du champagne, je ne peux rien affirmer, je suis désolée. Ah ! Attendez ! Le directeur vient d'arriver, il fait asseoir les touristes.

— Tout est trop confus, c'est une catastrophe, dit Carmen, dépitée. Dans tous les cas, cette jeune femme doit être transportée d'urgence au centre antipoison.

— Bien sûr, intervient Christophe, on a l'espoir de lui faire pratiquer un lavage d'estomac et lui administrer l'antidote dans l'heure. À partir de maintenant, les minutes sont comptées. »

Entre-temps, Lila et l'inconnu continuent de se regarder et discuter comme un couple qui se découvre quand subitement, la jeune femme se lève, s'excuse et disparaît dans les toilettes sous les yeux étonnés et dubitatifs des policiers. L'heure est grave, Lila pourrait déjà être empoisonnée, il y a donc urgence et Carmen improvise, trop angoissée à l'idée de perdre la partie, alors qu'elle est si près du but. Elle grimpe les escaliers à la hâte, traverse le long couloir, croise Laurent et entre dans les toilettes. Le spectacle la laisse bouche bée, Lila est bien là, bien loin du malaise, elle réajuste grossièrement sa poitrine pour faire davantage gonfler son décolleté. Carmen s'enferme dans une cabine, feignant de se soulager, tire la chasse et retrouve Lila, collée au miroir un tube de rouge à lèvres à la main. Cette fausse alerte agace profondément Carmen qui pensait la trouver souffrante et peut-être un peu moins superficielle. Durant l'absence de Lila, aucun geste suspect n'est détecté de la part de l'inconnu. Où peut bien être le poison ? Dans le verre de Lila ? Déjà dans son estomac ? Ou toujours enfermé dans le fameux joyau qu'il porte au doigt ? Un mystère angoissant qui fait réaliser à Carmen que, si l'individu décide de ne pas passer à l'acte, toute l'opération peut capoter. Retour à la case départ. Carmen se lave les mains, les sèche à l'aide de serviettes en papier et disparaît en faisant discrètement signe à Laurent qu'elle croise dans le couloir que tout va bien. Lila réapparaît fraîche, pimpante et le décolleté plus pigeonnant.

« J'ai une question à vous poser, dit l'inconnu dès le retour de Lila.

— Je vous en prie, répond-t-elle en se dandinant sur sa chaise.

— Je vous ai croisée la première fois sur le palier d'un appartement à Venise, il était aménagé pour faire des soirées échangistes, êtes-vous fervente de ces pratiques sexuelles ?

— Et vous, monsieur Casanova ? s'amuse-t-elle à dire.

— C'est moi qui ai posé la question, réplique l'inconnu fermement.

— Je… Comment dire…

— Eh bien, dites-moi. Tout repose sur votre réponse, très chère.

— Alors, non ! Je ne suis pas fan du tout et je suis même très gênée d'avoir participé à cette soirée. Mais, du coup, je vous déçois car vous êtes amateur de ce genre de club échangiste, non ? répond Lila, frissonnante.

— C'est ainsi que vous me percevez ? rétorque l'homme en fronçant les sourcils.

— Mais…vous y étiez, je vous ai croisé ! s'étonne-t-elle.

— Ma présence ne veut pas dire que j'ai pris part à quoi que ce soit. Sachez, mademoiselle, que je montais uniquement les marches de l'immeuble quand je vous ai vue sortir de cet appartement ivre et quelque peu… dénudée.

— Je l'avoue… je me suis laissé influencer par une amie, j'avais bu et j'aime les hommes, alors j'ai sauté le pas, poursuit-elle, les joues brûlantes de honte.

— Seriez-vous capable de retenter l'expérience à l'avenir ? demande-t-il en posant ses coudes sur la table pour mieux la toiser.

— Avec vous ?

— Avec ou sans moi, ça n'a aucune importance. Dites-moi juste si vous être prête à retenter l'expérience.

— Vous me mettez mal à l'aise, je ne sais que répondre, avoue-t-elle en se trémoussant sur sa chaise.

— C'est facile ! Oui ou non ?

— Eh bien… hésite-t-elle un moment. Non, plus jamais ça ! s'exclame-t-elle en voulant saisir sa coupe pour l'avaler d'un trait, tant sa gorge est serrée.

— Non ! » lance l'inconnu en bousculant brutalement son verre d'un revers de la main, empêchant ainsi qu'elle ne le boive.

La coupe de Lila tombe sans se briser sur la moquette. C'est le signal pour l'équipe qui se déploie à la vitesse de la lumière et entoure la table du couple en immobilisant le plus discrètement possible l'inconnu et isolant Lila totalement perdue et déconcertée dans le couloir. L'homme reste de marbre, n'oppose aucune résistance et se laisse menotter en douceur. Il est conduit au fond du couloir vers un petit bureau de curiosités à l'abri des regards indiscrets. Lila est accompagnée par deux agents pour être transportée de toute urgence au centre antipoison, la voiture est déjà prête, garée devant le Procope, le gyrophare tourne, la portière est ouverte, mais la sirène reste encore silencieuse, deux motards l'entourent pour l'escorter. Lila, désemparée, se laisse guider, croise Carmen au rez-de-chaussée et la suit du regard jusqu'à ce qu'elle disparaisse de son champ de vision. Christophe quitte son camion pour les rejoindre et se réjouit de pouvoir prendre enfin l'air. Carmen demande à la police technique et scientifique de venir de toute urgence pour pratiquer les prélèvements sur la coupe de champagne et la bague du suspect, avant que cette dernière ne soit placée sous scellés, et ainsi mettre au jour les traces de cyanure. Elle monte tranquillement à l'étage, l'esprit libre, satisfaite d'être parvenue à boucler cette affaire, le reste n'est que formalités, justice et administration. Le juge Fabro sera tellement ravi d'apprendre cette merveilleuse nouvelle. Elle s'approche des agents tous regroupés, faisant barrage aux indiscrets. En passant, elle félicite Patricia pour son self-control, puis Laurent et Alexandra qui se trouvaient en pole position dans cette mission. Elle se faufile entre les policiers pour enfin découvrir ce si charismatique meurtrier aux allures historiques. L'inconnu est assis, les mains menottées dans son dos, elle s'en approche, curieuse de le découvrir, enfin. L'individu se redresse de sa chaise pour la regarder.

À cet instant, l'homme lui inflige une vision d'horreur. Horrifiée, Carmen manque même de s'évanouir. Son cœur s'affole, son sang lui brûle les veines, puis son souffle se coupe. Une violente douleur lui déchire les entrailles. Ce meurtrier, ce Casanova, ce si grand charmeur n'est autre que l'homme qu'elle aime… Antonio.

Sans réaction, le coupable ne semble pas mesurer la gravité de la situation. Son regard, si intense habituellement, est totalement vide et dépourvu d'expression. Carmen, quant à elle, pâlit à vue d'œil sous les yeux étonnés des collègues et des agents de la BRI. Un sentiment de dégoût et de culpabilité se mêle à la honte et à la haine, l'envie de hurler traverse son esprit, mais son estomac se noue et se retourne, elle n'en peut plus, elle bouscule les policiers et se précipite aux « citoyennes ». Elle ouvre violemment la porte qui rebondit sur le mur et revient sur elle de plein fouet. Elle l'évite de justesse. Les deux cabines sont grandes ouvertes, elle en choisit une, remonte la lunette, s'agenouille et vomit sa colère, sa honte et surtout ses tripes. Elle s'arrête sur une citation de Voltaire inscrite juste au-dessus de sa tête : « Les faiblesses des hommes font la force des femmes. » Tête baissée, les yeux rougis de haine, elle fait les cents pas entre les deux murs distants de cinq mètres. Sa fureur grandit au fur et à mesure que ses pensées s'assombrissent. Elle tape rageusement du poing sur une des portes des toilettes. C'est dans un déferlement de pensées négatives et de rancœur que son estomac s'étrique à nouveau, les nausées reviennent et elle retourne vomir, uniquement de la bile cette fois, son venin, ce poison qui lui brûle les entrailles. Ce haut-le-cœur n'apaise pas sa lourde peine et, une fois la tête relevée, Carmen tombe nez à nez avec une autre citation gravée sur la porte en bois. Cette fois, c'est Shakespeare qui affirme que : « L'enfer est vide. Tous les démons sont ici. » Assise sur la cuvette des toilettes, amorphe, les cheveux en bataille et le visage rougi par l'afflux de sang, Carmen déraisonne. Elle sort des W-C., comme un diable sortirait de sa boîte, et s'appuie sur le lavabo. Elle lève la tête, cherche son reflet dans le miroir. Le choc. La vision d'elle-même lui fait stopper net tout mouvement. Paralysée devant son image, son double, son côté obscur qu'elle ne reconnaît pas, elle blasphème. Du noir dégouline de ses yeux, renforçant la sévérité de ses traits. Sa peine est si violente qu'aucune larme ne parvient à couler.

Son regard se rembrunit puis bascule dans une folie machiavélique. Elle gesticule, telle une possédée et marmonne inlassablement les mêmes phrases.

« Tous les démons sont ici, tous les démons sont ici… Et le démon, c'est moi… Pauvre de moi ! Le monde est un enfer, je suis en enfer, qu'attendais-je, après tout ? Une vie de rêve au bras d'un prince charmant ? C'est le diable que j'ai rencontré, ce démon m'a envoûtée ! Je ne vaux pas mieux que lui finalement. Reviens sur Terre, pauvre idiote, sors enfin de ton utopique bulle féminine de beauté et de bienveillance ! »

Elle martèle sans cesse ces paroles insensées au rythme d'un métronome et d'une fluidité d'un disque de rap, puis, s'effondre subitement à terre, prise de maux de tête effroyables. Elle serre ses tempes entre ses mains, tant la céphalée est affligeante et bouge dans tous les sens, jusqu'à ce que d'étranges images de son accident lui reviennent à l'esprit. Ce choc émotionnel lui rend progressivement la mémoire. Les fragments deviennent des pièces de puzzle qui s'assemblent une à une pour enfin dévoiler ce mystère, cette vérité tant attendue. Les épisodes s'enchaînent et s'éclaircissent graduellement. Le bruit strident qui martelait son cerveau n'était autre que l'IRM passée à l'hôpital. Carmen se voit également allongée à terre, sous un ciel chargé de brume humide, entourée de plusieurs visages qui miraculeusement réapparaissent, c'est Christophe, Orlando et les urgences qui la soutiennent en la rassurant. L'odeur désagréable du kérosène était son transport en hélicoptère. La sirène stridente venait d'une vitrine d'un magasin volontairement brisée en bas de l'immeuble où on l'a retrouvée. Mais qui l'a brisée et pourquoi ? Tout à coup, frissonnante et haletante, Carmen sent son corps dévaler à toute vitesse sur les tuiles en pente d'un toit vénitien la précipitant dans le vide ; elle parvient toutefois à se rattraper en s'accrochant à une gouttière. Désormais suspendue à plusieurs mètres de hauteur, elle se retient à bout de bras à un chéneau. Un liquide visqueux coule sur son front, c'est du sang, beaucoup de sang, sa tête tourne, elle gémit de douleur et manque d'oxygène. Elle ne trouve plus la force de se battre tant sa posture est mauvaise, ses doigts crispés sur le zinc glissent un à un. Chaque tentative de mouvement est un échec et la souffrance prend le dessus. Sa main gauche cède sous le poids de son corps, les dernières coutures de sa veste craquent, ses paupières s'alourdissent, Carmen va perdre connaissance quand tout à coup, une voix se fait entendre :

« Carmen ! Tiens bon, Carmen, je vais te sortir de là … »

Une silhouette se précipite vers Carmen suspendue dans le vide et lui attrape le bras in extremis puis, dans un effort considérable et démesuré, met toutes ses forces pour la soulever et lui sauver la vie. C'est précisément ici, sur ce toit vénitien, que Carmen s'apprête à perdre connaissance. Ses paupières sont lourdes, mais elle sent son corps se déplacer, comme une sensation de voler ou d'être en apesanteur. Elle tente alors un effort insurmontable, celui d'entrouvrir les paupières. Sous le clair de lune vénitien, elle distingue une image floue qui peu à peu devient nette. Alors qu'elle est trop faible pour marcher, cette personne vêtue de noir la porte aisément dans ses bras, elle en déduit que c'est un homme et fort, de surcroît. La température hivernale refroidit son corps et Carmen frissonne et tremble. L'homme disparaît quelques minutes et revient s'asseoir près d'elle en l'enveloppant de tout son corps pour la réchauffer. Un bruit strident remplace le son de la brise, une sirène. L'alarme de la boutique du rez-de-chaussée. Carmen comprend alors que derrière cette personne se cache un homme qui lui veut du bien et qui souhaite faire venir les secours à elle si l'on songe au boucan que provoque l'alarme. Un courant d'air inopiné s'engouffre dans la capuche de l'inconnu, dévoilant à son insu les trois quarts de son visage. Carmen en reconnaît immédiatement tous les traits et tente de bouger, de lui parler mais n'en a plus la force. Un faible murmure sort toutefois de sa bouche.

« Antonio… pourquoi ? peine-t-elle à dire.

— Chut, ne te fatigue pas, les secours arrivent, Carmen », répond-il en lui embrassant tendrement le front avant de disparaître avant l'arrivée de l'hélicoptère.

Toujours assise dans les toilettes du restaurant, Carmen reprend peu à peu ses esprits, mais sa mémoire recouvrée la perturbe et la culpabilise au point de se demander pourquoi Antonio lui a sauvé la vie alors qu'il aurait été si simple de la laisser se précipiter dans le vide. Aujourd'hui, Antonio ne serait pas inculpé. Au lieu de cela, il l'a réchauffée et a fait diversion en brisant une vitrine pour attirer l'hélicoptère à elle. D'un côté, un meurtrier aux allures de gentleman, de l'autre, l'homme le plus charmant du monde. Une bien belle fatalité pour Carmen qui se redresse en entendant frapper à la porte. C'est Christophe qui s'enquiert de son état, comprenant qu'elle connaît bien le suspect. Elle fond en larmes dans ses bras.

22.

Garde à vue

Dernière ligne droite, la garde à vue. Les policiers d'élite de la BRI ramènent Ludovico Antonio Grimani toutes sirènes hurlantes au siège du 2e district de police judiciaire. Lors de la notification de ses droits, l'Italien, attentif à chaque mot, comprend rapidement qu'il a une carte à jouer. Il souligne son désir de garder le silence et communique les coordonnées téléphoniques de son conseil avec lequel il souhaite s'entretenir. Michaël, qui contacte aussitôt le barreau de Paris, connaît la réputation de celui-ci, un des pontes du pénal, abonné aux cours d'assises, terreur des magistrats. L'avocat n'est autre qu'Enrico San-Felice, évidemment d'origine italienne, un pénaliste discret mais charismatique qui mène une brillante carrière en France avec à son actif une centaine d'acquittements dans des affaires criminelles aussi médiatiques que complexes.

Christophe, de son côté, après avoir stationné son véhicule de commandement dans la cour, rejoint son équipe au deuxième étage. Ambiance tendue. Sans un mot, il s'empare des premiers procès-verbaux rédigés dans l'urgence par Michaël et se plonge dans leur relecture. En vieil enquêteur aguerri, le chef de groupe sait que les erreurs sont plus fréquentes dans les situations de stress. L'émoi de Carmen n'a échappé à personne et tous savent désormais qu'elle a un lien avec le meurtrier présumé. C'est un véritable choc dans la communauté policière. Carmen, amoureuse d'un tueur en série des plus inquiétants. Christophe sait que la rumeur alimente les doutes. Il sera dans les heures qui suivent le garant du bon déroulement de l'enquête, mais également de la protection de son adjointe. Il sent déjà les ennemis de celle-ci rôder autour de son bureau, les oreilles aux aguets et la critique à portée de bouche.

La police! Une grande famille, je n'en suis pas si sûr, pense le chef d'équipe qui se félicite d'avoir déposé Carmen à son domicile avant de foncer vers la brigade, gyrophare sur le toit.

Ainsi, Christophe protecteur, se concentre en priorité sur les premiers actes de la garde à vue de Ludovico Antonio Grimani. L'enquête doit se poursuivre malgré la sortie du terrain de la directrice des investigations. Christophe joue les remplaçants et prend les commandes. Il valide les procès-verbaux de Michaël.

« L'avocat est prévenu ? demande-t-il.

— Affirmatif, répond Michaël.

— N'oublie pas l'avis magistrat.

— C'est fait. »

Son attitude trahit à la fois une certaine excitation relative au possible dénouement de cette incroyable enquête, mais également un soupçon d'angoisse engendré par la situation dans laquelle se trouve sa coéquipière. Le policier n'ose pas engager la conversation sur ce sujet avec son chef et la discussion se poursuit sur la check-list procédurale.

« Parfait, je veux une garde à vue sans pépin juridique. Avis ambassade ?

— Sollicité par M. Grimani et c'est en cours, j'ai mis la permanence de nuit sur le coup.

— Avis famille ?

— Oui, un certain Giovanni Martinelli. Son parrain, je crois.

— Ludovico Grimani parle-t-il français ?

— Parfaitement, presque sans accent. Pas besoin d'interprète.

— La feuille récapitulant ses droits lui a été remise ?

— Elle est dans sa poche.

— Bon, déclare Christophe en guise de conclusion, tout est sur les rails.

— À une exception près, se permet Michaël en tentant de cacher son trouble.

— Je t'écoute.

— Il veut parler à Carmen.

— Comment ça ?

— Il m'a indiqué qu'il refuse de parler, sauf à…

— Oui, Carmen, j'ai compris ! Mais, Michaël, ce n'est pas possible. Tu sais très bien que je l'ai écartée de la direction de cette enquête. Te rends-tu compte qu'elle pourrait avoir eu une relation avec ce type ! Et vu sa réaction, je crois qu'elle en pince encore pour lui. Il y a un véritable conflit d'intérêts.

— Je comprends, mais il est inflexible. Il m'a dit que si je voulais entendre le son de sa voix, il faudrait le mettre en présence de Carmen.

— Dis-moi, depuis quand un gardé à vue dicte sa loi dans cette brigade ? Va le voir et fais-lui comprendre que ce n'est pas possible !

— Déjà essayé.

— Retente !

— Déjà retenté. En plus on a un souci. Les cellules sont pleines, je te rappelle que les stups ont démantelé un réseau de trafic de cocaïne ce matin. 140 kilos de drogue. Sept gars d'une cité du 93 sont dans les geôles.

— Je ne vois pas où est le problème ?

— Eh bien… poursuit Michaël avec cette même gêne. En fait, ils ont peur de notre client…

— Peur ? C'est une blague ?

— Non, non, tu as bien entendu, ils ont peur.

— Attends, tu veux me faire avaler que sept types surmusclés et trafiquants de drogue de cité ont peur d'un rital en redingote ?

— Justement, ils affirment être superstitieux et se sont imaginé que ça pouvait être le fantôme de Jack l'Éventreur.

— On marche sur la tête ou quoi ? jette Christophe avec une soudaine envie de rire

— Non, je t'assure, ils veulent changer de cellule. Ils disent qu'il a un regard trop sombre…

— Et donc ?

— Et donc, c'est le bordel dans les geôles.

— Incroyable, on aura tout vu ! » s'exclame Christophe en hochant la tête, dépité.

C'est à cet instant que le garde-détenu vient les prévenir que l'avocat de Ludovico Antonio Grimani est arrivé. Michaël et Christophe vont à sa rencontre. Ils lui présentent les documents du dossier que le Code de procédure pénale l'autorise à consulter et l'orientent vers le local affecté aux entretiens confidentiels, une pièce sécurisée réservée pour les communications entre les conseils et leurs clients. Enrico San-Felice, d'une grande et naturelle politesse, écoute les enquêteurs et se dirige vers la pièce qu'on lui désigne. Après un entretien de trente minutes en tête à tête avec son client, il en ressort avec le même flegme affiché à son arrivée et devant expose à Christophe l'unique volonté du suspect :

« Il souhaite être entendu par une policière répondant au nom de Carmen Ricci.

— Monsieur San-Felice, réplique le chef de groupe sur le même ton respectueux, c'est absolument impossible, Mme Ricci est en congé aujourd'hui.

— Monsieur, vous êtes le chef d'équipe, il me semble, non ? répond l'avocat sur le même ton. Alors vous comprendrez parfaitement que la seule manière de faire avancer cette enquête est de rappeler votre adjointe et de la mettre en relation avec mon client. Je crois savoir qu'elle mène d'arrache-pied les investigations sur ce dossier depuis un an ?

— Je vous le confirme.

— Alors laissez-la terminer son travail », exige l'avocat en tournant les talons, le laissant face à ses pensées et à ses responsabilités.

À l'issue de ce bref échange, Christophe, tourmenté, s'enferme dans son bureau. Il a besoin de tout le détachement nécessaire pour réfléchir et prendre la meilleure décision. Il en profite pour faire le point sur le début de la garde à vue et donne ses instructions aux gars de son équipe. La soirée est déjà bien avancée et il va falloir être sur le pont tôt le lendemain. Il faut qu'il ménage ses troupes. Christophe s'assure que Ludovico Grimani est enfermé dans les meilleures conditions de sécurité, il passe les consignes auprès des effectifs de nuit et les sensibilise sur le caractère exceptionnel de ce suspect afin qu'il soit surveillé toute la nuit. C'est avec la satisfaction d'aboutir à un possible dénouement, mais avec le cœur lourd, que le chef de groupe quitte en dernier la brigade, direction son domicile.

Après une courte nuit de réflexion et un sommeil perturbé, Christophe fait le choix d'appeler son adjointe, alors que le jour n'a pas encore pointé le bout de son nez.

« Bonjour, Christophe, dit Carmen, quelque peu surprise de son appel.

— Bonjour, Carmen, tu tiens le coup ?

— Ça va, je suis avec ma mère, je te remercie.

— C'est un peu brutal, j'en conviens, mais tu me dois des explications, Carmen. Quelle relation as-tu avec ce type ? Je t'avoue que je suis un peu perdu dans ce sac de nœuds.

— Je comprends, Christophe, dit-elle, confuse. Je vais tout te raconter. Lorsque je suis partie à Venise pour notre première mission, tout était réglé comme du papier à musique, je n'avais plus qu'à attendre le lendemain pour accompagner Orlando au palais du Pisani Moretta. Je me suis donc permis de faire un peu de tourisme sur l'île de Burano, c'est comme ça que je l'ai rencontré. Je ne te cache pas qu'il m'a beaucoup plu mais je peux te garantir que je ne savais pas qu'il avait un lien direct avec notre affaire, sinon jamais je n'aurais entamé une relation avec lui. Pour être honnête avec toi, je me suis séparée de lui il y a trois mois parce que je venais d'apprendre qu'il était le directeur de la filature de Burano. De son côté, il a aussi découvert que j'appartenais à la police judiciaire.

— Je comprends mieux, c'est une épreuve difficile pour toi, Carmen. Je te crois et te fais confiance. Je t'ai toujours fait confiance, d'ailleurs.

— Je te remercie de ton soutien, Christophe. Mais quelle fatalité tout de même, d'avoir été attirée par le seul type louche de l'île de Burano… Christophe, il faut aussi que je te dise que ce même homme m'a sauvé la vie le soir de notre mission en costume.

— Quoi ? Mais…

— Te souviens-tu de mon accident où je te disais sans cesse que j'étais suspendue à un toit ?

— Ne me dis pas que… Bon sang ! Ce type t'a sauvé la vie ? Cette affaire dépasse tout ce que j'aurais pu imaginer, s'écrie-t-il, effaré.

— C'est pour cette raison que je suis désorientée.

— Je comprends mieux ton désarroi. En revanche, Carmen, je sais que le moment est mal choisi, mais on a un vrai problème. Notre suspect ne souhaite parler qu'à une seule personne. Et c'est toi. Ce mec est une véritable tombe, on a bien tenté de l'irriter, mais il a un self-control de malade. Personne n'a pu le faire changer d'avis. Je ne peux m'en remettre qu'à toi.

— C'est hors de question ! Je ne peux pas, Christophe, de plus tu m'as exclue de cette affaire. Est-ce que tu as prévenu le juge et la direction ?

— Le juge n'est pas au courant et pour ce qui est de la direction, les bruits de couloir ont dû remonter jusqu'aux oreilles de nos huiles, mais ça, c'est mon affaire. Je te connais bien, Carmen, tu es forte et tu vas dépasser ces sentiments à son égard et venir nous soutenir. Je t'en prie, bouclons cette affaire une bonne fois pour toutes. Tu as mené l'enquête de manière irréprochable jusqu'à présent. Je retire ma volonté de t'en écarter. J'ai besoin de toi et la justice a besoin de toi.

— Je crois que je vais avoir besoin d'une bonne dose de caféine, répond calmement l'enquêtrice.

— Je te prépare une cafetière de ristretto pour te rebooster.

— Alors, j'accepte. Peux-tu me briefer sur les investigations de la nuit ? Quand aurons-nous les résultats des prélèvements effectués sur la coupe de champagne et sa bague ?

— Michaël a immédiatement lancé les réquisitions mais, tu le sais, même en visant l'urgence il faut attendre quelques jours. Je ne pense pas que nous les aurons avant la fin de la garde à vue.

— Sais-tu où il séjourne ?

— À l'hôtel Crillon.

— J'aurais dû m'en douter. Il faut y faire une perquise.

— Tu as carte blanche.

— Comment va la victime ?

— Elle est sortie de l'hosto rapidement, après avoir eu les résultats de ses prises de sang et des prélèvements salivaires. Pas d'empoisonnement. Aucune trace de cyanure.

— Elle est en état de choc ?

— Elle n'a surtout rien compris à ce qu'il se passait, mais elle s'en remettra.

— Elle a pu être auditionnée ?

— Michaël s'en charge aujourd'hui.

— Qu'en est-il des vidéos enregistrées au Procope ?

— J'ai mis un max de monde sur le coup, pour le moment on a surtout une action filmée entre deux touristes hollandais.

— Très bien, alors j'arrive. »

Quarante minutes plus tard, Carmen ouvre la porte de son bureau et retrouve immédiatement ses réflexes d'enquêtrice. Elle a laissé ses sentiments et ses états d'âme chez elle afin d'aborder la suite des événements pour faire éclater la vérité. Le dénouement de cette enquête passe avant l'attirance qu'elle a pour Antonio. Énergique et déterminée, elle attrape les clés de la Clio Sport du groupe et demande à Michaël et à Christophe de faire sortir Ludovico Antonio Grimani des cellules de garde à vue. Ils procèdent à son extraction, lui menottent les poignets et l'accompagnent dans la cour. Carmen est déjà assise au volant du véhicule, le moteur allumé. Elle prend une grande respiration à l'arrivée du trio, attend que tout le monde s'installe et démarre au quart de tour. Pas un mot ne sera échangé par le quatuor et ce, jusqu'à l'entrée de la porte de sa suite au Crillon. L'escorte est volontairement minimaliste, pour ne pas attirer les curieux. Dans la voiture, Carmen évite les regards insistants d'Antonio dans le rétroviseur, ce dernier se trouvant assis, entravé sur la banquette arrière à côté de Michaël. Elle se concentre sur le trajet, les deux mains solidement ancrées sur le volant, Christophe à sa droite. Toutes sirènes hurlantes, elle pilote sa Clio en se faufilant avec adresse et rapidité entre les files de voitures, de cyclistes, de scooters et autres trottinettes électriques. Rue du Faubourg-Saint-Martin, boulevard Saint-Denis, jusqu'au boulevard Bonne-Nouvelle, boulevard Haussmann et rue d'Anjou puis boulevard Malesherbes et enfin rue Boissy-d'Anglas. Comme à son habitude, Carmen avale ces quelques kilomètres entre maîtrise parfaite et rapidité extrême. L'idée est peut-être d'impressionner Antonio, ou tout du moins de lui montrer qu'elle domine ses émotions, enfin ce qu'il en reste. Elle se gare devant le palace, et se dirige immédiatement vers la réception, laissant Michaël et Christophe s'occuper du gardé à vue. Elle se renseigne sur l'étage de la suite et y précède tout le monde, y compris un des réceptionnistes qui se retrouve à courir derrière elle, surpris qu'elle connaisse aussi bien les lieux.

« Monsieur Grimani ! commence-t-elle à l'arrivée de son équipe sur le seuil. Nous allons procéder, en votre présence, à une minutieuse perquisition de votre suite, l'informe-t-elle en évitant de croiser son regard.

— J'imagine que je n'ai pas le choix, se contente-t-il de répondre.

— Vous imaginez bien, monsieur, rétorque-t-elle froidement en passant le badge devant le bloc magnétique pour ouvrir la porte. Veuillez entrer, je vous prie. »

Ludovico Antonio Grimani s'exécute, soumis à une force directrice qui l'envahit. Carmen sent bien qu'il ne lui oppose aucune résistance, ce qui apparaît être en accord avec sa décision de faire progresser l'enquête. Ce sentiment rajoute de la confiance à la volonté d'avancer, et d'avancer vite. Le temps presse et s'accélère, les heures de la garde à vue défilent. La course contre le temps est lancée depuis l'arrestation au Procope et Carmen ne veut pas la ralentir par la fuite de son passé. Dans la suite, elle enfile ses gants, pendant que Michaël et Christophe sécurisent la fenêtre, assoient Ludovico Antonio Grimani toujours menotté près d'un mur dépourvu de décorations et d'ameublement. De cet endroit, le détenu a une vue d'ensemble de la chambre et peut ainsi assister à toute la fouille. Michaël reste à ses côtés, arme à l'étui, mains sur les menottes et l'œil vigilant, prêt à réagir à tout geste suspect. Christophe, gants en latex enfilés, débute, avec Carmen, la perquisition. Tout est passé au peigne fin. Valises, armoires, vêtements sont fouillés avec soin. Le lit est retourné, les murs sont sondés, le coffre-fort est ouvert avec l'aide du pass fournit par le réceptionniste. Les deux enquêteurs s'affairent avec vigueur et rigueur. Ils progressent de façon méthodique, échangeant parfois des regards d'approbation ou de questionnement. Ils pénètrent dans la salle de bains et remarquent tout de suite qu'un flacon suspect est posé sur l'étagère du miroir. Carmen veut s'en saisir.

« Attention, c'est du cyanure, lui indique spontanément Antonio.

— Comme c'est amusant ! lance-t-elle, irritée. C'est justement de ce cyanure que vous vous êtes servi hier soir ? ajoute-t-elle sèchement.

— J'en maîtrise parfaitement l'usage et les dosages mais si j'étais vous, je prendrais mes précautions pour le manipuler, expose-t-il sereinement.

— Vous n'avez pas répondu à ma question. Est-ce que vous vous êtes servi de ce flacon hier soir au Procope ? insiste Carmen.

— Je n'ai aucun souvenir d'avoir utilisé ce cyanure hier soir. Ce serait trop dangereux pour celui ou celle qui le manipule.

— Comment se fait-il que vous en ayez dans votre chambre, alors ? rétorque l'enquêtrice en fronçant les sourcils.

— Je reconnais ce flacon, mais je ne comprends pas pourquoi ce produit se trouve dans ma suite. Ce que je peux vous affirmer, c'est que nous l'utilisons à l'usine, en très faibles quantités, pour l'exploitation de certains minerais que nous brodons sur nos tissus. Nous le manipulons, mais nous revêtons des combinaisons spéciales, assure-t-il d'un ton toujours aussi respectueux.

— Je vous remercie pour ce cours de chimie, monsieur Grimani, persifle Carmen, sarcastique, pour ne pas laisser transparaître sa désillusion.

— Je souhaitais vous mettre en garde, pas vous provoquer », réplique l'Italien, ses yeux plongés dans ceux de la policière.

Carmen soutient son regard de braise quelques secondes puis se retourne d'un coup sec pour lui échapper. Elle ne doit pas faiblir ou succomber à son charisme, mais son estomac se noue, faisant monter des émotions douloureuses. Pour se ressaisir, elle s'empare de son téléphone, contacte l'état-major de la PJ et demande l'assistance urgente d'une équipe de police technique et scientifique habilitée à placer sous scellés de tels produits. Toujours aidée de Christophe, Carmen continue la fouille de la salle d'eau en passant un temps fou à arracher la trappe du jacuzzi. Le réceptionniste est même contraint d'aller se procurer un pied-de-biche auprès de ses collègues de l'entretien. Beaucoup d'énergie pour si peu de chose, ils ne trouveront aucun indice supplémentaire. Cette perte de temps aura au moins eu le mérite de patienter de façon active jusqu'à l'arrivée de l'équipe sollicitée. Celle-ci, avec les précautions d'usage, saisit le flacon de cyanure et le place sous scellés sous les yeux d'Antonio. Ce dernier, sentant que l'opération dans sa suite touche à sa fin, engage à nouveau la conversation :

« Madame Ricci ? Puis-je vous solliciter ? ».

Carmen l'ignore ostensiblement pour lui faire comprendre sa colère.

« Votre collègue a procédé à la fouille d'une de mes valises rangées dans le dressing, mais sans le savoir il est passé à côté d'un objet qui ne m'appartient pas. Pouvez-vous vous assurer que celui-ci soit remis à sa propriétaire ? poursuit-il d'une voix calme et suave.

— S'agit-il de quelque chose d'encombrant ou de lourd car…

— Il n'est nullement volumineux, l'interrompt-il. Mais c'est un objet précieux, peut-être même le plus précieux que j'aie jamais possédé. Il compte beaucoup pour moi, si bien que je ne voudrais pas qu'il finisse dans ces petits sacs en plastique que vous enfermez à jamais dans des placards. »

Carmen accède à sa requête, ouvre la valise, déplace quelques effets personnels et manque de s'évanouir en découvrant l'objet. Cela lui permet tout de même de résoudre une énigme à laquelle elle était confrontée depuis plusieurs mois. Son carré Hermès qu'elle pensait avoir perdu à Venise lors de sa première mission est depuis leur rencontre dans la valise d'Antonio. Elle le saisit du bout des doigts, la gorge serrée, sentant à nouveau son estomac se comprimer sous le regard perçant et dominateur d'Antonio. C'est à cet instant qu'elle se remémore qu'il le lui avait retiré lors de leur première relation intime et qu'il l'a conservé depuis. Ce qui la perturbe davantage, c'est qu'il ose dire devant témoins qu'il y tient énormément. Pour se tirer de cette mauvaise posture, Carmen donne l'ordre à ses équipes de quitter les lieux, ce qu'elles font sur-le-champ. Elle lève les yeux vers Antonio, qui la regarde intensément, mais ne pouvant contenir ses larmes, elle se précipite dans le couloir à la vitesse d'un guépard au démarrage laissant le soin à Christophe et à Michaël d'escorter Antonio jusqu'à la voiture. Lorsqu'ils montent à nouveau tous trois dans le véhicule, Carmen est figée au volant, visiblement ressaisie – ou presque – en tout cas tout à fait prête à effectuer la suite des investigations. Le trajet du retour à la brigade s'effectue comme l'aller, avec maîtrise et rapidité, mais sans communication verbale malgré la perturbante présence d'Antonio.

Le prévenu est réintégré en cellule et Carmen, tout juste arrivée dans son bureau, doit décrocher le téléphone qui sonne sans discontinuer.

« Capitaine Ricci ?

— Elle-même.

— Votre rendez-vous est arrivé, puis-je le faire monter à votre bureau ?

— Mon rendez-vous ? Mais je n'attends personne. De qui s'agit-il ?

— Un certain M.... Giovanni Martinelli.

— Giovanni ? Mais...OK, dites-lui de patienter cinq minutes, je descends le retrouver.

— Très bien, capitaine », termine l'agent de police.

Carmen est de nouveau confrontée à sa vie personnelle et doit désormais faire face au parrain d'Antonio. Elle privilégie les escaliers à l'ascenseur et s'oblige à faire la différence entre Giovanni et son amant. Après tout, cet homme n'a eu que respect et gentillesse à son égard. Lorsqu'elle le retrouve à l'accueil, il se lève immédiatement de sa chaise pour la saluer poliment. Elle refuse qu'il s'exprime en public et lui demande de la suivre dans son petit café de quartier. Il la remercie et l'accompagne sans discuter.

« Carmen, je suis sous le choc ! D'un côté, je viens d'apprendre qu'Antonio est accusé de choses abominables et de l'autre que vous êtes policière ? commente-t-il, soucieux.

— Je vous l'accorde, Giovanni, ça fait beaucoup à encaisser d'un coup, mais croyez bien que j'ai aussi mon lot de souffrance dans cette affaire.

— Dites-moi au moins ce qui va lui arriver.

— Je ne sais pas encore, nous sommes seulement au stade de la garde à vue.

— Antonio est un homme bien et respectueux, il a parfois ses travers, mais au même titre que tout le monde.

— J'ai beaucoup de respect pour vous, mais malheureusement, les charges retenues contre lui sont très graves et j'ai bien peur que les preuves apportées l'accablent davantage.

— Antonio n'a pas eu une enfance facile, son père est mort d'un accident de voiture quand il avait douze ans et sa mère est internée depuis ce malheur. Il n'a pu compter que sur moi et je l'ai élevé comme mon propre fils, riposte-t-il. Ai-je échoué ? ajoute-t-il en baissant les yeux.

— Chaque personne a son histoire à raconter, qu'elle soit belle ou traumatisante, mais les faits sont là, je ne peux rien faire de plus pour l'aider.

— Carmen, bon sang ! Vous ne tenez pas un minimum à lui ? gronde-t-il.

— Bien sûr que si ! réplique-t-elle sur le même ton. Croyez-moi, ce n'est pas simple pour moi d'enquêter sur mon amant. J'ai une position plus que délicate dans cette histoire.

— Je ne le lâcherai jamais ! Et s'il faut engager tous les avocats du monde, je le ferai ! proclame-t-il.

— Giovanni, je vous promets de faire ce qui est en mon pouvoir pour l'aider, mais je ne suis pas une faiseuse de miracle, je suis flic et cartésienne, lance-t-elle en se levant pour partir.

— Carmen, dit-il en lui attrapant la main pour la rétenir. Je dois vous dire quelque chose d'important. Je connais ce garçon mieux que quiconque et je sais aussi que depuis qu'il vous a rencontrée, son regard sur la vie et sur le monde a changé, il tient énormément à vous, il me l'a dit et ce depuis le jour de votre rencontre. Ne soyez pas insensible.

— Insensible, murmure-t-elle, la voix tremblante et les yeux pleins de larmes. Je ne le suis pas ! Mais je m'oblige à l'être pour me protéger.

— Je comprends mieux votre position maintenant et dans vos yeux je perçois de la souffrance aussi. Peu importe le mal qu'il a pu faire, Carmen, il faut l'aider. N'était-ce pas Saul qui persécutait les disciples de Jésus, et qui pourtant est devenu saint Paul en se convertissant au christianisme ? Antonio est intelligent et c'est un brave garçon, je me battrai pour que son avenir ne se ternisse pas ainsi », conclut Giovanni, qui se lève à son tour, pose la main sur l'épaule de Carmen en signe de compassion et gratitude puis disparaît.

Carmen sort du café l'esprit embrouillé, mais les idées claires pour faire face à la confrontation de sa vie. Son propre amant soupçonné de meurtres. Christophe lui fait confiance pour mener à bien cet interrogatoire surréaliste. L'enquêtrice se demande combien de femmes flics dans toute l'histoire de France ont pu se retrouver dans une telle situation. Elle sait que c'est sa seule chance de connaître la vérité, et quelle vérité ! Celle des assassinats de Natalia Bolcov, d'Aurélie Lancelle et de Mathilde Orsioni, mais également la vérité sur sa propre histoire d'amour.

Elle franchit le hall de l'hôtel de police, monte les étages qui la séparent des cellules de garde à vue, se présente aux policiers qui assurent la surveillance des détenus et donne pour instruction à l'un d'eux de lui amener Ludovico Antonio Grimani dès que son avocat sera de retour, celui-ci ayant la possibilité légale d'assister à cet entretien. Entre-temps, elle appelle Michaël pour éclaircir quelques détails confus.

« Bonjour, Michaël,

— Salut, Carmen, ça va, tu tiens le coup ?

— Ça va, je te remercie. Je sais que tu as eu Lila Nyang en audition et c'est la seule vivante de cette affaire finalement. Avant que j'auditionne Grimani, j'ai besoin d'éclaircir quelques détails avec toi.

— Bien sûr, je t'écoute, répond Michaël avec enthousiasme.

— Sais-tu comment Grimani et Lila Nyang se sont rencontrés ?

— Écoute, a priori, c'est dans un hall ou une cage d'escalier d'un immeuble à Venise.

— Et c'est à partir de là qu'ils sont devenus amants alors ?

— Amants, tu vas rire… d'après les dires de Mlle Nyang, il lui a fait la morale, comme un père ferait avec sa fille.

— Quoi ? La morale, mais pourquoi ? s'exclame-t-elle, effarée.

— La jolie métisse s'est un peu… comment dire ? lâchée lors de cette fameuse soirée et Grimani lui a reproché sa conduite.

— C'est une blague ? lance-t-elle, bouche bée. Alors il ne s'est rien passé entre eux ?

— Absolument rien, il ne l'a même pas touchée, c'est à n'y rien comprendre, répond Michaël sur le même ton de surprise.

— Décidément, cet homme est un vrai paradoxe ambulant. Il se fait passer pour Casanova, un libertin, pour finalement faire la morale à des femmes qu'il prévoit de tuer. Ça dépasse tout ce que j'aurais pu imaginer.

— En effet, je ne comprends pas le mobile, poursuit Michaël.

— Dernière question, c'est bien au Pisani Moretta que Lila a eu le carton ?

— Oui, absolument. Il est sous scellés.

— Très bien, à moi de jouer maintenant ! », conclut Carmen en raccrochant.

Elle se pose quelques secondes pour prendre une grande inspiration et se recentrer puis se lève pour sécuriser sa fenêtre, cacher des éléments du dossier qui traînent sur son bureau et préparer son procès-verbal d'audition. Un curieux mélange de sensations l'envahit, elle se sent à la fois contrariée et excitée de le faire enfin parler, mais aussi perturbée de devoir affronter Antonio sans plier et sans fléchir devant son charme irrésistible. Sa volonté d'avancer étant plus forte, elle se prépare mentalement quand on frappe à sa porte. C'est en sa qualité d'officier de police et de directrice d'une enquête criminelle qu'elle répond :

« Entrez, dit-elle sur un ton monocorde mais énergique.

— Capitaine Ricci, nous accompagnons M. Grimani et son avocat. Ils sont à votre disposition. »

Une sorte de rage intérieure mélangée à de la rancœur jaillit du regard de Carmen. Face à elle, dans l'encadrement de sa porte se trouve Enrico San-Felice suivi d'Antonio, son amant et son ennemi. Ce dernier se tient en retrait, la tête légèrement baissée, il est calme, mais les traits de son visage trahissent sa dureté.

« Retirez-lui ses menottes, s'il vous plaît, ordonne-t-elle

— Très bien, capitaine, dit un des policiers en s'exécutant.

— Merci, vous pouvez nous laisser maintenant. »

Elle suit du regard les agents qui disparaissent derrière la porte de son bureau.

— Asseyez-vous », poursuit-elle poliment en désignant les chaises de sa main.

Antonio saisit l'une d'entre elles pour s'asseoir en face de Carmen, laissant son avocat à ses côtés et ainsi discuter avec l'enquêtrice en diagonale.

« Madame Ricci, je voudrais vous…

— Si vous voulez que je vous appelle maître, il faudra m'appeler capitaine ! lance-t-elle.

— Mais très certainement ! Madame la capitaine ! Bien entendu ! répond l'avocat avec une suffisance antipathique.

— San-Felice ! intervient Antonio, le regard toujours baissé. Laissez-moi seul avec la capitaine Ricci.

— Pardon ? s'exclame l'avocat, la mâchoire crispée. Mais vous êtes tombé sur la tête ? Ce que vous direz pourra être retenu contre vous. Je vous conseille de garder le silence tant que je ne suis pas à vos côtés.

— Je vous en prie, laissez-moi avec elle, insiste-t-il sous le regard étonné de Carmen.

— Je préfère vous avertir, monsieur Grimani, cette audition peut vous coûter cher, vous m'avez engagé pour vous défendre et…

— Pas moi, c'est mon parrain qui vous a engagé. Monsieur San-Felice, s'il vous plaît. Sortez ! »

Furibond, l'avocat remballe ses affaires et disparaît de la pièce en claquant fortement la porte derrière lui. Un long silence s'impose, tous deux trop embarrassés pour commencer l'interrogatoire. Les yeux d'Antonio sont toujours baissés sentant le regard accusateur de Carmen. Celle-ci saisit son clavier, ajuste la caméra et le micro pour filmer et enregistrer l'interrogatoire mais, avant de débuter la rédaction du procès-verbal, elle sent qu'Antonio désire engager la conversation.

« Je comprends mieux pourquoi tu conduis aussi bien les voitures de sport. »

Antonio lève les yeux vers elle désormais, et pour tenter de la sensibiliser, lui remémore leur échappée parisienne en Camaro.

« Et moi je comprends pourquoi tu grimpes aussi bien sur les toits, répond-elle spontanément.

— J'ai toujours adoré la vue que l'on a des toits, nous avons ce point en commun.

— Ne me compare surtout pas à toi, riposte-t-elle, haineuse, avant de se lever et de lui tourner le dos en s'approchant de la fenêtre.

— Très bien, Carmen, je suis tout à toi, fait ce que tu dois faire.

— Ça suffit, Antonio ! La comédie a assez duré ! Es-tu conscient que tu vas être jugé pour avoir assassiné trois jeunes femmes ? Te rends-tu compte des charges qui sont retenues contre toi ?

— Je n'ai jamais fait de mal à une femme. Je suis donc confiant, je n'ai rien à me reprocher.

— Rien ! Tu te fiches de moi ! Natalia Bolcov, ça te dit quelque chose ?

— Non !

— Tu oses me dire non ! Et Mathilde Orsoni, alors ?

— Toujours pas.

— Aurélie Lancelle, peut-être ?

— Ça ne me dit toujours rien.

— Ah, je vois ! On nage en plein mutisme, c'est ça ! Tu peux rappeler ton véreux d'avocat, puisque tu n'es pas prêt à me parler, lance-t-elle, les yeux noirs.

— Je veux bien te parler Carmen ! Mais je ne connais pas ces noms, riposte-t-il.

— Très bien ! Je vais te rafraîchir la mémoire alors !

Énervée, elle ouvre énergiquement son dossier et jette sous les yeux déconcertés d'Antonio les clichés de la scène de crime de Natalia Bolcov.

— Je suis désolé, Carmen, dit-il en fixant les images.

— Désolé de quoi ? De l'avoir tuée ?

— Non, désolé que ça ne me dise absolument rien.

— Ma patience à des limites, Antonio ! vocifère-t-elle en tapant du poing sur son bureau.

— Carmen, je sais qu'il m'arrive parfois d'avoir des absences inexpliquées, je l'avoue, mais de là à tuer des femmes, non ! objecte-t-il.

— Sur ces photos, reconnais-tu ces petits cartons ?

— Oui, bien sûr, il s'agit des cartons que l'on glisse dans nos commandes de tissus de la manufacture.

— Absolument ! Et cette fiole récupérée dans ta suite sous tes yeux ? Tu la reconnais ?

— Tout à fait, je t'ai même mise en garde en te signalant qu'il s'agissait de cyanure.

— C'est bien… tu vois, la mémoire te revient.

— Carmen, je suis poli avec toi, ne sois pas si désobligeante avec moi, finit-il par dire froidement.

— Reconnais-tu cet objet, Antonio ? »

Elle glisse une autre photographie sous ses yeux.

« Bien sûr, c'est ma bague, comment pourrais-je l'oublier ?

— Eh bien, tu es donc conscient qu'elle s'ouvre et que tu peux glisser du poison à l'intérieur ?

— Carmen, enfin, nous ne sommes pas au XVIIIe siècle, s'esclaffe-t-il.

— C'est un cauchemar, tu te moques encore de moi.

— Absolument pas. Je te dis la vérité.

— Antonio ! hurle-t-elle, révoltée, c'est ainsi que tu as tué ces trois victimes et tu le sais très bien. Tu as empoisonné ces jeunes femmes en mettant du cyanure dans cette bague que tu as ensuite versé dans leurs verres. C'est digne d'un roman d'Agatha Christie, j'en conviens, mais c'est ainsi que tu as opéré. Tu as prémédité ton coup pour chacune d'entre elles, Antonio ! Elles sont mortes toutes les trois par ta faute.

— Je n'ai jamais empoisonné qui que ce soit, proteste-t-il en se redressant contre le dossier de sa chaise.

— Toutes les preuves t'accablent.

— Je refuse d'entendre ça, s'entête-t-il en serrant les poings.

— Venons-en à moi. Pourquoi m'as-tu sauvé la vie ? Réponds-moi !

— Parce que je… je…

— Parce que quoi ? Parle ! hurle-t-elle. Pourquoi ne m'as-tu pas laissée me précipiter dans le vide, après tout, tu serais libre aujourd'hui. Comment as-tu pu être inhumain avec ces femmes et aussi tendre avec moi ?

— Parce que je ne veux pas te perdre ! s'égosille-t-il en plongeant son regard dans le sien.

— Me perdre ? Mais, Antonio, tu m'as déjà perdue. Tu vas finir tes jours en prison.

— Je n'ai aucun souvenir d'avoir fait du mal à quelqu'un, Carmen, tu dois me croire sur parole.

Sa voix, cette si charmante voix qui lui murmurait des mots doux au Crillon il y a encore quelques mois, semble toujours sincère. Carmen détourne brièvement les yeux pour maîtriser le mélange puissant d'émotions qui lui tord le ventre et pourtant elle sait qu'elle doit à tout prix le faire craquer.

Le doute de la capitaine transparaît quand elle reprend :

« Comment as-tu pu me berner à ce point ? D'un côté, tu disais tenir à moi, garder mon foulard tel un fétichiste et de l'autre, tu assassines de sang-froid des jeunes femmes. Tu es un serial killer ! Voilà ce que tu es… maugrée Carmen comme un serpent crache son venin.

— Ça suffit ! vocifère-t-il en se levant brusquement de sa chaise. Je ne tolère pas qu'une femme me parle ainsi !

— Je ne suis pas une femme, Antonio. Je suis une flic qui t'interroge puisque c'est moi que tu as choisie pour le faire, continue-t-elle pour tenter de l'énerver et le provoquer.

— Tu cherches à me faire sortir de mes gonds, c'est ça ? »

Sa voix devient de plus en plus autoritaire.

« Oui, vas-y ! Fais sortir tes pulsions meurtrières ! J'aimerais bien savoir de quoi tu as envie à cet instant précis, hein ? Me tuer ? Ou mieux encore, m'empoisonner et me regarder rendre l'âme doucement ?

— Carmen, arrête ça de suite ! Pourquoi veux-tu faire sortir le démon qui est en moi ? Tes petits jeux de méchante policière ne fonctionneront pas. Tu t'entêtes à me malmener, à me persécuter pour me faire avouer une vérité que je ne peux pas te donner. Tu comprends ça ? Je ne peux expliquer tes preuves, tes indices, tes clichés qui m'accablent, car je n'en ai aucun souvenir. Je ne peux pas non plus te donner ce que tu veux entendre car je suis moi-même prisonnier de mes démons.

— Alors, Antonio, dit-elle plus calmement, de deux choses l'une, soit tu me mens et tu es bon comédien, soit tu es fou.

— Malheureusement pour moi, je ne te mens pas, Carmen, répond-il, désarçonné, en s'asseyant sur sa chaise, vidé d'énergie, les deux mains recroquevillées sur sa tête.

— Alors si tu décides de ne pas me mentir, je te prie de répondre à mes questions avec précision. »

Carmen se rassoit à son bureau, désireuse de recentrer l'interrogatoire sur les faits, rien que les faits, libre de toute considération d'ordre privé. Elle reprend le vouvoiement. Elle doit établir la culpabilité de son amant, sous l'œil de la caméra. Elle pose à voix haute les questions qu'elle tape sur son ordinateur.

« Monsieur Grimani, écrit-elle, vous nous dites ne pas connaître Natalia Bolcov mais pour quelle raison votre bague a-t-elle été retrouvée sur un toit au-dessus de la scène de crime ? Pourquoi votre signalement correspond-il à l'homme avec lequel elle a passé la soirée au café de la Régence le 1er mars 2020 ? Expliquez-moi pour quelle raison un petit carton a été retrouvé chez elle avec une inscription cachée ? Pour quelle raison des traces de cyanure ont été retrouvées sur votre bague et dans son foie ? Vous dites ne pas connaître non plus Mathilde Orsioni, mais dites-moi comment on a découvert un carton identique dans une poche d'un des vêtements qu'elle portait lors de son décès ? Pouvez-vous faire la lumière sur ces nouvelles inscriptions cachées qui, cette fois-ci, donnaient un rendez-vous le 18 février 2018 au Grand Café Tortoni ? Éclairez-moi sur le rendez-vous de l'année suivante, le 10 mars, avec Aurélie Lancelle à l'hôtel de Buci ? Assurément un rendez-vous pris à l'aide d'un message identique sur une autre de vos cartes de visite ? Dites-moi pourquoi vous assistez à toutes les manifestations du carnaval de Venise qui précèdent les meurtres sans y être inscrit ? Développez-moi cette autre personnalité à travers laquelle vous souhaitez apparaître en référence à Casanova ? Tous ces lieux de rendez-vous sont d'ailleurs des endroits possiblement fréquentés à son époque par le célèbre séducteur. Analysez la situation dans laquelle vous êtes : à cet instant précis vous êtes le maillon manquant. Après plusieurs mois d'enquête, entre Paris et Venise, nous avons en effet remonté cette chaîne, maillon après maillon, jusqu'à avoir connaissance d'un nouveau rendez-vous, toujours le dimanche soir qui suit la fin du carnaval vénitien, toujours à Paris, toujours sur les traces de Casanova. Ce nouveau dîner galant se déroulait hier soir au Procope. Nous n'avions pas d'élément quant à l'identité du tueur et nous avons donc mis en place une filature discrète de Lila Niang, que nous avions identifiée comme étant votre future victime. Les écoutes téléphoniques ont montré qu'elle avait un rendez-vous via le même mode opératoire des cartes de visite aux messages cachés puis révélés par la chaleur d'une flamme. Une surveillance de tous les instants dans le restaurant nous a permis de vous voir arriver et surtout de filmer discrètement vos agissements. »

Carmen tourne son écran d'ordinateur vers Antonio et lance une vidéo enregistrée à partir d'une caméra bouton portée par un des policiers de la BRI alors qu'il se trouvait dans la salle. Entre deux touristes hollandais, l'image est furtive, mais on y remarque nettement Antonio verser le contenu de sa bague dans le verre de champagne de Lila Niang. Ce fameux verre qu'il écartera quelques minutes plus tard pour qu'elle n'ingurgite pas le poison.

« Monsieur Grimani, poursuit l'enquêtrice avec assurance et aplomb, je vous pose une dernière fois la question. Le visionnage de cette séquence vidéo est tout ce qu'il y a de plus clair. Vous avez tenté de tuer Lila Niang et vous êtes le suspect principal dans les meurtres de Natalia Bolcov, de Mathilde Orsioni et d'Aurélie Lancelle. Vous ne pouvez continuer à nier l'évidence. Il y a un temps pour tout, monsieur Grimani. Un temps pour les meurtres et un temps pour les aveux. Celui des meurtres est derrière vous, alors passons maintenant à celui des aveux. Pourquoi avez-vous finalement sauvé Lila Niang ? »

Après ces mots, Carmen reste volontairement muette. Elle le regarde avec insistance. Elle l'observe et tente d'analyser son comportement en s'approchant de lui. Pour toute réponse, elle perçoit une profonde souffrance qui semble le dévorer de l'intérieur. Il est assis, les yeux dirigés vers le sol, les coudes sur ses genoux, les mains crispées sur sa tête. Carmen découvre un homme perdu, qui semble vraiment ne pas se souvenir de ses crimes. Antonio est las, abandonné à son sort. Elle se rappelle également qu'il a été calme et transparent avec elle et bien qu'il ait été parfois en colère, il n'a montré aucune agressivité envers elle et ce malgré ses provocations et ses vociférations. Une sensation étrange parcourt Carmen, confrontée à elle-même, à ses doutes et ses remords de l'avoir autant malmené alors qu'il a renoncé à son avocat pour plaider sa cause. Aurait-il un trouble de la personnalité ? Carmen n'est pas qualifiée dans ce domaine et décide de stopper net cet interrogatoire pour qu'il puisse s'entretenir avec un psychiatre spécialisé. Elle s'agenouille devant lui pour chercher son regard mais ses yeux sont clos. En se relevant, elle pose avec tendresse sa main sur son épaule en signe de compassion.

« Antonio, je suis navrée. Je ne suis pas insensible mais j'ai fait mon travail, même si je t'avoue avoir de la peine pour toi. Il faut absolument que tu répondes à toutes ces interrogations. Pense aux familles des victimes qui ont besoin de réponses. Depuis tant d'années, elles sont dans la tourmente et l'incompréhension.

— Carmen, dit-il enfin en relevant la tête avec indolence. Je n'ai qu'une seule réponse à tous tes questionnements. Je ne me souviens de rien. Ce n'est pas moi qui ai commis ces meurtres. À partir de maintenant, je ne m'entretiendrai plus sur ces affaires qu'en présence de mon avocat devant le juge. Dans l'immédiat, je suivrai ses conseils, je garderai le silence. C'est mon droit. Il me l'a annoncé. Je vais donc en user.

— Alors nous allons devoir passer à une autre étape désormais. Il faut que tu sois diagnostiqué par un psychiatre, l'informe-t-elle d'un ton radouci.

— Seras-tu présente lors de cet entretien ? murmure-t-il tout bas.

— Non, Antonio, ce n'est plus de mon ressort.

— Alors, je n'ai vraiment plus rien à dire. »

Carmen inscrit sur son procès-verbal la mention « refuse de parler », décroche son téléphone, demande à ce qu'Antonio soit raccompagné dans sa cellule et prévient le juge Fabro qu'elle sollicite un examen psychiatrique. Une heure plus tard, le praticien est mis en présence d'Antonio, qui, après un examen de plus d'une heure et quarante minutes, tend ses conclusions à Carmen.

« M. Grimani est de présentation soignée et commence l'entretien en affirmant qu'il ne supporte pas la situation de cet interrogatoire. Il tient un discours cohérent et fluide, mais sa pensée présente une certaine désorganisation et est possiblement délirante, de nature à évoquer un processus psychotique évolutif. Une altération partielle de sa personnalité bouleverse les rapports qu'il peut avoir avec la réalité. Son activité mentale peut ponctuellement perturber son attention, mais également sa mémoire et son orientation. Sur le plan de l'humeur, il est stable et ne présente pas de tristesse à caractère pathologique. Il n'a pas de dégoût de la vie et n'a pas exprimé d'idéation suicidaire. Il n'est ni dépressif, ni excité, ni euphorique, ni agité. Pour conclure, M. Grimani présente une pathologie psychiatrique caractérisée pouvant le déresponsabiliser sur le plan pénal. Le sujet relève d'une hospitalisation sous contrainte. Les prochaines expertises devront définir s'il possédait, au moment des faits, un trouble psychique ou neuropsychique de nature à altérer ou à abolir son discernement au sens des dispositions de l'article 122 du Code pénal, et dans l'immédiat son état apparaît incompatible avec sa garde à vue. »

À l'issue de cet examen, Carmen organise le parcours médical d'Antonio : examen de comportement aux urgences médico-judiciaires de l'Hôtel-Dieu dans un premier temps, puis admission rapide d'une douzaine d'heures à l'infirmerie psychiatrique de la préfecture de Police. Les directives des médecins sont formelles, une hospitalisation est nécessaire. La garde à vue d'Antonio est donc levée et il est transféré dans un hôpital spécialisé en psychiatrie dans le Val-de-Marne, pour y débuter une thérapie.

Carmen clôture son enquête et transmet l'intégralité du dossier au juge Fabro. Celui-ci délivre un mandat d'arrêt à l'encontre de Ludovico Grimani, mandat qui devra lui être notifié dès sa sortie de l'hôpital psychiatrique, si jamais le corps médical considérait qu'il soit accessible à une sanction pénale. Dans le cas contraire, si son discernement est déclaré totalement aboli lors des passages à l'acte, il sera déclaré irresponsable et aucun procès ne pourra se tenir.

C'est le cœur lourd que Carmen décide de partir quelques jours se ressourcer chez sa mère en Normandie. Elle passe le plus clair de son temps à marcher seule sur la plage pour réfléchir et méditer sur les falaises d'Étretat. Elle atteint le sommet à pied et s'installe en tailleur pour remplir ce vide qui pèse sur son cœur par l'oxygène qu'elle respire. La brise caresse ses longs cheveux bruns qui dansent dans le vent. Elle admire la vue du soleil qui se lève créant des taches de pastels colorées sur la mer évoquant la magnificence des chefs-d'œuvre de Monnet. Fragile et sensible, Carmen est consciente que ses profondes blessures prendront du temps à guérir.

Après trois jours de repos pour tenter d'oublier l'inoubliable, elle retourne chez elle reprendre sa vie en main. C'est aux alentours de 20 h 30 que son taxi la dépose rue Saint-Claude. Elle tape son code, pénètre dans le hall de son immeuble, récupère son courrier entassé depuis trois jours et monte à son appartement. Elle jette bagages, sacs et clefs dans l'entrée, puis ouvre la fenêtre pour aérer. Elle est subitement happée par l'envie de monter sur le toit pour apprécier la douceur nocturne. À peine est-elle assise que Réglisse, qu'elle n'a pas vu depuis longtemps, accourt pour la retrouver. Entre deux caresses félines, Carmen ouvre son courrier, qui, comme d'habitude, offre son lot de publicités sans intérêt et de factures. Mais dans le paquet, une lettre inhabituelle écrite à la plume attire son attention. Elle se lève brutalement, la missive entre le pouce et l'index et, après avoir respiré profondément, l'ouvre et la lit debout et immobile sur son toit.

Chère Carmen,

Lorsque tu liras cette lettre, je serai sur le point d'être interné parmi les fous, les psychopathes et les schizophrènes, puisque c'est ainsi que l'on m'a jugé, à mon grand désespoir.
Un verdict fatal qui se résume à me conduire dans le camp des moutons noirs prenant le chemin de l'abattoir.

Si seulement je pouvais me souvenir ou être conscient des actes que j'ai pu commettre sur ces trois innocentes victimes, la douleur serait peut-être moins violente et insupportable à endurer.

Le malheur dans cette abominable situation est que j'apprends que nous sommes deux en un. Celui qui t'écrit cette lettre et qui est rationnel, celui qui travaillait en homme libre, en homme lucide et respectueux des femmes, celui qui t'a rencontrée à Venise et que tu as marqué au fer rouge par ton image indélébile, celui qui a corrigé l'homme ingrat qui t'a manqué de respect au Pisani Moretta, celui qui t'a sauvé la vie à Venise aux dépens de la sienne, cet homme-là est parfaitement sain d'acte et d'esprit.

Cet homme, Carmen, est condamné à errer dans les méandres sombres des hôpitaux psychiatriques et pourtant, il est innocent et parfaitement conscient de l'être. Qu'on me sectionne en deux avant que la partie la plus saine ne noircisse à son tour!

Cet homme, Carmen, est celui que tu peux aider en le soutenant, par un mot, un geste, un signe pour que je puisse à nouveau me battre contre ce monde cruel et ainsi vaincre mon côté obscur. J'en aurai la force, les moyens financiers et la batterie d'avocats à mes côtés si tu m'offres cet espoir.

Je ne te demande pas de m'aimer après tout ce que je t'ai fait endurer, mais répondre à mes courriers ou me rendre visite me permettra d'envisager plus facilement une éventuelle thérapie psychiatrique. Sache que vivre ton indifférence m'accablerait davantage. Cette lettre n'est pas un ultimatum pour te culpabiliser mais un appel au secours.

L'histoire qui suit pourrait te toucher voire te faire réagir :
Lorsque j'étais tout petit, mes parents ont regardé un film américain sans se soucier que je n'avais pas l'âge de le comprendre et ce dernier m'a traumatisé. Il s'intitulait Vol au-dessus d'un nid de coucou *interprété magistralement par Jack Nicholson qui entre sain en psychiatrie et devient un légume à la fin.*
Je suis bien trop fier et orgueilleux pour accepter de finir ainsi.
Carmen, condamne ce que j'ai fait de mal, mais pas ce que j'ai fait de bien, sinon je finirai véritablement aliéné…

Avec tout mon amour.

Antonio.

À suivre…

Humbles remerciements

31 mai 2020, une petite pause-café sur notre terrasse baignée par le soleil illumine notre esprit et nous mène – par un détour que le destin sait si bien provoquer – à imaginer écrire un livre ensemble. Unis dans l'écriture comme dans la vie ! Toute une histoire ! L'amour, l'enchantement et l'inspiration soudaine font le reste. La discussion, au même titre que la pause-café, s'éternise. Carmen se dessine…

Les mots, les phrases, les chapitres apparaissent et tissent l'histoire au fil des jours en pimentant notre vie telle une évasion dans un univers parallèle, avec, en cours de voyage, l'arrivée des éditions Fayard pour nous rappeler que tout ce rêve est bien réel.

Aujourd'hui notre jeune héroïne maintient en nous cette joie et cet éclat que nous associons à toutes celles et ceux qui ont porté avec nous ce projet, et plus particulièrement nos deux amours de fils, Dylan et Camron, nos merveilles du monde et nos petits génies, les lumières de nos vies, qui nous ont insufflé le prénom de l'héroïne. Merci du fond du cœur les gars !

Isabelle Saporta pour la chaleur de son accueil et de nous avoir ouvert les portes de la maison Fayard. Nous en sommes tellement fiers !

Olivier Norek que nous considérons comme le parrain de Carmen Ricci, qui a senti de la valeur dans notre ouvrage. Merci de nous avoir éclairé.

Margaux Russo, notre exceptionnelle et protectrice éditrice qui a su percevoir en nous de la sensibilité artistique et du potentiel dans le manuscrit. Merci à toi de guider nos pas avec autant d'éclat et de bienveillance.

Toute l'équipe des éditions Fayard et Mazarine pour leur travail formidable et leur soutien.

Au palace *Le Meurice Paris* et plus particulièrement Cynthia Sunnen d'avoir cru au projet.

Johanna :

À ma mère, Fanny Dijkstra, ma guerrière, mon moteur, l'essence de ma vie, qui m'a suivie et portée dans mes joies, mes peines, mes folies artistiques et littéraires. Merci maman de m'avoir appris à ne jamais baisser les bras.

À la mémoire de mon père, Wiebe Dijkstra, parti trop tôt et qui serait fier aujourd'hui de la concrétisation de cet ouvrage. (J'espère que tu es paisiblement allongé dans ta prairie hollandaise à siroter ta Suze ! *Cheers !*)

À mon parrain, Eric Kermarc, qui a une place importante dans mon cœur et qui est toujours de bon conseil.

À mon tendre époux, Pierrick Guillaume, qui a bouleversé ma vie de belles et inattendues surprises. On l'a rêvé, mon homme, on le réalise ensemble…

À mon fidèle et talentueux ami, Jonathan Szawarskyj, chef opérateur, qui a réalisé avec brio nos trailers. Et enfin, à l'extraordinaire équipe de tournage qui s'est investie sans compter, la liste est trop longue pour vous citer tous mais le cœur y est.

Pierrick :

À la mémoire de mon arrière-grand-père, Mathurin Launay, mort pour la France à Verdun le 14 août 1916.

À ma grand-mère, Léonce Pasco, institutrice de Plusquellec (22) qui m'a initié aux joies et aux bienfaits de la lecture.

À mes parents, Annie et Daniel Guillaume, qui de Bretagne ou de l'au-delà, ont toujours été présents et sans qui rien n'aurait été possible.

À mon épouse, Johanna Dijkstra, avec laquelle tout est possible et dont la sagesse, le talent, la vertu et la beauté nous montrent le chemin.

Enfin, nous remercions Dieu, la vie, l'Amour et cette mythique et mystique pause-café qui s'allonge et poursuit son chemin en illuminant le nôtre toujours et encore…

Cet ouvrage a été imprimé en France par
CPI Brodard & Taupin
Avenue Rhin et Danube
72200 La Flèche (France)

pour le compte des Éditions Fayard
13 rue du Montparnasse, 75006 Paris
en septembre 2023

Photocomposition Belle Page

PAPIER CERTIFIÉ

fayard s'engage pour
l'environnement en réduisant
l'empreinte carbone de ses livres.
Celle de cet exemplaire est de :
900 g éq. CO_2
Rendez-vous sur
www.fayard-durable.fr

N° d'édition : 72-4133-0/01 - N° d'impression : 3053503